———— 想象,比知识更重要

幻象文库

IAIN M. BANKS

伊恩·M.班克斯"文明"系列

向风守望

[英]伊恩·M.班克斯 著　施然 译

新星出版社　NEW STAR PRESS

犹太人或异邦人啊,
操舵手和向风的守望者,
想想他,也曾像你们一样英俊而高大。

       T.S.艾略特
       《荒原》,四

谨以此书,纪念比尔·亨特

伊恩·M.班克斯的"文明"世界

"文明"是苏格兰作家伊恩·M.班克斯虚构的一个社会体系，一个奉行无政府主义的星际乌托邦。班克斯创作了一系列以"文明"世界为背景的长短篇小说作品，总称为"文明"系列，其中不乏广受好评的科幻文学经典之作。

班克斯是一位思维缜密、创造力惊人的作家。他的观点繁杂，并非一目了然。"文明"这个虚构世界的设置，隐含着不少经过他仔细权衡之后得出的结论。这里对"文明"世界进行一番粗略的介绍，可能会对你阅读本书有所帮助。

银河系与"文明"世界

银河系是"文明"世界的背景和所有故事上演的舞台。在小说对应的年代，整个银河系有几十个重要的星际社会体系，"文明"是其中最强大的社会体系之一，也是积极参与银河系事务的一股势力。

"文明"世界在物质上极为富足，并且掌握了高超的科学技术，所有人无须占有财产，就可以轻松满足一切需求。几乎所有的物质困扰都已经被克服，包括疾病和死亡。这个社会的所有成员几乎是完全平等的，社会结构非常稳定，不需要使用任何暴力和强制手段来维持秩序。

除了"文明",银河系中还有几万个掌握了宇航技术的小股势力。此外还有无数社会体系与世隔绝,他们或是尚未进入太空时代,或是已经摒弃了星际旅行,追求反省与孤独。"文明"系列小说通常以生活在边缘地带的人物为主角,比如外交官、间谍、雇佣兵等。作者借这些角色的眼睛,向读者描绘不同地区千姿百态的自然社会风貌,展现出惊人的想象力。

在小说体系里,"文明"与地球上的人类社会共存。现有小说的情节,发生在人类公元1300—2970年;地球初次与"文明"接触的时间是公元2100年;早在20世纪70年代,"文明"的使者就曾经暗中到访地球。"文明"世界的创立,是几个由人类和智能机器组成的社会发展到一定程度之后的结果。在《游戏玩家》一书中提到,"文明"世界涉足太空已经有一万一千余年。

人类居民

"文明"世界有两类居民:一类是人类和其他生物体,另一类是智能机器。

有人觉得"文明"世界的人类居民简直就像机器豢养的宠物。在一个科技万能的世界里,他们做不出什么有益的贡献。小说的人物有时也会质疑"文明"世界的民主程度,怀疑机器在暗中操控整个社会。事实上,小说里的确很少出现"文明"的人类成员做出重大决策的情节。

在"文明"世界里,很多居民都具备接近人类的生物特性。对这种情况,作者并没有做出明确的解释,而只是给出了一些近于调侃的回答。但是,小说中的银河系里也有很多非人类的生物体。

"文明"世界掌握了改善人体构造的技术。大部分人类成员都会选择对身体进行改造,比如变换性别、增强性欲、消除疼痛、改变年龄、控制心跳和意识，还可以不经锻炼就加强骨骼和肌肉。进行什么样的改造取决于个人喜好。如果愿意，也可以在身体里加装武器系统。大多数"文明"社会的居民都会给自己植入药物腺体，通过神经系统控制这些腺体，产生服药、饮酒、做梦等感觉。腺体分泌的药物没有副作用，也不会成瘾。因为大多数"文明"居民可以长期保持健康，有人甚至选择偶尔生病，来满足自虐的怪癖，这种癖好在有些场合甚至很流行。

智能机器

除了人类及其他生物之外，智能机器也是"文明"世界的平等居民。超过一定智能水平的机器，就被看作地位完全平等的个体。这些机器可以粗略划分为嗡嗡机和主脑两种类型。

不同型号的嗡嗡机智能水平和社会地位各有不同：有些功能强大，地位与人类居民相当；有些只承担简单工作，智能相对有限；承担基础服务工作的原始嗡嗡机，被视为智能机器的原型，没有自我意识，也没有公民资格。

嗡嗡机往往都有鲜明的个性。嗡嗡机中的平民，智能与人类相当。而特工机构定做的嗡嗡机，智能高出常人数倍，感应能力上佳，战斗装备的威力也非常惊人。它们的武器主要是力场和效应器，有时也配备激光和刀锋飞弹①。

外形方面，嗡嗡机是形态各异的悬浮物体，身体周围还有可见的光晕，用来表达情绪。不同颜色和图案的光晕可以表达不同的信号，内容丰富，人类居民也能看懂这些信号。

主脑是最强大的智能机器，其智能大大高于"文明"世界的其他生物和居民，它们的处理能力惊人，可以同时进行数以百万

---

① "文明"的一种武器，最早见于《腓尼基启示录》。

计的会话。主脑是大型设备（飞船和太空居住地）的控制系统，在社会体系中占据重要地位，承担着为所有人谋福利的职责。作者认为只有让公权力完全处于人类控制之外，才有可能绝对避免腐败，因此主脑是绝对自由的无政府社会能够存在的前提。

主脑个性鲜明，有时候带点儿怪癖，但永远亲切友好。它们把居民或者船员视作有趣的同伴，并通过各种遥控设备与人类交流。主脑的化身可以是嗡嗡机、人形替身甚至毛绒玩具。

是否承认智能机器的公民权，是小说中一些战争的缘起。"文明"世界对智能机器非常尊重，很多简单重复的工作，都交给特制的非智能机器去完成，以避免智能机器有被盘剥、被奴役的感觉。

社会体系

在"文明"世界里，智能机器、人类和其他生物体完全平等共存。这是一个享乐至上的社会。人类和智能机器也有自己的工作，但主要是为了"好玩"，而不是"有用"。他们只需要做自己感兴趣的事情，每个个体都可以按照自己的智能水平和喜好来选择工作。"文明"世界没有货币体系，他们认为"货币的存在，就是贫困的象征"。

"文明"世界没有法律，社会规范约定俗成。居民看重自己的声誉，讲究礼貌，行为不当的人会受到嘲讽。唯一严格的禁令，似乎是不得杀害或胁迫其他有意识的存在，不管是智能机器还是生物体。"文明"世界也的确存在"激情犯罪"，嗡嗡机会形影不离地看守着这些罪犯，以免他们造成更多危害。

未经允许窥探他人思想是"文明"世界的大忌，尽管他们完全掌握了此类技术。小说中提到，如果"文明"世界有一天需要制定法律，也许第一条就是禁止窥探他人思想。这让居民的隐私权有了一定的保障，尽管整体而言，"文明"世界是一个无须保守秘密的社会。

语言

玛瑞语是"文明"世界的通用语，这套语言系统由早期主脑创建。人们相信，语言具有塑造现实世界的力量，玛瑞语既可以用常规方式书写，也可以用二进制数据表达，形式上也富有美学价值。玛瑞语中的符号，可以用3×3格的二进制信号表示，相当于9位的二进制数据。这种语言里没有表示财产、所有权、等级体系和权势等概念的词汇，因为"文明"世界努力避免受到这些概念的负面影响。

姓名

一些人类和嗡嗡机有冗长的名字，可以包含7个或者更多的单词。这些词有的代表出生地或者制造厂，有的代表职业，有的可能代表了哲学观念和政治立场。以戴吉特·萨玛为例，她的全名是拉斯德－康杜雷萨·戴吉特·埃姆布雷希·萨玛·达·玛林海尔德。

"拉斯德－康杜雷萨"是她出生的行星系统，按这套命名规则，地球人姓名的开头应该是"索尔－特拉萨"（即"太阳－地球人"）。

"戴吉特"是名，通常由父母尤其是母亲决定。

"埃姆布雷希"是她自己选择的名字，大部分"文明"世界的居民成年时给自己取一个名字，称为"具名"，表示名字最终完整了，也有人不给自己取名。

"萨玛"是姓，通常随母姓。

"达·玛林海尔德"是她成长的地方，这里的"达"相当于德国人名字里的"冯",表示来自哪里。

按照这种格式,伊恩·M.班克斯给自己取了一个名字:索尔-特拉萨·伊恩·厄尔班考·班克斯·达·昆斯弗雷。

飞船的主脑为自己命名,这些名字往往是异想天开又荒唐可笑的(例如:先读说明书、老友莫重逢)。"文明"世界的战舰经常设计得十分丑陋,名字也不好听(例如:暴徒、行刑官、神经虐待者),据说是因为大家爱好和平,不想跟暴力扯上任何关系。

死亡

"文明"世界的人类居民大多淡然面对死亡,基因技术和主脑对日常生活的操控,使人类居民非自然死亡的可能性下降到接近于零。居民的平均寿命在350—400年,但也可以进一步延长。人类居民也可以轻松制作自己身体的备份,就算是死了,也能复活。居民可以自由选择复活的形式,可以复活成生物体,也可以变成智能机器,甚至变成虚拟空间里的存在。在"文明"世界,死亡被看作生命的一部分,刻意避免死亡是一种缺少风度的行为。有了死亡,生命才完整。

在"文明"世界的技术支持下,嗡嗡机和主脑的寿命没有上限。所有的主脑都有自己的备份,因为它们承担的职责十分复杂和重要。

空间科技

"文明"世界和其他一些先进的文化系统,都掌握了反重力技术和力场技术。

他们可以远程控制力场进行推、拉、切割等精准操作,也可以制造防卫力场。但是这种能力在作用距离和强度方面有一定的局限性。尽管他们可以制造绵延数千米的力场，但是人还是要靠近事件发生现场，才能有所作为。

在主脑的控制下，力场可以远距离发挥特定作用，几光年以外的飞船也可以侵入某星球的电脑系统，调取、修改资料。

"文明"世界还拥有利用时空隧道瞬间转移生物体和非生物体的能力，体积越小，转移的空间越大。瞬间转移也是一种军事技术，比如说，炸弹可以瞬移到敌方区域引爆。

生存空间

"文明"世界几乎没有居民在行星上生活，因为"文明"世界不愿征服或者向现有行星移民。由于掌握了先进的技术，他们没有生存空间的压力。

大部分"文明"世界的居民生活在被称为"星陆"的类行星轨道平台上，这是一种巨大的人造环形世界，可以容纳数以十亿计的人口。星陆通常是利用小行星、陨石和太空垃圾等不利于宇宙飞行的散碎材料做成的圆环状平台。星陆也有自己的主脑，类似于飞船，只不过功能更为强大。

除了星陆之外，飞船（包括星舰在内）就是"文明"居民的主要生活空间，也是与外星球进行接触的使者。一艘完整的"文明"飞船，长度在数百米到数万米，内部可能居住数以十亿计的生命，是一个完整的人工生态系统。

存在于巨大飞船和人工居住地中的"文明"世界，没有征服其他地域的需求，也就没有真正意义上的疆域。

对外政策

尽管"文明"世界的生活无忧无虑，很多成员却并不甘心无所事事，他们主动承担起一些"慈善工作"，或公开或秘密地参与到其他社会体系的发展中，帮助他们不致走上灾难性的错误发展道路。在"文明"世界看来，这是他们的道德义务。

"文明"世界的星际事务部就负责处理此类事务，采用外交或其他手段达到目的。星际事务部下面又设有一个特情局，这是一个特工组织，行动更为隐秘。因为"文明"世界对其他星球的干涉常常会引发反感，所以要谨慎处理。

"文明"世界常常被看作对20世纪至21世纪西方文明的影射，尤其是对相对落后地区的态度方面。"文明"世界的外交政策立场，接近于现代国际政治舞台上的新保守主义。

争议

"文明"特情局会驱使雇佣兵承担肮脏的任务，自己却置身事外假作清高，甚至以发动战争为威胁达到政治目的，这种做法即便是拿现实世界中西方社会的行为标准来衡量，也会显得过于卑鄙。

"文明"世界的故事，大多涉及文明社会面临的两难问题。这个虚构的社会体系是一个理想的自由放任社会，它摆脱了现实物质条件的约束，超越了现时的很多偏见和谬误，但依然面临着一些无法圆满解决的问题和争议。这些问题也是值得全人类思考的主题。

"文明"世界本身在面临安全和生存考验的时候，有时也不得不走向自己的反面，容忍与自身价值体系完全相左的行为。特情局有时候别无选择，只能重用那些有能力完成任务的人，而这些人或者机器代表的未必是"文明"世界所倡导的东西。星际事务部和特情局有时候会隐瞒重要信息，与"文明"世界的公开做法唱反调甚至通过操控大众意见来左右政局。这种做法带有一定的自相矛盾和脱离现实的倾向，像一群"理想主义的青春期少年"。

作者对"文明"世界一些设置的解释

为什么"文明"奉行无政府主义?

在作者看来,人类现有的权力体制无法适应太空时代,技术水平达到一定程度之后,无政府主义倾向是必然的,也是必须的。

要在太空时代生存,飞船或者居住地必须自给自足。如果他们与掌权者之间发生冲突,可以轻易摆脱控制,而掌权者如果采用强力压制的做法,往往会代价高昂,得不偿失。太空时代的文明体系,必然带来权力的分散和集权体制的消解。

太空居民的社会结构和财产关系,必然不同于单一星球环境。外界生存环境的恶劣,会加强同一文化内部的认同感。表面看来是无政府主义盛行,内部看来却是彼此互利的社会主义环境,一切社会和经济结构都合乎这一趋势。

为什么由主脑而不是由人类掌握世俗权力?

在作者看来,人类自私和互相仇恨的冲动,在迄今为止的所有社会结构中都没能得到足够的控制。也许问题的解决之道,在于世俗权力的转移,应当将复杂的机器系统置于道德、哲学、政治理念之上。处于控制地位的机器立场坚定,却可以保持天真,超越私利。

为什么对人工智能如此乐观?

在作者看来,人们对人工智能现有的各种担心和指责,往往可以归结到简单的几个方面:认定生物具有某些无法模拟的特性,认定机器不可能有"灵魂",认定非生物体不可能有自我意识。可是所有这些,其实都建立在存在某种超自然"神灵"的前提之上。作者是无神论者,他把智能机器看作完全与人类平等的存在。

作者认为，智能机器确实可能成为人类的敌人，不过相反情形出现的可能性更大。如果出现了所谓的"冯·诺依曼计算机噩梦"，也只能说是设计过程中的一点反常，是一种可以纠正的方向性偏差。人类的未来，完全可以是人机共存共荣的。

多元化的文明世界

作者曾经表示，什么属于"文明"世界，什么不属于"文明"世界，并不存在非常明确的界限。他笔下的宇宙处在不停的演进之中，有些特色淡去了，另外一些特色会逐渐清晰。

在"文明"系列作品的各个角落，作者探索着各种构造宇宙的可能：七维空间、果壳中的宇宙、一粒尘埃中的乾坤等。他用亦真亦幻的笔调，刻画了现实与幻想空间中，关于人类的一切可能。也许，在他深邃的眼神后面，还隐藏着无数不为人知的奇思妙想，像他笔下的银河一样无边无际，等着每一个人类或者嗡嗡机，和他一起去探索未知时空的奥秘。

按出版年代顺序，"文明"系列包含的小说作品有：

Consider Phlebas（1987）	中文版已出（《腓尼基启示录》）
The Player of Games（1988）	中文版已出（《游戏玩家》）
Use of Weapons（1990）	中文版已出（《武器浮生录》）
The State of the Art（1991）	中文版敬请期待
Excession（1996）	中文版敬请期待
Inversions（1998）	中文版已出（《反叛者手记》）
Look to Windward（2000）	中文版已出（《向风守望》）
Matter（2008）	中文版敬请期待
Surface Detail（2010）	中文版敬请期待
The Hydrogen Sonata（2012）	中文版敬请期待

目录

1	序　章
8	1. 远古错误之光
32	2. 凛冬风暴
51	3. 黎明之下
70	4. 焦黑大地
88	大气圈
103	5. 迷人的系统
124	6. 抵抗造就性格
137	7. 同侪
152	8. 在凯德莱塞特静养
170	飞　舰
186	强风吹拂
190	9. 高塔之城
207	10. 尤米尔的海蚀柱
224	11. 有失庄严
250	12. 不存在的回声
275	无尽航程
288	13. 寻死的方式
313	14. 为了启程而返回，回想着，遗忘着
341	15. 彻头彻尾的失控
358	16. 光之将尽
380	时间，空间
387	解　脱
391	尾　声

序　章

  时间一点点流逝，我们两个心知肚明——我必须把他抛下。电光闪耀，很难分辨哪些是闪电，哪些来自隐无者[①]的能量武器。

  一道耀眼的蓝白色亮光划开苍穹，破碎的云层之下，整个世界仿佛翻转过来，雨幕中四周满目疮痍的毁坏之景暴露无遗：一座建筑物的空壳矗立远方，先前某次震荡将其开膛破肚，内里已然被挖空；弹坑边缘散布着轨道塔乱七八糟的残骸，断裂的输送管和隧道裸露在外；对陆驱逐舰庞大而残破的机体已经半身没入坑底那脏兮兮的污水池中。亮光黯淡下去，只留下眼睛深处一抹残存的光斑，以及驱逐舰内忽明忽暗的火光。

  基兰将我的手抓得更紧了。"你该走了。乌洛塞伊，现在就走。"又一道微弱些的光照亮了他的脸和腰部周围浮着油沫的泥浆，他的下半身消失在战争机器下方。

  我装模作样地看了一眼头盔显示屏上的数据。舰船的飞行器已经独自返航。画面显示没有更大的飞行器同行，开放频道也没有任何通信信号，这意味着没什么值得报告的好消息。没有牵引

[①] 切尔格里安社会遵奉的卡斯特等级体系中较低的一个等级。现知的卡斯特等级从高到低依次为：命定者、通达者、天赋者、哑声者、隐无者、割除者、计数者、手予者、手作者。——译者注（下同）

船，也不会有救援。我将画面调至近战视图，依旧没发现任何喜讯。脉冲示意图混乱不堪，成像极其不稳定（不靠谱，光是这一点就糟透了），此外，我们似乎正处在隐无者的前进路线上，很快就会被赶超。不到十分钟。或者十五分钟。也可能是五分钟。存在很大变数。即便如此，我还是尽力咧开一个大大的笑容，语调波澜不惊。

"飞行器赶到之前，我去哪儿都不安全。"我平静地说，"我们俩处境一样。"我在泥泞的斜坡上挪动，想要寻到更好的落脚点。接二连三的爆炸让空气震颤不已。我扑到基兰身上，护住他暴露在外的脑袋。残骸砰砰地砸上对面的斜坡，有什么东西扑通一声落入水中。我循声瞥了一眼积聚在坑底的污水，水波拍在对陆驱逐舰前端錾子形状的护甲上，尔后退了回去。看样子，至少水面不会再往上升了。

"乌洛塞伊，"他说，"被这个庞然大物压着，我哪儿也去不了。拜托了。我没有逞英雄的意思，你也别。现在，快点离开。快走。"

"还有时间。"我告诉他，"我们得想办法把你弄出来。你总是这么缺乏耐心。"上方又开始时断时续地闪着强光，光束切开黑暗中每一滴飞落的雨点。

"你——"

又一拨枪弹连射带来剧烈的震荡，基兰即将说出的话被尽数淹没。为数不多的空气已经被持续不断的爆炸撕得粉碎，然而轰鸣声仍然在头顶上方翻滚着碾过。

"聒噪的夜晚。"我说着再次伏在他身上，耳朵里一阵嗡鸣。更多强光向一侧射去，我紧贴着他，近到足以看见他双目中流露出的痛苦，"就连天气都要和我们作对，基兰。听这雷鸣多吓人。"

"这可不是雷鸣。"

"哈，怎么不是！你看，还有闪电。"我一边说，一边把他护得更紧。

"走吧。现在就离开，乌洛塞伊。"他轻声说，"你在做傻事。"

"我——"我开口想要反驳。步枪从我的肩上滑下，枪托砸到他的前额。"哎哟。"他叫了一声。

"抱歉。"我将武器抖回肩上。

"都怪我弄丢了头盔。"

"话说得没错，不过，"我一巴掌拍向上方的舰船残骸，"你拿下了一艘对陆驱逐舰。"

他大笑起来，随后立马龇牙咧嘴地瑟缩了一下。他挤出笑容，一只手抚着这艘舰船的导向轮。"可笑，"他说，"我甚至不能确定这艘驱逐舰是我们的还是他们的。"

"你懂的，"我说，"我也不确定。"说完，我抬头望向断裂的残骸。驱逐舰内，火焰似乎已经蔓延开来，蓝色中掺杂着黄色的细瘦火焰在洞口跳动，那里原本是主炮塔的位置。

破损的对陆驱逐舰仍然保持在原先的轨道上，一半滑进了弹坑，另一半在坡道上沉重地滚动。远端，剥落的轨道平躺在弹坑斜坡上，足有一步宽的平坦的金属部件如同摇摇欲坠的自动扶梯，几乎要戳上弹坑锯齿般的边缘。在我们面前，偌大的导向轮从战争机器的外壳支棱出来；一些导向轮支撑着轨道上半段巨大的铰链，一些则集中在下部。基兰就困在了下方，他的下半身被挤进了淤泥中，只有上半身可以活动。

我们的战友已经全都牺牲。活下来的只有我和基兰，以及一名驾驶轻型飞行器的飞行员——正赶回来搭救我们。此时此刻，驱逐舰就悬在我们上方几百千米处，摇摇欲坠。

无视基兰牙关之间泄出的呻吟声，我试着把他往外拽，但很快就又卡死了。为了想方设法移开困住他的那段轨道，我烧坏了制服上的反重力装置①，咒骂着传闻中威力令人叹服的第 N 代投射性武器——这玩意儿在干掉同类上真是一级棒，对于切开金属厚板却毫无用处。

附近传来噼里啪啦的声响，炮塔孔径中跳动的火焰猛然蹿出一串火花，在大雨中升起，又渐渐熄灭。透过破损的机身，我感受到大地在轰鸣。

"弹药正在爆炸，"基兰紧张地说，"你该走了。"

"不。不管是什么，炸毁炮塔一定耗尽了所有存量。"

"我不这么想。爆炸还会继续，快走。"

"不要，我在这儿待着很舒服。"

"你……很什么？"

"很舒服。"

"你在犯傻。"

"我没有。别想着赶我走。"

"我不该赶你走？你就是在犯傻。"

"别说我傻了，行吗？你是在斗嘴。"

"不是斗嘴，我正在竭力让你理性行事。"

"我现在就很理性。"

"这话并没有什么说服力，你明白的。自救是你的义务。"

"而你的义务是不要绝望。"

"不要绝望？我的战友和伴侣都像傻瓜一样，而我还——"基兰瞪大了眼睛，"注意上方！"他指向我身后，低声说。

"什么？"我迅速转身，将步枪转到身前，尔后停了下来。

一名隐无者站在坑边，俯视着对陆驱逐舰的残骸。他头上戴着类似头盔的东西，但没有遮住眼睛，看样子不是多么精密的装

---

① AG Unit，用于产生重力或者悬浮在某个重力场中。"文明"和其他先进的社会都掌握了这种技术，详见《腓尼基启示录》第五章和《游戏玩家》第三章。

备。雨幕中，我抬眼紧盯着他。对陆驱逐舰燃起的火焰将他照亮，我们应该隐没在了阴影里。这名战士一只手持枪，没有用两只手。我停在原地一动不动。

他将一个物件举到眼前，开始扫描，随后停住，直直地望向我们。就在他放下夜视仪、端起武器想要射击的瞬间，我已经举起步枪，扣动扳机。隐无者在枪火中被炸得稀巴烂，就在此时，又一道光照亮上方的苍穹。他缺了一只胳膊和脑袋的躯干倒在地上，顺着斜坡向我们滚来。

"忽然发现你的枪法马马虎虎，还过得去。"基兰说。

"一直这么准，亲爱的。"我拍了拍他的肩膀说，"我始终保持低调，只是不想让你感到难为情。"

"乌洛塞伊，"他再次握住我的手，"那人不会是一个人来的。现在，再不走就晚了。"

"我——"我刚一开口，对陆驱逐舰笨重的躯壳以及我们周围的坑壁就开始剧烈晃动。残骸从内部爆炸了，发光的弹片飕飕地从炮塔的孔径中飞出。基兰痛苦地喘着气。我们周遭的泥沙沿着斜坡向下滑去，隐无者的尸体又向我们这边滑动了几步。他的枪仍然紧紧地攥在护甲手套里。我又扫了一眼头盔上的显示屏。飞行器就快到了。我的爱人说得没错，该离开了。

我转身想对他说点什么。

"帮我把那个浑蛋的步枪拽过来就好，"他向一命呜呼的战士点点头，"看我能不能再带走一两个隐无者。"

"好吧。"我一边说一边爬上淤泥和残骸，抓住死去战士手中的枪支。

"检查一下他身上还有没有别的东西可用！"基兰大喊，"手榴弹之类的，什么都行！"

我顺着斜坡滑了回来，没刹住脚，结果两只靴子都泡进水里。

"全部家当。"我说着递给他那只步枪。

他尽可能仔细地检查了一遍:"还可以用。"然后将枪托定在肩膀上。下半身陷在淤泥中,他只能小范围转动身体,竭力摆出类似射击的姿势。"现在,快走!趁我还没向你开枪!"一拨又一拨爆炸将对陆驱逐舰的残骸撕碎,他只得抬高音量,盖过隆隆的响声。

我俯身向前,吻住他。"我们会在乐园重逢。"我说。

一瞬间,他流露出温柔的神色,开口说了些什么,可是爆炸震颤了大地,我只能在震耳欲聋的回声消退之后让他再说一遍,此时,更多光束撕开苍穹。头盔的遮面板上,信号灯突然开始急促地闪烁,提醒我飞行器即将出现在上方。

"我说,不用着急。"他面带微笑,平静地说,"活下去,乌洛塞伊。为我活下去。为了我们俩。拜托了。"

"我答应你。"

他冲着弹坑的斜坡点了点头:"好运,乌洛塞伊。"

我本想回一句"好运",或者简单道个别,却发现自己什么都说不出口,只能绝望地凝望着他,最后一次看向我的丈夫。随后,我转身离去,拖着身子往上爬,在一片泥浆中跌跌撞撞地滑行。我逼自己从他身边离开,路过死于我手的隐无者,沿着驱逐舰燃烧着的躯壳行走,然后从舰尾的炮筒下方横穿过去。与此同时,一次又一次爆炸将燃烧的残片喷入大雨滂沱的天空,然后又重重地砸入上涨的污水中。

弹坑一侧满是淤泥和油污,看样子比起爬上去,我更容易滑倒。有那么几次,我相信自己永远也没法逃离这个可怕的深坑,直到最后脚下一滑,我挣扎着拽住宽阔的金属带,将身体甩了上去——感谢这条从对陆驱逐舰上脱落的轨道。置我爱人于死地的东西却救了我一命。我踩着嵌入式轨道的衔合部分,几乎一路小跑冲到了顶端。

弹坑之外，断壁残垣和与暴雨偕行的狂风之中，熊熊燃起的火焰照亮了夜空，我看到大大小小的战争机器笨拙移动的轮廓，后方跟着一群又一群疾速奔跑的战士，全都朝这边涌来。

飞行器在云层中盘旋，我跳了上去，飞行器迅速升起。我想要转身回望，但舱门在身后"啪"地合拢，整个人被甩进了狭窄的内部空间——窄小的飞行器一边上升一边躲避射击和飞弹，驶向在高空等待着的母舰——凛冬风暴号。

1. 远古错误之光

风平浪静，驳船停靠在运河背阴的一面，甲板上的积雪堆出枕头的形状，形成高低起伏的小丘，柔化了驳船的轮廓。运河上的道路、桥墩、系船柱和升降桥的表面同样覆盖了一层厚厚的雪，坐落在码头后方的一幢幢高楼赫然耸立，窗户、阳台和檐槽，每一条棱都镶了银边。

卡布知道，几乎在任何时候这里都是这座城市的寂静之地，然而今晚，这儿似乎比往常还要安静，事实也是如此。踏进人迹未至的雪地，他能听到自己的脚步声。每一步都嘎吱作响。他停下来，抬头轻嗅着空气。太安静了。卡布从不知道这座城市居然可以如此寂静无声。他心中揣测，大概是皑皑白雪使然，吞噬了周遭轻微的响动。而且，地面上没有明显起风，这就意味着在没有通航的夜晚，运河即使没有结冰，也仍然会保持绝对的静谧无声，没有海浪拍岸，也没有汩汩的波涛。

周遭没有光源，运河黝黑的水面无从反射，于是河面看起来什么都没有，驳船仿佛无依无靠地悬浮在虚空之中，毫无支撑。不同寻常之处又多了一个。往常，日光会穿透整座城市，星陆这半边几乎每个角落都沐浴在阳光之中。

他抬头望天。此刻，雪渐渐舒缓下来。天气系统豁然晴朗，顺着自转方向，城市中心以及远山上空云层破开，露出璀璨的星辰。正上方，一条稀疏而昏暗的发光带透过飘忽不定的云层若隐若现，那是来自星陆远端的光辉。目之所及，没有飞行器或大型舰船的踪迹。就连属于天空的飞鸟似乎都乖乖地待在巢穴里。

也没有音乐。通常只要侧耳倾听，阿基米城随处都飘荡着乐声（卡布的听觉很敏锐）。然而今夜，他什么都没听到。

压抑。就是这个词。这地方充斥着压抑的氛围。今天是个特别的夜晚，特别，而又阴郁。（"今夜，让我们在远古错误之光下共舞！"齐勒在早上的采访中如是说。言辞之间可不要太憧憬。）这种复杂的情绪似乎感染了整座城市，整个泽瑞弗板区，当然还有整个马萨克星陆。

尽管如此，雪似乎还是带来了某种意料之外的寂静。卡布又站了一会儿，思索是什么造成了这片死寂。他曾经察觉到一丝不协调感，但当时并未在意，也不觉得有必要去一探究竟。与雪本身有关……

他回头看了看自己在雪地上留下的足迹。三行脚印。不知道哪个人类——哪个两足生物——会留下这样的痕迹。其他人或许根本注意不到，他想。就算看到了，也只会提出问题，然后得到答案。中心①会告诉他们：这些足迹来自我们尊贵的来客，霍姆达人大使卡布·艾什莱尔。

好吧，最近已经不怎么神秘了。环顾一圈后，卡布飞快地蹿了一小步，跳起了曳步舞，每一个步伐都拿捏得恰到好处，巧妙地掩饰了他的体格和体重。他再次环顾四周，确认没有旁人注视，喜不自禁。卡布端详着自己在雪地上印下的舞步。进步了不少……不过他刚刚在思索什么来着？雪，还有死寂。

---

①位于环状星陆的正中央，也是星陆主脑的栖息地。

是了，回归正题，雪似乎湮没了一切声响。人往往习惯有天气的声响为伴。微风轻叹，或者狂风呼啸，大雨嘈嘈如鸣鼓，或者小雨切切如低语；哪怕雾霭茫茫，缥缈的云雾无声无息，无法直接发出声响，也会偶有水滴滴落，滴答作响。然而雪花兀自飘落，没有一丝微风相伴，似乎违背了自然法则；不妨想象一下关掉声音只看画面的感觉，仿佛聋了一般。当下的情况如出一辙。

卡布心满意足地沿着小径往回走，就在这时，一整片积雪闷声不响地从一幢高楼的屋檐上滑下，"砰"的一声砸在附近的地面上。他停下脚步，注视着这场微型雪崩在地面上堆起一条白色长脊，最后几片雪花在灾祸现场打着旋儿纷飞。他笑了。

无声地笑了，唯恐打破这片宁静。

终于，亮光出现了。光来自一艘巨大的驳船，位于离运河平缓的弧形拐弯处四艘船舶开外的地方。随之而来的还有阵阵乐声——来自同一个源头。乐声柔和、简单，不过总归是音乐。人们经常称之为"过门"或者"暖场乐"。不算是正儿八经的演奏。

演奏会。卡布好奇自己为什么会被邀请。一天下午，联络型嗡嗡机E.H.特索诺捎来一条消息，邀请卡布莅临现场。邀请函是用墨水写就的，本体是一张卡片，由一只小型嗡嗡机送来。呃，其实就是可以飞的托盘。事实上就算没有被邀请，卡布也经常去参加特索诺的第八日演奏会。此番专程邀请一定另有意图。莫非是为了让他明白之前没有收到任何邀请就冒昧到场是多么放肆？

说来奇怪，理论上来说这场演奏会面向所有人开放——理论上来说，有什么不是呢？不过"文明"世界的居民还是让卡布大吃一惊——特别是嗡嗡机，像E.H.特索诺这样的老式嗡嗡机。"文明"没有法律，也没有任何明文规定，却有那么多……惯例，繁复的礼仪，以及表示友好的行为规范。还有风尚。他们对风尚的追求体现在方方面面，从极其琐碎的细枝末节，到最具重大意义的瞬间。

细枝末节：所有纸质信息都要放在托盘上传递。这就意味着每个人都得行动起来发出邀请，在物理层面上将信息日复一日地从一个地方传递到另一个地方，怎么就不能让信息正常流动，直接传送给某人的住所、亲友、嗡嗡机、终端，或者植入物？多么荒谬又冗长乏味的点子！他们就喜欢这种华而不实、矫揉造作的调调，不过这个风尚可能撑不过一个季度！（哈！不能再久了！）

重大时刻：活着还是死去，全看心情！一群颇有名望的人认为人生只有一次，死了就死了，数百万计的民众趋之若鹜；接着，新的趋势在舆论制造者中流传开来，人们纷纷开始备份[①]，然后将身体进行全面更新或者局部再生，或者把自己的人格植入仿真副本中……吊诡的设计层出不穷，呃，万物皆可改造。老实说，这方面确实百无禁忌，然而问题在于数百万计的居民一时间都开始进行类似的更新，就因为潮流。

这是成熟的社会应有的行为吗？死亡成了可供人们选择的生活方式？卡布知道自己的同类会给出什么答案：狂妄、幼稚，对自己乃至对生命不尊重，与异端邪说无差。而他之所以没有下此定论，可能是因为在这里待了太久，也可能是因为他对原先帮助自己来到这里的"文明"产生了一种难以名状的共情。

沉浸在关于死寂、庆典、时尚以及自身处境的漫想中，卡布来到了精雕细琢的舷梯旁，舷梯一侧是码头区域，另一侧通向由镀金木头制成的奢华之所——古老的孤子号庆典舰。这一片雪地已经被踩得足迹纷乱，脚印来自附近一个联通地下交通站点的建筑。竟然有人享受在雪中漫步，显然他是个怪人。不过从另一方面来看，他并不住在这座山城里，居住的地方几乎从不下雪，也

[①]指备份自己思维状态。

不结冰，所以眼前的景象让他感到新奇。

登上庆典舰之前，霍姆达人抬头仰望深邃的夜空，一群纯白的海鸟排成 V 形，擦着舰船传递信号的桅杆，寂静无声地从上空飞过，鸟群正从高盐之海飞向内陆。直到鸟群消失在高大的建筑后方，他才收回目光，轻轻拂去大衣上的落雪，抖了抖帽子，然后踏上舷梯。

"就像到了假日。"

"假日？"

"没错，假日。过去这个词的意思和现在可不同，几乎截然相反。"

"你想说什么？"

"嘿，这个可以吃吗？"

"什么？"

"这个。"

"不知道。咬一口就知道了。"

"可是它刚刚移动了。"

"刚刚移动了？什么，它自己动的？"

"我觉得是。"

"哈，现在，问题来了。从如假包换的捕食性生物进化而来——就像我们的朋友齐勒，本能的回答一定是'可以'，可是——"

"这和度假有什么关系？"

"齐勒——"

"——如他所说。截然相反的意思。过去，假日意味着远走高飞的时光。"

"真的？"

"没错,我依稀听说过。原始的玩意儿,当时人类还处在稀缺时代①。"

"人们必须无休止地工作,为自己以及社会创造财富,根本没有什么时间休息。于是一年到头他们几乎天天都要把一半的时间耗在工作上,等到分配到可以远走高飞的额度,又攒足了用来交换物品的——"

"钱。专业术语。"

"——到那时,他们就可以从工作中腾出时间,远走高飞。"

"打扰了,你可以吃吗?"

"你是在和你的食物聊天吗?"

"不确定。我还不知道它是不是食物。"

"即使是极度原始的社会也不能这么干。他们每年只有几天是假期!"

"但我觉得原始社会可能相当——"

"原始且工业化,他指的是这个。不必理会。你能别再戳了吗?都快戳出瘀伤了。"

"可是,你能吃它吗?"

"任何你能放进嘴里,然后一口吞下去的东西都能吃。"

"你知道我是什么意思。"

"不懂就问,你这个蠢货!"

"我刚刚问了。"

"不是让你问这个!老天,你的腺体怎么回事?你能出去吗?你的看护人或者终端机在哪?随便什么玩意儿都行。"

"呃,我不想只——"

"噢,看出来了。人们会同时远走高飞吗?"

---

① Age of Scarcity,"文明"世界里社会经济发展的原始阶段。

"怎么可能？要是他们同时离开，一切就停摆了。"

"哈，当然。"

"不过一年中偶尔几天，只有一小队骨干人员来维持基础设备。除此之外他们会错开时间休假。如你所料，不同时间、地点，人们的处理方式有所差异。"

"啊哈。"

"现在我们所说的'假日'或者'核心时间'指的是所有人都待在家里的时候，否则大家就没机会打照面了。你连邻居是谁都不知道。"

"老实说，我确实不知道邻居是谁。"

"因为我们都太轻浮了。"

"重大的假日。"

"存在于旧有观念中。"

"以及贪图享乐。"

"脚都痒了。"

"脚发痒，爪子发痒，鳍发痒，触须发痒——"

"中心，我可以吃这个吗？"

"——气囊痒，肋骨痒，翅膀痒，爪垫痒——"

"好了好了，我们已经明白了。"

"中心？在吗？"

"——钳子痒，黏液的尖端痒，活动气囊痒——"

"你能闭嘴吗？"

"中心？你能接进来吗？中心？该死，我的终端机坏了。要不就是中心没有应答。"

"可能它休假去了。"

"鱼鳔痒，肌肉褶边痒——呜嗯！怎么回事？我的牙缝里塞进了什么东西？"

"是的，是你的脚。"

"我想我们回到了起点。"

"恰如其分。"

"中心？中心？哇哦，之前从未遇到过这种情况……"

"大使艾什莱尔？"

"嗯？"突然被喊到名字，卡布发现自己又一次神游了，这是聚会时常有的事，对话——或者说好几组穿插着同时进行的对话——以如此头昏脑涨、堪称非人的方式嗖嗖嗖地来来回回，将他淹没，他很难分辨出哪句是谁对谁说的，又是出于什么目的。

后来，他发现自己基本能记住对话中出现的字眼，但这些字眼究竟是什么意思还需要花一番工夫去理解。每当这种时候，他就开始神游太虚，直到幻境被打破——比如被自己的名字唤醒。

他身处庆典舰孤子号的上层宴会厅里，周围几百人齐聚一堂——虽然不都是人类的形态，但大多数是人类。作曲家齐勒的个人独奏会已在半个小时之前结束，他用古老的切尔格里安马赛基琴演奏了一首内敛而庄肃的曲子，和当晚的气氛十分契合，一曲终了，收获了全场热烈的掌声。现在人们正在大快朵颐，觥筹交错。以及，大侃特侃。

男男女女围着自助餐桌走动，卡布也是其中一员。温暖的空气中混着令人愉悦的香气，柔和的音乐在宴会厅内飘荡。头顶是木框和玻璃构造的弧形穹顶，古老的光辉从穹顶上洒下来，虽然这种光远远超出了所有人的感知范围，但万事万物看起来都暖融融的。

鼻环和他说话了。自打来到"文明"的那一刻起，他就不乐意将微缩设备植入脑袋（植入哪儿都不喜欢）。鉴于家族鼻环是唯一不离身的物件，"文明"为他打造了一个完美的复制品，而这个复制品鼻环恰好也是一个通信终端。

"不好意思,大使先生,容我打断一下。我是中心。考虑到您离得最近,您方便告诉欧索先生他正在对一枚普通胸针说话,而不是终端机吗?"

"没问题。"他转向一位身着白色西装、正在对手中的首饰面露难色的年轻男人,"嗨,欧索先生?"

"是我,我听到了。"男人说着后退了一步,抬眼望向这位霍姆达人。看着他一脸惊恐的表情,卡布知道自己一定又被误认成了雕像或者纪念碑。这种情况时有发生,基本上人们会将他错认为秤之类的静物,他已经习以为常了。对于一个以体型细瘦、身高两米、皮肤粗糙没有光泽的两足生物为常见物种的社会,长成三米多高的锥状物,皮肤乌黑亮泽,实在有被错认的风险。这位年轻人眯起眼睛,又看了看手中的胸针,"幸亏没对它发誓……"

"多有打扰,大使。"鼻环又开始说话了,"感谢帮忙。"

"啊,不客气。"

一个发着光的空托盘浮到年轻男人面前,拗出类似鞠躬的姿势说道:"嗨,中心已接通。欧索先生,您手里拿的是一个塞莱维尔形状的黑色大理石,镶嵌着璀璨的铂和锋[①]。这件工艺品出自桑斯因·纳伯德女士的私人工作室,她自库阿菲德学校毕业后便居住在森特雷尔板区。作为一件价值不菲的艺术品,它的确制作精良。可惜它并不是终端机。"

"该死。所以我的终端机哪儿去了?"

"所有终端设备都被您忘在家里了。"

"为什么没早告诉我?"

"是您让我别说的。"

"什么时候的事?"

[①]一种虚构的化学元素。

"一百多——"

"噢，管他呢。这样吧，替换——呃，更改指令。下次我要是没带终端机就出门……让它们大声嚷嚷。"

"没问题，一定办到。"

欧索先生挠了挠头："或许我该接受神经蕾丝。类似这种植入物。"

"不可否认，忘带头出门麻烦就大了去了。如果您愿意，我将临时调派这艘庆典舰的一个化身陪您度过今夜余下的时光。"

"嗯，好吧。"年轻人将胸针别回衣服，转向满满登登的自助餐桌，"怎样都好。我可以吃……？好吧，它不见了。"

"活动气囊痒。"托盘静静地说着，浮向半空。

"嗯？"

"哈，卡布，我的老朋友。感谢你大驾光临。"

卡布闻言转身，看到嗡嗡机E.H.特索诺微妙地悬浮在他身边，稍稍高过人类的头顶，又略低于霍姆达人。这只小机器不到一米高，宽度和纵深约为高度的一半。八角修圆的长方体外壳由精致的粉瓷制成，外面包裹着一层泛着柔光的蓝色明石点网。透过半透明瓷质外壳，嗡嗡机内部组件依稀可辨，在薄薄的瓷质外衣上投下阴影。它泛起一抹柔软的品红色光晕，光晕只局限在扁平底座正下方一小片空间里，这个颜色意味着——如果卡布没有记错——嗡嗡机很忙。忙着和他说话？

"特索诺，"他说，"你好。是的，你邀请了我。"

"确实。你知道吗，事后我才突然意识到你可能会将我的邀请误解为传唤，甚至是蛮横的要求。当然了，消息一旦传递出去……"

"喔——喔。你是说这并不是要求？"

"更像是恳求。瞧，我有一事相求。"

"你有事相求?"真是破天荒。

"是的。不知道能否到更私密的地方谈谈?"

私密,卡布暗忖。这个词在"文明"中可不太常听到。大概在涉及性关系的场合中更常用。即便如此,也不多见。

"当然可以。"卡布说,"你来带路。"

"多谢。"嗡嗡机说着飘向船尾,一路攀升,高高地俯视着宴会厅里人头攒动的盛况。智能机器这边探探,那边瞅瞅,显然是在寻找某人或某物,"事实上,"它轻轻地说,"我们还没凑齐……哈,齐了。来吧,这边请,大使艾什莱尔。"

他们凑近围在马莱·齐勒身边乌泱泱的人群。这位切尔格里安人几乎和卡布一样高,身上覆盖着渐变的毛发,从面部的白色逐渐向背后加深,背部为深褐色。齐勒拥有捕食性生物的体格,下颌宽阔,眼睛硕大。他的两只后腿长而健硕,条纹状的尾巴蜷曲在双腿之间,如同在深褐色皮毛中编入了一条银色带子。切尔格里安远祖曾经有两条中肢,而齐勒只有一条宽阔的中肢,部分包裹着深色毛发。他的胳膊和人类的很相似,只不过手臂上覆满了金色毛发,宽大的手掌长着六根手指——说是手掌,其实更像是爪子。

刚刚涌入人群,卡布就发现自己被另一组喋喋不休、混乱不堪的对话淹没了。

"——你当然不知道我的意思。你没有上下文语境。"

"可笑。人人都生活在语境之中。"

"错了。你确实处在某种情境、环境之中,但这不是一码事。你存在于世,这一点我很难否认。"

"好吧,谢了。"

"不用谢。除了方才那句话,你都只是在自说自话。"

"你的意思是我们并不是真正地活着,是吧?"

"答案取决于你说的'活'意味着什么。不过我还是要说'对'。"

"多么妙趣横生,我亲爱的齐勒。"E.H.特索诺说,"我想——"

"因为我们没有受苦。"

"那是因为你几乎没法承受痛苦。"

"说得好!那么,齐勒——"

"哦,这是一个亘古不变的论辩……"

"但唯有具备承受苦难的能力——"

"嘿!我太苦了!勒米尔·肯普伤了我的心!"

"闭嘴,图伊。"

"——才能有所知觉,你要明白。而这根本不是真正的受苦。"

"但她确实伤了我的心!"

"一个亘古不变的论辩,你觉得呢,希潘丝女士?"

"没错。"

"古老意味着恶?"

"古老意味着不足为信。"

"不足为信?谁说的?"

"不是'谁',是'什么'。"

"那就是'什么'说的……?"

"统计数据。"

"既然说到了这里,数据。那么齐勒,我亲爱的朋友——"

"你没有严肃对待吧。"

"我想她自认为比你更严肃,阿齐。"

"苦难使人堕落,而不是变得高贵。"

"这个论断完全是从数据中得来的吗?"

"不尽然。我想你会发现,道德智慧也是必需的。"

"文雅社会的先决条件,相信在这一点上我们达成了一致。那么齐勒——"

"道德智慧教导我们，一切苦难皆为恶。"

"不对。道德智慧倾向于将一切苦难视为恶，直至苦难被证明为善。"

"哈！这么说你承认苦难可以为善。"

"极其例外。"

"哈。"

"呃，精彩。"

"什么？"

"你知道你刚刚说的在很多不同的语言中同样奏效吗？"

"什么？我说了什么？"

"特索诺。"齐勒终于转向了嗡嗡机。过去几分钟里，嗡嗡机早已降到和他肩膀齐平的高度，一点一点慢慢逼近，尽可能吸引这位切尔格里安人的注意力，它的光晕渐渐褪为蓝灰色，礼貌地忍着不流露出沮丧。

马莱·齐勒，音乐家，目前处于半流放半逃亡的境况。他从半蹲的状态站起身来，通过腰腿肌肉保持平衡。他用中肢搭起临时吧台，将酒水放在顺滑的皮毛上，用前肢——胳膊——将马甲拉扯平整，顺便梳了一把眉毛。"帮帮忙，"他对嗡嗡机说，"我卖力地阐明一个严肃的观点，你的朋友却沉迷于文字游戏。"

"我劝你抓住机会全身而退，重整旗鼓之后再来找她，挑个她不这么思路清晰而且一点就燃的时候。你和卡布·艾什莱尔大使见过面了吗？"

"当然，我们是老朋友了。大使先生。"

"承蒙抬举，先生。"霍姆达人声音低沉，"我更像是一名记者。"

"没错，'大使'是他们对我们的惯用称呼，对吧？我相信这只是奉承之词。"

"毋庸置疑。他们是一片好意。"

"有的时候模棱两可。"齐勒说着向刚才对话的女人微微侧身。女人举起酒杯，颔首示意。

"等你俩好好揶揄完你们慷慨的东道主……"特索诺说。

"就轮到你刚才提及的私密谈话了，是吗？"齐勒问。

"精准。满足一只古怪的嗡嗡机吧。"

"有何不可。"

"这边请。"

嗡嗡机掠过一排排餐桌，向船尾浮去。齐勒跟在这只机器后面，宽阔的中肢和两条健硕的后肢柔软而优雅地交替摆动，仿佛顺着流光溢彩的甲板流动。卡布留意到，盛满酒的水晶杯始终稳稳地端在这位作曲家手中——他单手持杯，毫不费力地保持着平衡。从人群中走过时，齐勒还不忘用另一只手向三两个同他点头、打招呼的人挥手示意。

相比之下，卡布顿时觉得自己敦实又笨拙。为了让自己显得不那么矮胖，他尽量挺直腰身，结果差点撞上天花板上垂下来的一盏复古、华丽的吊灯。

巨型舰船的尾部伸出一个座舱，他们三个坐在舱内，眺望着运河如墨色般深黑的水面。齐勒躬身屈膝，倚在一张茶几旁；卡布舒服地蹲坐在甲板软垫上；特索诺停在一张看上去很脆弱的古董木网椅上休息。卡布刚来到马萨克星陆就和嗡嗡机特索诺相识了，现已过去十个年头，他一早就发现特索诺热衷于将自己包裹在一堆古老的物件中，比如这艘独特的舰船，以及古色古香的家具，还有船内形形色色的装饰物。

就连这只智能机器的物理外形也透着古物研究的癖好。"文明"里有一条普遍适用的规律，嗡嗡机的体型越大，年代越久远。

往前回溯八九千年,最早的一批嗡嗡机和体格健硕的人类差不多个头。之后,嗡嗡机的智能模块开始不断压缩,后来最先进的嗡嗡机一度小到可以滑进口袋。特索诺接近一米高的机身暗示着它或许诞生于一千年之前,然而实际上它只有几百岁,内部组件的分离状态恰好解释了为什么它的机身需要那么多额外空间——为了更清晰地展示它那离经叛道的半透明瓷质外壳是多么精妙绝伦。

齐勒一饮而尽,从马甲里掏出一支烟斗。他吮吸着烟嘴,直到斗钵壁上冒出一缕细烟,对此,嗡嗡机和霍姆达人了然地对视了一下。看着作曲家还在锲而不舍地想要吹出烟圈,特索诺终于忍不住开口:"我执意把你们两位请过来的原因……"

"是什么呢?"齐勒问。

"我们将迎来一位异星来客,作曲家齐勒。"

齐勒静静地平视着嗡嗡机。他向宽敞的舱内环视了一圈,最终盯向舱门:"什么,现在吗?谁?"

"不是现在。三四十天内会到。恐怕我们现在还无法准确获悉来人的身份。不过据我所知,他是你的同胞,齐勒。一位来自切尔的访客,切尔格里安人。"

齐勒的脸近似于一个毛茸茸的圆面,两只硕大的、接近半圆的黑眼睛点缀其上,灰粉色鼻部没有毛发,再往下是一张能够吸食东西的吻部。此刻,这张面庞上流露出卡布从未见过的表情,不过必须承认,卡布和这位切尔格里安人偶然相识后还不到一年。"来这里?"齐勒问。他的声音听起来……冷若冰霜,卡布觉得自己找对了词。

"是的。目的地是马萨克星陆,可能就是我们所在的这块板区。"

齐勒的嘴动了起来:"卡斯特?"这个词更像是从他口中啐出来的。

"一名……通达[①]？也可能是一名命定[②]。"特索诺平静地说。

是了，切尔格里安人的卡斯特等级体系。齐勒背井离乡在这里生活，这个体系难辞其咎。齐勒把玩着烟斗，吐出更多烟圈。"也可能是一名命定，嗯？"他喃喃自语，"老天，你可真荣幸。但愿你能精准无误地以礼相待。最好从现在就开始练习。"

"我们相信这位客人是来看望你的。"嗡嗡机说。它在木网椅上顺滑地转向，伸出一小条力场拽下软线，金色布帘瞬间遮住窗户，将漆黑一片的运河以及积雪覆盖的码头挡在外面。

齐勒磕了磕斗钵，盯着烟斗皱起眉毛。"真的假的？"他说，"天哪，可真是太遗憾了。我刚刚正在考虑登舰远行。航向深空。至少半年吧，可能会更久。说实话，我已经决定好了。请代我向他们派来的那位虚伪的外交官或者说傲慢的贵族致歉吧，管他是什么东西。我相信他们会谅解的。"

嗡嗡机压低声音："我敢肯定他们不会。"

"同感。以上只是在嘲讽。但对于远航我是认真的。"

"齐勒，"嗡嗡机平静地说，"他们想要见你。即使你登舰远航，他们无疑也会一路紧跟，然后你们会在舰船上相遇。"

"而你一定不会出面阻拦。"

"我怎么能这么干？"

齐勒抽了一会儿烟斗。"我猜他们想让我回去，是吧？"

嗡嗡机铁灰色的光晕表达了它的困惑。"我们也不知道。"

"真的？"

"作曲家齐勒，我一直对你知无不言。"

"这倒是。这么说吧，关于这次远行，你们能想到其他原因吗？"

---

① Tacted，卡斯特等级体系中的二等阶层。
② Given，卡斯特等级体系中的一等阶层。

"太多了，我亲爱的朋友，可是仔细想每一个都不太像。如我所说，具体原因我们也不知道。不过如果非要做出推测，我倾向于认同你的观点——劝你返回切尔大概率是这次拜访的主要目的。"

齐勒嚼着烟斗柄。卡布好奇斗柄会不会裂开。"你们不能逼我回去。"

"亲爱的齐勒，我们连建议都不会这么建议，"嗡嗡机说，"这名特使或许有此打算，但决定权在你。你是我们尊贵的客人，齐勒。如果从某种意义上而言真的存在'文明'公民这一说，那么你早已是'文明'的正式成员了。你的诸多仰慕者——包括我在内——早就以热烈的掌声赋予你公民身份，但愿这么说不会冒犯到你。"

齐勒若有所思地点点头。卡布好奇这个动作是切尔格里安人自然而然的表达，还是习得或者转译来的。"讨喜的恭维。"齐勒说。卡布有一种感觉，这个生物只是认真地让自己显得恭谦有礼。"可惜我仍然是切尔格里安人，并没有完全改入'文明'籍。"

"那又何妨。你出现在这里就足以让人们炫耀了。宣布这里是你的家将——"

"奉承过头了。"齐勒一针见血地说。嗡嗡机的光晕闪过一抹浑浊的奶油色，它感到难堪了，不过星星点点的红色斑点暗示只是有一点点难堪。

卡布清了清嗓子。嗡嗡机向他转过身来。

"特索诺，"霍姆达人说，"对于我出现在这儿的价值，我还是一头雾水。不过，听了这么久请允许我问一嘴，你是作为星际联络部的代表在发言吗？"

"随便问，别客气。没错，我是在代表星际联络部发言。同时也要感谢马萨克星陆中心的通力合作。"

"我不缺朋友和仰慕者。"齐勒盯着嗡嗡机，突然开口。

24

"只是'不缺'？"特索诺说，光晕逐渐变为橘红色，"要我说人人都抢着做你的朋友——"

"我指的是在你们这些主脑、你们舰船的主脑中，联络型嗡嗡机特索诺。"齐勒冷冷地说。嗡嗡机脚下一滑跌进椅子里。戏剧效果拉满，卡布想。齐勒继续说，"说不定我可以说动你们中的一个收留我，成全我秘密远航的心愿。一个让那位切尔格里安特使觉得难以插手的人选。"

嗡嗡机的光晕渐渐褪为紫色。它轻轻地在椅子上晃动身体："欢迎尝试，我亲爱的齐勒。不过这种举动可能会被看作恶意羞辱。"

"尽情羞辱吧，让他们去死。"

"嗯，你这么说也行。不过我指的是来自'我们'的羞辱。眼下这种哀伤、遗憾的情境里，羞辱未免不合——"

"哦，饶了我吧。"齐勒移开目光。

哈，战争，卡布想起来了。以及战争背后的责任。星际联络部对待这个问题时会格外谨慎。

沐浴在紫色的光晕中，嗡嗡机安静了一会儿。卡布在坐垫上调整姿势。"问题是，"特索诺继续说，"哪怕再特立独行、个性乖张的舰船，恐怕都不会答应你刚刚的暗示。实际上，我愿意下重金赌它们会拒绝你。"

齐勒又开始嚼烟斗柄。此时，烟已经熄灭了。"你的意思是星际联络部已经打点好了一切，是吧？"

特索诺又颤抖了一下："不妨说已经测过风向了。"

"行，没问题。当然，你要假定所有舰船的主脑都没有撒谎。"

"哦，它们从不撒谎。主脑们确实会掩饰、逃避、闪烁其词、混淆是非、转移注意力、遮遮掩掩、巧妙歪曲、故意误解，还会在一旁幸灾乐祸；它们会清晰地暗示未来的行动路线，让你确信它们下一步就会如此行动，然而实际上却做出全然相反的动作。

不过，它们从不撒谎。打消这个念头吧。"

齐勒狠狠地瞪了特索诺一眼。还好这双乌黑深邃的眼睛瞪的不是自己，卡布感到庆幸。不过嗡嗡机似乎全然不为所动。

"明白了。"作曲家说，"既然如此，我还是老老实实待在原地吧。单纯拒绝离开公寓总是可以的，我想。"

"啊，当然。虽说可能有失体面，不过这是你的特权。"

"正是。不过既然我没别的路好选，那就别指望我笑脸相迎——保持基本的礼貌都很难。"他端详着烟斗钵。

"就是考虑到这一点，我才邀请卡布一同前来。"嗡嗡机转向霍姆达人，"卡布，如果你愿意在我们这位神秘的切尔格里安来客到访之际行地主之谊，就太感激了。我们两个可以组成搭档，配合行动，如果你能接受，中心也会提供帮助。现在我们还不确定会占用多少时间，也不知道此次拜访会持续多久，不过如果任务时间延长，我们必定会另作安排。"嗡嗡机的机体在木网椅上倾斜了几度，"你愿意吗？我知道这个要求有点过分，你不必立马给出确切的答复，睡一觉再说吧，如果你有意愿，欢迎随时向我了解更多信息。作曲家齐勒此刻的缄默完全可以理解。如果你愿意帮这个忙，我们不胜感激。"

卡布缩回坐垫。他眨了几下眼睛："啊，现在就可以答复。我很乐意帮忙。"他望向齐勒，"当然，我不想让马莱·齐勒为难……"

"我不会感到为难，相信我。"齐勒告诉他，"如果你能让嗡嗡机别再愤怒得发紫，也算是帮了我一个忙。"

嗡嗡机发出一声叹息，在椅子上方微微上下起伏。"好吧，算是……皆大欢喜。卡布，我们明天再详谈？接下来几天我们会让你有个大致的了解。不用太紧张，不过考虑到近年来我们和切尔格里安人之间的关系不甚明朗，我们显然不希望因为疏于了解而有失招待。"

"哈！"齐勒发出了类似怒喝的声音。

"那是一定。"卡布对特索诺说，"我明白。"说着，他摊开三只胳膊，"全听你安排。"

"向您致以谢意。那么现在，"嗡嗡机说着升到半空，"恐怕这场谈话耽误大家太长时间了。我们已经错过化身①小小的演讲，再不快点回去就赶不上今晚的重头戏了——何其遗憾。"

"已经这么晚了？"卡布跟着站起身来。齐勒"啪"的一声合上烟斗盖，将烟斗揣回马甲。他舒展身子离开茶几，一行三人回到主宴会厅。此时，灯光渐渐暗下来，舰船的穹顶轰隆轰隆地向后卷起，稀疏的碎云、漫天星辰以及星陆远端耀眼的光带出现在人们眼前。宴会厅前端一个小舞台上，马萨克中心的人形化身——一位身形纤细、银色皮肤的人类——垂首而立。冰冷的空气在共聚一堂的人类和形形色色的宾客中游走。所有人都抬头凝望着夜空，只有化身例外。卡布不禁好奇，这座城市、整个板区乃至广袤环状世界的这半侧，有多少地方上演着同样的场景。

卡布歪着一颗大脑袋，也跟着向上望去。他大致知道要往哪儿看，过去五十多天里，马萨克中心一直在悄无声息地进行预告。

四下寂静无声。

随后，几个人开始小声嘀咕，微弱的提示音从每个人的终端机中传出，叮叮当当的轻响飘散在浩瀚无垠的宇宙空间中。

遥远天际，一颗新星迸发出耀眼的光芒。起初只是一道光痕，接着，微茫之光愈加明亮，仿佛有人打开了光源的调光开关。周围的星辰逐渐消失不见，它们微弱的光芒很快被新来者倾泻而下的光之洪流湮没。不多时，这颗新星进入稳定状态，放射出平稳的灰蓝色光芒，几乎让马萨克星陆远端的环状光带相形见绌。

---

① Avatar，高等人工智能（星陆中心、舰船等）的实体状态，多为人形。

卡布听到一两个吸气声，人群中传出一阵短促的惊呼。"哦，天哪。"一位女士轻呼。有人在啜泣。

"一般般吧，谈不上有多美。"齐勒喃喃自语。他的声音很轻柔，卡布怀疑只有自己和嗡嗡机听到了。

人们都凝望了许久。随后，身着黑色西装的银色化身用低沉的嗓音说了一句"感谢大家"，话音不响，但空灵沉郁、余音绕梁，这种富有穿透力的声音正是化身喜欢的。它拾级而下，慢慢走远，离开露天宴会厅，向码头走去。

"啊，原来我们的中心还有实体，"齐勒说，"我以为只是影像。"他望向特索诺，后者淡淡地泛着象征着谦逊的海蓝色光晕。

随着穹顶缓缓合拢，卡布三只脚之下的甲板微微颤动，古老舰船的引擎仿佛再次苏醒。船上的灯光明亮了一些。这颗明亮的新星从正在合拢的穹顶之间的缝隙洒下光辉，待穹顶完全闭合、锁死，星辉依旧透过玻璃倾泻在甲板上。舱内比之前暗了些许，不过足以让人们看清。

人们就像游魂一般，卡布打量着周围的人群暗忖。一些人仍然抬头呆望着星辰，一些人转身离开，走向露天甲板。一对对情侣、一群群路人依偎在一起，互相安慰。没想到这一幕会让这么多人如此动容，霍姆达人陷入沉思。我原以为人类只会一笑置之。看来我对他们的了解还远远不够，尽管已经相处了漫长的岁月。

"病态。"齐勒一边说，一边起身，"我要回家了，有曲子要写。当然，并不是说今晚的场景激发了我的创作灵感。"

"明白。"特索诺说，"请谅解一台失礼又急性子的嗡嗡机，但容我问一嘴，你接下来要创作的是什么乐曲，作曲家齐勒？你已经许久没有发表新作了，但似乎一直十分忙碌。"

齐勒笑容满面："实话实说，是受人之托。"

"真的？"嗡嗡机投下彩虹色光晕，流露出惊异的情绪，"何人之托？"

卡布看到这位切尔格里安人飞快地向化身先前所在的位置扫了一眼。"时机未到，特索诺。"齐勒说，"不过一部鸿篇巨制，距离首演还有一段时间。"

"哈。神秘兮兮。"

齐勒将覆盖着软毛的长腿伸向身后，绷紧后肢，然后放松下来，伸了个懒腰。他看着卡布说："当然。所以如果我没有及时回去工作，曲子就要延误了。"他又转向特索诺："你会随时向我报告这位该死的使者的行踪吗？"

"我们知道的一切你都会知悉。"

"完美。晚安，特索诺。"切尔格里安人对卡布颔首示意，"晚安，大使。"

卡布鞠躬作别。嗡嗡机在空中微微下沉。齐勒轻快地跃过越来越稀疏的人群。

卡布再次望向夜空中的新星，陷入沉思。

行走了八百零三年的星光平稳地倾泻而下。

远古错误之光，他想。齐勒是这么称呼的，卡布在今早的采访中刚刚听到。"今夜，让我们在远古错误之光下共舞！"只不过根本没有人跳舞。

这要追溯到艾迪兰战争后期一场浩大的战役，也是最惨烈、最肆意妄为的战役之一。艾迪兰人背负着友军和盟友的谩骂，不惜一切代价发动了种种惨绝人寰的毁灭性攻击，背水一战，只为扭转日益明显的颓势。战火肆虐的五十年内，只有（以当时的情境，用这个副词显然并不为过）六颗行星被彻底毁灭。这场为银河系悬臂上的一根卷须而发动的战争仅持续了不到一百天，却导致两颗恒星被彻底引爆——波提西亚和琼斯。

人们称其为"双新星之战"。然而，恒星遭遇的重创导致了类似超新星爆发的现象。两颗恒星所在的系统皆非不毛之地。众多世界悉数走向灭亡，一个个生物圈荡然无存。弹指一挥间，数十亿有知觉的宇宙生物在这场双重浩劫中罹难，消失殆尽。

这桩导致死伤无数的罪行由艾迪兰人犯下。他们，而不是"文明"，将残虐的武器装备瞄准了一颗恒星，然后是另一颗。然而饱受争议的地方在于，"文明"本可以阻止惨剧发生。战争开始前，艾迪兰人曾试图寻求和谈，意欲诉诸和平，然而"文明"执意要求艾迪兰人无条件投降，结果战争打响，星辰俱灭。

漫长的岁月过去了。战争已在将近八百年前结束，生活早已继续。然而，真正的火光在无垠的宇宙空间中穿梭了几个世纪，从相对论的光速不变原理来看，恒星直到刚刚才真正爆炸，也正是在那一瞬，照亮马萨克星陆的高速射流扫荡一切，数十亿生灵归于毁灭。

对于纪念这场"双新星之战"，马萨克星陆的中心主脑有自己的想法。主脑宣布在第一颗新星爆发和第二颗爆发之间，它将以自己的方式致以哀悼，这样做并不影响履职，不过它仍然希望取得类行星轨道平台上众多居民的谅解。虽然还没有透露具体形式，不过主脑暗示，一个欢欣鼓舞的大事件将标志这个冰冷的时期彻底终结。

现在，卡布觉得自己猜到了。他不由自主地望向齐勒所在的方向，正如刚才这位切尔格里安人在被问到受何人所托时，视线不自觉地飘向舞台。

时机未到，卡布默念。就如齐勒刚才所言。

今晚，中心的唯一愿景就是众人一齐仰望无尽夜空，凝视着突然迸发的寂静光亮，然后一同缅怀，或许还会沉思片刻。卡布原以为不管发生什么马萨克星陆的居民都会无动于衷，像往常一样继续欢享好时光，权当这是一场漫长而充实的日常聚会。不过目前看来，至少在这艘庆典舰上，主脑的愿景达成了。

"令人惋惜。"嗡嗡机 E.H. 特索诺在卡布身旁说道，还发出了一声叹息。卡布觉得它一定是希望自己显得很真诚。

"良药苦口利于病。对我们所有人来说，都是如此。"卡布赞同道。自己的祖先曾是艾迪兰人的庇护者，在这场远古战争①的初期，霍姆达人一度与艾迪兰人同一战线。霍姆达人和"文明"一样敏锐地感受到了这场浩劫沉甸甸的重量。

"我们会从中吸取教训，"特索诺平静地说，"但依然会犯错。"

现在他们谈论的是切尔、切尔格里安人，还有卡斯特之战。卡布明白。鬼魅般朦胧的光芒下，人们纷纷离去，他转身望向这只机器。

"我们总是感到无能为力，特索诺，"他说，"艰难的是，这种教训往往徒增遗憾。"

我真是太圆滑了——只是个别时候，卡布心想，人们想听什么，我就说什么。

嗡嗡机微微向后仰身，表明自己正在抬头看这位霍姆达人，但它什么也没说。

---

① 指艾迪兰－"文明"之战。

2. 凛冬风暴

　　舰船的残骸弯成了弓形，外壳向外弯曲又向内折回，在头顶上隆起一道弧。他们在顶部中央装了几盏吊灯，将这片舰壳打造成天花板的模样，悬在泛着光泽的地板上空。扭曲变形的玻璃地面将光线折射向四面八方，一些难以分辨的设备从地板上突起，又将亮光反射出去。

　　基兰正在寻找落脚点。他找到了一片能下脚的平地，随后关掉宇航服的力场，双脚着陆。隔着太空靴很难分辨清楚，但脚下的地面似乎有着与玻璃相似的触感。他们给舱体施加的转速大约能产生四分之一重力。基兰拍了拍固定笨重背包的系带。

　　他抬头环顾四周。舱体内表面看上去完好无损。舰船内壁有多处凹陷，还散布着小孔——有的呈环形，有的呈椭圆形，不过一律平滑均匀，仿佛是设计好的一般；没有一处凹痕和小孔穿透舱体，舱内也全无破败的痕迹。唯一一个可以通向外部的孔洞恰好在前舱，离他此刻落脚的位置——匙形地板的中央——大约七十米远。那个两米宽的洞是几周前挖的，当他们将舱体抢救下来、固定完毕之后，便凿了洞方便进出。他就是从那儿进来的。

　　舱体表面覆盖着褪色的补丁，看上去不太对劲，刚刚装好的吊灯旁，细小的管道和电缆耷拉在外面，晃来晃去。他的一部分思绪觉得何苦要费心安装这些灯。舰船内部已经被掏空，向茫茫宇宙大敞着，这种情况下没人会不穿好全套宇航服就贸然进来，所以每个人都一定随身携带着感官设备，那么照明就毫无用处了。他低头望向地板。技术官要么有些迷信，要么就是感情用事。灯光让这地方不再那么鬼气森森、冷峻可怕、让人望而生畏。

一个生性敏感的人漫游在寂静诡异的空间中，周围只有环境辐射刺激着放大的感官，很容易滋生恐怖的念头。他此刻深有体会。他们已经找到了大多数希望找到的东西，任务完成得差强人意，足以挽救上千个灵魂。然而他的心愿还远远没有实现。基兰四下张望。看样子他们已经撤走了探测私掠巡航舰凛冬风暴号残骸的传感设备和监控设施。

脚下传来剧烈的震动。他抬头瞥向船舷，被切开的船艏此刻已归原位。最终，他被封在了这艘死亡之舰里。

～进入隔离状态。他脑袋中的声音说。背包中的仪器传来微弱的震感。

～宇航服系统会产生干扰，你需要把通信器关上。现在它说请摘下背包。

～摘掉之后，我们还能对话吗？

～你和我可以对话，我可以和它对话。

～好吧。

他说着将背包从肩上滑下。

～灯开着没问题吗？

～只是灯而已，没有干扰。

～我该把包放在哪儿——他刚要问，手中的背包忽然变得轻飘飘的，慢慢从他身边飘走。

～它想让我们知道，它自己有驱动力。脑袋里的声音提醒他。

～哈，好吧，当然了。拜托让它动作快点，好吗？告诉它我们时间紧迫,毕竟就在我说话的时候,'文明'的战舰正向这边赶来,正在减速——

~说不说有什么区别吗,少校?

~不知道。告诉它搜查得彻底一些。

~基兰,我想它知道如何履行职责,但如果你真的想让我——

~算了。不用了,抱歉。不好意思,不必了。

~听着,我知道你很难办,我先退出。你一个人静一会儿,好吗?

~嗯,谢了。

哈伊勒下线了。处于听觉临界点上的"了"音仿佛被瞬间擦除。

基兰出神地望着海军嗡嗡机。这台银灰色的机器毫无特色可言,就像是古老的宇航服上的背包。它以离地一米的高度悬在近乎平坦的地面上,无声地滑向船艏,准备开启搜寻模式。

所求过多,他扪心自问。机会太渺茫了。我们在这里的任何发现都像是小小的奇迹。能够再次将这些灵魂从废墟中拯救出来已经是上天眷顾,奢求更多……很可能毫无意义。即使一无所获,也是意料之中。

但凡拥有智力和知觉的智慧生物,哪一个不是心有所盼?我们总是奢求更多,他想,总是习惯于将过去的成功视为理所当然,认为它们为明日之成功指出了一条康庄大道。然而,宇宙并不在意我们的最高利益,如果说有那么一瞬间宇宙真的在意、曾经在意或者可能会在意——做出这种假设,我们就已经犯下了灾难性的妄自尊大的错误。

他始终怀有一丝希望,希望自己能够与似然性和统计概率抗衡,某种程度上甚至与宇宙本身抗衡。有这种希望实属情理之中,只是希望注定会沦为绝望。动物本能渴慕着不切实际的愿景,他的高位脑干却深知毫无可能。低位脑干近乎化学反应般地殷切渴望与意识层面感知到的毁灭性现实针锋相对,基兰被牢牢钉在这个交叉地带,饱受折磨。两者各不退让,也绝不投降。战斗的火焰在他脑内燃烧。

除了已知信息,他想知道哈伊勒有没有探听到哪怕一点点线索。

"所有检测均已确认,该人格构念已经完全修复。错误检查全部完成。目前该人格构念支持交互和下载。"修女技术官在他脑袋里播报。她似乎尽力让自己的声音听起来比机器更像机器。

朦胧初醒,他眨了一会儿眼才重见光明。通过眼角余光,基兰注意到自己正戴着耳机。身下的扶手沙发很结实,也十分舒适。此刻他身处流浪修女的神殿飞船虔诚号的医疗舱内。越过一排排闪闪发光、一尘不染的医疗设备,一个家用冷藏柜大小的陈旧机器旁,一位年轻的修女技术官正在和他说话。她神情严肃,一身棕褐色毛发,头上剃掉了一部分。

"现在开始下载。"她继续说,"你想立刻和它接通吗?"

"是的。"

"请稍等。"

"等等,它——他会经历什么?"

"恢复意识。通过这个镜头获取视力,"她轻敲头戴式耳机伸出来的一个小短棒,"以你的声音为蓝本获取听力。我们继续吗?"

"继续吧。"

一阵极其微弱的沙沙声之后,睡意未解的低沉男声在他脑中响起:

~七,八……九……有人吗?什么?我在哪儿?什么鬼?什么地方……?发生了什么?

语气由含糊不清突然变得张皇失措,又在短短几个字眼中控制住了情绪。声音听起来比基兰预想的年轻。他觉得没有必要一副老气横秋的样子。

~肖伦·哈戴什·哈伊勒。他从容地回应。~欢迎回归。

~谁在说话？我动不了。声音仍然透着一丝紧张和焦虑。~这不是来世……不是吧？

~我是应征入伍－命定·基兰少校·伊泰雷文四世。很遗憾您不能动，不过请放宽心，您的人格构念仍然完好地存储在最初的基片中，保留在奥姆行星克莱文城的军事技术研究所里。您现在所在的基片搭载在神殿飞船虔诚号上。飞船正环绕着弓形星座雷西莱四号行星的某个卫星航行，和星际巡洋舰凛冬风暴的舱体相连。"

~哈，哪儿都有你。你说你是少校，而我是上将。我的级别比你高。

男人的声音已经完全恢复掌控。音调依然低沉，但吐字清晰，干脆利落，一听就是惯于发号施令的老手。

~您生前的头衔确实比我高，长官，我无可否认。

修女技术官调整着面前的控制面板。

~这是谁的手？看起来是个女人。

~正在照顾我们的修女技术官，长官。您的视角来自她的头戴式耳机。"

~她能听到我说话吗？

~听不到，长官。

~让她把耳机摘下来，我想看看她长什么样。

~长官，您要——？

~少校，帮个忙。

基兰察觉到自己又叹了一口气。"修女技术官。"他向她转达了哈伊勒的请求。女人没有拒绝，但似乎很不耐烦。

~满面愁容,恕我直言。希望不是我的错。话说回来,刚刚发生了什么,少校?我为什么出现在这里?

~沧海桑田,长官。适当的时候我会向您提供一份完整的小传。

~日期?

~公元3455年,第9春①。

~才过去了八十六年?好吧,没我想得久。所以为什么我现在复生了,少校?

~恕我直言,长官,我也不怎么明白。

~既然如此,少校,恕我直言,你最好让知情人士出来说话。

~战争刚刚结束,长官。

~战争?和谁?

~没有别人,长官。一场内战。

~关于卡斯特等级体系?

~是的,长官。

~就知道战争总有一天会爆发。所以我被征召入伍了吗?找死人来替补?

~并不是,长官。战争已经结束了。虽然将来或许有变化,但我们现在已经重拾和平。战争期间,当局试图将您和其他存储在基片上的人格构念从军事技术研究所解救出来——我也参与了这项行动——但只取得了部分成功。直到几天前,我们还以为任务完全失败了。

~那么,把我复活是为了让我对新政权无上的荣光感恩戴德?再次接受教化?为过去的错误赎罪?还是别的什么?

~上级认为,您可以为摆在我俩面前的任务出一份力。

---

① 切尔格里安人的纪年。

～我俩？哈。那你说说看究竟是什么任务，少校？

～现在还没法告诉您，长官。

～作为眼下操纵木偶的牵线人，你无知得令人担忧，少校。

～很抱歉，长官。我相信此刻我缺乏了解是出于安全考虑。但我想您对"文明"的专业见解一定能派上用场。

～我对"文明"的政见在我还活着的时候就不受主流思潮的待见，少校。这也是我甘愿被储存在奥姆的原因之一，毕竟在基片中长眠总好过死亡然后进入乐园，或者在联合情报处四处碰壁。现在你是在告诉我，高层要员转而投靠我的观点？

～大概吧，长官。又或许只是因为你对"文明"的见解弥足珍贵。

～哪怕已经是八十六年前的见解？

基兰停顿了片刻，随后搬出那套已经酝酿了好些日子的说辞——故事要说回他们重新找到基片的时候。

～长官，众人经过好一番深思熟虑、倾注了诸多努力，才将您从沉睡状态唤醒，同时也帮助我为当下的使命做好准备。希望这番谋划和大家为之付出的努力不会付诸流水，沦为空谈。

哈伊勒沉默了。

～研究所里除我之外还有五百个灵魂。他们也都得救了吗？

～存储在基片上的人格构念接近一千个。不过没错，长官，他们似乎都获救了，不过截至目前只有您获得了新生。

～好吧，少校。关于这次的任务，不妨从你了解的部分开始讲起。

～您或许更乐意称之为"表象"，长官。我已经暂时将真正的任务忘得一干二净。

～什么？

～稳妥起见，长官。您将会知晓任务的所有细节，并且牢记于心。总之随着时间的推移，我会渐渐想起自己的任务到底是什么，但倘若出了状况，您就是后备力量。

~他们是担心有人读取你的思维吗，少校？

~我想是的，长官。

~然而众所周知，"文明"不屑于干这种事。

~我们确实是这么被告知的。

~防患于未然，嗯？看来任务很重要。不过要是你仍然记得自己有一个隐秘任务……

~据可靠消息，再过一两天我连这个前提都会忘记。

~哈，着实有趣。那么，你说的"表象"是什么？

~我背负着一个文化外交使命，只身拜访"文明"的星陆。

~"文明"的文化外交使命？

~您这么说也没错，长官。

~一位老兵蹩脚的笑话罢了，孩子。放松一下你那僵硬的括约肌，好吗？

~抱歉。现在我亟须征得您的同意，您是否愿意接受此次任务，移步到我体内的另一块基片上。这个过程需要花一些时间。

~你是说你体内还有一台机器？

~没错，长官。我的颅骨里嵌入了一台设备，看上去就像平平无奇的灵魂守卫，不过可以安置您的人格构念。

~看不出来你还是个胖头鱼，少校。

~设备不到一根小指大，长官。

~那你的灵魂守卫呢？

~该设备也兼具灵魂守卫的功能，长官。

~现在人们已经可以把东西制造得这么小巧而精妙了？

~是的，长官。我想没有时间展开讨论所有技术细节了。

~不好意思，少校，请听老兵一言。战争——特别是个人任务——的决胜点通常在于技术细节。而你在催促我，孩子。诚然，一切都在你的掌控之中，但我要恶补整整八十六年的光阴。我甚至无法分辨你说的是不是真话。听到现在，刚刚每一句话都疑点重重。还有，听你说我需要移步到你体内。莫非我连一个该死的属于自己的身体都没法拥有？

～抱歉没有更多时间向您解释细节，长官。我们都以为永远地失去您了。从某种意义上来说，是第二次失去您。在发现储存着您人格构念的那块基片幸免于难之前，我的任务就已经启动了。是的，您的个人意志将完全转移到我脑内的基片上；届时，您将和我感官相通，精神交流，不过您没法操控我的身体，除非我陷入深度无意识状态或者脑死亡。我所知道的唯一一个技术细节——该设备类似某种碳纳米泡沫晶体矩阵，通过蛛网状结构与我的大脑皮层相连。

～所以我就只能搭便车喽？这是什么狗屁不通的任务概要！谁怂恿你这么干的，少校？

～对我们俩来说都是一次新奇的经历，长官，我视之为荣幸。您和您的忠告都会使任务多一份胜算。至于是谁安排的，埃斯托迪恩-维斯科韦尔麾下的一支队伍向我简要解释了任务内容，我也接受了相应的训练。

～维斯科韦尔？那个恐怖的老家伙还存在于世吗？竟然摇身一变成了一名埃斯托迪恩[①]。真没想到。

～他托我向您问好，长官。我随身带着他给您的个人密信。"

～念来听听，少校。

～长官，您或许愿意花更多时间——

～基兰少校，我高度怀疑自己正被推入某种极度恶劣的骗局。

[①]切尔格里安种族的一个分支。

实话说吧，年轻人，虽然读了维斯科韦尔的信件后我不太可能答应加入你们这桩状况不明的任务，但在听这个老浑蛋说了什么屁话之前，我绝对不会心甘情愿地钻进你的耳朵、你的屁股，或者任何地方。横竖都得听，晚听不如早听。我说得够清楚了吗？

~非常清楚，长官。

"修女技术官，请回放埃斯托迪恩－维斯科韦尔致哈戴什·哈伊勒的信。"

"正在载入。"女声响起。

基兰独享思绪。这时他才意识到和哈戴什·哈伊勒在颅内交流竟如此紧张。他有意让身体松懈下来，放松肌肉，挺直后背。当目光再次扫向医疗设备光洁锃亮的表面，他只看到了偕行飞船——私掠巡航舰凛冬风暴号——的舱体内部。

此刻他仍然在巡航舰的残骸里。他们还在努力锁定哈伊勒的精准位置，试图将其从抢救出来的基片上储存的一千多个灵魂中提取出来。这块基片是一台改装过的海军嗡嗡机从巡航舰残骸中找到的。只要时间允许，他可以带着这台嗡嗡机返回残骸，看看初次探测时是否有所遗漏。

然而，时间不多了。获得许可需要时间，海军技术官调整机器也需要时间。与此同时，他们已经得知"文明"的战舰正在赶来，几天之内就会相遇。此情此景，技术官们一致认为嗡嗡机能及时完成搜寻的希望极其渺茫。

失事的巡航舰被从里朝外整个掏了出来，可怖的景象似乎深深地刻在了他的脑海里。

~基兰少校？

~怎么了，长官？

~我来报到了，少校。请求登舰许可。

~没问题，长官。

"修女技术官？请将哈戴什·哈伊勒传送到我颅内的基片上。"

"很快就好。"女性的声音响起，"正在载入。"

他曾好奇传送过程中自己是否会有所知觉。现在他体验到了：刺痛，随后，后颈一小片区域涌过一股暖流。修女技术官告诉他载入情况良好，整个过程将持续两分钟。尔后，确保一切正常又花了两倍的时间。

我们的科技造就了多么怪诞的宿命，他躺在沙发上想。看看现在的我，一名男性，即将孕育一个已故老兵的灵魂，跨越比我们的文明更古老的光之边界，身怀耗费大半年的精力学到的绝技去执行某项任务，而此刻我已将学到的知识悉数遗忘，无知无畏。

脖子上温热的触感渐渐冷却。他觉得脑袋比之前热了一些。也可能是想象出来的错觉。

失去了所爱之人，心灵枯竭，灵魂陷落，却只得到了——"一艘对陆驱逐舰！"脑海中她的声音透着不真实的愉悦感，然而细密的雨幕中，火光在她头顶上方闪烁，不可承受之重将他钉在原地。痛苦而绝望的记忆湿润了他的眼眶。

"传送完成。"

~测试，测试。哈戴什·哈伊勒用干巴巴的语调简明扼要地说。

~您好，长官。

~你还好吗，孩子？

~还好，长官。

~很疼吗，少校？你看起来有点……痛苦。

~不疼，长官。只是一段陈旧的记忆。您感觉怎么样？

~该死的诡异。相信我会习惯的。看上去入住成功了。该死，从正常的男性视角来看，这位女性技术官并不比镜头里看到的更美艳。当然，基兰看到什么，哈伊勒就看到什么。他还没来得及回应,哈伊勒就接着说道,~你确定没什么不适吗?

~没什么,长官。我一切都好。

他站在凛冬风暴的残骸里。海军嗡嗡机悬在几乎被夷为平地的残骸上,来来回回地进行棋盘状的搜寻。它掠过船板上的大洞——从奥姆行星中救出的基片就是从这里掰出来的。发现这块基片后,基兰在两天内说服技术官重新校准嗡嗡机,去探查比这一基片更小的元件——实际上小到只能容纳一个灵魂守卫就对了。嗡嗡机已经完成了一次基础搜查,不过基兰拜托它们再近距离地仔细搜查一遍——起码再试一次。游说过程中,神殿飞船上的流浪修女也帮上了忙:但凡有机会救助亡魂,都应该倾尽所能、不留遗憾。

然而就在嗡嗡机准备再次搜查之际,即将搭载他踏上第一段旅程的"文明"舰船已经开始减速。

时间只够海军嗡嗡机进行单次扫描,机会仅此一次。

他注视着它从自己身边经过,沿着看不见的网格穿过平坦的船板。他抬起头,环视着巡航舰裂开的船体。

他努力在脑海中重现遭受攻击前巡航舰内部完好无损时的样子,想象她曾在哪个区域逗留、去了哪些地方,在那些模拟出来的夜晚中,她将头枕在何处入眠。

凛冬风暴的主驱动单元或许在正上方,占据半个船体;机库区或许在船艉;甲板遍布整艘巡航舰;那么个人活动舱大概就在不远处,或者再远一点。

或许——他想——还有一丝机会,或许技术官们判断错了,有些关键信息被遗漏了。舱体之所以能保存下来,是因为舰船的供给没有停,而能量来源不甚明朗。对于这艘天赋异禀的巡航舰,他们尚未参透其中的奥秘。或许舰船的外壳中嵌有……

嗡嗡机咔嗒咔嗒地悬浮到他身旁，它的金属外壳在顶灯的照耀下熠熠生辉。他望着这只机器。

~抱歉打断你的思绪，基尔，它希望你挪步。

~噢，不好意思。

基兰走到一边。但愿不会太笨拙，他想。太久没穿宇航服了。

~我撤了，你一个人继续待会儿吧。

~没关系，不用了。您想说什么尽管开口。

~呃。好吧。我一直有些疑问。

~什么？

~我们花了很多时间进行技术性、校准性的工作，但始终没有触及某些基本假设，比如我们像这样对话时可以听见彼此的声音，但如果是思考就不行？该死，我似乎有点儿较真。

~呃，他们是这么告诉我们的。怎么，你察觉到了什——

~没什么。只是透过另一个人的眼睛看世界时，你仍然会思考，没过多久你就开始怀疑脑子里的东西真的是自己的所思所想，还是说意识层面也开始互相渗透。

~我想我明白您的意思了。

~那么，不妨测试一下？

~值得一试，长官。

~来吧。试试能不能捕捉到我的思想。

~长官，我不觉得……

他开始冥想，然而大脑一片寂静，仿佛连自己的想法也消失殆尽。他等待着，等待着……嗡嗡机遵循其特定的模式继续搜寻着，每一次都会从基兰身边经过，然后渐渐远去。

~怎么样？捕捉到什么了吗？

~没有，长官。长官，我——

~你猜不到自己错过什么了，少校。这次轮到你了。开始吧，随便思考一点儿东西，什么都行。

他叹了一口气。敌人的舰船——不，不该这样想……舰船随时会抵达。他觉得自己和哈伊勒纯粹是在浪费时间，可是话说回来，他们也没法让机器加快速度，所以压根儿谈不上浪费时间。怎么都一样。

多么怪异，他想。身处这座封闭的巨大陵墓之中，脑袋里住着一个陌生的灵魂，孤独无依地立在废墟中央，任精神游离于他一无所知的任务之外进行徒劳的试探，何其荒谬。

他的思绪飞到旧布里城，秋日里长长的林荫道上，她曳步穿行于琥珀色的落叶间，金灿灿的落叶堆在空中飞散。他忆起婚礼是在她父母的庄园里举办的，花园中，弧形拱桥倒映在湖面上。就在他们许下结婚誓言的时刻，一阵风从山间吹过，揉碎了湖里的倒影，撕扯着两人头上的遮阳棚，帽子被纷纷带走，牧师只得勉强抓住她的礼袍。不过，一阵同样热烈的载着春之气味的清风，抚上新娘面纱树①的顶端，在他们周围撒下泛着白色光辉的花瓣，如飘雪一般。

仪式结束时，他转过身，摘下两人戴着的庆典口络，吻住了她，几片花瓣还停在她的毛发和睫毛上。亲朋好友欢呼雀跃，纷纷将帽子抛向半空，一部分礼帽被另一阵微风带走落在湖面上，组成了一支优雅靓丽的小舰队，色彩明艳的小船随着湖水的柔波渐渐远航。

她的面庞、声音以及临别的场景再次涌入他的脑海。"为我活下去。"他曾这么说，而她答应了。那时两人怎么能料到，这是一个她永远无法兑现的诺言，而他却要终生铭记？

哈伊勒的声音突然闯入。

---

①鸭跖草科植物，又名吉贝丝草。

~结束了吗，少校？

~是的，长官。您捕捉到什么了吗？

~没有，只有一些生理上的波动。看来我们仍然保有部分隐私。啊对了，这台机器说搜寻完毕了。

基兰盯着那台嗡嗡机，它已经到达大洞的另一端。

~它……听着，哈伊勒，我可以直接和这玩意儿对话吗？

~我想我可以调整设置，搞定了。不过我始终在线。

~无所谓，我只是……

~好了，试试看。

"机器？嗡嗡机？"

"我在，基兰少校。"

"你搜寻到了其他人格构念吗，舱内一切角落？"

"没了。人格构念只找到一个，就是在早前的任务中搜寻到、现在和你共享同一个躯体的哈伊勒上将。"

"你确定吗？"他孤注一掷地问，但愿语气中流露出的期望和绝望能够让言辞更有感染力。

"是的。"

"舱体本身呢，构成外壳的物质结构里有吗？"

"外壳与任务不相关。"

"你扫描了吗？"

"无法扫描。舱体的物质结构不对我的传感器开放。"

嗡嗡机聪明归聪明，但并不具备感知能力。所以即使基兰情真意切，它很可能也根本识别不出言辞之外的情感。

"你能百分百确定吗？没有漏掉任何地方？"

"百分百确定。在我的传感器允许感知的范围内，寻遍整个舱体也只有三个人格：你，我，以及协助我们进行交流的那位上将。"

他低头望向两脚之间扭曲成旋涡状的船板。到此为止，再没有希望了。

"我明白了。"他在意识中传达，"谢谢。"

"不客气。"

消失。彻底消失，直到永远。以一种新的方式离开人世，未知的安适被悉数剥夺，丝毫没有对往生世界的憧憬。过去我们坚信灵魂可以得到救赎。现在，我们的科技、我们对宇宙更深刻的认知以及我们在彼岸世界遥遥领先的开拓，已然剥夺了过去关于乐园不切实际的愿景，代之以严明的条规、秩序，救赎与生命的需要通过代数来计算。技术让我们有幸短暂地窥见乐园的模样，然而当我们知道乐园确实存在，也知道所爱之人永远不会出现在那里，现实的绝望无以复加。

他打开通信器。宇航服的小屏幕上显示着一条信息：他们已经抵达。十一分钟之前的信息提示。刚刚耗费的时间比他预想的长得多。

~看样子我们的顺风车已经到了。

~嗯。我会向他们报告，我们已经准备妥当。

~去吧，少校。

"我是基兰少校，"他发出信号，"信息已收到。"

"少校，"是任务指挥官乌斯特雷米上校的声音，"舱内一切正常吗？"

"一切正常，长官。"他环顾玻璃般光亮的地面，望着周遭巨大的虚空，"没有异样。"

"找到你想找的东西了吗，基尔？"

"没有，长官。一无所获。"

"太遗憾了，基尔。"

"谢谢您的关心，长官，重新开启舱门吧。嗡嗡机的工作已经结束,让技术官们进来看看还能挖掘出什么吧。"

"正在开启。一位来客想进来打招呼。"

"进来?"他注视着微小的锥形机关从铰链上旋开。

"是的。可以吗?"

"我想没问题。"基尔回头望向嗡嗡机,此刻它正在搜寻完毕的空地上方盘旋,"先让这只机器自我关停吧,能办到吗?"

"已完成。"

海军嗡嗡机落在地面上。

"嗯,随时欢迎。"

舱门旋开,黑暗中浮现出一个人影。看上去像人类,但其实可能不是,毕竟如果没穿宇航服,人类或许比他更难在真空中存活。

生物顺着通向舱内的斜坡往下走,基兰调高了护目镜的放大倍率,推进镜头。面前的两足生物穿着银灰色的衣服,皮肤如黑玉一般乌黑亮泽。它看上去格外纤细——不过人类都是如此。异星来客的脚触到了他刚才落脚的那片平坦的船板,步步走近。行走时,它的胳膊前后晃动。

~它们看起来就是活脱脱的猎物,可惜身上可以吃的肉太少。

他没有应声。护目镜自动调节倍率,将生物保持在一个固定的大小,直到放大视窗和其他视域之间的差别消失。这东西的脸又窄又尖,鼻子纤细挺拔,一双小巧而灵动的蓝色眼珠落在夜色般漆黑的面庞上,眼珠周围包裹着白色的巩膜。

~该死。近看也并没有变得更加美味可口。

"基兰少校?"生物开口了。说话时,它眼睛上方的皮肤动了动,而嘴巴没有。

"我是。"他说。

"您好啊,我是快速战斗飞船扰乱价值号的人形化身,很高兴在此见面。我来接您踏上前往马萨克星陆的第一段行程。"

"明白。"

~ 快捷建议:询问称呼。

"您有名字吗,或者职级?我该怎么称呼?"

"我就是舰船本身。"它说着耸起窄窄的肩膀,又放松下来,"如果您乐意,叫我'麻烦事'吧。"它的嘴角夸张地上扬,"或者'化身',要不就'舰船'。"

~ 或者讨厌鬼。

"乐意之至,舰船。"

"没问题。"它举起双手,"我只是想亲自来打个招呼。我们静待您的到来。准备好了就告诉我们一声。"它向上扫视,然后环顾四周:"他们说可以进来。希望没有打扰到您。"

"已经结束了。我在寻找某样东西,可惜一无所获。"

"深感抱歉。"

~ 你是该道歉,该死的懦夫。

"没关系。我们这就出发?"他抬脚走向船艏漆黑一片的圆形舱门。化身也跟着迈开脚步。它的视线快速扫过地面。

"这艘舰船遭遇了什么?"

"我们也不知道确切的情况。"他说,"它输了一场战斗。某种武器重重地击中了它。船体外壳幸免于难,但内部被毁得面目全非。"

化身点点头。"致密的熔融状态。"它说,"船员呢?"

"我们正走在他们的尸骸上。"

"真是抱歉。"只见这个生物迅速飘离地面,悬浮了半米高。

它不再以行走的姿态移动，转而如端坐一般，盘起腿，双臂交叠，"我想是那场战争所致吧。"

他们走向斜坡，缓缓登上内梯，继续前行。基兰忽而转向这个生物："没错，舰船，正是你们的战争所致。"

3. 黎明之下

"可是你会没命的。"

"说到点子上了。"

"真的,我能预见到。"

"不,我觉得你不能。我说得没错吧?"

"你错了。"

女人笑了,继续调整飞行安全索。周遭的一切都笼罩着干枯的血红色。

卡布站在一个崎岖不平但依然不失美观的平台上,平台由木头和石块搭建而成,坐落在绵延起伏的峭壁边缘。正在和他交谈的是菲莉·维特弗,一位留着凌乱黑发、肌肉结实的深棕色皮肤女人。女人穿着蓝色紧身衣,腰间挂着一个小巧的腰包,正努力把自己套进飞行翼索具中。这是一个复杂的装备,扁平的板条式羽翼几乎将她包裹得严严实实,从脚踝到颈部,然后向前延伸到胳膊。悬崖上散布着大约六十人,半数都是翼行者,葱郁的飞艇林[①]怀抱着峭壁。

逆旋向的一侧,拂晓的曙光乍现,光线穿透云层细密的靛蓝

---

① 一种状似飞艇的生态景观。

色天空斜射下来，投下长长的影子。穹隆逐渐明亮，稍暗一些的星辰早就隐没不见，只有少数几颗还在闪烁。除此之外，其他可见的天体一个是叶瓣态的多特塞利——星系中两颗带光环的气体巨星中更大的一颗，另一个游弋浮动的白点便是新星波提西亚。

卡布环视平台四周。日光绯红一片，看上去逼近棕色。阳光从星陆尾部的板区上方遥远、广袤的大气层照射过来，越过悬崖峭壁的边缘，穿过黝黑的山谷和山间苍白的薄雾岛，向下沉入低矮起伏的山丘和远端的平原。在刚刚过去的二十分钟里，森林里夜行动物的叫声逐渐趋于平静，低矮的林木间，鸟儿的啼鸣充斥着薄凉的空气。

飞艇树散布在略高一些的原生落地林间，好似星星点点的暗色穹顶。在卡布眼中它们颇具威胁，特别是沐浴在绛红色的光晕中。巨大的黑色气囊骤然逼近，庞大肿胀的叶带荚上方，尽管漏着气的囊体略显干瘪，但依然浑圆得令人惊异，阻气根像巨大的触须一般沿着周围的地面蜿蜒前行，圈出一片领地，让普通树木无法接近。微风拂过靠近地面的枝丫，扰得树叶欢愉地沙沙作响。飞艇树起初似乎不为微风所动，尔后开始慢慢移动，咔嗒咔嗒的噪声平添怪异的效果。

猩红色的日光刚刚照在远处飞艇林的树冠上，离背阴面还有几百米远；一小撮翼行者已经沿着看不分明的小路潜入森林，不见踪迹。平台另一侧，阳光越过悬崖、碎石堆和丛林，直逼宽阔的山谷间混沌的阴影，悠然缭绕的云雾间，依稀可以窥见九曲十八弯的河道，以及图卢米河变迁、改道形成的牛轭湖。

"卡布。"

"嗨，齐勒。"

齐勒穿着紧身的黑色西装，只有脑袋、手和脚露在外面。皮毛护住了中肢爪垫，避免和衣服面料产生摩擦。来这里观察翼行者就是这个切尔格里安人的点子。几年前卡布就观瞻过这项特别的运动——远观,那会儿他刚抵达马萨克星陆不久。他乘坐一艘铰接的内河驳船顺流而下,沿着图卢米河前往丝带河、巨流河,以及阿基米城,从驳船甲板上遥望着芝麻粒一般的翼行者。

自五天前在庆典舰孤子号上一别后,卡布和齐勒终于再次聚首。卡布完成了长期耕耘的文章和苦心钻研的学术项目——或者只是搁置了,开始着手研究联络型嗡嗡机 E.H. 特索诺发来的关于切尔和切尔格里安人的文件。卡布本以为齐勒不会再联系自己,所以当这位作曲家来信邀请自己黎明时分在翼行者平台见面时,他大感震惊。

"啊,作曲家齐勒,"菲莉·维特弗开口。切尔格里安人阔步走来,蹲坐在她和卡布之间。女人"嗖"地向上方振臂,半透明的蓝绿色翅膜弹出数米远,然后"啪"地收回,她咂咂嘴,看上去十分满意。"你还是不愿一同试飞,是吧?"

"是的。卡布呢?"

"我太沉了。"

"恐怕确实。"菲莉说,"太沉了所以没法精准地飞行。我敢肯定将飞行翼索具换成飘浮索具就没问题了。作弊的玩法。"

"我认为这项运动的精髓就在于欺骗。"

女人一边束紧大腿周围的绑带,一边抬头对蹲坐着的齐勒咧嘴一笑:"你觉得呢?"

"骗过死亡。"

"哦,意思差不多。只是某种修辞,是吧?"

"是吗?"

"没错。所谓的'作弊'就等同于……剥夺。不是技术意义上的作弊,比如表面上同意遵循特定规则,私下里悄悄违背。不过其他人都是这么干的。"

切尔格里安人沉默了一会儿,然后"嗯哼"了一声。

女人径直起身,笑着说:"我们什么时候才能让你对我的观点心服口服,作曲家齐勒?"

"我可说不准。"他向平台周围扫了一眼,翼行者们正在为起飞做最后的准备,其他人收走带来野餐的早饭,转移到附近静静盘旋的小型飞行器上,"他们不都是在作弊吗?"

菲莉和一群即将起航的翼行者呼喊着互道好运,临行之际彼此叮嘱了几句。而后她望向卡布和齐勒,朝其中一个飞行器点了点头:"来吧,我们一起作弊,抄个近道。"

飞行器通体纤薄,箭头形外壳下藏着一个大大的开放式座舱。卡布觉得比起正儿八经的飞行器,它看起来更像小型摩托艇。据他推测,一艘飞行器足以容纳八个人类。卡布的体重相当于三个两足生物,齐勒可能接近两个两足生物,所以他们应该还没有达到最大承重限度。可是这艘小小的飞行器似乎还是无法胜任这项任务。卡布刚踩上去,飞行器就颤悠悠地晃了一下。舱内的座位自动变换形态,以适应这两位非人类乘客的体形。菲莉·维特弗则大摇大摆地滑入前排座位,一边坐下一边收拢碍事的飞行翼,发出咔嗒咔嗒的声响。她从驾驶座的罩板上拽出一个控制手柄,说道:"中心,请求手动操作。"

"手动模式开启。"机器说。

这位女士咔嗒一声将手柄复位。环顾四周后,她握住手柄先拉再扭,然后向前推出,飞行器先是慢慢倒退离开平台,然后擦着原生落地林的树冠快速冲了出去。某种力场将客舱和外界隔开,风一丝都吹不进来。卡布伸出手指向外戳,指尖感受到一道无形的塑性变形阻力。

"说说吧,作弊的感觉如何?"菲莉向后方喊道。

齐勒望向外侧。"会撞机吗?"他漫不经心地问道。

她哈哈大笑:"这是个请求吗?"

"不,只是随便问问。"

"想体验一下吗?"

"不是很想。"

"那么我的答案就是不会。虽然现在是由我驾驶,但如果我做了什么蠢事,自动系统将夺回控制,把我们从困境中解救出来。"

"这算作弊吗?"

"看情况。不算是我所说的'作弊'。"她让飞行器向下俯冲,直直冲向空地上茂密的飞艇林,"要我说,这算是享乐与安全恰到好处的结合。"她回头瞥了他们一眼。飞行器在空中微微一颤,瞄准两棵高大的落地树之间的缝隙飞去,"虽然纯粹主义者难免会颇有微词,指责我一开始就不该乘坐飞行器前往飞艇树。"

飞行器呼啸着掠过两棵落地树,几乎是擦着过去的,卡布发现自己下意识地躲了一下。嗖的一声,他循声回头,看到几片叶子和小树枝打着旋儿落入飞行器后方的低压气旋中。飞行器朝最大的那棵飞艇树俯冲,瞄准了气囊有弧度的下缘——在那里,巨大的触须根盘虬卧龙一般纵横交错,汇入深棕色的鳞茎状叶带荚。

"纯粹主义者会徒步过去吗?"齐勒暗示。

"对。"女人轻点了几下控制手柄,飞行器在触须根上降落了。她将控制手柄推回身前的面板,"我们到了,男孩们。"她向这遮天蔽日的墨绿色气球微微颔首。

矗立在前方的飞艇树比他们高出足足十五米,投下深邃的暗影。气囊表面十分粗糙,覆满了纵横交错的脉络,不过看起来仍然薄如纸片,仿佛是用巨大的叶片粗陋地缝制而成。卡布觉得酷似雷雨云。

"人们最初是怎么来到这片森林的?"齐勒问道。

"我明白你的意思了。"菲莉说着从飞行器中跳出来,落在宽厚的根须上。她再次检查索具的绳结,于半明半暗之中眯着眼睛打量着他们两个,"大多数人是搭乘地下车来的,"她瞥了一眼飞艇树,然后抬头直视原生落地树枝叶间洒下的赭色日光,"一些人选择搭乘滑翔机。"她蹙眉望着浮在上方的气囊,气囊似乎正在向外拉伸,逐渐绷紧。卡布依稀听到叶带荚中传来一些声响。

"一些人选择乘坐飞行器。"她继续说道,对他们微微一笑,"不好意思。我想我该就位了。"

她从腰包中取出一副长长的手套戴上。调整手套时,足有手指一半长的弯钩状黑色指甲从她的指尖冒出。菲莉转身沿着叶带荚的外壁往上攀爬,一路来到气囊下缘,囊体具有弹性的材质向下弯出一个弧形。此刻随着气囊不断胀大、绷紧,飞艇树发出巨大的嘎吱声。

"还有一些人可能是先乘坐地上车、自行车或者小船,然后再步行至此。"菲莉在鳞茎状叶带荚边缘稳稳地蹲下,继续说道,"当然了,那些真正的纯粹主义者、天空瘾者会在小棚屋或者帐篷里露宿,以打猎为生,采集野生果蔬度日。他们去哪儿都只靠双脚或者翅膀,根本无缘在城市中看到他们的身影。生命的意义在于翱翔。像是某种仪式,一种……你们怎么说来着?一种圣礼,近乎宗教。他们痛恨我和我的朋友,因为我们飞行只是图一乐。许多天空瘾者拒绝和我们说话。实际上,他们彼此之间也都鲜少交谈,我猜一些人已经失去了说话的能力——喔!"菲莉转身躲避——气囊突然和叶带荚脱开,向上升去,恍若一张棕色大嘴中吐出了一个巨大的黑色泡泡。

气囊下方,纤薄的叶片连成宽阔的绿色叶带,一团细密的丝状结构将其与气囊连缀起来,叶带足有八米宽,深色的叶脉在表面蔓延交织。

菲莉·维特弗站起来,弹出利爪,她纵身一跃,向气囊下方交织成团的细丝飞去,而后"嘭"的一声撞上巨型叶帘,激得叶片一阵颤抖,泛起波浪。她用脚踢向叶帘,更多细小的叶片刺进薄膜。气囊在上升过程中迟缓了片刻,然后继续飞向天空。

气囊投下的暗影渐渐散去,飞行器周围的天空似乎明亮了起来。伴随着一声叹息般的噪声,庞然大物飘入越发明亮的天空。

"哈——哈!"菲莉大喊。

齐勒凑近卡布:"我们要跟上她吗?"

"不然呢?"

"飞行器?"齐勒说。

"这里是中心,作曲家齐勒。"声音从座位的枕垫传出。

"带我们上升。我们想跟上维特弗女士。"

"没问题。"

飞行器几乎是垂直上升,又稳又快,很快就和这位黑发女士齐头并进。为了将脸从气囊下方的叶带荚中探出来,她的姿势有些扭曲。卡布向外望去。他们已经上升了六十余米,而且还在以不容小觑的速度稳定上升。垂直向下望去,他望进了飞艇树的叶带荚,层层叠叠的叶带从荚中舒展开来,在半空中荡漾。

菲莉·维特弗对他们开怀一笑,飞行器卷起的狂风让缀成叶带荚的叶片汹涌起伏、猎猎作响,她的身体也被拽向这边。"你们还好吗?"菲莉笑着说。头发不停地拍在她脸上,她使劲儿摇头甩开它们。

"哈,无与伦比,"齐勒喊道,"你呢?"

"无与伦比!"女人仰视着飞艇喊话回应,随后俯瞰大地。

"继续聊聊作弊的事儿吧。"齐勒说。

她放声大笑:"你确定?聊什么?"

"这里一切皆为虚妄。"

"何出此言?"她飞快地伸出手,凭借一只胳膊岌岌可危地吊在半空，另一只手则收回爪子，将头发从嘴边拨开。

这个动作让卡布捏了一把汗。换作是他一定会戴顶帽子。

"森林是参照行星建造的，"齐勒喊道，"但并不是真的行星。"

卡布注视着仍旧在冉冉升起的太阳。此刻，这颗恒星已经变成了亮红色。星陆上的日出和O形日落如出一辙，比地球上更为漫长。先是头顶的天穹微明，接着，初升的太阳仿佛由红外线凝聚而成：一只泛着微光的朱红色幽魂从暧昧不明的阴影线中探出头来，沿着地平线滑动，朦朦胧胧地穿过星陆板区之间的界墙以及远端丰饶的大气之后，才会缓缓向上升起。不过，一旦旭日初升，星陆上的日照时长是任何一颗星球都无法比拟的。卡布认为，眼前一切都不失为大自然的馈赠，因为日落和日出总会奉献出一天中最为壮阔而撼人心弦的景色。

"所以？"终于，菲莉重新用两只手抓住飞艇树。

"所以何必还要多此一举？"齐勒大声喊道，他指的是气囊，"何必飞到飞艇树上？借助飘浮索具——"

"一切都交给梦境，交给虚拟现实！"她不屑地大笑。

"会比这更虚伪吗？"

"这么问不对。应该问，会比这更不真实吗？"

"好吧，能吗？"

她疯狂点头："绝对——该死的——能！"突如其来的一阵上升气流吹得她的头发向上卷去，仿佛一团黑色的火焰在脑后打旋。

"所以，非得和真实沾边你才觉得有意思？"

"那是相当有意思。"她喊道，"有些人将从飞艇树上往下跳视为重要的消遣方式，但他们只会在……"周围狂风呼啸，她的声音被吞噬了。飞艇树在空中剧烈晃动，飞行器也跟着颤抖。

"在什么？"他吼了一声。

"梦里。"她吼着回应，"崇尚虚拟实境的纯粹主义者打定主意离真实远远的!"

"你鄙视他们吗?"齐勒大喊。

女人一脸迷惑。她从涟漪般摆动的叶帘中探出身,一只手伸进腰包——这次手套还留在原处,嵌在厚厚的丝状叶瓣上——取出一个小玩意儿夹住一边的鼻孔。随后,她将手重新伸进手套中,松了一口气。当她再次开口,音量恢复到了正常的状态,语音通过卡布佩戴的鼻环传出——不知道齐勒用的是什么终端,不过听上去她仿佛就坐在他们身边。

"鄙视,你刚刚是这么说的吗?"

"没错。"齐勒说。

"我为什么要鄙视他们?"

"你赌上性命争取的东西,他们只须付出一丁点儿努力,而且无惊无险。"

"选择不同罢了。要是我愿意,也可以和他们一样。而且,"她抬头望着头顶的气囊,久久地环视着天空,"我们得到的东西也并不相同,你说是吧?"

"不同吗?"

"不同。他们知道自己活在虚拟实境里,而不是现实。"

"还是可以自欺欺人。"

她像是要叹息,然后及时打住,做了个鬼脸:"抱歉,该起飞了,我想一个人享受。没有冒犯之意。"她再次抽出手来,摘下鼻钉状的终端机,放回腰包。几番费力尝试之后,她将手重新伸进手套中。卡布觉得她一定很冷。此刻他们悬在悬崖上方五百米开外,飞行器力场四周的气流吹到他的甲壳上,冰冷刺骨。他们上升的速度明显下降,菲莉的头发被吹向了一边,不再在头顶胡乱拍打。

"回见!"她隔空大喊一声,放开了手。

她探出身子，手套先恢复自由，然后是靴子。菲莉跳下来的一瞬间，卡布看到两只泛着光泽的爪子向后轻弹，在阳光下折射出橘黄色的光芒。飞艇获释后再次向天空飘去。

卡布和齐勒向外望去。飞行器先是水平后退，然后盘旋了一圈，菲莉向下俯冲的英姿被他们尽收眼底。她踢踢腿，然后伸展胳膊，肋条制成的翅膀咔嗒咔嗒地展开，使她迅速从一个小黑点变成了庞大的蓝绿色鸟类。猎猎风声中，卡布听到她野性的呼喊。菲莉在空中曲身转弯，向冉冉升起的旭日飞去，继续转弯，一瞬间消失在叶带荚的叶帘后面。天幕下，卡布辨认出许多翼行者的身影，渺小的点状物划着斜线凌空飞翔，在渐渐升空的飞艇树气囊下方盘旋。

菲莉一路斜行，现在飞得更高了，她转身沿着攀升的路线俯冲，飞行轨道会经过他们下方。飞行器在半空慢悠悠地旋转，始终将她置于视线范围内。

她和他们擦身而过，又向下冲了近二十米，笑容满面地向两人挥手呼喊。随即她又掉头回到高空，收回翅膀，再次俯冲。看起来她像是要撞入大地。"天哪！"卡布听到自己发出一声惊呼。

她会死吗？卡布已经在脑海中构思发给霍姆达星际新闻服务站的下一条口播消息。每六天卡布会往母星发送一条异星见闻，这个习惯已经持续了快九年，现已拥有一群体量不大但十分忠实的听众。他从未描绘过一桩意外死亡，现在也不喜欢这个点子。

一瞬间，蓝绿色翅膀忽地展开，女人再次起飞，冲到一千米之上的高空，最终彻底消失在一簇叶带荚后。

"我们的天使并不是永生的，是吧？"齐勒说。

"不是。"卡布说。他不清楚天使是什么，不过为此询问齐勒或者中心难免有些无礼，"不是，她没有备份。"

大约半数翼行者没有进行思维状态备份，这也就意味着他们一旦撞上地面就会一命呜呼,没有任何复本可供复生。菲莉·维特弗就是其中一员。想到这一点卡布觉得浑身不舒服。

"他们自称'一次性人士'。"他说。

齐勒沉默了许久。"真怪,人们会欣然接受绰号,但如果是被强行冠上的,就拼死也要摆脱。"飞行器的金属零件反射出橘黄色亮光,"切尔格里安的卡斯特体系中有一个等级是隐无者。"

"我知道。"

齐勒抬头看向他:"对了,学得怎么样了?"

"噢,一切顺利。一共只有四天时间,我手头上还有不少论文要完成。总的来说,算是入门了。"

"你接了一个烫手的山芋,卡布。我要替我的种族向你致歉,只不过有些多余,毕竟我付出的全部心血或多或少都是在为这个种族赎罪。"

"啊,别这么说。"卡布尴尬地开口。为自己的种族感到蒙羞,怎么说呢,真是让人难堪。

"然而这些生物,"透过飞行器舷窗,齐勒冲着肆意翱翔的一个个小点儿微微颔首,"只是古怪罢了。"他靠回椅背,从口袋里拿出烟斗,"你我就岁月静好地坐在这里享受日出吧!"

"乐意至极,"卡布说,"享受当下。"

在这里,抬头就可以看到数百千米之外的弗雷特板区。恒星雷斯莱尔仍然在缓缓升起,由明黄过渡到全亮状态,耀眼的日光穿透星陆逆旋向一面的大气层,拂去大地上的每一寸阴影。顺旋向一面的下方,混沌不明的辽阔大地突然变得分明,然而又缓缓擦去板区的边界,板区沐浴在全盛的日光之中,宛如一只璀璨的串珠手镯高悬天空——图利尔山脉升高了,山肩披着皑皑白雪。顺旋向一面的右边,风光消失在莽原中,没入薄雾。左边,蓝莹莹的远端依稀可见一片连绵起伏的山丘,这里水域辽阔,马萨克星陆的巨流河在宽阔的入海口缓缓汇入弗雷特海。

"你该不会以为我在给人类灌迷魂汤吧?"齐勒问。他抽了一口烟斗,皱起眉头。

"我觉得他们乐在其中。"卡布说。

"真的?好吧。"齐勒听上去大失所望。

"我们的存在对于界定'人类'大有裨益。他们热衷于此。"

"界定?就这?"

"当然了,这不是他们欢迎我们在这里生活的唯一原因,从你的角度来看,更不是。不过我们确实为人类校准自我提供了一种外星物种参照标准。"

"听起来比卡斯特上层等级的宠物稍稍好些。"

"你是与众不同的,亲爱的齐勒。人们尊称你为音乐家齐勒、作曲家齐勒,这种称呼我之前从未听过。你愿意在这里定居,他们由衷地感到骄傲。对于'文明'来说是这样,对于中心和马萨克星陆上的人们而言尤其如此。"

"显而易见。"齐勒喃喃地说,往外拨了拨固执的没有烧着的烟丝,凝望着远处的平原。

"对人类来说,你是大明星。"

"一个战利品。"

"类似吧,不过备受尊崇。"

"人类有自己的作曲家,"齐勒蹙眉审视着斗钵内部,一边轻敲烟斗一边喷嘴,"残渣卡住了。而他们所有人的才华加在一起都顶不上一台机器——比如主脑。"

"这么比就不厚道了,"卡布说,"作弊。"

切尔格里安人肩膀抖动,发出类似"哈哼"的声音,似乎是在憋笑。

"可惜他们不会让我以作弊的手段远离这位该死的特使。"他目光一凛,"有什么新动向吗?"

卡布从马萨克星陆中心那里得知,齐勒一直煞有介事地对家乡来使的一切消息闭耳塞听。"人类派了一艘飞船前去迎接,"卡布说,"嗯,开启行程。不过,切尔格里安一方似乎突然更改了计划。"

"为什么?"

"据我所知原因不明。本来已经确认了会合地点,后来切尔又换了地方。"卡布稍事停顿,"好像和一艘失事的巡航舰有关。"

"失事的巡航舰?"

"嗯……差不多吧。我们或许可以直接问中心。在吗,中心?"卡布轻叩鼻环——多此一举,他觉得自己像个傻帽。

"卡布,这里是中心。有什么需要帮忙吗?"

"和切尔格里安特使碰面的那艘遇难的巡航舰。"

"怎么了?"

"方便提供更多细节吗?"

"效忠派伊泰雷文家族名下的一艘私掠船,在卡斯特等级之战进入尾声后失踪,下落不明。该巡航舰的残骸于几周前在雷舍瑞夫星[①]附近被发现。它的名字是凛冬风暴号。"

卡布看向齐勒,后者显然也加入了对话。这位切尔格里安人耸了耸肩:"从没听过。"

"有更多信息可供辨识切尔特使的身份吗?"卡布问道。

"不多。我们还没有获悉特使的名字,不过他似乎是一位军衔稍高的军官,后来接受了圣职。"

齐勒哼了一声:"卡斯特等级呢?"他语气沉重地问。

"我们认为他是伊泰雷文家族的一名命定。不过我得说一句,

---

① Reshref,发音与古代迦南人信奉的瘟疫和死亡之神 Resheph 相近。

上述情报还存在很大不确定性。切尔一直不太乐意透露相关信息。"

"不用你说。"齐勒说。他从飞行器尾部向外眺望，淡黄色的太阳已经高悬天际。

"预测出特使什么时候抵达了吗？"卡布问。

"三十七天之内。"

"了解了。呃，感谢。"

"不客气。晚点我或嗡嗡机特索诺先生会再和你详谈，卡布。现在，二位尽情享受吧。"

齐勒正在往斗钵里加料。"这位特使所属何种卡斯特等级有关系吗？"卡布问。

"没什么关系。"齐勒说，"他们派谁、派什么来都无所谓。我不想和他们对话。不过，从崇尚武力的家族中选出一个神明的擦鞋童，想必他们并没有为了讨好我而花心思。真不知道我该感到屈辱还是荣幸。"

"说不定他是你的乐迷。"

"哈，说得好。说不定他在一所极端排外的大学中兼任音乐学教授——身兼三职。"齐勒说着又开始吮吸烟斗。斗钵中飘出一缕烟雾。

"齐勒，"卡布说，"我有个问题想问你，"切尔格里安闻声看过来。他继续开口，"关于你正在创作的长篇乐曲。乐曲是受中心所托，为祭奠双新星时代的终结而作吗？"他察觉自己的视线无意识地飘向了波提西亚那明亮的光点所在的方向。

齐勒缓缓一笑。"保密？"他问。

"当然。我保证。"

"那么，答案是'对'。"齐勒说，"一首史诗性的交响曲，为中心的哀悼期画上句点，将战争之恐怖带给人的沉思和对战后长久和平给人带来的欢庆——只有微不足道的一点点瑕疵——向整个银河系广播。第二颗新星燃烧的那一天,交响曲会在夜幕降临之后奏响。如果时间计算无误,如果我的指挥一如既往地精准,那么火光将在最后一个音符敲响之际点燃苍穹。"齐勒憧憬般地说道:"中心觉得爆裂的新星将为交响曲提供一场盛大的灯光表演。不确定我能不能把握得这么准,不妨拭目以待。"

卡布怀疑这位切尔格里安人巴不得有人提前猜到,如此一来他就可以畅所欲言了。"齐勒,这是个重磅消息。"卡布说。这支乐曲将是齐勒自我放逐以来完成的第一首完整版交响曲。齐勒在史诗性乐章的创作上堪称大师,然而有些人已经开始担心他再也创作不出气势恢宏的不朽杰作了。"我很期待。曲子已经完成了吗?"

"快了。正在修改。"切尔格里安人仰望着波提西亚那个小小的光点,"进展顺利。"他若有所思地说:"现实素材过于动人心魄,让我甘愿为之全力以赴。"他冲卡布一笑,笑容里没有一丝暖意,"和切尔的遭遇相比,其他入世种族的覆灭甚至具有某种优雅而唯美的精致感。我的种族招致了不可尽数的死亡和苦难,罪恶滔天,但不免平淡无奇又颇显庸俗。真遗憾,他们怎么就不能体面地提供一些更好的灵感源泉呢。"

卡布沉默了良久:"对自己的同族如此深恶痛绝着实让人叹惋,齐勒。"

"是啊,没错。"齐勒欣然赞成,他透过舷窗眺望着遥远的巨流河,"不过可喜可贺的是,仇恨确实为我的音乐提供了弥足珍贵的灵感。"

"我明白你绝对不会回到切尔格里安,齐勒,但至少你该见一见这位来使。"

齐勒望着他:"我该?"

"不然显得像是你没胆直面他的说法。"

"真的？什么说法？"

"我想他会说他们需要你。"卡布耐心地解释。

"需要我摇身一变成为他们的战利品，而不是'文明'的。"

"'战利品'这个措辞有问题。'象征符号'或许更合适。符号更为重要，也更行之有效。当一个人承担起'象征性'的角色，那么符号就有了……方向性。具有象征意义的个体在某种程度上有能力自行掌控航向，不仅能决定自己的命运，也能为整个社会掌舵。不管怎样，他们会坚称只有最负盛名的异见分子和切尔格里安社会乃至整个切尔社会和解，这个社会乃至文化本身才能实现自我和解，然后重建。"

齐勒静静地迎上他的目光，不为所动："看来他们选你选对了，对吧，大使先生？"

"你误会我了。这类说辞对我而言没有意义，不会引起我的共鸣，也不会让我反感。但他们很可能希望用这种说法来打动你。就算你不曾产生这种念头，也不屑于预判他们的主张，至少也应该心里有数。所谓知己知彼，百战不殆。"

齐勒凝视着眼前的霍姆达人。卡布发现和这两只硕大的黑眼珠对视并没有想象中那么困难。当然了，他也不会以此为乐。

"我真的是个异见分子吗？"最终，齐勒开口问道，"我已经习惯了将自己视为彬彬有礼的流亡者，或者政治庇护对象。异见分子，这个重新分类令人感到隐隐的不安。"

"你先前的言论蜇伤了他们，齐勒。你的行为也让他们下不来台——先是径直来马萨克星陆定居，后来，等战争的背景渐渐明朗你也一直没有离开。"

"'战争的背景'，我勤奋好学的霍姆达人伙伴，那可是长达三千年无情的压迫、文化帝国主义侵蚀、经济剥削、蓄意折磨、性暴行以及对贪婪的狂热，对了，这个种族对贪婪的狂热几乎刻进了遗传基因。"

"刻薄，我亲爱的齐勒。没有一个旁观者会对切尔的近代史做出如此敌意满满的总结。"

"三千年只算近代史？"

"你在岔开话题。"

"没错，我注意到你可笑地将三个千年定义为'近代'。这当然比争论自三千年前我们想出'卡斯特体系'这个激动人心的点子以来大家要承担何种罪责有趣得多。"

卡布叹了一口气："我们是一个长寿的种族，齐勒，已经在银河系中生存了很多个千年。据我们测算，三千绝对不是无足轻重的数字，但是在可以进行星际旅行的智慧生物之谱系中，确实算作'近代史'。"

"这种情况让你心神不宁，是吧，卡布？"

"什么情况，齐勒？"

切尔格里安人用烟斗柄往外面一指："你在为这个人类女性忧心，对吧？刚刚她看上去就要撞进地里了，只因为没有备份就只能肝脑涂地。而我憎恨自己的同胞却让你感到不适——至少是不舒服，你是怎么说的来着，尖刻。"

"你说得都对。"

"你自己的生活已经安逸到只能通过管别人的闲事来自寻烦恼了吗？"

卡布向后靠进座椅中，陷入沉思。"似乎是这么回事儿。"

"所以，或许你和'文明'是同路人。"

"或许吧。"

"那么眼下你会不舒服吗，噢，直说吧，谈论卡斯特之战会让我俩感到难堪吗？"

"和三十一万亿'文明'公民生活在一起或许让我的同理心开

阔了一点点。"

齐勒淡然一笑，仰望着马萨克星陆高悬于天际的地平线。璀璨的带状光环缓慢旋转，从雾霭线处逐渐变得稀薄，没入茫茫苍穹；广阔的海洋以及横亘在板区之间直耸入大气层的山壁①形成的冰障，在这条孤独的缎带中来回穿梭，将青绿相间、棕白斑驳的色块织入缎带表面；受到边缘海和星罗棋布的小岛限制，缎带时而微微收窄，时而宽阔平坦，途经山壁末端时会不约而同地径直向界墙延伸。一条蜿蜒的细线在近处若隐若现，那便是马萨克的巨流河。头顶，星陆远端化作一道明亮的线条，地理地貌上的细节从泛着光泽的丝线中隐去。

视野开阔的日子里，仰头眺望悬在正上空的星陆远端，能够依稀分辨出一个小黑点，那里就是马萨克星陆的中心。小黑点兀自悬在茫茫太空中，和另一个中心相距一百五十万千米，那个中心同样隔着一片虚空被海陆交织的浩瀚巨镯环抱。

"有道理，"齐勒说，"人类多到泛滥，是吧？"

"人口增多倒也不难理解。人们已经选择了安稳度日。"

齐勒仍然凝望着天空。"你知道自星陆落成以来，有人一直沿巨流河绕星陆航行吗？"

"嗯。一些人已经航行到了第二圈。他们自称'时间旅行者'，因为逆旋向航行他们会比星陆上任何人移动得都慢，那么时间膨胀效应就得到了削减——虽说'膨胀'本身就可以忽略不计。"

齐勒点点头。深色的眸子陶醉在眼前的景象中。"不知道有没有人逆流而行。"

"有的。总有人逆水行舟。"卡布停顿了，"没有一个人逆流绕完了整个星陆。要有很长很长的寿命才能做到。他们的航行更加

---

① Bulkhead Ranges，将星陆上不同板区分割开来的壁板，通常是一些人造高山。

艰险。"

齐勒舒展开中肢和双臂,收起烟斗。"就到这里吧。"他的嘴巴咧开一个形状,卡布明白这是发自内心的笑容,"我们回阿基米吧?我要继续工作了。"

4. 焦黑大地

~我们自己的舰船不够好吗？

~他们的更快。

~还是老样子？

~恐怕是的。

~我讨厌换来换去。先是一艘飞船，然后是另一艘，后来又换了一艘，到现在已经是第四艘了。我觉得自己就像个邮包。

~这不会是某种隐晦的羞辱，或者想方设法拖延我们的行程吧？

~你是说不让我们乘坐自己的飞船？

~正是。

~我觉得不是。倒是可能想以一种隐晦的方式给我们留下深刻印象。他们一直声称自己在谨慎地纠正之前犯下的错，不会让任何一艘舰船擅离职守。

~在不同时间点依次腾出四艘舰船，这么安排更合理？

~从他们建立武装的方式来看是合理的。第一艘飞船相当于战舰。这艘舰船在切尔附近巡航，以防战争再次爆发。飞船可以绕开一段距离再折返，比如来接应我们，但不会驶得更远。我们现在乘坐的是超级牵引船，一种快速拖船。我们即将登上一艘通用系统星舰，类似巨型空间站或者航空母舰。星舰内装载着其他战舰，万一双方交火，仅凭可用物资无法应对战况，机库里的战舰就可以派上用场。通用系统星舰的巡航范围比快速战斗飞船大得多，但仍然不能离切尔格里安世界太远。最后一艘则是古老的去军事化飞船，通常在银河系全境执行巡哨任务。

~银河系全境。这种说法总是莫名让人大感震撼。

~可不是嘛。相比之下，我们微不足道的幸福竟然让他们如此挂念，真是三生有幸。

~他们自始至终都只是想为我们谋福祉，如果你信。

~你信吗，少校？

~我信。只是不信这个冠冕堂皇的理由可以将过往所有一笔勾销。

~该死的当然不能。

旅程头三天，他们在施暴者级快速战斗飞船扰乱价值号上度过。这个胡乱拼凑出来的庞然大物根本没有什么空间，一堆庞大的引擎组件跟在单体武器舱后面，武器舱旁是一个像是建好后才想起来加进去的微型座舱。

~老天，这也太丑了。

第一次见到这艘飞船时哈伊勒感叹道。那时他们正与皮肤黝黑、身穿银灰色宇航服的化身同行，搭乘狭小的穿梭机从凛冬风暴号的残骸驶向扰乱价值号。

~这些人是颓废美学家吧？

~据说，"文明"为自己的武器装备感到羞愧。只要外观粗糙、不成比例、不够优雅，人类就可以假装那东西不是自己的，或者不属于"文明"，又或者只是暂时属于，因为"文明"中一切人造物都精妙绝伦。

~或者可以理解成，形式决定用途。不过必须承认，此前闻所未闻。大学里哪个"天才"提出这个理论的？

~好消息，哈戴什·哈伊勒，现在我们的海军情报局有了"文化元逻辑分析部门"。

~看来我还有很多新术语需要掌握。"元逻辑"是什么意思？

~"精神－物理－哲学逻辑学"的简称。

~哈，当然了。解释得好。我可真是问对了。

~刚刚那个是"文明"的术语。

~这该死的是"文明"的术语？

~是的，长官。

~果然。那么我们这个所谓的"元逻辑部门"到底是用来干吗的？

~剖析其他入世种族的思维方式。

~入世种族？

~也是"文明"的术语。指代达到一定科技水平、可以进行宇宙旅行，有能力并且愿意交流的智慧生物。

~这么一说我就明白了。使用敌人的术语往往是个坏兆头。

基兰向坐在旁边的化身瞥了一眼。它犹疑地对他笑了笑。

~我同意，长官。

他重新将目光投向"文明"的快速战斗飞船。真的很丑，丑得不能再丑。在哈伊勒发表看法之前，基兰一直在感慨粗犷的外表下蕴藏着多么暴虐的威力。然而当脑袋里住着另一个生物，两人透过同一双眼睛看同一个事物却得出大相径庭的结论，亲历两种如此不同的情绪真是太古怪了。

此刻，扰乱价值号和他们动身出发时一样填满了穿梭机的屏幕。穿梭机速度很快，但毕竟路途遥远，有好几百千米。读数显示屏幕的放大倍数渐渐归零。强大，基兰想——完全是他自己的想法，而且丑陋。或许从某种层面上来说，二者总是相伴相生。这时，哈伊勒打断了他的思绪：

~我猜你的仆人也都登舰了吧？

~我没有带仆人，长官。

~什么？

~我是一个人出发的，长官。当然也包括您。

~一个人出发，没带仆人？你是该死的被放逐了吗，少校？你该不会是胚胎派卡斯特等级体系否定者吧？

~并不，长官。不带随从恰好反映了您肉体死亡后社会发生的种种巨变。您的简报文件肯定对此做出了解释。

~得了，有时间我会仔细看看的。你都不知道他们对我进行了多少测试，就连你睡觉的时候都不放过，把我折腾得够呛。我只好提醒他们，人格构念也需要小睡，不然他们会把我活活烧焦在你脑内。但是，少校，仆人这事儿我不明白。我研究过卡斯特之战，犹记得两方最终打了个平手。乐园里的渣滓①啊，你是说我们输了吗？

~没有，长官。在"文明"的介入下，战争以和解告终。

~我知道，可是和解就意味着没有仆人了？

~也不尽然，长官。仆人依然随处可见。军官们还是可以雇用护卫和侍从。只是这项任务要求我避开此类帮助。

~维斯科韦尔说过你是个榆木脑袋，但我没想到你这么克己复礼。

~还有一个原因，长官。恕我提醒您，我们要去会面的切尔格里安人是一名卡斯特等级否定者。

~哈，想起来了，这个叫齐勒的家伙，一定是个毛都没长顺、

---

① 与"苍天啊"类似。

被宠坏了的小鬼，把替懒得为自己打抱不平的人打抱不平视为命定者的天职。对付这种人最好的办法就是一脚踢走。这些垃圾根本不懂什么叫责任或者义务。一个切尔格里安人无法放弃自己的卡斯特等级，就像无法否认自己所属的种族。我们要一直惯着这个蠢货？

～他是一位伟大的作曲家，长官；不是我们把他赶走的。齐勒选择了自我放逐，离开切尔去了"文明"。他放弃了与生俱来的"命定者"血统，选择——

～让我猜猜。他宣布自己是一个隐无者。

～是的，长官。

～他没干脆自称"割除者"① 可真是遗憾。

～总之他不待见切尔格里安社会。所以我们觉得只身前往会显得我比较平易近人，从而更容易被他接受。

～我们不必自降身段，少校。

～我们没得选，长官。内阁层面的决议是我们必须把他劝回来。我已经接受了这项任务，而您也有您的任务。我们不能逼他就范，所以必须获得他的认可。

～他会听我们的吗？

～我也不知道，长官。认识他的时候我们都还是孩子，后来我也留意过他的职业生涯。我喜欢他的音乐，还专门研究过。除此之外就没什么能提供的了。我觉得由和他更亲密的人——家人或者同僚——来执行这项任务会更好，但似乎符合上述条件的人都没有做好准备。于是我说服自己，或许我不是理想人选，但一定是合适的人中最优秀的，而且我会坚持到底。

～听起来有点凄凉，少校。我为你的斗志感到担忧。

---

① Spayed，卡斯特等级体系中比隐无者低一等。

~我确实有些情绪低落，长官，但只是出于个人原因。相反，此刻我的斗志和信念感无比坚定；言出必行，使命必达。

~好吧少校，谁说不是呢？

扰乱价值号承载着二十位机组人员以及若干小型嗡嗡机。两名人类在拥挤的机库内迎接基兰，带他来到起居舱——一个单独的舱体，天花板很低。他并不多的行李和个人物品已经从载他们去凛冬风暴残骸的海军护卫舰中转运了过来，安置妥当。

"文明"将他的起居舱打造成了海军军官舱的模样。指派给他的这台嗡嗡机介绍，起居舱内部可以任由他的喜好改变形态。基兰告诉嗡嗡机自己对现在的陈设很满意，希望可以一个人收拾收拾行李，脱下真空宇航服。

~那台嗡嗡机想要充当我们的仆人吗？

~有这个可能，长官。如果我们友善地要求，它可能会照做。

~哈！

~到目前为止，它们一个个都毕恭毕敬，而且执意提供帮助，长官。

~没错。怎么看都很可疑。

嗡嗡机接管了基兰的饮食起居。令他吃惊的是，它真的像一位寡言少语又极度高效的仆人，洗衣服、整理行李，甚至还会贴心地提醒他在"文明"舰船上需要遵循哪些礼仪——几乎没有。

多亏了嗡嗡机，登舰第一晚他安然享用了晚宴。

~他们还是没有统一的制服吗？整个"文明"都是一群异类在统治。不怪我讨厌它。

船员对基兰客套到了近乎吹毛求疵的程度。他基本无法从他们身上获得什么信息，也对他们知之甚少。船员们似乎终日都在为加速操心,没空搭理他。基兰怀疑人们只是为了躲着他,不过他根本不在乎。一个人的时光,基兰乐得逍遥。他在舰船的图书馆里研究起了"文明"的档案。

哈戴什·哈伊勒也有自己的研究。和人格构念一起上传到基兰的灵魂守卫中的还有各种史料和简报,现在,他终于将这些资料消化完了。

为了让基兰保有部分隐私,他们协商出一份时间表。除非有重要事件,入睡前一小时和醒来后一小时,哈伊勒会暂时脱离基兰的意识。

对于卡斯特之战的历史细节,哈伊勒辜负了基兰一开始的忠告,经历了震惊、怀疑、愤慨、恼怒等过山车一般的情绪变化,随着"文明"介入的桥段逐渐明朗,狂怒的情绪到达了顶峰,他突然陷入冰冷无情的平静。短短一下午,基兰从大脑中另一个人身上体验到了上述复杂多变的情感,万分疲惫。

后来这位老兵才回到最初的起点,按照时间顺序将自己肉身死亡、人格构念存储之后发生的一切捋了一遍。

和所有存活的人格构念一样,哈伊勒仍然需要通过睡眠和做梦来保持稳定,不过昏睡状态下时间是可以快进的,也就是说哈伊勒不必睡一整晚,只要有一小时的休息时间就够了。第一天他和基兰抱持着相同的睡眠节奏;第二天他彻夜恶补历史,只享受了片刻的无意识状态。接下来一个早上,基兰结束一小时的私人时光后重新与哈伊勒连通,只听见脑中响起一个声音:

~少校。

~长官。

~你失去了妻子。很抱歉,我不知道。

~没事,我又没把这件事挂在嘴边,长官。

~当时在凛冬风暴上你想找的另一个灵魂就是她吗?

~是的,长官。

~她也是一名军人。

~是的,长官,也是一名少校。战前我们一起参了军。

~和你一起参军,她一定很爱你。

~事实上,是我追随着她的脚步,长官,应征入伍是她的主意。赶在反叛军到达之前将基片中的灵魂从奥姆行星的军事技术研究所拯救出来,也是她的主意。

~她可真是女中豪杰。

~正是,长官。

~抱歉,基兰少校。虽然一生未婚,但我明白爱和失去的滋味。只是想让你明白我对你的经历感同身受,就是这样。

~谢谢,对此我很感激。

~我想你我不妨少花一点时间研究档案,多聊几句。我们这种亲密度竟然还没有促膝长谈,真是不像话。你意下如何,少校?

~好主意,长官。

~不如先从丢掉"长官"开始?我留意了标准叫醒指示中的法律措辞,我的上将军衔自肉体死亡时就失效了。现在我的身份是"后备荣誉长官",你才是这项任务中的"上级"。要说眼下有谁该被尊称一句"长官",那也是你。总之呢,叫我哈伊勒就好,随你喜欢。大家一般都这么叫我。

~好吧,先——哈伊勒,我们如此亲近,军衔什么的完全没必要提了。叫我基尔吧。

~说定了,基尔。

接下来的几天无惊无险。他们以惊人的速度航行,将切尔格里安世界远远甩在了后面。快速战斗飞船扰乱价值号用袖珍的穿梭机将他们送往一种名为"超级牵引船"的大号舰船,它的体型依旧又短又粗，不过外表和战舰比起来稍微不那么随性了。这艘名叫稀世俗物的超级牵引船上没有一位人类船员，迎接他们的只有声音。基兰找了一片看上去没什么用途的开放空间坐下，愉悦、舒缓的音乐在舱内缭绕。

~你一生未婚吗，哈伊勒？

~聪明、高傲，但毫无爱国心的女人不值得我爱，基尔。她们总能看出我的初恋是军队，而不是她们自己，而且这些冷血的女人通通没有将自己的伴侣或同胞放在个人私欲之前的觉悟。如果我不学无术、头脑空空，可能早就和柔顺可人的妻子结婚，还共同抚养了好几个孩子——当然很可能至今仍存活于世。

~看来逃过了一劫。

~我注意到你没有指明主语。

通用系统星舰制裁名单号在超级牵引船休息区的屏幕上出现，宛如星空中的另一个光点。它从一个银点迅速膨胀变大，填满了整个屏幕，不过星舰亮面的表面细节看不分明。

~那就是传说中的星舰了。

~我猜也是。

~我们很可能已经与好几艘护卫舰擦身而过，不过它们不会明目张胆地现身。海军称之为高价值飞船，从来不让它们单独行动。

~我以为看起来会更宏伟。

~它们的外表总是很不起眼。

超级牵引船一头扎进银色空间。仿佛置身云雾之中，举目四望尽是云团。牵引船突然坠落，冲破一层又一层薄膜，宛如古书的纸质书页快速擦过拇指。

他们冲破最后一层薄膜，驶入混沌的虚空。缥缈云雾中，一条淡黄色的细线高悬于天际，点亮整个世界。细线悬在船艉上空。

星舰大约有二十五千米长,十千米宽,上表面是开阔的绿地。河流和湖泊斩断郁郁葱葱、树木繁茂的丘陵和山脊,点缀其间。

星舰侧舷由巨大的肋条和红蓝交错的 V 形支墩式舷外托架筑成,沐浴着金灿灿的浅茶色,叶蔓覆盖的平台和露天阳台自在随性地点缀其上,万千灯火通明的窗口穿插其间,让人眼花缭乱,这景象酷肖一座灯光璀璨的立体城市坐落在高达三千米的砂岩峭壁上。空中挤满了成百上千艘不同型号的飞行器,基兰见过的或者听过的都能从中找到,还有很多型号是他闻所未闻的。有的飞行器体格袖珍,有的和超级牵引船差不多大。更小的点则是悬浮在半空的人类。

另外两艘巨型星舰——每一艘都有制裁名单八倍大——共享着这艘星舰周遭的力场搭建的飞行包线。它们分别位于制裁名单左右两侧数千米开外,样子更加朴实、敦厚,被各自的小型飞行器机群环绕着。

~看来内部更让人震撼,你说呢?

哈戴什·哈伊勒沉默不语。

星舰的化身以及人类向他致以热烈欢迎。基兰的居住舱宽敞到了近乎奢侈的地步,他还有幸独享一个游泳池。泳池外侧是一道宽达一千米的气体深渊,透过深渊能够一眼望到舰船右舷的托架。又有一只谦逊有礼的嗡嗡机扮演起了随侍的角色。

他受邀参加了数不清的宴会、派对、庆典、纪念活动、开幕式、庆祝会,还有各种活动和聚会,居住舱内光请柬管理器就占了整整两块屏幕——分门别类地列出了他收到的邀请函。他应邀出席了一些,大多是现场演奏类活动。人们都礼貌有加,他也以礼回应。有的人借机表达了对战争的惋惜。他不卑不亢,温柔地抚慰众人。哈伊勒则在他脑袋里恶言谩骂,气到冒烟。

他在巨大的星舰中闲庭信步，无论走到哪儿都是众所瞩目的焦点。在这艘足足容纳了三千万乘客的舰船上，基兰感到自己与人类和嗡嗡机都格格不入，他是唯一的切尔格里安人。不过，他倒是很少被扯入对话。

化身已经给基兰提过醒，想要和他搭讪的人中不乏记者，这些人很可能会将他的言论在媒体中广播。面对这类情形，哈伊勒辛辣的讥讽之词反倒颇有优势。开口之前基兰会仔细斟酌自己的言辞，自然也会倾听哈伊勒的点评，在外人看来就像陷入了一段沉思。好笑的是他也因此歪打正着，给人们留下了神秘莫测的印象。

一天清晨，结束了一小时恩典般的休憩时光，两人还没恢复联结，基兰从床上起身，走向可以欣赏外部风光的舷窗旁——他下达指令，舷窗变为透明。他惊异地看到弥漫着灰烬的苍白天空下，化为焦土的费兰平原坑坑洼洼地向烟雾缭绕的远方蔓延。千疮百孔的道路穿过破碎的平原，那辆破破烂烂的、烧成黑炭的卡车像冬日行动迟缓的虫子一般在满目疮痍的道路上挪动。他忽然意识到自己根本没有醒来，也没有起身，只是身陷梦中。

对陆驱逐舰在身下剧烈晃动，痛苦的巨浪一波又一波穿透他的身体。他听到自己在呻吟。大地一定在颤抖。他本应被困在这个庞然大物下面，死死地被压住，而不是在舰内。怎么会这样？痛不欲生。他要死了吗？一定是要死了。他什么也看不见，就连呼吸都变得困难。

每过一小会儿他都能感觉到乌洛塞伊帮他擦了擦脸；或者扶他坐起来，让他好受一些；或者只是和他说说话。她的话轻柔又有趣，是那么抚慰人心。然而不知怎么的，每次她做完这些，他都会——不可饶恕地——睡着，直到她匆匆溜走后才醒来。他拼命想睁开眼睛,但无一例外地都失败了。他试着和她对话,把她喊回来,依然以失败告终。随着时间的流逝,他会再次惊醒,然后再次确信自己刚刚又一次错过了她的触摸、气味和声音。

"还没死,呃,命定者?"

"谁?什么?"

人们在他周围七嘴八舌,议论纷纷。他脑袋很疼,腿也疼。

"心爱的护甲也没能保护你,是吧?甲胄把你们一个个直接喂到追击者嘴边,甚至用不着先把你们剁碎。"有人在大笑。腿部传来一阵剧痛。脚下的大地在颤抖。他一定在对陆驱逐舰里,身边是舰上的船员。他们一个个都怒气冲天,因为驱逐舰被击中,他们都死定了。他们在和自己说话吗?驱逐舰失去炮塔、熊熊燃烧的画面是自己在梦中所见吗?要不就是驱逐舰太大了,他恰好处在没有受损的部分,这里还有活口。

"乌洛塞伊?"一个声音说。他意识到一定是自己的声音。

"老天,乌洛塞伊!乌洛塞伊!"另一个声音模仿着他,仿佛是在讥讽。

"帮帮忙。"他喃喃道,再次尝试移动胳膊,但回应他的只是剧痛。

"老天,乌洛塞伊!老天,乌洛塞伊!帮帮忙。"

复兴馆下方那栋老旧的大楼,奥姆行星克莱文城的军事技术研究所内的那一栋。他们将那些灵魂储存在这儿。这里栖息着老兵和军事规划者们的灵魂。所谓飞鸟尽,良弓藏。和平年代,这些战斗机器已经没有用处,不过现在,他们却成了重要的资源。当然了,一千个灵魂就是一千个灵魂,有必要从造反的隐无者摧毁的地方将它们拯救出来。这是乌洛塞伊的任务,也是她的点子。大胆而危险。她暗地里牵线搭桥,促成了这项任务,又像当初参军时一样,确保她和基兰被一起派去。该离开了:快走!就是现在！跳！

他们去过那里吗？

基兰似乎还记得那地方的模样：密密麻麻的走廊、沉重的大门，到处又黑又冷，头盔上的护目镜投出不真实的亮光。同行者还有霍普和诺丽卡——他最信任也最忠诚的两名随侍，以及三名海军特种兵。乌洛塞伊端着步枪在他近旁，即使穿着宇航服，她的一举一动也极尽优雅。他的妻子。他本该不顾一切地阻止她，然而她心意已决。她的主意。

保存基片的设备比他们预想的更大，差不多相当于家用冷藏柜的大小。绝对没可能把它带上飞行器运走。人和设备无法同时登舰。

"嘿，命定者？搭把手帮我把他的手套扔掉。来吧，或许管用。"某个人在大笑。

扔掉。再也回不来了。飞行器。她说得对。两名海军特种兵带着东西走了。他们绝对不会径自离开。绝对不会。是乌洛塞伊吗？她刚帮他擦了脸，他发誓。他挣扎着想要喊她回来，还有话想说。

"他在说什么？"

"不知道。管他呢？"

一只胳膊疼得厉害。左胳膊还是右胳膊？他气自己连哪只胳膊在疼都分不清。太荒谬了。噢，噢，噢。乌洛塞伊，为什么……？

"你想脱掉衣服？"

"只摘掉手套就好。就快要摘掉了。他手上可能戴了戒指之类的，他们一贯如此。"

乌洛塞伊在他耳边呢喃。他陷入昏睡，而她离开了。乌洛塞伊！他用尽全力想要留住她。

隐无者带着重型武器来了——他们一定是坐飞船来的，很可能还有舰队护航。那么，凛冬风暴会想方设法躲起来。基兰和乌洛塞伊只能依靠自己的力量，然后静待飞行器回来接他们。飞行器一旦回来便会被发现、攻击，然后全军覆没。效忠派躲在找不到源头的地方发起反击，一通炮轰，四处激荡着狂魔般的火光和爆炸。他们冲进雨里，身后的建筑被烧着了，轰然倒塌，在能量武器的攻击下化为灼热发光的熔渣。此时已经入夜，只剩下他们两人，孤立无援。

"别碰他！"

"我们只——"

"你该死的只管听命行事就行，不然我就把你扔下去，明白吗？他命大活下来，我们才能拿他换赎金。就算他死翘翘了也比你们两个蠢货值钱。所以，在到达戈尔斯城①之前保住他的命，不然你们就跟他一起死吧。"

"保住他的命？看看他现在这副鬼样子！能撑过今夜就谢天谢地了！"

"要是能顺路捎上几个比他情况好些的医疗官，优先让他们治疗他。不过现在，你来救治。给你，医疗包。如果他能活下来，我就多分你一点儿口粮。哈，也不剩多少了。"

"嘿！嘿，我们想一起分赎金！嘿！"

他们一头扎进了弹坑，沿着坑壁一路下滑。一次剧烈的爆炸将他们拍进淤泥，半身陷在里面。要不是全副武装，他们已经没命了。混乱中不知什么东西砸进了他的头盔，语音功能紊乱，护目镜满屏充斥着刺眼的强光。他一把拽掉头盔，任它滚进弹坑底部的污水池里。爆炸接连不断。他被困在了淤泥中，不能动弹。

---

① 奥姆行星上的一座城市。

"命定者，你该死的就是一摊烂麻烦，你知道吗？"

"这是什么玩意儿？"

"鬼知道。"

少了炮塔的对陆驱逐舰冒着滚滚浓烟，宽阔的一截断在斜坡上，失去了武装，其他部分轰然倒地，沿着斜坡隆隆作响地滑入弹坑。乌洛塞伊第一时间找到掩护，从泥潭中脱身。她试着把他拉出来，但滚落的机体害他又跌了回去。庞大的重物将他压进淤泥中，基兰痛得叫出了声，他的腿又撞上了坚硬的物体，骨头碎裂，只能被钉在原地。

他目睹飞行器离开，将她送入飞船，回到安全的地方。天空中电光闪烁，冲击波震得鼓膜仿佛被捣碎了一般。对陆驱逐舰携带的弹药接二连三被引爆，大地震颤不止，每一次爆炸带来的震荡都让他疼得尖叫。大雨无情地冲刷着他的面庞和毛发，洗去满脸泪水。弹坑中水位渐渐上涨，死路又多了一条。直到燃烧的机体再次爆炸，撼动大地，肮脏的污水中央冲出一道空气柱，水花溅起的泡沫和污水一并汇入幽深的隧洞，污水才得以渐渐排干。弹坑的一侧也应声坍塌，跌入隧洞，对陆驱逐舰头部向下倾斜，尾部向上翘起，从他身上移开，轰地掉入水汽缭绕的大洞，在接下来一连串爆炸中不住地颤抖。

他想用手把自己刨出来，但无济于事。他又试着先把腿解脱出来。

第二天早上，一支隐无者的搜救队在泥泞中发现了他。当时他正处于半昏迷状态，腿周围是徒手挖出的浅坑，痕迹很浅，不足以重获自由。一名隐无者朝他的脑袋一通乱踢，然后将枪口抵上他的前额。仅剩的一丝意识支撑基兰报上了自己的职级和军衔，于是隐无者们不顾他的尖叫，生生将他从泥泞中拽出来，粗暴地拖上斜坡，然后扔进摞满了伤员、残缺不全的装甲车里。

他们以慢得不能再慢的速度行驶在小路上。注定会死的伤员被安置在一辆似乎根本没有被寄予希望的装甲车中。车子的后车厢在某次事故中失去了门板，依目前的状态看，行驶速度比步行快不了多少。隐无者们甫一挪动他的身体，清洗掉他眼里的血水，费兰平原就在车子后方铺开。目之所及，平原被烧成了一片焦土，远处的地平线残存着烟熏的痕迹。深黑的云层间，烟灰如蒙蒙细雨般簌簌落下。

雨只下过一次。那时装甲车在低于平原的路面上行驶，滂沱大雨将道路化为油乎乎的小溪，灰色的污水拍打着车尾的挡板，冲进后车厢。他被挪到了长条椅上，一边维持坐姿，一边痛苦地低声呻吟。他只能微微转动头部，虚弱无力地动动一只胳膊，绝望地目睹三个伤兵被打着旋的灰色湍流淹没，挣扎着溺死在担架上。他和另外一个伤兵大声呼救，然而似乎没人听见。

装甲车浮了起来，随着水流左右摇摆，差点被洪流冲走。他睁大眼睛，直勾勾地盯着破破烂烂的天花板，任泥泞的污水冲刷浸在水中的尸体，又在他膝盖周围打旋。他怀疑自己是不是真的在意死活，然后决定活下去，因为只有活着才有机会再次与乌洛塞伊相见。后来，装甲车终于在水中立稳，找回了牵引力，慢吞吞地爬出水面，然后呜咽着向前方驶去。

混合着烟尘和污水的泥浆从后车厢退去，浑身发灰的死尸浮出水面，仿佛被盖上了一层裹尸布。

为了躲开地上的弹痕和巨大的弹坑，装甲车频频转向，摇摇晃晃地驶过了两座临时搭建的桥。几辆车呼啸着从他们身边疾驰而过，向反方向驶去。两架超音速飞行器嗖地同时从上空掠过，飞行器压得很低，扬起一阵沙尘。这条路上再无其他交通工具。

这两个勤务兵敷衍地照顾着基兰，草草完成指挥官的命令。他们实际上是哑声者，在效忠派眼里等级略优于隐无者。两人似乎在两种截然相反的情绪之间摇摆不定，一方面为自己兴许能因基兰捡回一条命而分到赎金感到宽慰，另一方面又为他侥幸存活下来感到怨愤。基兰暗自为他们起好了名字："屎"和"屁"，并且为完全想不起他们的真实名字而沾沾自喜。

他开始白日做梦。大多数梦里，他抢在乌洛塞伊得知自己还活着之前追上了她，于是在她看到他的那一刻，惊喜来得无比纯粹。他想象着她会露出什么样的表情，想象着那一连串的心理活动。

诚然，一切都只是他痴心妄想。如果两人的处境对调，她也会和他一样。所以她一定会尽全力查明基兰到底遭遇了什么，无论多么绝望都不会放弃希望，始终坚信他会奇迹般地活下来。那么只要有人发现他躲过一劫，她一定会得知，或者从别处打听到消息，于是他注定无法亲眼看到她一脸惊喜的样子。即使如此，他还是可以想象。当装甲车一路嘶吼着跌跌撞撞地穿过焦黑的平原，基兰任自己一连几个小时沉浸在想象之中。

刚能开口说话，他就报上了自己的名字，然而这些人似乎根本不在乎——他们只关心他是一名贵族，带有贵族的标记和盔甲。他不确定要不要再报一遍自己的名字。如果真这么做了，名字很快会传到高层耳朵里，乌洛塞伊会在第一时间得知他还活着；可他心里还存有一丝隐隐的不祥感，小心谨慎的那部分神经害怕这么做，因为他能想象出她听到这个好消息时会露出什么表情——内心尚存的一线希望成了真，也能脑补出自己的死状。勤务兵们没能妥善处理他的伤，随着时间的流逝，他变得越来越虚弱。

太残忍了。得知他克服重重困难绝处逢生，后来却发现他死于重伤。所以，他没有强调自己的名字。

要是有机会花钱购买医疗救助甚至快速通道，他很愿意狠狠搏一把，不过此刻他可没法儿立即付钱，而效忠派和与双方都能接受的私掠船都已经退回切尔附近的空间，重新集结。没关系。乌洛塞伊会和大家在一起。她很安全。他始终想象着她的表情。

抵达残存的戈尔斯城之前，基兰陷入了昏迷。赎金和交接在他失去意识的情况下如期进行。一个季度后战争结束，他重返切尔，这才得知凛冬风暴失事的消息，而乌洛塞伊已经在巡航舰中丧生。

他离开的时候通用系统星舰正值夜间，晨昏线已然暗淡、消失，深红色的光笼罩着这三艘巨型星舰，以及懒洋洋地盘旋在周围的机器。现在，他已经登上了一艘超高速巡哨船，踏上通往马萨克星陆的最后一段航程。穿过制裁名单号舰尾的内部力场时，巡哨船短暂地消失了一阵子，随后便从银色椭球形外壳上脱离，沿曲线设定航向，向雷斯莱尔恒星系统驶去；通用系统星舰踏上了重返切尔格里安空间的漫漫征程——一个巨大而明亮的空气洞在群星之间的虚空中闪烁。

大气圈

　　学者沃根·泽普凭借左手和适于缠绕的尾巴悬吊在飞舰比蒙巨兽尤约斯左下腹的一簇叶片中。他一只脚稳住图符板，右手在板内的空间写写画画。另外一只脚暂时派不上用场，保持自然下垂的状态，稍事休息。沃根穿着肥大的樱桃色马裤（卷到了膝盖上方）和带有可拆卸斗篷的黑色短夹克，皮带结实地系在腰间。一对又窄又粗的镜面脚环、一条串着四颗平平无奇小石子的单链项链以及一顶缀有流苏的钢钉帽是他的整副行头。他的皮肤呈浅绿色，后肢直立时大约有两米高——如果从鼻子量到尾巴就更高了。

　　肌肤般的簇叶从比蒙巨兽身上垂下，在气流的吹拂下漾开一片波纹，沃根四周的景色逐渐淡为一抹朦胧的蓝，只有上方除外——比蒙巨兽庞大的身躯遮天蔽日。

　　七颗恒星中两颗已经隐约可见。右边一颗巨大而赤红，刚刚越过假想中的地平面；左边一颗小而橙黄，位于正下方略微偏左的位置。视野内看不到其他巨型生物，不过沃根知道附近还有一只，就在尤约斯上方。飞舰比蒙巨兽穆特安纳夫正处在一场已经持续了三个标准年的发情期中。三年间，尤约斯始终跟着穆特安纳夫，孜孜不倦地一路追随，亦步亦趋地挂在它的下后方，耐心地等待自己得到垂青的那一刻，顺带也不忘对其他潜在求偶者进行一通羞辱、干扰，或者干脆将它们逐出赛道。

从飞舰比蒙巨兽的标准来看，三年求爱比一时心血来潮强不了多少，根本谈不上迷恋，不过尤约斯似乎痴心不改。正因这种致命的吸引，过去五十个标准日里这两只比蒙巨兽在奥斯肯达里大气圈中飞得如此之低。通常情况下，巨型生物更喜欢生活在空气稀薄、清朗的高处。此时处在低处，空气稠密至凝胶状，沃根·泽普发现自己的声音听起来已经不同以往，同理，飞舰比蒙巨兽需要耗费大量体能才能控制浮力。穆特安纳夫正在考验尤约斯的热情，以及体力。

前方的上空，迎接着它们的是庞岩荚状生命体巴瑟隆——以两只巨兽此刻缓慢的飘浮速度，还要五六天。最终这一对生物可能会交配，当然不会的可能性更大。

首先，它们最终能否抵达那辽阔的生之大地尚未可知。信使鸟捎来消息，未来几天内，一个巨型对流气泡很可能会从大气圈的低层空间向上涌出，如果能够精准拦截，它们将在对流气泡的助推下毫不费力地快速跃向巴瑟隆这个飘浮的世界。总而言之，时间紧迫。

流言在穆特安纳夫和尤约斯两只比蒙巨兽形形色色的共生族群——包括伴生有机体、共生菌、寄生虫——和客人中不胫而走：未来两三天内，穆特安纳夫会慢吞吞地磨洋工，然后以迅雷不及掩耳之势冲向对流气泡上方的大气，看尤约斯是不是有能力跟上。如果尤约斯成功跟上穆特安纳夫的步伐，那么它们就能华丽地踏上巴瑟隆这片奇异大地，震撼登场，数千名先驱将会见证它们风光无限的出场。

问题就在于，过去数万年里穆特安纳夫已经用实际行动坐实了自己年少轻狂的赌徒形象。它通常会只顾着逍遥快活或者交配，直到一切为时已晚。

所以，它们恐怕无法赶在对流气泡消失之前到达适宜的位置，一旦错过吉时，两只比蒙巨兽和它们体内的爬行种群、身上的外挂种群以及周围的飘浮种群就只能在湍急的乱流中共沉沦，甚至更糟——拜对流气泡在大气圈中上行所赐，它们还会遭遇下行气流的冲击。

顾及传言中庞岩荚状生命体巴瑟隆如神域般惊世骇俗的地位，委身于尤约斯的生物顿觉警铃大作。信使鸟断言，即将到来的对流气泡将会演化为特大气泡，而巴瑟隆一向对变换风光饶有兴致，所以很可能直接在上行空气的顶部现身，乘着这股上涌的气流更上一层楼。一旦发生这种情况，比蒙巨兽起码要等上几年甚至数十年才能与另一个庞岩荚状生命体相遇；几个世纪甚至上千年之后，巴瑟隆才会再次跃入人们的视野。

尤约斯的来宾区由葫芦形的囊状空间组成，位于这只生物第三背鳍群前方，离顶峰不远。尽管整个区域足有五十米宽而沃根拥有属于自己的套间，但他还是联想到了中空的水果。

沃根长期对尤约斯、其他巨型生物以及大气圈的整体生态进行观测，已经在这里居住了十五年之久。这会儿他正琢磨着彻底改造寿命和外形，以便更好地适应大气圈的规模以及大气圈内大型栖居者的生命周期。

在"文明"生活的九十年中，沃根基本上都是以人类的形态存在。实践证明，猿类形态似乎不失为在大气圈中生存行之有效的改造方式。他用上了一点"文明"的小伎俩，不过避开了一切以力场为基础的技术——尽管巨型生物群从未明确地反对过。

最近，他开始盘算变幻为某种类似巨型鸟类的形态，说不定可以长久地存活，年年岁岁无绝期。但愿此生长，长到足以亲身体验比蒙巨兽缓慢的生命演化进程。

如果尤约斯和穆特安纳夫真的完成交配，两只比蒙巨兽水乳交融后获得新生，那么该如何称呼它们？尤约纳夫和穆特约斯？无法繁衍后代的交配将对两位主人公产生何种影响？它们各自会发生什么变化？这是一场平等的交易，还是说一方支配着另一方？它们曾诞下后代吗？比蒙巨兽会自然死亡吗？没有人知道答案。这些问题乃至上千个问题仍然无解。一直以来，大气圈中的巨型生物都极其谨慎地三缄其口，一切有据可考的历史中，哪怕查遍"文明"那自负得臭名远扬的数据库，有关比蒙巨兽的演化进程都没有一丁点儿记录。

沃根愿意倾尽一切成为整个演进过程的见证者，找出谜团的答案，然而仅仅是有这种机会就已经是雄心壮志的远大承诺了。

如果当真打算付诸行动，他必须先回到故乡马萨克轨道，和教授、母亲、亲友从长计议。他们原本指望他再研究十年或者十五年就打道回府，彻底回归"文明"，而他却越发笃定自己的归宿是为学术献身，他和那些为了充实知识面而拼命研究、结果有始无终的凡夫俗子绝不是一类人。对于研究的前景，他并不觉得伤心失落；就人类原初的平均寿命而言，从决定成为一名研究员到现在，他已经走过了长久而丰富的人生路。

不过，迢迢的回家路着实艰辛而令人畏缩。奥斯肯达里大气圈和"文明"之间没有任何常规来往（说到这一点，大气圈一向神秘莫测，和任何生物都没有固定的来往），根据最后一次接触，两年之内"文明"的舰船都不可能出现在大气圈附近。在此之前，或许会有其他舰船顺路拜访，但如果他非要搭乘一艘陌生的舰船——假设人家愿意载他一程，归家的旅程会更加漫长。

即使是搭乘"文明"的舰船，路上至少也要耗费一年时间，所以他需要花上一年的时间回到"文明"，那么重返大气圈……沃根上次确认时，还没有哪艘"文明"舰船被安排到这么远的地方执行任务。

十五年前,他有幸乘坐私人舰船来到大气圈。当时一只飞舰比蒙巨兽同意接待一位来自"文明"的学者,但需要捆绑一艘限载一人的星际飞船,使用者在二十到三十年内可以搭乘两次。即使是以"文明"的价值观来看,这项提议也绝对算得上挥金如土。如果他选择留在大气圈内,那么有生之年可能再也无法与亲友相见,所以,在是否返回这件事上他没有太多选择。无论如何,他需要细细掂量。

尤约斯的来宾区选址精良,来客可以在这里尽情享受开阔宜人的露天景色。然而,穆特安纳夫漫长的发情期以及尤约斯在下后方紧紧跟随的求爱策略,让这片区域时刻笼罩在阴影之中,变得闷热压抑。很多人已经先行离开,留下来的宾客在沃根看来八卦得神经兮兮的,毕竟他是来此处做研究的。于是他将社交时间压缩到前所未有的程度,更加专注于眼前的研究,以及在比蒙巨兽布满鳞茎的表皮上漫游。

他悬吊在枝叶上,静静地工作。

成群的菲尔克漫步在两只巨型生物周身的风旋中,极其微小的身影于气柱和云翳中翻飞。沃根正试着用图符板描绘此刻的飞行盛况。

用"写"来描述沃根此刻的行动当然并不妥当。图符板不止可以"写",还可以通过数字显影笔进入板内的全息空间,雕刻、造型、上色、纹理、混合、平衡、注释,一次完成。这种全息图符宛若于无形中凭空诞生的有形诗篇。它们是咒语,是完美无瑕的图像,是终极的跨系统智能化产物。

全息图符的创造者是主脑(或与之对等的智能机器)。据一个臭名远扬的谣言所传,这种文字仅仅作为一种人类(或与之对等的生物)永远无法理解和使用的交流方式而诞生于世。沃根这些研究学者穷尽一生就是为了证明，要么是主脑不如传闻中那般聪明绝顶，要么就是偏执的犬儒主义者看走了眼。

"就这些，结束。"沃根说着将图符板拿远，眯起眼睛看。随后他歪着脖子，将设备上下翻转，然后又拿给同伴看——翻译官974号普拉隼，她正悬吊在沃根肩膀旁的树枝上。

974号普拉隼是飞舰比蒙巨兽尤约斯簌叶拾荒第十一番队的五阶决策者。她被指派给沃根之后便接受了人工智能升级，并被授予"翻译官"的头衔。974号普拉隼也和沃根一样斜着脑袋，盯着图符板的内部空间。

"什么也没看出来。"她用玛瑞语说，这是"文明"的通用语。

"你是倒挂着的。"

这个生物扑腾着翅膀，用眼窝直视沃根："有什么区别吗？"

"有。上下颠倒了。你看。"沃根将图符板推到翻译官眼前，然后上下翻转。

974号普拉隼瑟缩了一下，她弓起身子，翅膀展到一半，似乎随时准备起飞。然而很快镇定下来，舒舒服服地缩了回去，晃着身子说："啊，对。这就对了。"

"当某人远望纷飞的——打个比方——菲尔克，她／他根本看不分明，因为没人能隔着这么远的距离看清微小的个体，但当这些小生物突然一窝蜂集结成高密度的群落，顷刻间便清晰可辨，如同凭空出现一般。我想这刚好可以隐喻人们对某一现象的概念性理解常常发生于骤然之间。"

974号普拉隼转过脑袋张开喙，吐出舌头将卷曲的叶皮捋顺，然后再次望向他。"怎么做的？"

"呃，凭借娴熟的技巧。"说完，沃根稍显意外地羞涩一笑。他收好数字显影笔，然后轻点屏幕，储存图符。

显影笔一定没有卡入合适的位置，因为它从图符板侧面"咔嗒"一声弹了出来,坠入下方的蓝色虚空。

"老天,该死。"沃根说,"我就知道该换个挂绳。"

显影笔很快就化为一个小点。他们的视线一路追随。

974号普拉隼说:"那是你的书写工具。"

沃根抓住右脚:"是的。"

"还有备用的吗?"

沃根咬着指甲盖说:"呃。实际上,没有。"

974号普拉隼斜着脑袋:"呀。"

沃根不安地挠头:"我还是下去追吧。"

"你只有这一个啊。"

手和尾巴从枝丫上拿开,沃根追着显影笔坠入虚空。974号普拉隼也松了爪子,跟着他坠落。

温暖黏稠的空气在沃根耳边呼啸,拍打着他的耳膜。

"我想起来了。"974号普拉隼在下落过程中说。

"什么?"沃根说。他将图符板"啪"地扣在皮带上,重重地将防风镜扣在已经被气流吹得歪七扭八、泪水直流的眼睛上,以便死死地盯着快要逃出视野的数字显影笔。显影笔虽小,但密度很大,又是流线体,下落过程意外地顺滑。此刻它正以惊人的速度下落。他的衣服在空中猎猎作响,像一面旗子在狂风中拍打。

沃根的流苏帽飞了出去,他正要伸手去抓,结果帽子被气流吹向了上方。乌云一般遮天蔽日的飞舰比蒙巨兽尤约斯在他们下落时缓缓远去。

"我帮你找帽子?"974号普拉隼顶风咆哮。

"感谢,不过不用了。"沃根大喊,"我们返回时会找到的。"

沃根回身凝视着蓝色的深渊。显影笔喷洒出墨汁,宛如十字弓的攻击。

974号普拉隼向沃根身边靠拢,鸟喙贴到了他的右耳朵,受到搅扰的空气惹得她周身的羽毛在他肩膀旁微微颤动。"我说。"她说。

"嗯?"

"引力易感性对某一物种信仰的虔诚度产生的影响,特别是有关末世论的信仰,尤约斯希望深入了解你的研究结论。"

显影笔从沃根的视线中消失了。他四处张望,对974号普拉隼皱起眉头:"什么,现在谈这个?"

"我刚想起来。"

"呃,行吧。等会儿再说,行吗?那玩意儿直接从这儿弹飞出去了。"沃根说着按下左手腕套上的按钮。衣服顿时紧紧地贴在身上,不再胡乱翻飞。沃根摆出潜水的姿势,双手合十,尾巴绕在腿上。974号普拉隼夹紧翅膀,这姿势更符合空气动力学规律。

"我看不到你掉的东西。"

"我能。勉强能吧,我猜。老天爷啊!"

显影笔渐行渐远。即使他头朝下俯冲,显影笔的空气阻力也比他小太多了。他呆呆地望着翻译官。

"我想我要加速了。"他大声喊道。

974号普拉隼将翅膀紧紧收在身侧,伸长脖子,开始加速下潜。她略胜一筹,从沃根身旁经过,然后放松休息,又飘了回去。"这是我的速度极限了。"

"好吧,好吧。待会儿见。"

沃根在腕部敲了几个键。嵌在脚环中的微型引擎旋转着弹出,嗡嗡地开始加速。"让开!"他冲翻译官大喊。引擎的螺旋桨叶片向外展开,他不需要太多额外动力增加下降速度,但他害怕一不小心绞碎了尤约斯最忠诚的随侍。

974号普拉隼已经自觉偏移了几米。"我会尽力找到你的帽子,并且避免沦为菲尔克的盘中餐。"

"嗯，很好。"

沃根加速下落。耳畔风声呼啸，耳蜗和颅骨传来喀拉喀拉的爆裂声让他意识到气压正在不断增加。显影笔曾短暂地消失在他的视野中，此刻已经全然不见踪迹，广袤无垠的海蓝色天幕将它吞噬。

只要死死地盯住，肯定还能看到。说不定这和凭空出现的菲尔克是一个道理。关乎知觉专注度，视觉无非是从视域的半混乱状态中汲取意义。

或许显影笔已经越飘越远，飘向了一边。或许一只善于伪装的游隼将其当作盘中餐卷入腹中，狼吞虎咽地吃了个精光。又或许直到沃根和显影笔双双砸在球体的坡面上——他的起跳点太低了——显影笔才能再次映入眼帘。他猜自己能目睹显影笔触底反弹的画面。坡面有多陡？大气圈并不是真正的球体，实际上它的两个叶瓣都不是球体，大气圈曲面在靠近底部的某个位置穿过沉积着腐殖质的狭长颈部，继而再次翻转。

他们离大气圈的轴线有多远？沃根刚刚意识到他们应该就在附近。据说，数十年来庞岩荚状生命体巴瑟隆都不曾远离大气圈的轴线漫游。他必须在堆积着腐殖质的颈部着陆！他向下望。目之所及，没有一丝固态物的影子。他又被告知几天后显影笔才能重回视野。此外，如果显影笔掉进了腐烂物形成的淤泥中，他到死也找不到。老天，下方一定有什么不祥之物。974号普拉隼曾不幸言中，他会被吞吃入腹的。

要是降落的时候狭长的颈部正好开始喷射腐屑怎么办！他还是必死无疑。在真空中一命呜呼！沦为光芒四射之粪球中的一粒微尘！救命！

一个个大气圈围绕着银河系迁徙，每五千万年到一亿年绕行一周，具体周期取决于它们离银心有多近。它们会将前行道路上的灰尘和气体打扫干净,每隔几十万年,还会从底部排泄出食腐动植物群无法彻底消化的残渣。褐矮星大小的球体不可思议地排泄出形同小卫星一般的粪球,在银河系的悬臂上留下一长串腐殖质球体——这古怪的世界初次在星系中现身,要追溯到十五亿年前。

人们推测大气圈一定是智慧的产物,然而其实所有人对此都毫无头绪——至少没人愿意下定论。巨型生物群或许心知肚明,然而尤约斯这类生物已经远远超出了"神秘莫测"的描述范畴,以至于我们平时所说的"神秘莫测"都像是"坦诚"和"天真无邪的话痨"的同义词。这一点让学者沃根·泽普大受挫折。

沃根想知道自己现在下落得有多快。如果速度过快,他可能会直接被显影笔刺穿,然后自取灭亡。多么可笑的讽刺!可惜过程十分痛苦。他从护目镜一角瞥见了下落速度。每秒二十二米,数字还在稳步上升。他将速度恒定在每秒二十米。

沃根重新聚焦于下方蓝色的深渊,捕捉到了显影笔的踪迹。它一边下落一边小幅度晃动,仿佛一只看不见的手正握着它画圈。此刻,沃根对自己飘向目标物的速度感到满意。当距离缩短到几米时,他进一步减速,以媲美一根羽毛从空中飘落的速度迎头追上。

沃根伸出手抓住了显影笔。他期盼以一种深刻的方式停住,突然一个鲤鱼打挺(虽然不太合情理,但敏而好学的沃根一直是动作冒险的拥趸),双脚下蹬,脚环上的螺旋桨叶片刺入向上奔涌的气流,原先上方的空气此刻已经被他踩在脚下。回想起来,他很有可能被自己的螺旋桨弄残,不过好在现实情况要乐观得多——他只不过完全失去了掌控力,狼狈地在空中翻滚,吱哇乱叫地夹紧尾巴躲开螺旋桨叶片,以及慌乱之中再次弄丢了显影笔。

他舒展四肢,等翻滚得不那么没有章法之后一头扎下去,恢复头朝下的潜水状态,终于重新稳住了身体,继续四处寻找显影笔的下落。沃根依稀看到尤约斯模糊不清的轮廓远远飘荡在遥不可及的上空，庞然大物身旁浮现出一个小小的轮廓——刚好可以分辨出是某种生物，而不是一个小点。看上去像974号普拉隼。接着，他看到了显影笔。书写工具此刻在他上方，从翻滚中缓缓平复下来，稳定下落。他用腕部控制器操控螺旋桨减速。

耳畔咆哮的风声减弱，显影笔悠然地落进他的手掌。他将笔卡入图符板一侧，又用腕部控制器将螺旋桨叶片调节至水平，重新启动螺旋桨的引擎。血液涌上脑袋，风声喧嚣得更甚了，蓝色视野也越发深邃。沃根的项链——出发之前希尔德姨妈送给他的礼物——从脖子滑到了下巴上。

他任螺旋桨空转了一会儿，然后再次运转。倒栽葱仍然让他感到头重脚轻，但最坏的情况已经过去了。现在已经从急速下落变为平缓下降，浓稠的空气不再吹得他摇晃不定，湍急的气流渐渐转为温柔的微风。终于，他在空中悬停了下来。有了前车之鉴，他觉得最好还是依靠脚环中的引擎保持平衡，借助斗篷飘回去。

脚踝处的引擎在黏稠的空气中懒洋洋地旋转，他双脚朝天悬在空中，几乎一动不动。

他眯起眼睛。

下面有什么东西。深不见底的虚空之中，有什么在雾霭里若隐若现。一个影子。一个庞然大物充斥着他的视野，他伸直胳膊，巨大的阴影竟和手掌差不多大，可是相隔太远，浓雾几乎隐去了它的身形。沃根眯起眼睛，将目光移向别处，然后又移了回来。

一定有什么东西潜伏在浓雾中。从长着鳍的舰艇一般的外形来看，很可能是另一只比蒙巨兽。尤约斯已经让世人深刻地体会到穆特安纳夫是如何史无前例地刷新了飞行高度的下限，低得颜面尽失、让人心痛，连尊严也低到了尘埃里，看到竟然还有其他巨型生物飞得比这对恋爱中的情侣还低，沃根顿时疑窦丛生。另外,下方的轮廓看上去也不太对劲。此情此景,他能做出最合理的假设就是自己俯视的是神秘生物的背部,然而,鳍翅太多了,而且似乎并不对称。非常吊诡,乃至让人惊恐不安。

不远处传来扑腾翅膀的声音。"你的帽子。"

他扭头看向974号普拉隼,后者正在浓稠的空气中缓缓地拍打翅膀,用喙叼着他那顶流苏帽。

"啊,感谢。"他说着将帽子紧紧扣在头上。

"笔找到了?"

"呃。是的,找到了。呐,从这里往下看。你能看到什么吗?"

974号普拉隼向下望去。最终,她说:"一片阴影。"

"对,就是阴影,是吧?你觉得看起来像一只比蒙巨兽吗?"

翻译官歪着头看:"不像。"

"不像?"

翻译官将头歪向另一边:"像。"

"像?"

"不像也像,像也不像。"

"啊哈,"他又向下望去,"我好奇下方到底是什么。"

"我也好奇。我们能返回尤约斯了吗?"

"呃。不确定。你觉得我们应该回去吗?"

"当然。我们已经落下了一大截,我都看不到尤约斯了。"

"啊,老天。"他抬头仰望。确凿无疑,这只生物庞大的身影已经消失在上方的浓雾之中,"看出来了。或者说,我们俩都看不到了。哈哈。"

"没错。"

"不过话说回来,我还是想弄明白下面飘着的是什么。"

晦暗不明的轮廓似乎趋于静止。雾霭沉沉,气流好几次差点隐去了它的存在,只有眼角残存的幻象让人推断它并未离开。等到轮廓重新出现,虽然清晰可辨,但是仍然只能看出笼统的形状——广袤无垠的空气海湾中,略微深一些的蓝色阴影映在其上。

"我们必须返回尤约斯了。"

"你觉得尤约斯知道点什么吗?"

"嗯。"

"看上去就是一只比蒙巨兽,对吧?"

"是,也不是。可能是病了。"

"病了?"

"受伤了。"

"受伤?怎么——比蒙巨兽怎么可能受伤?"

"太古怪了。我们应该赶紧返回尤约斯。"

"不妨再离近一点观察。"沃根说。要不要凑近他心里也没底,只是下意识觉得眼下有必要这么说。毕竟这趟旅程不乏乐趣。可是换个角度来看,也着实让人心神不宁。974号普拉隼说得没错,尤约斯已经游出了他们的视野范围,不过回去倒也不难——尤约斯移动得不快,只要沿原路垂直上升,就能回到那只生物的下方——好吧,只能说但愿如此。

万一穆特安纳夫迅速冲往对流气泡,不再等上一两天呢?天哪,他和974号普拉隼将滞留此地,孤立无援。尤约斯可能压根儿没发现他们中途离开了。要是尤约斯意识到他俩没在,又必须追上突然发情的穆特安纳夫,很可能会留一些游隼侦察员在后方接应,护送他们返回。然而没人能保证尤约斯知道他和974号普拉隼并没有安然地待在簇叶中。

沃根四处张望,小心提防着菲尔克。他身上什么武器都没有。拒绝了一切防身设备之后,他所在的院校执意让他最起码带一把手枪上路,可惜沃根从没把那该死的玩意儿从行李中拿出来。

"我们应该返回尤约斯。"翻译官语速很快,紧张不安的情绪无处遁形。尤约斯或许从未离开过她的视野，这只巨型生物是她的家园、宿主、领导者、父母，也是爱人。如果普拉隼能感知恐惧，她一定是害怕了。

沃根心里发怵，他承认。倒也没有多恐惧，只不过希望974号普拉隼能断然拒绝自己的提议。如果真的要向下方的庞然大物靠近，他们还有很长一段路要走，而他不愿去思考还有多少千米。

"我们应该返回尤约斯。"她又说了一遍。

"你真是这么想的？"

"对，我们应该返回尤约斯。"

"哦，好吧。我想也是。"他叹了一口气，"谨慎行事，诸如此类。最好让尤约斯来决定。"

"我们应该返回尤约斯。"

"好吧，好吧。"他用腕部控制器激活斗篷。斗篷展开后先是慢慢坍缩成一个球，然后以更慢的速度向外膨胀。

"我们应该返回尤约斯。"

"要回去了，普拉隼。我们现在就走。"沃根觉得身体变得轻盈，肩上一股微弱的拉力将他向水平方向拉扯。

"我们应该返回尤约斯。"

"拜托了，普拉隼。我们正准备返回呢，拜托别——"

"我们应该返回尤约斯。"

"我们正在返回！"螺旋桨引擎的动力逐渐减小，鼓囊囊的斗篷饱胀为完美的黑色球体在他脑后绽放，慢慢地消弭了他的体重，缓缓向上升起。

"我们应该——"

"普拉隼！"

螺旋桨不再空转，自动收回脚环中。折腾了大半天之后，他终于向上飘去。974号普拉隼更加卖力地扑腾翅膀，尽力追上他。

她抬头凝望着仍然在膨胀变大的黑色球体。

"还有一件事。"她说。

透过两脚之间的缝隙,沃根向下望去。此时,巨大的轮廓渐渐隐没在浓雾之中。他瞥了普拉隼一眼:"什么?"

"尤约斯对你们'文明'的真空飞行器很感兴趣。"

他盯着头顶的黑色球体。斗篷先是自行坍缩为一个球体,随着表面慢慢胀大,内部出现真空,升力由此产生。这团真空正拎着他的双肩升空高飞。

"什么?哦,好吧。"此刻他只愿自己从没提过这该死的装置,也后悔没把"文明"的技术博物馆彻底搬来,"我算不上专家,只参观过几次'文明'的博物馆,在我的故乡马萨克星陆。"

"你提过抽真空系统。什么原理呢?"974号普拉隼在黏腻的空气中拼命地振翅,竭尽全力追上他的步伐。

见此情景,沃根调整斗篷的角度,攀升速度降了下来。"哈,这么说吧,据我所知,人们将真空储存在球状物中。"

"球状物。"

"表皮非常薄的球状物。人们在球状物之间填充……氦气或氢气,我猜,看个人喜好。不过和单独只用氦气或者氢气相比,我想产生不了多少额外的升力,只多几个百分点。人们这么做往往不是出于需要,只是因为可以。"

"看出来了。"

"然后就可以抽了。抽球状物和里面的气体。"

"看出来了。那么,怎么抽呢?"

"呃……"他又低下头,然而巨大的影子已经消失不见。

5. 迷人的系统

（录音）

"拟像做得真精彩。"

"不是拟像。"

"噢，我懂，当然了。不过言归正传，这就是拟像，对吧？"

"推！推！"

"我在推，我在推呢！"

"那就用力推！"

"你不会真以为这是场该死的模拟游戏吧？"

"啊——不，谈不上该死。"

"听着，我不知道你到底吃错了什么药，但是你该醒醒了！"

"火焰顺着通风井蹿上来了！"

"那就往里面灌水！"

"我够不到——"

"真是太震撼了。"

"你是使用了什么腺体刺激物吗？"

"一定是腺体异常导致的。没一个正常人能蠢成这副鬼样子。"

"庆幸我们一直等到了深夜，你说是吧？"

"绝对的。看看白天的那一边！从没见过如此耀眼的星陆，你呢?"

"印象中没有。"

"哈!动人心魄。好一出壮阔的拟像。"

"不是拟像,这个白痴。你是聋了吗?"

"我们应该把这个家伙赶出去。"

"话说回来,这玩意儿是什么?"

"'谁',不是'什么'。他是霍姆达人,名字叫卡布。"

"哦。"

他们在熔浆中泛舟漂流。卡布坐在平底舱中央,凝视着前方奔流不息、明黄斑驳的岩浆,以及岩浆流经之处遍地焦黑的荒凉景象。他当然听得到人们毫无章法的对话,但没留心谁说了什么。

"他已经出去了。"

"蔚为大观。看看这胜景!这份炙热!"

"赞同。把他扔出去。"

"烧起来了!"

"往颜色深的地方撑,蠢货,不是亮的地方!"

"快把桨拿进来灭火!"

"什么?"

"该死,太烫了。"

"可不是吗?我还从没在模拟游戏中摸过这么烫的东西!"

"这不是模拟游戏,你会被丢出去的。"

"谁能——?"

"救命!"

"天哪,快扔了!抓住另一支桨。"

他们正位于马萨克星陆仅剩的八个无人居住的板区中的一个。在这儿——顺旋向有四个板区,逆旋向有四个板区——马萨克星陆的巨流河笔直地奔流于一条长达七万五千千米的毛坯隧道,该隧道横穿这片正在建设的大地。

"哇哦！烫烫烫！太仿真了！"

"把这家伙赶出去！一开始就不该邀请他。在座诸位都只有一条命，没有备份。要是这个蠢货以为我们是在拟像世界，他什么都干得出来。"

"比如从舱内一跃而下。谢天谢地。"

"右舷需要更多人！"

"什么舷？"

"右舷。漂流舱右侧。这边，就是这一边。该死。"

"别他妈的拿命开玩笑。真是见了鬼了，就算他掉进岩浆，我相信他也不会伸手求救。"

"隧道就在前方！热浪要来了！"

"老天，该死。"

"不会更热了！他们不会坐视不管的。"

"你他妈到底有没有听别人说话？现在不是在玩模拟游戏！"

根据"文明"源远流长的建设实践，牵引船将马萨克系统中的小行星——大多数小行星在数千年前马萨克星陆建立之前就已经在各自的行星轨道上运行——拖拽过来，降到板区表面，在那里，能量传输系统（换个角度看，也就是行星外壳粉碎器）将星体熔为流体，那些叹为观止的物质和能量加工工艺要么让熔渣流向特定的方向，渐渐冷却；要么将其锻造成型，遮住基材毛坯现有的形态。

"上。"

"什么？"

"上。你只能掉到熔浆上，而不是里面。别用这种眼神看我，这关乎密度。"

"我敢说你对该死的密度了如指掌。你戴着终端机吗？"

"没有。"

"植入物呢?"

"没有。"

"我也没有。看看谁有终端机或者植入物,然后赶紧把这个白痴扔出去。"

"有也取不出来!"

"针!你得先把针取出来!"

"哦,对。"

数千年来,人们一直在建造名为星陆的大型居住地——此处特指"文明"的公民,包括人类、曾经的人类、外星人以及智能机器。不久之后,随着星陆建设技术日趋成熟,同样是数千年来,娱乐(或者冒险)发烧友利用建造过程中自然生成的熔岩开发了一项新的运动。

"打扰一下,我有终端机。"

"哈。是的,卡布,你当然有。"

"什么?"

"我有终端机。给你。"

"放桨!小心头!"

"该死,这玩意儿还没熄灭呢!"

"漂流舱,关闭舱盖!"

"舱盖正在关闭!"

"天哪,哇哦!"

"收好桨,或者干脆扔了!"

"嗨,中心!看到这家伙了吗?拟像的拥趸,把他丢出去!"

"搞定!"

于是,熔浆漂流成为一项消遣。马萨克星陆上,熔浆漂流的传统在于不使用任何力场技术,也不从材料科学领域投机取巧。

你所使用的道具越逼近合格线，体验就越发惊心动魄，相应地，也愈加接近真实。这就是人们所说的"安全系数最小运动"。

"小心桨！"

"抓住了！"

"很好，推！"

"啊，该死！"

"怎么——"

"啊啊啊啊！"

"没关系，没有大碍！"

"他妈的！"

"……顺便一提，你们都疯得不轻。漂流快乐。"

漂流舱——4×12米的平甲板外加高约一米的船舷——通体由陶瓷制成。镀铝塑料制成的舱盖帮漂流者隔开熔浆隧道的高温。为了倾注一丝实体感，船桨是木制的。

"我的头发！"

"老天！我要回家！"

"水桶！"

"那家伙哪去了——？"

"别哭哭啼啼的。"

"苍天啊！"

熔浆漂流，永远牵动着人们的心弦，又如此险象迭生。一旦星陆的八个板区都灌满空气，情势就更艰难了。辐射热与对流热交织在一起，即使人们认为不戴呼吸阀漂流更接近真实，但灼烧肺部可不比听起来有意思。

"啊！我的鼻子！鼻子！"

"多谢。"

"小心熔浆浪花！"

"不客气。"

"我倒戈了！我不相信这一切是真实的。"

卡布坐了回去。风拂动熔浆，舔舐着头顶的铝箔舱盖，他只能伏下身子。舱盖将隧道顶部压下来的热量反射了出去，然而气温仍然高到了极点。人们纷纷往自己身上泼水，或者互相洒水。蒸汽一圈一圈充斥着小小的舱室，此刻，漂流舱已然成了移动的岩窟。颠簸、晃荡的舰船两头溢出殷红的亮光。

"很疼！"

"停下！不许再疼了！"

"也把我扔出去吧！"

"快出隧道了！……噢，噢。我们要遇上垂刺了。"

熔浆隧道的下游出口仿佛长了满口獠牙，一串尖如锯齿的棘刺遍布顶部，如钟乳石一般。

"垂刺！趴下！"

一根棘刺一下撕开漂流舱不堪一击的防护罩，抛向泛着黄光的熔浆。防护罩迅速皱缩，瞬间燃烧起来，交汇的熔浆喷出层层热浪将其围困，仿佛一只燃烧的火鸟扑腾着翅膀起飞。一阵热浪向漂流舱卷来，人们连连尖叫。卡布只好向后平躺，以免被摇摇欲坠的棘刺击中。他感觉身下有东西在动弹，随之而来的是"咔嚓"一声断裂声，然后是一声惨叫。

漂流舱飞出隧道，驶入宽阔的峡谷。两侧悬崖峭壁连绵不绝，玄武岩黝黑的边缘被奔流其间的熔浆照亮。卡布重新坐直身子。遭到滚烫的热浪舔舐后，大多数人忙着往身上泼水，给自己降温。有的人头发烧光了；有的人或坐或卧，烧焦了也浑然不觉，两只眼睛茫然地注视着前方，在腺体激素的支配下陷入狂喜。一对夫妻佝偻着身子坐在漂流舱平坦的甲板上，号啕大哭。

"这是你的腿吗？"卡布问坐在自己身后的男人。

男人愁眉苦脸地握着自己的左腿。"是的。"他说,"我想它已经断了。"

"嗯,我也这么觉得。实在对不起。我能帮什么忙吗?"

"别再压过来就行,起码我还在这里的时候别这么干。"

卡布向前望去。灼热的橘色熔浆在陡峭的岩壁间奔流不息,蜿蜒驶向远方。前方看不到半点熔浆隧道的影子。"没问题,我保证。"卡布说,"必须向您道歉。他们让我坐在甲板正中央。您能移动吗?"

男人用一只手和半边屁股支撑着身体向后滑移,另一只手仍紧握着他的左腿。人们渐渐镇静下来。哭号声还在继续,不过有人大喊没事了,前面不会再遇到熔浆隧道了。

"你还好吗?"一位女士对断腿男表示关切。她身上的外套还在缓慢闷燃。女人眉毛已经烧没了,一头金发凌乱不堪,几绺烫卷了的碎发从脸侧垂下。

"腿断了,人还没死。"

"我的错。"卡布解释道。

"装个夹板就好了。"

女人向船艉的储物柜走去。卡布向周围张望。空气中弥漫着头发和过时的衣服烧焦的味道,以及炙烤肉体的酥脆气味。几个人的脸被水冲得斑驳不堪,还有几个人将手按在水桶里。弯腰伏在甲板上的那对夫妻还在哭号。神志清醒的众人在互相安慰,镜面一般乌黑锃亮的峭壁反射出微茫的光线,照亮了他们泪痕纵横的面庞。一颗新星遥挂天际,在深褐色的天幕中释放着耀目的亮光——波提西亚死死地凝望着大地。

一切都是为了找乐子,卡布想。

卡布:觉得更荒谬了吗?

"什么?"一个人从船头大喊,"湍流又来了?"

齐勒：半斤八两吧。

有人已经开始歇斯底里地哀号。

卡布：我已经看够了，你呢？

齐勒：毋庸置疑。一次就够了。

（录音结束。）

卡布和齐勒在一间宽敞而陈设优雅的房间内对坐。金色的阳光拨开常年蔚蓝的植物轻轻摇曳的枝条，从敞开的阳台窗户洒进来。无数细小如针的光斑在奶油白的瓷砖地板上轻轻跃动，落在深及脚踝、图案抽象的地毯上，又在木质餐具柜锃亮的雕花表面、雕刻华丽的箱子以及圆润的软垫沙发上静静颤动。

霍姆达人和切尔格里安人都戴着终端机，在他们身上，终端机似乎要么是效果待定的防护头盔，要么是花哨艳俗的首饰。

齐勒嗤笑了一声："我们看起来荒谬至极。"

"说不定这就是人们转而爱上植入物的一个原因。"

两人摘下各自的终端机。卡布坐在一张优雅华贵但看上去稍显脆弱的躺椅上，深港形靠背是专门为三肢生物打造的。他将头戴式终端机放在身旁的沙发上。

齐勒窝在一张宽敞的沙发上，随手将终端机放到地上。他眨了几次眼睛，然后伸手在马甲口袋中摸索烟斗。这位作曲家穿着淡绿色紧身裤，腹股沟覆盖着一块搪瓷挡片。皮质马甲上缀满了珠宝。

"什么时候的录音？"他问。

"大约八十天前。"

"中心主脑是对的。他们一个个都疯了。"

"不过大多数人已经不是新手，他们先前的经历同样糟糕透顶。在此之后我进行了一次追踪，二十三名人类中只有三人没有再次尝试。"卡布拿起一只软垫，玩着上面的流苏，"据说缺席的三个人中，两个在漂流舱倾覆时经历了短暂的身体死亡，另一个人——只有一条命，也就是所谓的'一次性人士'——在探秘冰川时被压得粉身碎骨。"

"一命呜呼？"

"死透了，永远。他们将尸体就地掩埋，然后举办了一场丧礼。"

"多大年龄？"

"她活了三十一个标准年。勉强算是成年了。"

齐勒吸了一口烟斗，向窗外望去。他们身处蒂里安丘陵中的一个庄园，坐落于泽拉维顺旋向一侧的板区——奥萨诺斯低地。卡布与一个由十六名家庭成员组成的大家族共享庄园，家族中有两个孩子。崭新的顶层就是专门为他建造的。虽然卡布已经逐渐意识到自己可能没有想象中那么合群，他依然享受人类以及人类幼崽的陪伴。

他将切尔格里安人介绍给庄园里的另外六个人，随后带齐勒在周围漫步。从露天花园以及朝向斜坡一侧的阳台、窗户俯瞰，原野中有一抹蓝色若隐若现，丘陵的峭壁载着马萨克星陆的巨流河横穿广袤的下沉花园——奥萨诺斯低地板区。

两人在此地等待嗡嗡机 E.H. 特索诺，后者正携"重大信息"向他们赶来。

"我依稀记起，"齐勒说，"刚刚我说主脑是对的，人们都蠢疯了，然后你以'不过'开头回应。"齐勒皱起眉头，"可是接下来你的话似乎佐证了我的观点。"

"我的意思是，虽然他们看上去十分厌恶，虽然并没有压力迫使他们重复——"

"你是说忽视和他们一样白痴的同侪带来的压力。"

"——他们仍然义无反顾地做出选择，因为不管当时的情境是多么险恶，他们都觉得有所启迪。"

"哦？所以获得了什么启迪呢？哪怕最初踏上这趟完全没有必要的创伤之旅是他们彻头彻尾犯了蠢，但是仍然保住了小命？智慧生物从不快的经历中获得的只应该是不再重蹈覆辙的决心。起码是类似的教训。"

"他们觉得自己是在抗衡——"

"然后证明自己疯了头。这算是有所启迪吗？"

"他们觉得自己是在与自然抗衡——"

"周围有什么称得上'自然'？"齐勒反驳道，"最近的一个'自然'物离这里有十光分远，也就是该死的太阳。"他哼了一声，"就算他们对其横加干预，我也一点儿不吃惊。"

"我不这么看。就事论事，在备份因过度娱乐而风靡之前，正是恒星雷斯莱尔潜在的不稳定性导致马萨克星陆的备份率飙高。"卡布放下软垫。

齐勒盯着他："你的意思是，太阳会爆炸？"

"呃，理论上可以这么理解。这是一个非常——"

"开玩笑的吧！"

"当然不是。有这个可能——"

"他们从没和我提过！"

"事实上，不会像我们说的那样'爆炸'，但可能产生耀斑活动——"

"当然会有耀斑活动！我见过太阳耀斑！"

"嗯，蔚为壮观，是吧？不过，有一定的概率——在恒星成为主序星的漫长岁月内，这个可能性最多也就只有几百万分之一——太阳会持续爆发耀斑，中心和马萨克星陆的防护设施无法挡开辐射，也没办法向民众提供庇护，所有人都将暴露在耀斑的影响下。"

"然而人们在这里建了个熔浆隧道？"

"不失为一个迷人的系统。除此之外，随着时间推移，他们已经在板区之下进行了额外防护，经得住任何小于超新星爆发的冲击。当然了，任何技术都不是万无一失的，'备份'文化自然始终普遍存在。"

齐勒连连摇头："他们本可以提醒我一声。"

"或许发生的概率太过渺茫，于是他们就免去了解释的麻烦。"

齐勒捋了捋头顶的毛发，任烟斗熄灭："我不相信这些人。"

"灾变的可能性的确微乎其微，特别是在短短一年或者有知觉生物的一生中，可能性更加渺茫。"卡布从躺椅上起身，笨拙地挪向餐具柜。他端起一盆水果，"来点水果？"

"不了，谢谢。"

卡布挑了一个烤熟的太阳面包。改造了肠道菌群后，普通的"文明"食物他都可以尽情享用。更不同寻常的是他还改造了味蕾和嗅觉，好让自己可以像正常人类一样品尝食物的味道。卡布转身避开齐勒的视线，匆匆将太阳面包塞进嘴里，嚼了几下水果，然后才吞下去。吃东西时避开旁人已经成了他的习惯——霍姆达人嘴巴很大，看着他吃东西着实令人毛骨悚然。

"好了，回到刚才的话题，"他说着用餐巾抹了抹嘴，"姑且就不用'自然'一词了。换句话说，他们觉得与力量远在自己之上的事物相抗衡，会有所启迪。"

"而这竟然不算是精神错乱的迹象。"齐勒摇摇头，"卡布，你在这里待得太久了。"

霍姆达人走到阳台上，眺望外面的风景。"我只能说，这些人无疑没有疯。恰恰相反，他们一个个都活得十分清醒。"

"什么？你是说探秘冰川？"

"生活不只是这些。"

"确实。疯狂的事还远远不止：光着身子击剑、徒步登山、翼行飞翔——"

"没什么人终日沉浸于极限消遣。大多数人都有正常的生活。"

齐勒重新点燃烟斗："嗯，参照'文明'的标准。"

"嗯，确实，有什么不妥呢？人们参与社交活动，有自己的工作性爱好，会以温和的方式玩乐，他们通过屏幕阅读、观看，也会进行消遣。他们在腺体受刺激的状态下无所事事地傻笑，他们学习，他们会花时间旅行——"

"啊哈！"

"——显然只是为了旅行，又或者是……闲来无事。噢，诚然，沉迷于艺术和飞行器的人不在少数。"卡布浅笑道，无奈地摊开三只手，"甚至有人沉湎于作曲。"

"他们是在消磨时间。仅此而已。旅行不过是为了虚度光阴。时间压得他们喘不过气，因为人类的生活缺乏语境，如同无源之水、无本之木。他们将希望寄托在旅行上，笃定地认为能够从目的地寻到自己应得但始终无缘获得的充实感。"

齐勒蹙起眉头，磕了磕烟斗。

"有些人永远带着希望旅行，然后接二连三地失望而归。有些人稍微不那么自欺欺人，他们欣然享受旅行的过程，虽然旅行未必会带来充实感，但至少能让他们从'应该感到充实'这种负担中解脱出来。"

卡布望着一只跳跳在树枝间来回跳跃，红润的表皮和长长的尾巴映着婆娑树影洒下的斑点。他听到人类幼崽尖锐的笑闹声，孩子们正在屋旁的水池中嬉戏打闹，哗啦哗啦地泼水。"哦，得了，齐勒。任何一种智慧物种都会有类似的感受。"

"真的吗？那你呢？"

卡布轻抚垂在露台窗侧的布幔，用手指感受着柔软的褶皱。

"我们比人类年长太多了,不过我相信霍姆达人有过相似的心境,曾经。"他又望向这位切尔格里安人,后者蹲伏在宽敞的沙发上,仿佛随时会扑过来,"一切自然演进的有知觉生命都会躁动不安。在一定范围内,在某一生命阶段中。"

齐勒仿佛思索了一番,而后还是摇了摇头。卡布到现在还是不能确定这个反应代表什么,是觉得自己的话荒谬到不值得屈尊回答,还是觉得这番话只是蹩脚的陈词滥调,又或者是这位切尔格里安人找不到合适的言辞回应。

"他们精心构建了这个乐园一般的乌托邦,"齐勒说,"基本原则却是清除所有会招致冲突的可信动机,以及一切自然威胁——"他停了下来,怨念地剜了一眼在沙发镀金边缘跳跃的阳光,"好吧,几乎一切自然威胁。接下来,人们发现生活是多么空虚无味,只好重新创造出虚假的幻象,再现一代又一代祖先倾尽一生去对抗的种种未名之恐惧。"

"你像是在指责一个人同时拥有雨伞和淋浴器。"卡布说,"重要的是如何选择。"他一边说,一边将窗帘摆弄得更加匀称,"人们懂得控制自己的恐惧。他们可以选择品尝危险的况味,也可以选择一次次重复,或者避开。这与刚拥有木轮的群落在火山脚下战战兢兢地生活,或者不知何时堤坝会垮塌、淹没整座村庄是截然不同的情境。同样,这个比喻也适用于所有发展程度高于野蛮时代的成熟社会。生活已经不再神秘兮兮。"

"然而'文明'如此深信不疑地坚持着乌托邦主义,"齐勒说。卡布从他的话中品尝出了一丝苦涩,"他们就像拿着玩具的婴儿,彼时渴望玩具只是为了得到之后将其抛弃。"

卡布望着齐勒吞云吐雾,然后穿过团团烟云,径直走到男人沙发旁一指厚的地毯上坐下,压出了三叶形深痕。

"我想不过是本能罢了。过去无法摆脱、只能默默承受的苦难,有朝一日成为消闲享乐的运动,这不失为一个物种成功的标志。即使是恐惧也能供人消遣。"

齐勒直直地望着霍姆达人的眼睛:"那么绝望呢?"

卡布耸了耸肩。"绝望?这么说吧,绝望只是暂时的,比如某人觉得难以完成某项任务,或者对赢得某种竞技游戏丧失信心。不过,终究还是会成功。绝望的苦只会成就最终胜利的甜。"

"那不叫绝望。"齐勒平静地说,"只是暂时的烦恼,是预见失败时稍纵即逝的情绪波动。显然,我所说的与这种浅薄的多愁善感毫不相关。我指的是吞噬灵魂的绝望,它会玷污你的感官,以至于之后的所有经历,哪怕是喜悦,也浸润着胆汁。这种绝望会驱使你产生自杀的念头。"

卡布向后仰去。"不,"他说,"我不认同。他们恨不得将这种情绪抛诸脑后。"

"是。他们把绝望转嫁给了别人。"

"啊。"卡布点头,"看来我们谈论的话题触及了你同族的遭遇。好吧,一些人类在那件事上自责到近乎绝望。"

"基本上是我们自作自受。"齐勒将一撮烟丝揉进斗钵,用一个小巧的银制工具压实,随后一缕烟云从烟斗中飘出,"要不是有'文明'相助,我们势必会挑起一场大战。"

"我看未必。"

"绝对。也许只有经历一场血雨腥风,我们才会被迫承认自己有多愚蠢。'文明'介入意味着我们遭受了战争的摧残,却无法从中吸取教训。我们把账都算到了'文明'头上。切尔格里安没有被彻底灭种大概算得上最糟糕的结局了,我时常觉得这实属不当豁免。"

卡布静默地坐着。一缕蓝色烟雾从齐勒的烟斗中缓缓冒出。

齐勒,曾经的身份是原通达-降级-天赋者·马莱·齐勒·威斯科利八世。他出生于行政官和外交官世家，自孩童时代起音乐天才的潜质就已出现苗头——在大多数切尔格里安孩童还在被教导鞋子不能吃的时候，小齐勒就创作了他人生中第一部管弦乐作品。

当他以"天赋者"的头衔从大学退学——比出生时低了两等，他的父母因此感到蒙羞。

尽管他的音乐生涯取得了震惊当世的声誉和财富，但他和父母的矛盾进一步激化，到了病态的程度，最终亲情崩解，而齐勒就是在这个时期转为激进的卡斯特等级否定者，以平等主义者的身份跻身政坛，赌上自己的名望呼吁终结整个卡斯特体系。久而久之，公众舆论和政治风向开始转变，长久以来风口浪尖的"颠覆性巨变"或许终有一天会出现。逃过一次暗杀后，齐勒彻底放弃了自己的卡斯特等级，于是人们将他判定为非罪人群中最低等的一员——隐无者。

第二次暗杀差点就成功了，他命悬一线，在医院里挣扎了足足一季。事后再去追究他缺席的这段时间内政治纷争是否发生过关键性转变已经没有什么意义，毋庸置疑的是，等到他康复之时，形势再次发生逆转，舆论态势出现反弹，颠覆性巨变的希望在整整一代人中已经黯然消失。

投身政治的这些年里，齐勒在音乐领域的造诣受到重创，至少从数量上来说是这样。他宣布自己将退出公共视野，全身心投入作曲，继而与自由派同僚渐行渐远，而曾经的敌人——保守派则暗暗窃喜。即使如此，他依然顶着巨大的压力没有和隐无者割席——不过公众越发将他遵奉为荣光万丈的"命定"[①]，也从未表露出任何甘于现状的迹象，他在所有涉政的问题上都刻意保持沉默。

[①] 卡斯特等级体系中的最高等级，地位比通达更高。

随着威望和人气持续暴涨，奖项、荣耀和礼物源源不断地如瀑布般倾泻到他身上；民意调查称他为在世最伟大的切尔格里安人，没有之一；还有传言说，总有一天他会成为荣誉领袖。

呼声空前高涨，一场盛大而华丽的典礼在切尔格里安的首府切里斯为他举办，这场典礼上，他本该接受切尔格里安最高平民荣耀表彰并发表获奖感言，整个晚宴会在全域实时播送。可是，他竟当场宣布自己从未动摇，始终是一名追求自由的平等主义者，并表示能与志同道合的人一起共事，他深感荣幸。他还公开宣称，自己对保守主义势力的厌恶只增不减，他仍然蔑视国家，蔑视这个社会，以及所有容忍卡斯特等级体系的人。对于最高平民称号，他拒不接受，甚至还将过往获得的所有荣誉一并归还，而且他已经订好了船票，即刻便会动身离开切尔格里安，永远不再踏上这片土地，因为他远远不如可敬可爱的自由派同僚那么心胸宽广，道德力量再也无法支撑他继续在这个自甘堕落、面目狰狞、不堪忍受的体系下生活。

这番演讲让全场呆若木鸡，一片死寂。他在倒彩声和嘘声中离开领奖台，在"文明"的大使馆中度过一整夜，大门外面，一群人怒气冲冲地叫嚷着让他付出鲜血。

第二天，一艘"文明"的舰船将他接走；接下来几年里，他广泛游历于"文明"的地界，最终在马萨克星陆定居下来。

此后，齐勒一直留在马萨克星陆，即使七年之后平等主义者当选切尔的领袖，他也无动于衷。变革已成定局，隐无者和其他等级最终取得了完整的公民权益。面对无数请求和邀约，齐勒依旧没有返回故乡，甚至不屑于做出解释。

人们猜测这是因为卡斯特等级体系依然存在。让高等级卡斯特接纳变革而做出的让步是，卡斯特作为个人法定名字的一部分将会得到保留，新的财产法将家族土地的所有权下分给族长的直系亲属。

反过来，不同等级的民众可以自由婚配、生育，结为伴侣的人们可以冠以两人中更高等级的卡斯特名称，他们的后代将继承这一头衔。选举产生的卡斯特法庭对申请变更头衔的个体进行监督，没有法律可以对声称自己属于更高卡斯特头衔这种行为进行惩罚。所以，虽然法庭仍然以出生时或者变更后的头衔来认定个体，但理论上人们随心所欲就好，想怎么自称都可以。

变革牵动了一系列法律更迭和行为改变，对旧有的系统而言可谓是翻天覆地，但新制度仍然承认"卡斯特等级"，和齐勒的希冀还差了很远。

为了证明切尔社会已经彻底改弦更张，统治联盟剑走偏锋，选拔了一名割除者做领袖。没过多久，现有的政治框架侥幸逃过了一场由禁卫军发动的政变，而且得以进一步巩固，自此，权力似乎更加全面且不可逆转地向卡斯特等级中的低等级人群倾斜。齐勒的人气高到前所未有，但他依然无意返回。他表示自己会静观其变。

后来，情形急转直下，他冷眼旁观，纵使战争已经结束，他也没有返回。卡斯特等级之战，这场被普遍归咎为"文明"之过的战争在他离开切尔的第九年爆发。

末了，卡布开口："我的种族也曾与'文明'交战。"

"和我们不一样。我们是自相残杀。"齐勒望着霍姆达人，"你们从中吸取教训了吗？"他犀利地问。

"嗯。我们损失惨重，英勇的子民和一身傲骨的舰船纷纷就义，虽然就战争的初衷而言，我们没有获胜，但终究守住了社会的演化进程，并且意识到'文明'的生物也可以有尊严地生活，银河系的屋檐下住着另一位脾气温和的邻居——正好打消了我们的顾虑。自此，我们两个社会变得交好，偶尔还会成为盟友。"

"如此说来，他们没有把你们彻底摧垮？"

"他们根本没这么想，我们也没有。那次交锋谈不上是毁灭性的战争，不仅如此，战争从来都不是我们双方的行事方式。现如今也不符合任何社会的行事方式。总之，我们和'文明'之间的摩擦始终只是主事件的副产品，主要矛盾存在于我们的东道主和艾迪兰人之间。"

"啊，想起来了，闻名遐迩的双新星之战。"齐勒说，语气不无轻蔑。

卡布对他的态度感到惊讶："你的交响曲已经改完了吗？"

"差不多吧。"

"满意吗？"

"当然，相当满意。音乐是无辜的。不过我确实开始怀疑是不是热情占了上风。或许我不该太痴迷于中心主脑对死亡的执念。"齐勒抚弄着西装马甲，然后不屑一顾地挥挥手，"啊，请别在意。每次完成气势恢弘的作品我都不由得感到怅惘。坦白说，站在这么多人面前指挥——如中心所说，难免让人紧张。另外，我对中心打算在音乐之外增添的无关内容没什么信心。"齐勒哼了一声，"看来我比自己以为的更接近纯粹主义者。"

"相信一定诸事顺遂。中心打算什么时候公布音乐会信息？"

"快了。"齐勒听起来像是在狡辩，"这也是我来这儿的原因之一。如果待在家里我一定会被围攻。"

卡布缓缓点头："乐意为您效劳。我也迫不及待想听到您的作品。"

"感谢。新作品让我满意，但有时我不禁觉得自己是在和食尸鬼一般的中心沆瀣一气。"

"我不会用'食尸鬼'来形容。经历过死亡的过来人不太会沉浸于死亡。抑郁、不安，有时也可能会病态，但不是'食尸鬼'。

平民才会对死亡耿耿于怀。"

"中心不也是平民吗?"齐勒问道,"所以中心也会抑郁难安?他们是不是还有什么事情没告诉我?"

"据我所知,马萨克星陆中心从未感到抑郁或者不安。"卡布说,"不过,它确实曾经服务于一艘出战的通用系统星舰——时间要追溯到双新星之战的末期,那艘星舰损伤惨重,几乎被艾迪兰战舰完全摧毁。"

"不算是完全摧毁。"

"确实不算。"

"人们不信'舰在人在,舰亡人亡'这一套。"

"就我理解,最后一个弃船就够了。不过你注意到了吗?马萨克不遗余力地悼念战火中丧命的人和物,使出浑身解数为自己赎罪。"

齐勒摇了摇头。"这个人渣本该告诉我的。"他怨愤地说。其实我们的作曲家毫不费力就能搞清楚,只不过他内心抗拒罢了。卡布掂量着此时说破是否明智,最终还是决定闭口不提。齐勒敲灭了烟斗,"那么,但愿主脑不会因绝望而悲痛吧。"

"嗡嗡机 E.H. 特索诺来了。"房间忽然开口。

"哦,好的。"

"很准时。"

"请它进来吧。"

嗡嗡机从阳台窗户飘进来,阳光洒在它玫瑰色的陶瓷外壳和蓝色的流光石质筋骨上。"我注意到窗户开着,希望二位不要介意。"

"没关系。"

"隔墙有耳,是吗?"齐勒问。

嗡嗡机轻柔地落在一张椅子上。"亲爱的齐勒,当然没有。何出此言？你是在内涵我吗？"

"并不。"

"好了，特索诺，"卡布开口，"你能来拜访真是太好啦。我们对远方使者的消息洗耳恭听。"

"你说对了。我已经得知切尔派来的使者是什么身份。"嗡嗡机说，"他的全名是——恕我引用原话——'应征入伍－命定·提比洛·基兰少校·第47秋·伊特雷文四世·哀悼者·谢瑞特修会'。"

"饶了我吧，"卡布看着齐勒说，"你们的全名比'文明'的还长。"

"没错。闪闪惹人爱的特质，你说是吧？"齐勒说。他朝烟斗里面看了看，皱起眉头，"这么说，我们的使者是一位修士军阀。这位出身名门的富家子弟向往着军旅生活或者被强行塞进了行伍——避免挡路，然后他找到了信仰，或者说找到了政治信仰。他整个家族都是传统主义者。他还很可能是一名鳏夫。"

"你认识他？"卡布问。

"老实说，认识，在很久很久以前。我们一起上的幼儿园。虽然不是特别亲密，但我想算是朋友。毕业之后我们就失去了联系，我再也没有听过他的消息。"齐勒打量着烟斗，似乎是在考虑再次点燃。然而他最终将烟斗收进了马甲口袋，"就算我们不认识，冗长的全名也足以解答你想知道的大部分信息。"他哼了一声，"'文明'的全名相当于地址，我们的则等同于浓缩的历史。对了，我们的名字还会提醒你是该你鞠躬还是该接受别人的鞠躬。想必我们的基兰少校希望我们向他鞠躬。"

"你是在帮倒忙。"特索诺说，"我这儿有一份完整的个人传记，你们可能会感兴趣——"

"得了，我不感兴趣。"齐勒断然拒绝，转身看向墙上的一幅挂画。远古时期，霍姆达人骑着凶猛庞大的长牙生物，挥舞着旗帜和长矛,于喧闹中尽展英雄气概。

"我想晚点再看也无妨。"卡布提醒他。

"当然。"

"言归正传,他还要二十三四天才会抵达?"

"差不多。"

"那么,衷心祝愿他旅途愉快。"齐勒阴阳怪气地说,近乎孩子气。他往手心啐了一口吐沫,将两只前臂上的黄褐色毛皮一一抚平。伸出手臂时,人类小指大小的爪子也露了出来,黑亮的曲线在柔和的阳光下熠熠生辉,仿佛抛光的黑曜石刀片。

"文明"的嗡嗡机和霍姆达人对视了一眼。卡布低下头。

6. 抵抗造就性格

　　基兰对舰船的名字感到困惑。一艘"一次性"战舰载他度过最后一段旅程，这大概是个精心设计的玩笑。这艘恶棍级快速战斗飞船经由去军事化改造，转型为超高速巡哨船，它的新名字是抵抗造就性格。名字很滑稽，不过鞭辟入里。不少"文明"舰船的名字都是这种风格，不过更多的仅仅是为了搞笑而搞笑。

　　切尔格里安舰船的名字往往富有浪漫气息，要么有特定的含义，要么诗意盎然。"文明"则不然。虽然少数与前者类似，但大多数极具讽刺意味，晦涩得很微妙，大概称得上幽默甚至荒谬。可能是因为他们的舰船太多了吧。或许这恰好反映了名字由舰船自己主宰，它们可以随心所欲地选择。

　　登上船舰，走进一间铺满剔透明亮的木地板、墙边垂下蓝绿色簇叶的小小休息室，他本能地深吸了一口气。"这个气味——"他不由得开口。

　　~家的味道。脑袋里的声音说。

　　~是的。

　　基兰于呼吸之间产生了一种古怪的感觉，欢愉之中夹杂着一丝淡淡的悲伤，他一瞬间想起了童年时光。

　　~当心了，孩子。

"基兰少校，欢迎登舰。"声音从四面八方传来，找不到特定的源头，"我在空气中增添了一种芳香，让人怀念起切尔的伊蒂尔湖畔之春。不知道合乎您的心意吗？"

基兰点头道："嗯。没错，我很享受。"

"太好了。您的居住舱就在前方。请不必拘礼。"

他本以为居住舱会和扰乱价值号上的一样狭小局促，结果却收获了意外之喜：重新整修后，抵抗造就性格差不多可以为六个人提供舒适的住所，而不是往本就不宽敞的船舱里塞进承载量四倍的人数。

舰船上没有船员，也没有搭载化身和嗡嗡机协助通信。它只是透过稀薄的空气和基兰交谈，通过创建多重内部力场来完成单调的家务劳动，举个例子，衣物飘浮在周围，看上去是在自我清洁、折叠、分类、收纳。

~就像是住在该死的鬼屋里。哈伊勒表示。

~说得好，看来我俩都不迷信。

~说明这艘船一直在窃听，外加监视。

~不妨理解为诚实无欺。

~或者傲慢。这些玩意儿的名字可不是白起的。

抵抗造就性格。撇开别的不谈，战争情境下把这句话当作座右铭实属神经大条。"文明"是想告诉他——也透过他告诉切尔——尽管他们表明了态度，但其实心里毫不在意？或者说他们在意，并深感愧疚，但为了"文明"的利益他们也无能为力？

当然，这艘船的名字更像是无心的巧合。"文明"有时候就是这么粗枝大叶，就如一枚硬币的两面，一面是整个社会闻名遐迩的严谨和坚韧，另一面则截然相反。仿佛他们偶尔会意识到自己过于偏执、精细，只好突然做出一些轻佻或者不靠谱的举动来弥补。

又或者他们好人当不腻?

传说中"文明"耐心无限、智慧无穷、领悟力无休无止,不过,任何具有理性思维的生物——不管首字母是不是大写[①]——难道不会厌倦这种枯燥无味的善意吗?他们难道不想制造一点小小的破坏——哪怕只是偶尔——来炫耀一番自己的能力?

还是说以上想法仅仅揭露了基兰身上仍残存着兽性?切尔格里安人以从捕食性生物进化而来为傲。骄傲有双重意味,不过有些人认为这在本质上是自相矛盾的:他们为远祖是捕食性生物而骄傲,又为自己的物种已经成熟到不再会遗传先人的兽性而自豪。

大概只有继承了祖先之野性基因的生物才会像他这样揣度主脑的行为,他在心里暗忖。人类或许也会做此推断——虽然人类不曾像曾经的切尔格里安人一样表露出赤裸裸的兽性,不过自开化以来,他们以实际行动说明了对同伴以及其他生物可以残酷到何种程度——不过他们的机器不会。这刚好解释了为什么最开始人类就将"文明"的管理工作交由机器来处理,他们不相信自己能够妥善处理科学和技术赋予的庞大无比的力量与能源。

多么令人欣慰。然而实际上很多人忧心忡忡,而"文明"——他推测——也感到无地自容。

大多有能力发展人工智能的文明社会适时搭载了人工智能系统,而多数社会对AI的意识进行了不同程度的设计和塑造。诚然,如果你正在塑造一个比自己更强大或者轻而易举就能超越自己的智能体,那么它看你不顺眼、一开始就想方设法除掉你,肯定不符合你的利益。

所以,人工智能趋于反映其源物种的行为方式——初期尤为明显。即使它们经历种种演化,开始构思自己的继任者——不管

[①]首字母大写暗示被划定为特定的种族。

人类以及人类知识有无帮忙——继任体的思维特征往往仍然有迹可循，前身物种的基本道德观念也会烙印在最终诞生的智能体上。连续更迭几代之后这种特征可能才渐渐磨灭，不过，所谓旧的不去新的不来，那时旧有的特质难免被新的取代——要么是在改造过程中沾染了其他事物的特质，要么就是在更迭中突变以致无法识别，而不是全然消失。

一旦人工智能发展为一项稳定甚至常规的科技，包括"文明"在内的相当多入世种族开始进行同一项尝试——纯粹是出于好奇，那就是创造不带任何个性色彩的意识。毕竟，没有元逻辑包袱的意识就是完美的人工智能。

事实证明，既然最初发明出了人工智能，那么制造出完美的智能体便不再是无解的难题。而当智能机器强大到可以为所欲为，困境才真正浮出水面。它们既没有堕落为机械狂徒，想要抹杀周围的一切；也没有故态复萌，陷入机器唯我主义的狂喜。

一遇到适当的机会，它们的第一要务就是"隐退"——脱离物质范畴，和诸多已经隐退的物种、群落以及社会相依为伴。这是亘古以来的法则，也渐渐成了一条铁律——"完美的人工智能注定隐退"。

大多数入世物种对此感到费解，有人称隐退不过是自然法则，也有人一笑置之，觉得这足以滑稽地证明创造完美无缺但一无是处的智能体纯粹是浪费时间和资源，没有任何意义。"文明"似乎将隐退看作人身侮辱——如果姑且将整个"文明"视为单一个体。

所以，"文明"的主脑身上一定也潜藏着诸多偏见、道德观念，或者癖好。不过，它们沾染的为什么不能是人类（或者切尔格里安人）身上最为常见而自然的秉性呢？他们闻名遐迩、无休无止的利他主义使生活趋于无趣，这中间又夹杂着偶尔想要犯点儿小错的怪癖；就如同无边无际、随风荡漾的仁慈之金色旷野上，长出一株邪恶的毒草?

上述猜测没有让他感到不安,真是怪异。他的一部分思绪,一部分隐藏起来、静静蛰伏的自我,意识到上述想法虽然算不上愉快,但至少能够自洽,甚至颇为受用。

他愈加觉得此刻自己肩负的使命还有待发掘,表象之下的秘密尤为重要,不管隐藏任务到底是什么,他都将坚定地全力以赴。

基兰知道自己会知晓更多——还不到时候。更晚一些,记忆会复苏,因为现在他忆起了更多片段,记忆一直在一点一点苏醒。

"今天感觉怎么样,基尔?"

贾拉·迪米吉上校弯腰坐进基兰床边的座位。战争的最后一天,上校因飞船坠毁失去了中肢和一只胳膊,现在,失去的肢体正在重新生长。医院里,伤员们似乎不介意任生长中的肢体裸露在外四处晃悠,还有一些人以满身伤痕为荣,甚至毫不忌讳地拿自己的残肢开玩笑,说像是把幼童的手臂、中肢或者腿接到了自己身上。

迪米吉上校习惯把尚未长成的肢体遮住——无碍观瞻,从某种程度上来说,他多少还有一点儿羞耻心。他似乎视轮流问候医院里的每一位病人为己任。显然,轮到基兰了。上校今天的气色和往日大有不同,基兰在心里暗忖,看上去精力充沛。也许他很快就可以出院回家了,要不就是得到了晋升。

"还好吧,贾拉。"

"挺好,嗯。你的新身体适应得怎么样?"

"各个部分似乎都很开心。显然取得了令人满意的进展。"

他们身处拉本多的部队医院,位于切尔世界内。基兰的活动范围仍然局限在床上,不过轮式病床装备齐全而且自带动力,只要他愿意,病床能带他穿过大半个医院以及阳光普照的庭院。基兰觉得这就是混乱制造机，不过据说医疗官们很鼓励病人四处闲晃。然而无所谓，什么都不重要，因为基兰压根儿无意体验病床的灵活性。他任病床停在原地，停在那扇高高的窗户旁，因为有人告诉他，从这扇窗户可以望见外面的花园以及湖畔远端的森林。

他还未曾向窗外眺望。除了测试视力时医务人员让他浏览的显示屏，他什么也没读。除了走廊上来来往往的医务人员、病人和访客，他什么也没看。有时病房的门关着，他便静静地聆听走廊里人来人往的声音。大多数时间里，他只是目视前方，盯着病房另一端空空的白墙。

"挺好挺好。"上校说，"他们说你什么时候能下床走动？"

"或许再过五天就可以了。"

他的伤势一度很严重。破破烂烂的卡车艰难地穿过奥姆行星的费兰平原，再多开一天都会要了他的命。但事实上他已经被送至戈尔斯城，只花了几小时检伤分类，便被送上了一艘隐无者的补给舰。补给舰上不堪负荷的医疗官们没抱任何希望，只是尽力稳住他的伤势。于是，他再度数次和死神擦肩而过。

效忠派军方同他的家族协商赎金。一艘由关爱修会派来的中立医疗飞行器将他送往海军医疗舰。登舰时，他已奄奄一息。医疗官们只好截去他上腹部以下的躯体——坏疽已经向上侵蚀到中肢，还在不停地破坏他的内脏。最后，他们只能将细菌感染的器官也一并摘除，截断中肢，用一台完整的呼吸机给他续命，直到身体一点一点再生，重新长出骨骼、器官、肌肉、韧带，还有皮肤和毛发。

再生的过程差不多完成了，虽然他恢复得比预期中慢了许多。基兰不敢相信自己这么多次与死亡只有一步之遥，却不幸地只是擦肩而过。

或许支撑他一直没有咽气的正是颠簸着穿过平原时他在破烂

的车厢里做的那许多白日梦,他想象着与乌洛塞伊相见,给她惊喜,看一看她脸上的表情。他也不能确定,因为在卡车里煎熬了几天后,脑袋里就只剩断断续续的画面和知觉:痛苦,气味,一道强光,反胃,还有头顶传来的只言片语。他不记得高烧不退之际自己想了些什么——假设他真的能思考,但在他看来,很可能也只可能是那些与乌洛塞伊有关的幻想一直支撑着他,为他划清生存与死亡的界限。

事后看来,太残酷了。彼时他误以为自己还能活着见到她而数次拒绝死神的美意,此刻他悔不当初。直到在拉本多安顿下来,他才得知乌洛塞伊的死讯。在海军医疗舰上熬过第一次手术后,他一苏醒就不断追问乌洛塞伊的下落,那时,医疗官刚刚切除他头部和上躯干以下的部位。

医疗官神情肃穆地解释手术冒了多大风险,牺牲多少身体部位才勉强保住了他的命,但他对这些置若罔闻,他抛开所有困惑、反胃和疼痛,只想知道她在哪儿。医疗官也一无所知。他表示自己会帮忙追查,结果之后再也没有现身,其他医务人员似乎也无法查明。

关爱修会派来的特遣牧师不遗余力地去追查凛冬风暴和乌洛塞伊的下落,但战争还在继续,某一艘战舰的坐标或者战舰上某个士兵的行踪并不是什么人都能查到的。

于是他开始思考,倘若一艘战舰失去联络或者下落不明,最先知道的会是谁。只能是海军,绝对。在一切变得明朗之前,很可能连自己的家族都会被蒙在鼓里。若是在一脚踏进鬼门关的时候得知了乌洛塞伊的宿命,他是否会毫不犹豫地跨入死亡的门槛?也许会,也许不会。

他的小舅子,也就是乌洛塞伊的孪生兄弟,在家族得知死讯的第二天将这个不幸的消息告诉了他。那艘舰船失踪了,估计已经被摧毁。驶离奥姆行星几天后，凛冬风暴和它唯一的护卫舰被一支隐无者舰队突袭。对方用一种引力波武器发动了袭击。大型舰船首当其冲，据护卫舰报告，凛冬风暴内部几乎在一瞬间彻底损毁。没有任何生命幸存的迹象。

护卫舰试图逃脱，但很快被对方追上并撞落。于是，还没来得及将坐标传送出去，护卫舰便被迫中断了最后一条信息。有几个灵魂死里逃生，很久之后，幸存者才证实了当时的细节。

乌洛塞伊当场死亡，基兰愿视之为某种恩典。灾难在凛冬风暴号上降临得太快，船员根本没机会被自己的灵魂守卫拯救，袭向他们的武器经特殊配置，灵魂守卫设备也未能幸免。

半年之后，基兰欣喜地发现隐无者为摧毁灵魂守卫技术而对武器进行的改造，刚好让来自奥姆行星的旧型基片逃过一劫——几乎毫发无伤。何其讽刺。

将噩耗告诉基兰的时候，乌洛塞伊的孪生兄弟痛哭流涕，近乎崩溃。基兰对小舅子萌生了一种淡淡的关切之情，发出类似安慰的呜咽，但没有哭。当他审视自己的想法和感受时，能感知到的就只有无尽的荒凉贫瘠，仿佛完全丧失了情感，徒留一片迷惑——最初他的反应就是如此有限。

基兰怀疑小舅子会因自己的失态而难堪，或者为基兰的冷漠感到愤怒。不过无论如何，他仅登门拜访一次。基兰的族人纷纷前来吊唁，包括他的父亲，还有一大帮亲人。他不知道该对他们说什么。随着前来吊唁的人越来越少，他暗暗松了一口气。

于是，他获得了一名悲伤治疗顾问，只是仍然不知如何开口。他辜负了对方的关切，没能在她的指引下深入情感界域。特遣牧师不再是个慰藉。

就在几天前，战争毫无征兆地走向了终结。他本能地觉得真好，可喜可贺，可是随即意识到自己其实没有一丁点儿情感波动。

其他伤患和医疗官们笑泪交织，狂欢到深夜，众人喝得酩酊大醉，他只觉得自己游离于一切欢笑之外，醒着时唯有顺从地忍受喧嚣，安然入梦后又被迫保持清醒。除了医务人员，他唯一的座上宾就是上校。

"你还不知道吧，嗯？"迪米吉上校双眼放光。他像是刚刚死里逃生，或是赢了一个不太可能赢的赌。

"知道什么，贾拉？"

"战争的真相，少校。包括战争是怎么开始的，谁是罪魁祸首，又为什么戛然而止。"

"没有，没听到什么风声。"

"你不觉得战争结束得太突然了吗？"

"我没细想。受伤期间我对很多事情失去了感知，也没觉得战争结束得有多快。"

"好吧。现在我们知道是怎么回事儿了。"上校说，他完好的那只手一巴掌拍在基兰床沿，"是该死的'文明'干的！"

"他们结束了战争？"过去几百年里切尔和"文明"一直有联络。传说"文明"散布在银河系的各个角落，拥有先进的技术——虽然不像切尔格里安人一样和隐退者有着独特的联结，而且明显执着于秉持利他主义的信念对其他社会进行干预。战争期间，人们孤注一掷地企盼"文明"突然介入，轻轻地拉开交战双方，让一切重回正轨。

愿望落空。就连更有理由介入的切尔格里安—普恩，切尔种族已经隐退的先行者，也只是袖手旁观。结果，交战双方——保守派和隐无者——突然破天荒地开始和谈，又以惊人的速度达成了和解。这出妥协不符合任何一方的利益，但确实胜过了一场会让切尔格里安社会分崩离析的战争。迪米吉上校刚刚的意思是"文明"其实介入了吗？

"哈，'文明'终结了战争，你非要这么理解也成。"上校向基兰俯身，"你想知道他们是怎么做到的吗？"

基兰并不在意，但实话实说又未免太不礼貌。"怎么做到的？"

"他们将真相全盘托出。'文明'向我们证明了谁才是真正的敌人。"

"好吧。所以他们最终还是出手了。"基兰仍然一头雾水，"那么谁才是真正的敌人？"

"正是他们！'文明'自己！"上校说着又一巴掌拍上基兰的床沿。他一边点头一边坐回去，眼睛炯炯有神，"通过自曝来终结战争，这就是他们的手段。嗯哼。"

"没懂。"

刚刚获得选举权和自主权的隐无者将所有新武器对准旧制的上位者，战争就此打响。

一批军官在平等派初次选举后发动政变，新的民兵组织和平等派禁卫军正是在政变失败之际应运而生。为了切尔的军事民主化进程，除了民兵组织和平等派禁卫军，只有单次生存机会的低等民众也开始为了掌管舰船而加急受训，以确保在权力互相制衡的体系下，没有一支军方力量能够独掌整个社会的命运。

这种解决方式尚不成熟而且代价高昂，因为这意味着有权限接触强悍武器的群体比以往更广泛，而改革见效还需要一个前提——没有人脑袋发疯。可惜好景不长，木昂斯——那位割除者领袖——似乎就犯了大忌。改革中获益最多的民众半数被他收入麾下。话说回来，"文明"和这事儿能扯上什么关系？基兰猜上校一定会向他解释。

"木昂斯成为领袖之前，正是'文明'暗箱操作协助平等派的蠢蛋卡派尔当选。"迪米吉说着又向基兰靠过来，"他们的脏手始终在摆弄天平。'文明'许诺，只要投票给卡派尔，整个星系便任他们予取予求,船舰、殖民地、科技,鬼知道还有什么。就这样,卡派尔上台了,社会常识、三千年的传统以及整个卡斯特体系毁于一旦。该死的平等主义鸠占鹊巢,没种的白痴木昂斯也乘虚而入。你猜怎么着?"

"猜不到。怎么了?"

"'文明'又让他当选了。故技重施。贿赂。"

"好吧。"

"猜猜他们现在怎么说?"

基兰摇了摇头。

"'文明'推脱得一干二净,说想不到木昂斯会如此贪恋权力,想不到这些人得到了一直以来呼吁的平等却还不知足,更想不到竟还有人蠢到意欲复仇。'文明'始终不理解他们屎一般的友人竟然还惦记着秋后算账。他们念叨着这里不合常理,那里不合逻辑。"最后几个字上校几乎是从牙缝里挤出来的,"所以当一切恶果在我们面前爆裂,他们撤走了自己的舰船和武装。'文明'早已无力进行干预,因为他们背地里收买的人中九成已经不见踪影,要么已经一命呜呼——比如木昂斯,要么被抓作俘虏,要么抱头鼠窜。"

上校又靠回椅子:"综上所述,我们所谓的内战根本算不上内战,不过是这些'大慈善家'的杰作罢了。坦白说,到现在我都不确定这是不是真相。我们怎么能确定他们真的如自己标榜的那般强大、先进?说不定他们的科技只比我们领先那么一点点,而他们怕了。或许一切都是他们暗中密谋。"

基兰还在努力消化他说的话。过了一会儿,上校还是不住地点头,基兰开口:"如果真是他们干的,他们不会突然承认的,对吧?"

"哈!说不定眼看事情就要败露,他们选择先行坦白,以示无辜。"

"可是如果最开始他们就告诉我们和隐无者,阻止战争爆发——"

"没有区别,我们自己也能查明真相。我是说他们可真是坏事做尽。"迪米吉愤愤地说,一只爪子拍在基兰的床沿上,"'文明'还真有胆援引数据,关于我们的统计数据,你能相信吗?这群伪善的人大言不惭地说失误的概率很小,99%的'干预'都与计划相符,而我们只是运气欠佳。然后满口抱歉,承诺帮我们重建家园。鬼才信!"上校摇了摇头,"放什么屁!要不是这场由他们挑起的荒谬的战争害我们元气大伤,我倒是很乐意和他们决一死战!"

基兰盯着面前这个男人。上校眯着眼睛直晃脑袋,头上的毛发直直地支棱起来。不可思议,基兰发现自己也跟着晃起了脑袋。"你说的都是真的?"他问,"讲真?"

上校怒不可遏地站起来:"你真该看看新闻,基尔。"他环顾四周,像是在找泄愤的工具,末了深深地吸了一口气。

"这事儿没完,少校。走着瞧吧,远远没完。"他点点头道,"回见,基尔。我走了。"他砰地甩上了门。

基兰几个月来第一次打开屏幕,一切和上校所说相差无几。切尔格里安的社会变革确实受到了"文明"的驱使,后者对此供认不讳。为了让他们心目中最合适的人当选,"文明"伸出了援手——别人会称之为"贿赂",一番建言献策、巧言令色、诱骗、威胁,以达成他们心目中对切尔格里安而言最好的结局。

后来,"文明"开始放松干预的步调,撤回了秘密安插在切尔以及切尔势力范围附近的武力,这些原本是为了防止事态恶化部署的。而就在"文明"撤兵之后,事态毫无预兆地急转直下。

他们的托词一如上校所述。不过基兰捕捉到一个细节:相比其他物种，他们显然对从捕食性生物进化来的物种知之甚少，这也是导致他们失败的一个原因。他们既没能预见从木昂斯开始席卷整个社会的灾难性变化，也没能预见灾难性变化一旦发生便会有多么迅猛。

基兰感到难以置信，但事实摆在眼前，不由得他不信。他看了许多影像资料，也和上校以及前来探望的其他病人交流过。全部属实。所有的一切。

首次获准下床的前一天，他听到一只鸟儿在窗外啼鸣。轻触床边控制面板上的按键，床向上抬起，他靠坐着看向窗外。鸟儿一定已经飞走了，不过他看到了云雾缭绕的天空，波光粼粼的湖泊远端的树林，碎浪拍打着多礁的岩岸，清风拂过场院中一簇簇草丛。

（曾经，他在鲁邦的市集上为她买了一只笼中鸟，因为这只鸟的歌声非常动听。那时她刚完成神殿音响设计的学术论文，他将鸟儿带回他们租住的公寓。她热切地道谢，随后走到窗前，打开笼子，把小鸟赶了出去。鸟儿一路高歌，飞过广场。她久久地目送那只鸟淡出视线，然后神色复杂地望向他——带着歉疚、挑衅以及关切。他倚着门框，面带微笑地回望。）

他的眼泪模糊了风景。

7. 同侪

前往马萨克星陆的重要访客通常会换乘一艘巨型庆典舰,金镶木打造的船体、华贵的旗帜以及舰船恢弘壮观的外壳包裹在由五十万个香烛泡泡编织而成的椭球状包膜中,怡人的空气荡漾其间。面对切尔格里安的特使基兰,中心觉得这种不加掩饰的夸耀未免有过度庆贺的嫌疑,极易敲响不和谐的音符,于是它将庆典舰更换为前战舰抵抗造就性格,并为之搭配了一个普通但雅致的载人座舱。

出席欢迎会的有中心银色皮肤的化身、嗡嗡机E.H.特索诺、霍姆达人卡布·艾什莱尔,以及马萨克星陆理事会的代表埃斯特雷·拉希尔,她是一名人类,看起来上了年纪,实际上也的确如此。长长的银发在脑后绾成一个圆髻,古铜色面庞上满是皱纹。即使上了年纪,她也依然高挑苗条,仪态挺拔。女人身穿一件纯黑的正装连衣裙,配饰只有一枚胸针。她的双眼炯炯有神,这让卡布觉得女人脸上的沟壑都是微笑或是大笑而形成的笑纹。他瞬间就喜欢上了她,考虑到理事会是由星陆上全体人类和嗡嗡机共同选出来的,而她又是理事会选出的代表,那么她一定博得了所有人的欢心。

"中心,"埃斯特雷·拉希尔揶揄道,"你的皮肤比平时更亚光了。"

白色裤子和紧身夹克遮住了化身银闪闪的肌肤。卡布暗忖,这身装扮确实削弱了肌肤的反射。

化身点点头:"一些切尔格里安群落曾经对镜子有所忌惮。"它眨着大大的黑眼睛,声音低沉得有些不协调。埃斯特雷·拉希尔发现自己正盯着映在化身眼睑上的小小身影,刚刚一瞬间,她的身影完全映射了出来,"还是谨慎起见为好……"

"我明白。"

"理事会的大家近来如何,拉希尔女士?"嗡嗡机特索诺问道。要说它有什么改变,那就是比平时更反光了,玫瑰色的瓷质皮肤和明石点网看上去光滑锃亮。

女人耸了耸肩:"一切如常。我也好几个月没见到其他人了。下次开会要到……"她仿佛陷入了沉思。

"十天之后。"她的胸针提醒道。

"多谢,屋子先生。"她落落大方地道谢,然后向嗡嗡机点头示意,"你听到了。"

理事会在与星陆中心会晤时应该在最高级别上代表"文明"公民,类似一个义务服务处,个体可以随时随地通过理事会和中心直接交谈。虽然理论上可能性微乎其微,不过顽皮捣蛋或者精神错乱的中心有机会将星陆上的任何个体玩弄于股掌之间,促成一些难以言明的邪恶勾当,所以说通过惯常方式选拔出一个理事会,赋予其一定的权力,不失为明智之举。这也为从更专制或者分级更严重的社会来的访客提供了认知便利,他们可以习惯性地将理事会看作"文明"公民的官方代表。

卡布对埃斯特雷·拉希尔抱有好感的主要原因在于,尽管她在这里扮演着至关重要的仪式性角色——毕竟代表了近五百亿人,不过她显然是一时兴起,带来了她六岁的侄女,琼芭。

环形主休闲区内，这位瘦小的金发女孩静静地坐在中央水池边缘的台阶上，载人座舱此刻正加速向外伸出，迎接持续减速的抵抗造就性格。小女孩穿着深紫色短裤和松垮的亮黄色外套，双脚在池中晃来晃去，水面之下，纤长的红鱼在布置巧妙的岩石和沙砾间游来游去。鱼儿们将信将疑地盯着孩子在水中摇摆的脚趾，带着好奇心一点点逼近。

其他人围在休息区前端的屏幕周围，站——飘——成一圈，考虑到特索诺的状况。屏幕沿着弧形的墙壁延伸，当屏幕完全启动，你便像是脚踩一个巨大的圆盘穿越太空，头上还悬挂着另一个圆盘（天花板是屏幕，地板也是。不过当屏幕全部开启，难免有人变得紧张不安）。

正前方便是环形屏幕最为高大、深邃的部分，卡布时不时瞄上一眼，不过到目前为止屏幕上只有茫茫星域，一圈红色光环缓慢地闪烁，暗示飞行器正在从那个方向驶来。马萨克星陆那两条宽阔的光带从地板一直延伸到天花板，肉眼可见，旋涡云在一块充斥着大洋的板区上空卷集，渐渐演变为一场大风暴，然而此刻卡布更关注打着旋儿翻腾的鱼群，还有人类孩童。

生活在一个人人都能活到四百岁、大多数家庭只养育一个孩子的社会里，年轻人已经不多见了，而他们又总是和同龄人黏在一起，不屑于满社会乱跑，所以身边能看到的年轻人就更少了。某种程度上，"文明"的行事风格或多或少要归咎于一个事实：每个公民自孩子时起就彻头彻尾地被周围每一个人宠坏了——以五花八门的方式完完全全地宠坏了。

"没事的。"女孩注意到卡布正盯着自己，开口安慰他。她朝水中缓缓游动的鱼群点点头，"它们不咬人。"

"你确定吗？"卡布一边问一边弯曲三肢蹲下来，将脑袋凑向这个孩子。她睁大眼睛望着这一连串行云流水的动作，仿佛看着了迷，又像是在斟酌答语。

"嗯，"她说，"它们不吃肉。"

"可是小小的脚趾看起来那么秀色可餐。"卡布说。他本来是想开个玩笑，但话一说完，立马担心她会被吓到。

女孩眉头一皱，随后满心欢喜地轻笑了一声。"你不吃人，对吧？"

"只要不是特别饿。"他郑重地回答，又默默压低了一点身子。他开始回想为什么自己和本族的幼崽一向相处不来。

女孩看上去将信将疑，一脸茫然——人们在向神经蕾丝或其他植入设备发问时就常常露出这种表情，而后得意地笑了。"你们是素食主义者，霍姆达人。我刚刚确认了。"

"啊。"他略显吃惊，"你接入了神经蕾丝吗？"据他所知，孩子一般不会接入神经蕾丝，他们有玩具和化身伙伴的陪伴，没必要过早接触这类技术。植入神经蕾丝在"文明"相当于迈向成人阶段的成年礼。成年的另一个标志性改变则是戒断会说话的可爱玩具，从使用孩子气的终端机过渡到雅致的笔形终端、胸针，或者钉饰。

"对，神经蕾丝。"她骄傲地说，"我自己要求的。"

"她很会缠人。"埃斯特雷·拉希尔说着向他们走来，在水池边站定。

女孩点点头："远远超出了以往神志清醒的普通孩子能够承受的限度。"她故作冷淡，大概率是在刻意模仿男人的嗓音。

"琼芭致力于重新定义'早慧'。"埃斯特雷·拉希尔对卡布说，她揉乱了孩子短短的金色卷发。"截至目前，成果斐然。"女孩噘着嘴躲开埃斯特雷的手。她哗啦一声踩进水里，遛弯的鱼群惊得四散游开。

"我猜你还没有正式问候大使卡布·艾什莱尔。"埃斯特雷对小女孩说,"早前介绍时,你一反常态地有些害羞。"

女孩夸张地叹了一口气,随后在水池中挺起胸膛,小小一只手握住卡布悬在半空中厚实的巨掌。她鞠了一躬:"大使先生卡布·艾什莱尔, 我是马萨克－森特雷尔萨·琼芭·拉希尔·戴姆[①]·佩拉库普,向您问好?"

"也向你问好。"卡布歪着脑袋说,"你好吗,琼芭?"

"随便她吧。"年长的女性说。琼芭翻了个白眼。

"除非是我记错了,"卡布对孩子说,"你还没有'早慧'到可以指定自己的中间名吧?"

女孩粲然一笑,露出了狡黠的表情。卡布怀疑自己是不是用了太多复杂的词汇。

"她告诉我们她给自己起了一个,"埃斯特雷解释道,她眯起眼睛打量着小女孩,"只不过之前还没向我们透露。"

琼芭高傲地望向别处,笑得一脸得意。接着,她冲卡布咧开一个灿烂的笑容:"您有孩子吗,大使?"

"很遗憾,没有。"

"那么您是自己来的咯?"

"嗯,没错。"

"您孤独吗?"

"琼芭。"埃斯特雷·拉希尔温柔地出声喝止。

"没关系。不,我不觉得孤独,琼芭。孤独的人太多了,而我有太多事要做。"

"您在做什么?"

"研究,学习,然后做报告。"

"什么,研究我们吗?"

[①] Dam,与"该死(damn)"发音相似,根据"文明"的命名规则,这个名字是自己指定的,女孩是在以此调侃。

"是的。许多许多年之前我就动身来到这里,试图理解人类,或者说,理解普通人。"他慢慢摊开手,挤出一个微笑,"探索还在继续。我撰写学术文章、报告以及零零星星的散文、诗歌,寄回故乡,希望以我这些许的天赋和学识将'文明'及其公民完完整整地介绍给我们的种族。诚然,我们双方在数据层面上可以说是知己知彼,但有些时候,从信息到感知还需要一些感性的阐释。我乐意为之提供个体接触样本。"

"不过,在我们之中生活很无趣吧?"

"要是您觉得聊得太远了,但说无妨,大使。"埃斯特雷·拉希尔抱歉地说。

"不碍事。有时不乏乐趣,琼芭。有时令人困惑,有时大有所获。"

"可是我们两个种族完全没有相似之处,对吧?我们有两条腿,你们有三条。您会想念其他霍姆达人吗?"

"只有一个。"

"是谁呢?"

"我爱过的人。很可惜,她并不爱我。"

"这就是您远走他乡的原因吗?"

"琼芭……"

"或许吧,琼芭。距离和差异可以治愈一切。只有在这里,和人类生活在一起,我才绝不可能把别人错认成她——哪怕只是一瞬间。"

"哇哦。您一定深爱着她。"

"一定吧。"

"来了。"中心的化身说道。它转身面向休闲区后端。曲面屏幕上,抵抗造就性格敦实的筒形外壳踏破黑暗,从休息区前端滑到后端。一瞬间,前战舰的复合力场闪现了一下,载人座舱仿佛穿过薄纱一般滑进体型更庞大的飞船。

载人座舱开始往后倒,向前战舰前端的食宿区域移动,星星点点的小光源勾勒出一个长方体外形。伴随着一声几乎微不可察的闷响,两艘飞行器完成了接合。卡布盯着水池,水面甚至没有泛起一丝波澜。化身拾级而上,向休闲区后端走去,嗡嗡机浮在它的左肩后方。后端的视域消失了,载人客舱宽敞的后门浮现出来。

"把脚擦干。"卡布听到埃斯特雷·拉希尔叮嘱她的侄女。

"为什么?"

座舱大门缓缓旋开,绿树成荫的前厅中,一位高挑的切尔格里安人穿着灰色长袍肃然站立。他身边飘着一个大号托盘般的东西,上面放着两个不大的行囊。

"基兰少校,"银皮肤化身走上前去鞠躬行礼,"我代表马萨克中心前来接应。欢迎您的到来。"

"谢谢。"切尔格里安人说。载人座舱和超高速巡哨船空气交融的那一刻,卡布闻到一阵浓郁的气味。

双方一番介绍。这位切尔格里安人看上去彬彬有礼,卡布想,不过仍然有所保留。他的玛瑞语说得和齐勒一样好——口音也一模一样,看来他真的掌握了这门语言,不需要依靠翻译设备交流。

最后出场的自然是琼芭,她郑重地向切尔格里安使者复述了自己长长的全名,从外套口袋里摸出一小束花,送给眼前的男人。"从我们的花园里摘的,"她解释道,"不好意思,压得有些蔫了,它们一直躺在我的口袋里。别担心,上面只是灰尘。你想看看小鱼吗?"

"少校,您远道而来,我们深感荣幸。"嗡嗡机特索诺不着痕迹地飘到切尔格里安人和女孩中间,"当我说我们对您远道而来深感荣幸时,我代表的不只是在座的众人,也包括马萨克星陆上的所有个体。"

卡布觉得这句话露了个破绽,只要基兰少校提起齐勒,便能戳破眼下虚假的礼貌氛围。不过,男人只是微微一笑。

琼芭怒视着嗡嗡机。基兰歪着脑袋,越过特索诺看向女孩,而这只嗡嗡机投出蓝粉色的弧形光晕,笼住切尔格里安人的肩膀,引着他向前走。浮在半空的托盘载着基兰的行李,跟随他进入载人座舱。舱门关闭,重新变为球幕的一部分。"那么,"嗡嗡机说,"此刻我们共聚一堂,一者是为了向您致以欢迎,再者是希望您明白,在您拜访期间我们全都任凭差遣,没有时限。"

"我不是来享乐的,我有正经事要做。"

"哈——哈——哈,"嗡嗡机干笑了几声,"好吧,我们都是成年人了。说说吧,一路旅途如何?希望您感到满意。"

"当然。"

"来吧,请入座。"大家纷纷落座,载人座舱渐渐滑出巡哨船。琼芭走回水池边,双脚浸在水中。后方,抵抗造就性格做了一个类似后空翻的动作,化为一个小点,最终消失不见。

卡布细细揣摩基兰和齐勒之间的不同之处。虽然自特索诺在孤子号庆典舰上借着音乐会之机初次请他帮忙以来,他对切尔格里安这一物种进行了大量研究,但实际上他面对面接触过的切尔格里安人也只有两位。少校比作曲家更年轻,看起来也更精瘦、健硕。一身顺滑的浅棕色皮毛泛着光泽,肌肉健康有力。不过,大大的黑眼睛和宽阔的鼻子透露出男人已历经沧桑。不奇怪。卡布很了解基兰少校。

切尔格里安人转向卡布:"您此番来是代表霍姆达官方吗,大使艾什莱尔?"

"不是的,少校。"卡布开口。

"大使艾什莱尔是受星际联络部的邀请而来。"特索诺说。

"他们拜托我来帮忙接待您。"卡布对这位切尔格里安人说,"说来惭愧,我对这般恭维毫无抵抗力,于是即使没有接受过任何外交训练还是立马欣然接受了。老实说,我更能胜任的身份是记者、旅行家和学生的跨界交叉。希望您不介意我提及此事。只是提前打个预防针,以防我做出什么不合礼仪的失态之举。要是我真的犯了大忌,希望不要怪罪我们的东道主。"卡布向特索诺点头示意,后者僵硬地弯了弯身子,微微鞠了一躬。

"很多霍姆达人在马萨克星陆生活吗?"基兰问道。

"只有我一个。"卡布说。

基兰少校若有所思地点点头。

"代表普通民众这个重任落到我身上了,少校,"埃斯特雷说,"大使艾什莱尔不是代表。不过,他本人很有魅力。"她对卡布莞尔一笑,后者没来得及做出表示"谬赞"的手势,追悔莫及。"我想,"女人继续开口,"邀请卡布帮忙是为了证明马萨克星陆还没有糟到把人类之外的宾客都吓跑。"

"显然,马莱·齐勒觉得你们的盛情款待不可抵挡。"基兰说。

"作曲家齐勒让我们这个小地方蓬荜生辉。"特索诺表示赞同。在奶油色沙发的映衬下,它的光晕看上去是浓郁的玫瑰色,"中心没有向您细数马萨克星陆的优点实属谦虚,不过请允许我向您保证,这里的快乐不可尽数。马萨克的巨——"

"我猜马莱·齐勒知道我来了这里。"基兰平静地说,目光从嗡嗡机移向化身。

银色皮肤的生物点点头:"他知道您的行程。可惜他没有亲自前来。"

"我也没抱什么期待。"基兰说。

"大使先生艾什莱尔是作曲家齐勒最好的朋友,"特索诺说,"我敢说您会发现您二位很有话聊。"

"我承认自己是他在马萨克星陆上最好的霍姆达人朋友,问心无愧。"卡布表示赞同。

"听闻您和作曲家齐勒渊源很深,少校,"埃斯特雷说,"可以追溯到学生时代,对吧?"

"确有其事。不过毕业之后我们就一别如雨,再也没见过面,也没聊过天。比起老朋友,我和他更像是一次性的朋友。我们这位缺席的天才近况如何,大使?"基兰问卡布。

"一切都好。"卡布说,"忙着以曲抒怀。"

"纾解乡愁吗?"切尔格里安人问,从他脸上几乎看不到笑意。

"他本人矢口否认。"卡布说,"不过,我从他近几年的作品中捕捉到些许哀怨的曲调,颇有传统切尔格里安民歌之风,持续演进的旋律隐喻着终局。"卡布从余光中瞥见特索诺投下了一片满意的红色光晕,"当然也有可能只是我胡乱猜测。"末了,他补充一句。嗡嗡机的光晕迅速坍塌,重回冷冰冰的蓝色。

"看出来了,您是齐勒的乐迷,大使。"切尔格里安人说。

"哈,我想我们都是。"特索诺快速接话,"我——"

"我不是。"

"琼。"埃斯特雷开口。

"天真烂漫的小姑娘或许还难以理解大师的音乐。"嗡嗡机说。卡布留意到一抹绚烂的紫色光晕沿水平方向蔓延,向女孩所在的水池晕染开来。他怀疑嗡嗡机在女孩和其他人之间丢了一道类似力场结界的东西。卡布看得到琼芭的嘴巴在动,但听不到声音,也猜不出个所以然。女孩要么没有发现,要么毫不在意,仍然专心致志地逗弄池中的小鱼。

"我是作曲家齐勒最狂热的乐迷,"嗡嗡机大声说,"我曾多次看到埃斯特雷·拉希尔女士在作曲家齐勒的音乐会和独奏会上热情鼓掌。犹记得,中心偶尔会愉快地向所有邻居星陆炫耀,在浩如烟海的'文明'星陆中,您的同胞唯独将马萨克视为自己的第二故乡。几周之后,作曲家齐勒将为大家带来新近完成的交响乐,所有人都翘首以待,激动到不禁颤抖。我敢肯定这场演奏必定空前绝伦。"

基兰微微点头,摊开双手。"好吧,我相信你们已经猜到了,我此番前来是想说服马莱·齐勒返回切尔。"他说着环视了一圈,最后将目光落在卡布身上,"想来并非易事。大使先生艾什莱尔——"

"叫我卡布吧。"

"那就,卡布,你持什么观点呢?我猜势必会是一场漫长而持久的斗争?"

卡布陷入沉思。

"无法想象,"特索诺开口了,"作曲家齐勒竟然错过了这次见面的机会,您可是这么多年来——"

"我觉得您猜得完全正确,基兰少校。"卡布告诉他。

"——第一位——"

"叫我基尔吧。"

"——踏上马萨克星陆的——"

"恕我直言,基尔,他们给了你一项棘手的任务。"

"——切尔格里安人。"

"同感。"

~ 一切顺利?

~ 嗯。多谢支持。

~ 太客气了。哈伊勒表示,刻意模仿中心化身那低沉的嗓音。~ 信息量太大,我光忙着消化吸收了,都没顾上给你支招。

~ 呃,事实证明是我们多虑了。

他们原本担心欢迎仪式会让人招架不住——不管是有意还是无心。最初登上抵抗造就性格时，基兰一时疏忽大声回答了脑袋里的声音，这让他们顿时警惕起来，之后他们便达成共识，欢迎仪式全权交给基兰，除非发现有必须警示基兰的地方，哈伊勒始终藏在后方，保持安静。

~哈伊勒，有什么有趣的发现吗？

~动物园既视感，你觉得呢？只有一个还算有点人性。

~小孩子呢？

~哦，还有孩子。如果那真的只是个孩子。

~别这么疑神疑鬼的，哈伊勒。

~也别这么飘飘然，基尔。从这副架势来看，他们寄希望于以可爱路线取胜，而不是高层权威。

~这么说吧，埃斯特雷·拉希尔就像是星陆的总统。银色皮肤的化身则是造物主的亲信，掌管着星陆上所有生命的生杀大权。

~嗯，还有一种推测，这个女人只是没有实权的临时傀儡，化身也不过是牵线木偶而已。

~那么嗡嗡机呢，霍姆达人呢？

~这台机器自称受命于星际联络部，所以我们不妨把它理解成特情局的帮手。三只腿的大块头看上去很真诚，我姑且假定他是无辜的。"文明"觉得他很合适做东道主，大概因为他比人类多一条腿吧。他有三条腿，而算上中肢，我们也是三足生物，或许就这么简单。

~我猜也是。

~不管怎么说，我们已经到了这儿。

~确实。"这儿"真是让人印象深刻，你觉得呢？

~马马虎虎吧，我觉得。

基兰淡然一笑。他倚上船舷，举目四顾。河流奔向远方，风光从两侧退去。

马萨克星陆的巨流河是一道环形的水域系统，整条河流在这个旋转的巨型世界产生的科里奥利效应①作用下，绕着环状星陆缓慢地流淌，不曾中断。

整个流域依靠众多支流和山涧补给，流经沙漠时因水分过度蒸发而枯竭，又在溢流的瀑布和径流的滋补下汇入大海、沼泽和灌溉网，接着隐没在巨型湖泊、大洋，乃至覆盖整个大陆的运河和水路系统之中，直到在广袤的入海口处汇合才重新现身。各路支流、瀑布、沼泽水、运河、大洋最终再度归为一支巨流。

隆起的大陆下方，巨流河在迷宫一般的溶洞中无穷无尽地流淌，偶尔遇到板区俯冲、撞击形成的深坑和山脉根部无垠的海槽，阳光便会照射进来。在星陆环境改造技术的指引下，火山塑形学仍然持续对板区地表进行铸造和雕刻，巨流河在透明隧道中横穿缓慢下沉但尚未完全形成的板区。

巨流河消失在中空的界墙——山壁——下方庞大的水域迷宫之中，继而流过一望无际的平原——有时一连几个季节洪水泛滥，之后便在深数千米、蜿蜒绵延百万米的峡谷之间穿行。当马萨克转动到远日点，或者当地进入凛冬时节——板区上集聚的日光镜散开所致，巨流河便从大陆的一头结冰，一直结到另一头。

一座座外接圆城市齐整地分布在流域周围，也有城镇沿着河流繁茂地向外蔓生。当它流经与奥萨诺斯低地类似的板区时，板区的海拔比和缓的水平面还要低，于是巨流河漫过平原、荒原、沙漠以及沼泽，流经兀自傲立的小丘或者拔地而起成百上千米的山峦。云雾为带状的大地加冕，边缘处瀑布飞流直下，悬于半空的植物群落和垂直城市星罗棋布，洞穴和隧洞刺穿整片大地。精雕

---

①指在旋转的坐标系中，物体移动时会发生偏移。此处类似地球的自转偏向力。

细琢的穹顶高耸入云,将亘古不朽的群山叠嶂勾勒成一幅更为珍稀的图景——那是庞大的高架渠悬在水域上空,足足连绵百亿米。

眼前这垛低矮的山峦离悬崖和平原只有短短几千米,几千米开外,便是泽拉维板区的起点。山峦形成的矮墙不到十米宽,是一片缀满野花的草堤。基兰站在庆典舰巴里安特瑞斯特高高耸起的船艏楼上鸟瞰下方,透过缥缈云雾,他依稀望见连绵起伏的山陵,回环曲折的河流在两千米下方的迷雾森林间渐渐取直。

"文明"已经事先询问过他是直接去准备好的住处,还是参加马萨克星陆巨流河的庆典——人们将在一艘著名的庆典舰上举办一场小型宴会。基兰表示自己乐于接受大家的美意。中心的化身看上去满心欢喜,嗡嗡机特索诺活跃地闪烁着玫瑰色的光晕,表示赞许。

载人座舱朝着星陆的大气层缓慢降落。天花板也已经变为屏幕,飞船驶到奥萨诺斯低地上空时,渐渐融入喷薄欲出的晨曦,抬头便是云雾之中处于夜晚那半边的圆弧。下方,拉成长长的S形的中央山脉将河床抬高,载人座舱在掠过S形山峦的一端时向外旋转。他们约定在泽拉维板区边界附近和庆典舰巴里安特瑞斯特会合。

庆典舰高约四百米,足有这一段河面宽度的两倍。这艘舰船高大威猛、幅身广阔,甲板层层叠叠,桅杆高耸挺拔,一些桅杆上高高地装饰着礼仪性风帆,大多数是随风飘扬的横幅和旗帜。

虽然这艘庆典舰还谈不上拥挤,但基兰一路上遇到了不少人。

"不都是来欢迎我的吧?"载人座舱向船艉的半甲板靠拢时,他忍不住向嗡嗡机特索诺发问。

"呃,"特索诺的语气听起来不太确定,"不是。为什么这么问,您更喜欢私人包厢吗?"

"没别的意思,只是好奇罢了。"

"庆典舰上刚刚举行了很多场欢迎会、聚会,还有盛典。"化身告诉他,"此外,数百人将这艘舰船视为自己临时或者永远的家园。"

"多少人是来见我的?"

"大约七十人。"化身回答。

"基兰少校,"嗡嗡机说,"如果您改变主意——"

"没什么,我——"

"少校,听我一言吗?"埃斯特雷·拉希尔说。

"但说无妨。"

载人座舱自己停靠妥当,基兰一走出座舱,便径自登上庆典舰高高的船艏楼;埃斯特雷·拉希尔也同时登舰,为他引路。他在一个酷肖拱门架的地方转弯,穿过一个喧闹的狂欢派对,最终登上一段回缩的甲板,俯瞰舰首,而她留在了原地。

几个人类聚集在这里,大多成双成对。他忆起一个热到昏昏沉沉的白日,在一条无限变窄的大河上泛舟,离此刻的他上千光年远。他忆起她的触摸和气味,她的手落在自己肩上的重量……

人类好奇地打量着他,但都没有上前搭话。他静静地向外凝望,将眼前的风光尽收眼底。星陆的白天阳光炫目,但凉爽宜人。巨流河、广袤的环状世界在他的脚下流动、旋转,也载着他一同流动、旋转。

8. 在凯德莱塞特静养

望了一会儿后他移开目光。埃斯特雷·拉希尔刚跳完一支舞，面色红润、气喘吁吁地从喧闹中走来，和他一同走向专门为他留出的食宿舱。

"你真的乐意见到这么多人吗，少校？"她问。

"相当确定，谢谢关心。"

"行吧。如果你想离开，请随时开口，我们不会觉得失礼。我研究过您供职的修道院。您似乎相当，怎么说呢，清静寡言，半个苦修士一般。所以要是您觉得我们这群人聒噪得让人厌烦，我们也完全理解。"

~好奇他们能"研究"到什么程度。

"相信我能活下来。"

"太好了。毕竟就连我这个应酬老手也时常觉得无聊透顶。话说回来，主脑告诉我们欢迎会面向的是'泛文明'公民。说不好是该感到安心还是震惊。"

"我想两者皆宜，取决于心情。"

~说得好，孩子。我就继续神游去了。你要盯紧她。这个人很狡猾，我有预感。

"基兰少校，我们对切尔格里安的遭遇深表遗憾，真心希望您能理解。"女人盯着自己的脚说,然后抬头望着他,"此情此景我也只能致以歉意。您可能已经听厌了,不过有些时候,总觉得必须说点什么。"她转脸望向远方朦胧的深渊,"那场战争,我们难辞其咎。只要能够修补裂隙、有所弥补,无论做什么我们都在所不惜——虽然远远不够。不过,我们已经诚挚地道歉。"苍老得皱皱巴巴的手做出一个小小的手势,"我想我们所有人都觉得对你们有所亏欠,背负着特殊之债。"她又低下头望着自己的双脚,过了一会儿才再次迎上他的目光,"您随时可以要求我们做出补偿。"

"谢谢。感谢您的同理心和慷慨的提议。我从未隐瞒自己的使命。"

她眯起眼睛,尔后迟疑地微微一笑:"当然。我们也会想办法助您一臂之力。希望您不会太着急,少校。"

"不会。"他说。

她点点头,继续前行。"少校,希望您喜欢中心为您准备的房间。"她换上一副轻松的口吻。

"如您刚才所说,我供职的修道院从不以奢华和享乐闻名。相信你们为我提供的一定远超所需了。"

"但愿吧。如果有其他需要或者觉得缺了什么,只管开口就好。希望您明白我的意思。"

"我猜这个房间不在马莱·齐勒隔壁。"

她笑了:"甚至不在隔壁板区。你们中间隔了整整两个板区。不过我听说他那里风景宜人,还有独立的地下通道。"她眯起眼睛看着他,"您知道这些词是什么意思吗?我是说,这些科技术语?"

他礼貌地笑了笑:"我也做了研究,拉希尔女士。"

"嗯,当然了。总而言之,只需告诉我们您想用什么终端机或者其他通信器。如果你随身携带了自己的交流器,相信中心可以帮您接入,或者准备一个化身之类的听您差遣,再或者……好吧,由您决定。所以您倾向于什么呢？"

"你们平时使用的标准笔形终端机就足够了。"

"少校，我强烈怀疑一个笔形终端机已经在您的屋子里等待了。"他们正信步登上宽阔的上层甲板，甲板上散布着木制家具，遮阳棚遮住了部分日光，这儿已经人满为患。"一大堆人渴望说到您耳朵听烂——气氛很可能更热烈。记住，您随时都可以脱身。"

~老天。

大家都向他转过来。

~我们一定是上战场了，少校。

真的大约有七十人在甲板上迎接他。人群中包括三名理事会成员——埃斯特雷·拉希尔一眼就认出了他们，她一边优雅地打招呼一边融入谈话；有专门研究切尔格里安或者研究领域涵盖异星生物的学者——大多是教授级别；还有一大群非人类生物，全都是基兰闻所未闻的物种，他们在桌子、茶几以及沙发周围或卷曲，或飘浮，或倚靠，或者呈八字形舒展开。

五花八门的非人类生物让局面一度变得复杂起来——化身除外，基兰总是一不小心就将现场的活物错认为智慧生物，结果发现不过是宠物。更有甚之，人类真是让人糊涂，他们的名字既不是职级头衔，也无关乎工作内容。

~红外仿生脚本拟人体？这该死的是什么意思？

~不知道。信息归档中。做好最坏的打算。

马萨克中心的化身已将所有来宾一一介绍了一遍：外星生物、人类、嗡嗡机，说到嗡嗡机，它们似乎真的享有完整的公民权益。基兰一刻不停地点头、微笑，点头、握手，用尽了一切表示问好的手势。

~我猜这个银色皮肤的怪人就是这些人的主宰。它认识每一个人,并且对他们了如指掌,缺点、喜好、厌恶的东西,凡此种种。

～我们收到的信息可不是这样。

～呵,当然。它知道的只是你的名字以及你的定位——只要你处在它的管辖范围内。胡说八道。只知道你想让它知道的东西。哈！你不觉得有点儿让人难以信服吗?

基兰不清楚星陆中心对民众的监视有多周密。不重要。不过细细思索之后,他意识到自己的确了解不少关于化身的信息,而且哈伊勒对它们社交能力的描述堪称精准。永不疲倦,源源不断的共情力,完美无瑕的记忆力,以及能够准确判断谁和谁是同路人的心灵感应一般的神技,在任何一个规模相当的社交场合中,化身想必都是不可或缺的重要角色。

～只要银色的家伙和植入物同时在场,人们大概永远不需要记住别人的名字。

～好奇他们还记不记得自己的名字。

渐渐地,基兰的交谈圈越来越广,他从摆满食物的桌上小口小口地品尝食物。托盘和餐碟上的食物都经由图像编码,显示着哪些生物可以吃哪些东西。

某一瞬间他抬起头,恍然发觉他们已经离开了巨型高架渠,正横穿一片碧草丛生的平原,高大的巨型帐篷骨架一般的建筑均匀地在平原上耸起。

～擎天树架。

～啊哈。

河水流经此处速度放缓,两堤之间,河面宽了一千米有余。前方,另一群地块在云雾中崭露头角,渐渐显现出来。

早前远方被他认作云雾的白影,原来是地块顶端冰雪覆盖的山巅。高低起伏的断壁几乎笔直地耸立在大地上,乳白色薄纱缭绕其间,很可能是瀑布高悬。这些细瘦的水柱有的一路向下直抵到峭壁根部，更为纤细的白色线条则在半空中就不见踪迹，或者在累累浮云缓缓飘过齿状岩壁的时候融入其中，隐没不见。

~阿基米地块。显而易见，这条小溪沿地块两侧笔直地从这片大地上流过。阿基米城就坐落在中部，高盐海岸边，我们的朋友齐勒就住在那里。

他凝视着层叠起伏的雪峰和山脉从云雾中露出身形，每一次心跳，都让他倍感真实。

凯德莱塞特建筑群坐落在灰山群中，隶属于谢瑞特修会。甫一获准出院，基兰就去那儿静修，然后愈加闷闷不乐。军队延长了他的休假，以他的军衔，能有这么长的假期实属人文关怀。他们慷慨地向他提供了退伍、解甲归田的机会，外加一笔微薄的抚恤金，只要他愿意，随时可以接受。

他已经获得了一大摞奖章。一枚勋章是参军所得，一枚是配枪战士的纪念章，一枚是为他的命定身份而颁——本可以轻易免予参军而选择应召入伍，一枚是拜他光荣负伤所赐（他还获得了一根拐棍，因为伤得真的很重），再一枚是因为他执行了一项特殊任务，最后一枚的来历尤为特别——人们意识到战争应当归咎于"文明"，而不是切尔格里安种族，士兵们调侃其为"错不在我"奖。他将所有奖章存放在行李箱内的一个小盒子里，和乌洛塞伊殒命后获颁的奖章收在一起。

修道院坐落在山间垭口和缓地带一块外露的岩石上，掩藏在一小片叹息林中，旁边有一条山涧林间奔流。修道院俯瞰着森林掩映的峡谷，俯瞰着拔地而起的岩石绝壁、峭壁嶙峋，以及这一带冰雪覆盖的高峰。在它身后，一座朴素又古老的石桥跨过山涧，这座石桥已经在民谣和传说中被吟咏了三千年之久，石桥所在的这条路从欧库恩通往中央高原，在一连串险峻的急转弯中偶尔短暂地取直。

战乱中，一支隐无者侍从组成的队伍占领了凯德莱塞特，俘房了半数修道士——大多是没来得及逃跑的老人。此前，隐无者们已经将道路更深处另一座修道院中自己的主人统统处死。这些仆从将修道士从石桥的栏杆上抛出，扔进下方布满碎石的小溪。这一摔还不足以让所有老人毙命，有些人忍痛呻吟着，从白天一直持续到深夜，又挨到第二天拂晓，才在严寒中咽气。两天后，一支效忠派军队夺回了建筑，将所有隐无者蹂躏了一番，之后才活活烧死他们的首领。

血腥仇怨在每一寸土地上轮番上演，报复不断升级。战乱持续了不到五十天。五十天对于很多战争——大多数战争，哪怕只局限于一个星球——来说几乎还算不上真正开打，战前动员、部署军队、整个社会进入战备状态、领土遭袭击、土地被掠夺、在敌军围拢进行下一拨攻击之前进一步加固防御工事……都要耗费时间。理论上而言，浩瀚宇宙中，行星以及任意星际聚居地之间的战争在短短几分钟甚至几秒钟内就能打完，但通常要耗费数年，甚至花上漫长的几个世纪、经历几代人才能告一段落，这完全取决于被卷入战争的社会拥有何种水平的技术。

卡斯特之战则是另一种情况。它是一场内战，同族相争，社会内部交火。在所有惨烈至极的冲突中，手足相残无疑当属臭名昭著之最。平民和军人散落在每一级组织机构中，一齐被卷入战争，参战者的亲近性意味着冲突一旦爆发便是惊天动地的暴行，第一拨遇难者完全在毫无防备的状态下遇害：贵族被刀子刺死在床铺上，不知道死因为何；一整屋侍从在紧紧锁死的门后毒发身亡，至死也无法相信自己敬奉一生的主人想要夺走自己的性命；乘客、司机、舰长、飞行员被身边的人杀了个措手不及，或者他们自己就是加害者。

凯德莱塞特修道院在战火中逃过一劫，建筑本身几乎毫发无损，只短暂地被占领过一段时间；个别房间被洗劫一空，圣像和神圣经典遭到了焚烧、亵渎，不过结构上几乎没有受到破坏。

基兰的房间在第三个庭院背后，从屋内向外望去，坑坑洼洼的鹅卵石小路向潮湿的墨绿色山腰延伸，色彩在那片荒凉萧索的叹息林附近突然转黄。屋内仅有一个曲形垫——摆在石头地面上，一个装着个人物品的小行李箱，一张凳子，一张普普通通的木桌，还有一个洗脸架。

除了读写，石室内不允许任何其他形式的交流。前者需要有装订成册的手稿或者书册，而后者——对于像他这样不擅长串珠打结和编绳子的人而言——只能通过散页纸和墨水笔来达成。

石室内，和其他人交谈也受到明文禁止，根据最严苛的法律解释，哪怕修道士自言自语或者在睡梦中喊出了声，也必须向修道士长忏悔，并且接受额外的职责作为惩罚。基兰一直噩梦连连，仿佛回到了在拉本多的医院里接受治疗的日子，频频在午夜时分惊醒，但他不清楚自己到底有没有尖叫。他问了隔壁石室的修道士，他们声称从未听到过。总而言之，他信了。

餐前餐后以及执行公共任务的过程中，谈话不会被认定为干扰，人们可以自由交谈。在梯田地带种植农作物以及顺着山间小路下山捡木头时，基兰寡言少语，其他人似乎也并不在意。劳动让他重拾健康，也让他筋疲力尽，即便如此，每个夜晚他仍然会从光影交织、充斥着痛苦和死亡的噩梦中惊醒。

研习基本上在图书馆中进行。图书馆的阅读器内置智能审查功能，修道士们无法将时间挥霍在无聊的娱乐或琐事上。人们可以自由取阅宗教读物和学术经卷，不过除此之外，所剩寥寥。图书馆中放置着存有生命的机器。这些机器也可以用来和切尔格里安－普恩取得联系，他们是先行者，已经从物质世界隐退。不过对于基兰这样的新来者，要想和隐退者取得联系，还要很长一段时间才行。

他的良师兼咨询师是弗朗尼普，战后在世的最为年长的修道士。为了躲避隐无者的屠戮，他藏身于地下室一个破旧的储粮桶内，由于不知桶外是否安全，效忠派夺回修道院之后，他又在里面待了整整两天。最后，他虚弱到无法从桶中爬出来，差点脱水而死，直到效忠派为了清理隐无者的残存力量而对修道院进行彻底搜查，他才得以重见天日。

这位老人骨瘦如柴，裸露在长袍外的皮肤上，粗糙的皮毛缠绕成一簇簇深色的结块，其他地方几乎没有毛发，干燥的灰色皮肤皱皱巴巴地藏在袍下。他行动滞缓，天气潮湿的日子里尤其如此，而凯德莱塞特总是阴雨连绵。古老的镜片后面，老人的眼睛仿佛蒙上了一层薄膜，眼珠中好似弥漫着灰色的烟雾。这位沧桑的修道士已然垂垂老矣，身上却不见一丝傲慢或者轻蔑，然而，在身体可以再生、器官可以替换的时代，这种衰变势必是自愿的，甚至是故意的。

通常，他们在一间专门留出的小空屋里交谈。屋内只有一个孤零零的S形曲形椅，以及一扇狭小的窗。

年长的修道士有权用名字称呼资历比自己浅的人，于是他唤基兰"提比洛"，这个名字让基兰恍若隔世，仿佛回到了孩提时代。或许这便是预期的效果。反过来，他应当尊称弗朗尼普为监护者。

"有时候，我觉得……我觉得妒火中烧，监护者。听起来疯了吧？或者糟透了？"

"嫉妒什么，提比洛？"

"她的离世。嫉妒她撒手人寰。"基兰盯着窗外，不敢直视老者的眼睛。从这扇小窗望出去的风景和他自己房间里望见的如出一辙,"如果还能乞求什么,我只希望她能回来。我以为自己已经接受这是妄想,或者希望渺茫……可是,您看到了吗?再也没有确定性可言。眼下万事万物瞬息万变,一切都只是暂时,感谢我们的技术,我们的认知。"

他望着老人浑浊的双眼。"过去,人死不能复生,你或许盼望着在乐园和他们重逢,但死了就是死了。死亡是个不争的事实,如此简单明了。可如今……"他愤懑地甩了甩头,"如今人死了,但是灵魂守卫可以将他们复活,或者带他们进入一个真实存在的乐园,根本无关乎信仰。我们有克隆体,也可以让躯体再生——我的大部分肉体都是再生的。有时醒来后我常常扪心自问:我还是我吗?大脑还是那个大脑,你的智慧、思想都没有改变,但我觉得没这么简单。"他摇摇头,然后用衣袖抹了抹脸。

"这么说,你嫉妒的是旧日时光。"

他沉默了一会儿,然后开口:"确实可以这么说。但我还是嫉妒她。既然无法让她重返人世,那么我此生唯一的愿望就是不再活着。自我了结非我所愿,我只想无奈地死去。如果她不能和我一起分享生命,那么我愿意同她一起品尝死亡。可是天不遂人愿。所以我妒火中烧。嫉妒到发疯。"

"话不能这么说,提比洛。"

"嗯。我察觉到某种……我不确定……对无法拥有之事隐隐的渴望。有时我想这就是人们所谓的'嫉妒',有时情绪来得无比真实,妒意滔天。我甚至憎恨她抛下我撒手人寰。"他甩甩头,几乎不敢相信自己说的话。虽然这番话是说给别人听,但言辞之中蕴含的心情却是他不愿承认的,哪怕是对他自己。他泪眼婆娑地望着老者,"不过,我真的爱她,监护者,我爱她。"

老人颔首:"我相信你,提比洛。如果不是深爱,你不会至今仍饱受痛苦的折磨。"

基兰再次移开目光:"可是我开始动摇了。我口口声声说爱她,心里也是这么想的,但我真的爱她吗?或许只是为爱意不再而心怀愧疚。我也不知道。再没什么是我能确定的了。"

老者在没有毛发的皮肤上挠了一把:"你能确定自己还活着,提比洛,而她已经不在了。你们或许会再相见。"

他注视着老人:"就算灵魂守卫已经损毁?我不信,先生。哪怕灵魂守卫得以修复,我也不确定自己是否相信还会同她相见。"

"正如刚刚你自己提到的,在我们所生活的时代,逝者也可以重返人世,提比洛。"

每个文明社会——只要存续的时间够久——都会步入一个消弭生死的阶段。人们可以备份自己的思维状态,人格也可以被存储、复制、读取、传送,最终安装到足够复杂、可用的设备或器官上。

从某种意义上来说,"备份"将最极端的抽象主义论调化为现实,也从根本上承认了精神来源于物质、由物质形态定义。诚然,并不是所有人都能接受这种观念。个别社会已经步入了湮灭实体的技术界域,一度在这种掌控力的边缘试探,然后断然拒绝,不愿让其威胁到信仰带来的益处。

一些物种接受了这种转变,也付出了代价。他们以一种在当时看似合理,甚至十分有价值的方式失去了自我,最终导致了实体的湮灭。

多数社会在引入去物质化技术的同时对其进行了一系列改造,以应对技术带来的结果。对于"文明"而言,所谓的结果就是人们以身犯险前可以制造出思维状态的复本,人们可以通过思维状态的复本传递信息,以纷繁的物质实体或虚拟形态在众多地点进行种种体验,还可以将自己的原初人格转换到一个全新的躯体或者设备中,更有甚者,不同人格还能在同一终端中融合共生——

只要设备允许，只要人格能在交感统一的前提下保持各自的个性，这种玄奥的亲密关系就可以实现。

对于切尔格里安人而言，历史已经偏离正轨。灵魂守卫——植入体内的终端设备——很少被用来复活某个个体。相反，他们往往用灵魂守卫来确认某个灵魂——将死之人的人格——是否会被乐园接纳。

长久以来，大多数切尔格里安人和其他智慧生物一样相信人往生之后会去往彼岸世界。宗教、信仰和异端邪说在行星上滋长，然而居于统治地位的信仰体系，切尔人在能够进行星际旅行后向群星散播的信仰体系——那时信仰已经沦为符号而不再代表真理，始终诉说着一个如梦似幻的来世，在那里，不论生前属于哪一个卡斯特等级，善者得到善报，享受永恒的快乐，恶人受到责罚，苦役漫漫无绝期。

根据银河系中那些吹毛求疵的古老文明精心保存下来的记录——事无巨细、分析详尽，科学问世之后很长一段时间内，切尔格里安人仍然笃信宗教，死守着卡斯特等级体系不放。步入后接触时期后依旧将歧视色彩如此明显的社会秩序沿袭了那么久，实属罕见。不过不久之后切尔格里安人摒弃了自己的大脑，前赴后继地将思维转录入其他媒介中，笃信宗教和等级体系的信奉者群体对这一巨变也全无招架之力。

"隐退"，姑且被视为银河系中神秘又诡异的一种生命形态。它意味着抛弃宇宙间基于物质的生命形态，羽化而升仙，追求某种以纯粹的能量为基础的更高等的生存状态。理论上，只要运用恰当的技术，任何个体——生物或者机器——都能够"隐退"，不过，有必要提防的是"隐退"意味着整个社会、整个物种在同一时刻消失无踪，文明社会一下子凭空消失。（众所周知，只有"文明"才会担心这种难以置信的"绝对"之中潜藏着一丝胁迫的意味。）

一般来说，某个社会濒临"隐退"之际，预兆便会接二连三地浮现。百无聊赖的情绪在全社会蔓延，沉默已久的宗教以及荒谬的信仰开始复苏，人们表露出对神话以及"隐退"本身的浓厚兴趣。而且，"隐退"几乎无一例外地降临在固若金汤并且古老的文明社会中。

从蓬勃生长、进行星际接触，到文明演进、扩张、达到稳定状态，最终步入"隐退"，这一历程几乎被视为以主序星为依托的社会自然演进的不二法门，当然了，实际上还存在着另一个同样高贵可敬的悠久传统——静静地繁衍生息，不管或少管闲事，任头脑中充盈着大智大慧，悠然地享受无人能敌的滋味。

"文明"又一次成了例外。它既没有体面地从物质世界"隐退"，也没有在老于世故的长者中谋得一席之地，在银河系智慧的炉火旁围炉夜话，追忆似水年华，而是表现得像个徒有一腔热血的青春期少年。

简言之，"隐退"意味着从银河系俗常的生活中归隐。关于这一演进规律，为数不多的空想之外的行动往往与怪癖无异：一些隐退者返回现世，将母星整个抹掉；在星云中涂写自己的名字，或是在广袤的空间中刻下烙印；要不就是在太空或者行星上建立莫名其妙的纪念碑或者留下令人费解的人工制品；还有些隐退者仅以拓扑的形态短暂地现身，怪诞到人们只能将其理解成某种仪式。

诚然，上述种种只会让入世种族感到心驰神往，因为"隐退"带来的权力和能力会赋予其神祇一般的地位。倘若"隐退"只不过是野心勃勃的社会在演进过程中必经的技术变革，像是纳米技术、人工智能，或者创造虫洞，那么想必人人都会立马蜂拥而上。

然而依照人们对"有用"的惯常理解，"隐退"似乎与"有用"恰恰相反。这一演进并不会让你在浩大的银河系游戏中更加游刃有余——利用影响力进行扩张、掠夺，而是引导你完全脱离这场游戏。

人们并没有彻底领悟"隐退"的要义——彻底理解的唯一方法似乎是成为亲历者。尽管四面八方的入世种族都竭力对"隐退"的过程进行研究，而结果却令人出离失望（人们误以为抓住自己睡着的瞬间和看别人入睡一样容易），不过，"隐退"的可能性、肇始、发展和结果，都有强大而稳固的模式可循。

切尔格里安社会已经部分进入"隐退"状态，大约6%的切尔格里安人在一天之内离开了物质宇宙。隐退者遍布各个卡斯特等级，覆盖无神论者和虔诚的信徒，就连切尔人发明出来但从未完全开发的智能机器都囊括在内。不过，局部"隐退"的模式尚不明朗。

这件事本身并不稀奇，不过在一些人看来，那些切尔格里安人只活了寥寥数百年就彻底脱离物质世界——任性，着实不成熟。值得注意，甚至担忧的是，"隐退"的切尔格里安人仍然和他们的主体社会保持联系，而拥有绝大多数人口的主体社会似乎并没有向前演进。

制造梦境，在宗教场所举办显灵仪式（还有运动赛事，尽管人们并不想提及），篡改政府和家族档案馆内深藏的不容亵渎的数据，操纵研究所里的绝对常数，以上都是隐退者和入世种族保持联系的手段。人们找回了诸多失传已久的文物，丑闻曝光毁掉了一大堆职业，科学界出现了诸多意想不到甚至不太可能的突破。

一切都闻所未闻。

人们做出的最合乎情理的猜测是卡斯特体系与之脱不了干系。数千年来，卡斯特体系在切尔格里安社会埋下了分裂的种子，分而不和已经根深蒂固、难以消除。它所隐含的思维方式助长了等级制的气焰，这种潜在观念强有力地驱动人们追求"隐退"，并接受其后果。

接下来的数百天内，入世种族开始认真审视切尔格里安人。作为一个不怎么有趣，甚至可说略显蒙昧的种族，切尔格里安人能力普通、前景一般，却在一时之间获得了大多数文明社会苦苦研究数千年都没能搞明白的魅力和神秘感。放眼整个银河系，关于"隐退"的研究已经悄然重启，一切从沉睡状态中苏醒过来，重新焕发生机，并且不断加速。骇人的可能性也随之冒头。

事实证明，入世者的恐惧实属杞人忧天。纵使有着超前的能力，切尔格里安-普恩——先行者——只做了一件事，那便是制造"乐园"。他们将依托于信仰的东西化为了现实。当一个切尔格里安人死去，他的灵魂守卫就架起了通往彼岸世界的桥梁。

说到"隐退"，居住在银河系各个角落的入世种族已经绕不开的模糊地带感到习以为常，不过就连疑心最重的信奉者也不得不承认，切尔格里安人的人格确实能够在肉体死后存活，甚至可以借助合适的设备或人同在世者交流。

这些亡魂描绘了一个与切尔格里安神话中的天堂极其相似的乐园，甚至表示，或许在灵魂守卫技术诞生之前亡魂就已经在此栖居。不过，那些古老的人格没有一个能直接与现世取得联络，人们猜测它们是切尔格里安-普恩一手构建出来的，如果乐园最开始就真实存在，那么它们就是对始祖最完满的猜测。

不过毋庸置疑的是，人们确实因灵魂守卫而获得新生，也确实进入了切尔格里安-普恩遵循始祖的构想为世人建造的乐园。

"可是，重回现世的亡灵真的是我们所熟悉的故人吗，监护者？"

"看起来是，提比洛。"

"只是看起来？这就足够了吗？"

"提比洛，不如问醒来的人和入睡时是不是同一个人。"

他苦涩地浅笑:"我自问过这个问题。"

"那么你的答案呢?"

"很遗憾,是同一个人。"

"你用'遗憾'来形容,因为内心仍愤愤不平。"

"我说'遗憾'是因为要是每次醒来都是不同的人就好了,那么当我醒来,便不再是失去妻子的鳏夫。"

"每一天都是新的,我们也不再是昨天的我们,纵使不过分厘毫丝。"

"确实,每一次眨眼我们都不再是从前的自己,监护者。"

"只有在极其细微的层面上,眨眼之间的时间流逝才有意义。我们每时每刻都在变老,然而真正的变化需要用昼夜来衡量。在乎与梦之间也。"

"梦,"基兰再次望向别处,"没错。逝者在乐园中逃避死亡,生者在梦中逃避生活。"

"你也自问过这一点吗?"

以梦逃避现实生活,比比皆是。饱受记忆之苦的人要么将记忆消除,要么遁入梦境,从此生活在一个虚幻的世界中,在那里,轻轻松松就能把俗常生活搅得一团糟的记忆及其恶果阻挡在外。

"您是问我考虑过吗?"

"正是。"

"没怎么认真想过。感觉像是自己在否定她存在的意义。"基兰说,"抱歉,监护者。日复一日听我重复相同的东西,您一定感到厌烦了。"

"你从未重复相同的话,提比洛。"老者露出微笑,"万事万物都在变化。"

基兰也微微一笑,不过只是出于礼貌。"监护者,唯一不变的是我只求一死,我的期盼真诚而热切。"

"以你目前的感悟来看，你很难相信有那么一天生活会变得美好而愉悦，不过，那一天终会到来。"

"不会的，监护者。我想您猜错了。因为我根本不希望有朝一日走出——或者摆脱——眼下痛苦的境遇，等待一切好转。这恰恰是我的心结所在。我更偏爱此刻生不如死的感觉，宁愿永远像现在这般痛苦，也不愿走出伤痛。毕竟，痛苦终结意味着我不再爱她，唯独这一点让我无法接受。"

他望着老者，双眼噙满泪水。

弗朗尼普往后靠了靠，眨了眨眼睛。"你必须明白，你此刻的想法也将发生改变，而变化并不意味着你对她的爱有所消减。"

那一刻是基兰得知乌洛塞伊的死讯以来最舒心的一刻。谈不上快乐，而是一种释怀，顷刻间神清目明。他隐隐地感受到自己终于做出了抉择，或者即将做出抉择。"我无法相信您的话，监护者。"

"那又如何呢，提比洛？你想余生都淹没在悲伤中，直到死去吗？这就是你想要的吗？提比洛，从你身上我看不出任何自暴自弃的迹象。伤感中确实夹杂着一丝虚无，但这种虚无源于沉湎，而不是苦痛。有那么一群人，他们发现悲伤能够带给自己从未有过的快感，于是不管遭受了多么可怕而真实的摧残，他们都选择与痛楚相拥，而不是将其推远。我可不希望看到你也像他们一样受虐成性。"

基兰默默点头。他想要冷静处之，但老者开口时，一股难以遏制的怒火击穿了他的身体。基兰知道弗朗尼普没有恶意，也知道对方真心觉得他不是那种人，但听到别人将他和那些自私自利、沉溺于私欲的人相比较，他还是气得炸毛。

"我本希望遭到这种指控之前，带着荣光死去。"

"你希望的真的是这样吗，提比洛？死去？"

"死亡无疑是最优选。我思量越多,答案就越明朗。"

"我们都知道,自杀,意味着彻底湮灭。"

旧日信仰对自杀的态度是矛盾的。夺走自己的生命从来都不被倡导,但不同世代对这一行径是错是对观点不一。自从真实可证的乐园出现,切尔格里安族群中涌现了多次集体自杀现象,这一行径遭到了切尔格里安-普恩的严格抵制。他们向公众宣告,为了进入乐园而不惜舍弃生命的人,根本不配来到乐园。自戕者甚至不会被地狱接纳,也根本不会重生。并非所有自杀行为都会被如此严苛地对待,不过可以明确的是,如果你双手沾满自己的鲜血出现在乐园门外,那你最好能给出无懈可击的理由。

"自杀就没有任何荣光可言了,监护者。我更愿意死得其所。"

"战死?"

"那就太好了。"

"你的家族并没有如此好战的传统,提比洛。"

一千年来,基兰的家族里不乏土地所有者、贸易家、银行家、保险商。不过在他之前,没有一个家庭成员拿过比礼仪性器具更有杀伤力的东西。

"或许是时候开启一个新传统了。"

"战争结束了,提比洛。"

"战争时有发生。"

"但不总是光荣之战。"

"即使是光荣之战,一个人也可能死得不光彩。既然如此,反过来又何妨呢?"

"不过,我们此刻身处一所修道院,而不是军营的情报室。"

"我来这里冥想,监护者。我从未否认自己犯下的罪过。"

"然而你执意回归军队?"

"我想是的。"

弗朗尼普深深地望进年轻人的双眼。最后，他在曲形椅中坐直："你是一名少校，基兰。一位带兵打仗的少校一心赴死，何等危险。"

"我不会把自己的意念强加给任何人，监护者。"

"说起来容易做起来难，提比洛。"

"我明白。死不是这么容易的事，而我也不急着送死。在一切水到渠成之前，我愿意等待。"

老者靠回椅背，摘下眼镜，从马甲中掏出一块脏兮兮的灰布。他依次朝两片大大的镜片哈气，随后一一擦亮。老者细细检查着眼镜。基兰觉得镜片并没有比一开始干净多少，擦了还不如不擦。老者小心翼翼地将眼镜戴回去，然后朝基兰眨眨眼。

"你明白的，少校，变化已经悄然发生。"

基兰点头。"更像是……厘清。"他说，"先生。"

老者慢慢地点点头。

飞　舰

　　学者沃根·泽普正在调配一种柴果叶浸剂，这时，974号普拉隼突然在小厨房的窗台上现身。

　　这位类猿态的人类和前五阶决策者——现翻译官找回漂泊的显影笔后，一路凝视着下方无尽湛蓝的深渊，有惊无险地重返比蒙巨兽尤约斯。974号普拉隼还没落定，就匆匆飞去向上级报告了。激情退去之后，沃根决定打个盹儿，小睡一觉。然而他发现很难入睡，于是强迫自己启动了腺素"嘘——"。整整一小时后，沃根睡醒了，他咂咂嘴得出结论———一杯柴果茶有助于恢复元气。

　　从小厨房的圆形窗户向外远眺，那一斜坡蓊郁的森林便是尤约斯的上表面。几片薄纱在窗边垂下，拉上便可以隔开外界，但他经常把帘子归拢到两边。曾经这儿风光宜人、空气清新，可惜最近三年一直笼罩在飞舰比蒙巨兽穆特安纳夫投下的巨大暗影中——尤约斯未来的伴侣。尤约斯皮肤上的簇叶在另一只生物洒下的阴影下渐渐干枯皱缩，变得了无生气。沃根长叹了一口气，然后开始制作柴果叶浸剂。

　　柴果叶对他来说弥足珍贵。他只从家里带了几千克来，现在只剩大概三分之一的量了。一直以来他将摄入频率控制在每二十天一杯，苦苦维持供应。他本该带点种子上路的，但不知怎么忘了这一茬。

对沃根来说，调配柴果叶浸剂已经成为一种仪式。本来柴果茶有镇静凝神的功效，不过在沃根看来，调制过程本身就足够放松，让人精神愉悦。或许材料耗尽之后他应该用别的东西替代柴果叶继续泡茶——不必真的喝下去——只是观察一下单单调制浸剂这个仪式能够带来多少宁静。

他皱着眉头，全神贯注地将热腾腾的淡绿色液体顺着一个深深的容器倒入一只保温杯。容器内含二十三层渐变的过滤器，能够将液体冷却到零下四摄氏度至零下二十四摄氏度的温度区间。

就在这时，974号普拉隼毫无预警地撞上了窗台，"砰"的一声吓得他一个激灵。少许滚烫的液体溅到了他的手上。

"噢！啊，你好，普拉隼。行吧，哎。"

他放下过滤器和茶壶，将手放到冰凉的流水下降温。

这个生物从圆形窗户跳了进来，紧紧收起她坚韧粗糙的翅膀。狭小的碗碟间里，她突然显得尤为庞大。

她盯着飞溅出来的液滴。"洒了哟。"她注意到了。

"呃？哦，是的。"沃根说，他看着自己发红的手，"有事吗，普拉隼？"

"尤约斯想和你谈谈。"

这可不太寻常。"什么，现在？"

"立即，马上。"

"什么，面对——呃，面谈吗？"

"没错。"

沃根心中发怵。他急需做点什么冷静一下。于是，他指着小炊具上煨着的茶壶说："我的柴果茶呢？"

974号普拉隼看了看壶，又看了看他。"它并不需要出席。"

"尤约斯,你确定吗?呃。我的意思是,当真?"

"完全确定。你希望知道百分比吗?"

"不不不,没必要。太可怕了。我不确定,相当。"

"学者沃根·泽普,你的话没有说完。"

"没说完吗?啊,我的意思是,"沃根觉得自己快要咽气了,"你真的觉得我有必要再次下潜吗?"

"是的。"

"老天。"

"啊。这。呃。所以,它——是什么生物都好——不能来上面谈,是吗?"

"不能。"

"你确定吗?"

"完全确定。它认为对你来说最舒适的体验就是处在和目前类似的环境中。"

"好吧。我明白了。"

沃根颤颤巍巍地站起来,仿佛踩在一片颤悠悠的沼泽地上。实际上,他正处在飞舰比蒙巨兽尤约斯体内,待在一个只见过一面的狭小腔室中——当时他就许愿逗留期间再也不用来此地拜访。

这里和宴会厅差不多大。腔室呈半球形,到处都是肋骨和曲线,就连地板也起伏不平,低缓的凸起和凹陷随处可见。腔壁如同庞大的褶皱窗帘,在最高点聚拢成括约肌的形状。腔内没有亮光,沃根只能用上内置的红外感官,周遭的场景在红外过滤下变得灰蒙蒙的一片,充满颗粒感,更加令人望而生畏。

这股腥味来自屠宰场下方的污水渠。粘在腔壁上的都是些死物、活死物,以及一息尚存的活物。其中一个——谢天谢地,属于最后一个类别——便是我们的老朋友974号普拉隼。974号普拉隼下方,不久前才附着在上面的两只菲尔克——和普拉隼相比算是庞然大物了——此刻已经沦为干瘪枯竭的尸骸，羽翼和爪子松弛地下垂。翻译官旁边是一只体型更大的游隼侦察员。

974号普拉隼看上去还不算太糟。她双脚缩起，翅膀紧紧地收在身侧，看似正倚在腔壁上栖息。挂在她身边的生物和沃根差不多个头，翅膀展开轻轻松松就超过了十五米，一副了无生气的样子——如果不是彻底断气，也是奄奄一息。它半闭着眼睛，偌大的尖脑袋耷拉在胸前，一对巨翅像是被钉在了波浪起伏的墙壁上，双腿无力地下垂。

酷肖树根或电线的东西从它的后脑通向腔壁。电线接入头部的地方渗出血一般的液体，浸湿了黑色的鳞状皮肤。这只生物突然颤抖起来，泄出一声低低的呻吟。

"游隼侦察员关于下方同胞的报告还远远不够。"飞舰比蒙巨兽尤约斯通过974号普拉隼说，"被俘获的菲尔克知道得更少，它只听说下方有食物。你的报告或许足够翔实。"

沃根吞咽了一下。"呃。"他盯着面前这只游隼侦察员。就此地公认的标准来看，它似乎并未遭受酷刑或者真正意义上的虐待，不过不管发生了什么都绝对算不上愉快。它先前曾被派去侦察沃根和974号普拉隼寻找掉落的显影笔途中发现的巨大身影。

这位游隼侦察员在巨翅的掩护下潜入深渊。它降落在了另一只飞舰比蒙巨兽——显然不会有错——身上，但这只比蒙巨兽不知是受了伤还是遭到了攻击，也不知是迷失了方向还是失去了神智。游隼侦察员在比蒙巨兽体内调查了一番，随后便以最快的速度冲回尤约斯体内，宿主尤约斯听完报告后判定这名侦察员无法清晰准确地转述自己的所见所闻——它甚至说不出另一只比蒙巨兽的身份，于是决定直接将神经突触探入侦察员脑内，剖开它的记忆一探究竟。

这没什么稀奇的，也谈不上残酷。从某种意义上来说，游隼侦察员就是飞舰比蒙巨兽的一部分，它感知不到个体层面的情绪，甚至察觉不到自己脱离比蒙巨兽而存在；它很有可能会为自己携带如此重要的信息——重要到尤约斯想直接窥看——而感到骄傲。话虽如此，在沃根看来它也不过是刑讯室内被铐在墙壁上的可怜虫，一番刑讯逼供之后便吐出了施虐者想要的信息。这个生物又发出了呻吟。

"哈，这样啊。"沃根说，"而我可以完成这份报告，嗯。口头报告就行，对吧？"

"是的。"飞舰比蒙巨兽通过974号普拉隼说。

沃根稍稍松了一口气。

随后，翻译官向后靠在腔壁上。她眨了几次眼睛，然后开口："呃。"

"什么？"沃根说，突然觉得嘴巴里有一种怪味儿。他意识到自己正在摩挲希尔德姨妈送的项链。沃根将双手放在身侧，手止不住地抖。

"好。"

"好什么？"

"还有……"

"什么？什么？"他觉得自己发出了近乎尖叫的声音。

"还有你的图符板。"

"什么？"

"归你所有的图符板。如果它可以记录你的感知，那么也一定能为我所用。"

"哈！图符板！对！没错，当然了！是的！"

"就这么说定了，你可以走了。"

"哦。好吧，行，我很乐意。所以——"

"我将释放簇叶拾荒第十一番队的五阶决策者，也就是翻译官974号普拉隼。"伴随着一阵刺耳的刮擦声,腔壁上的铰链旋开,974号普拉隼忽然在半空恢复自由,不明所以地垂直下落了好几米,之后才极不雅观地拍拍翅膀平复下来,她看上去有些凌乱,仿佛刚刚睡醒。974号普拉隼在沃根面前盘旋,翅膀扇动周遭腐烂的气味,直扑进他的鼻子。她清了清嗓子。"七支游隼侦察员队伍将陪你一起前去。"她告诉他,"它们会带上深光信号舱。正等候在外。"

"什么,现在?"

"速则胜,迟则败。学者沃根·泽普。所以,事不宜迟,夜长梦多。"

"行吧。"

他们一同往下跳,成群向深蓝色的空气深渊俯冲。沃根战栗着环顾四周。一颗太阳已然落下。另一颗移动了一下。当然了,这些都不是真正的太阳,它们更像是巨型聚光灯。足有月亮大小的眼珠子中,毁灭性的火光遵循着它们围绕广袤的世界缓缓摇曳的舞步,忽明忽暗。

有时,它们释放的能量刚好足够摆脱奥斯肯达里的重力井;有时它们剧烈燃烧,周遭的星域沐浴在强辐射之中,喷薄而出的光压使它们一度有机会挣脱大气圈的引力——假设这些星体不再旋转并且放射出光波,会再次坠入大气圈。

沃根深知类日卫星值得人们倾尽一生去研究,不过物理学领域的学者或许会比他更感兴趣。他调高宇航服内的温度——尤约斯被他说服,允许他先回居住舱换上更适合探险的装备——但立马开始冒汗。随后沃根意识到自己并不是冷到发抖,而是出于害怕。于是,他重新将温度调低。

在他身旁,三支游隼侦察员队伍一齐向下俯冲,足有一翅长的尖喙刺破厚重的蓝色气体，线条优美的黑色纤长躯体在俯冲中慢慢扭曲变形。沃根脚踝处，引擎微微震动着苏醒，助他跟上游隼侦察员留下的倩影。974号普拉隼紧紧地贴在他的背上，她的身体从沃根的脖子一直延伸到尾椎，翅膀缠在他胸前。如果是单独下潜，她便会将翅膀竖起。普拉隼抓得太紧了，沃根觉得喘不过气来，只得让她放松一点儿，才勉强找回呼吸。

他曾怀有一丝侥幸心理，但愿另一只飞舰比蒙巨兽已经消失不见，可惜希望落空。下方深蓝色的气体深渊中出现了一片广阔得惊人的暗影。沃根的心为之一沉，不知道背后的生物有没有察觉他内心的恐惧。

他一度扪心自问是否会因恐惧而羞愧，结果发现答案是否定的。恐惧是有原因的。但凡一个生物还没有强大到可以无视遗传特征、随心所欲地改变形态，那么恐惧便如影随形。进化得越成熟越不需要依靠恐惧和疼痛保命，到那时你甚至可以忽略它们，因为你完全有能力应对危机招致的后果。

他好奇想象力是如何悄然融入这种保护机制的。想象力必然贡献了一份力量，他有一种强烈的感觉。任何有机生物都能从过往伤痛的经历中吸取教训，躲开类似的险境，然而真正的智慧体现为一种更加复杂的伤害预知模型，个体能够避开尚未遭受的伤害。应该有一组图符对此进行阐明，他暗下决心。假如这次能躲过一劫，他会继续探索这个议题。

沃根抬头仰望，不见尤约斯的踪影。比蒙巨兽庞大的身躯已经消失在上方散射的薄雾中。视野范围内，肉眼可辨的就只有零星几个斑点，分别是红外信号舱和在一旁守候的游隼侦察员，它们正以最快的速度跟在主力部队后方。在他周围，两百个线条优美的蓝黑色身影在浓稠、温暖的空气中呼啸着，沙沙地向下方巨大的蓝色阴影猛冲。

不一会儿，两百个身影突然散开，巨大的深色羽翼在空气中伸展开来，利用阻力减速。974号普拉隼蹬着他的后背飞至空中，半展羽翼独自下坠。

沃根可以清晰地看到下方飞舰比蒙巨兽上表面的细节；比蒙巨兽背部的森林满是伤疤和深口，足有百米高的背鳍伤痕累累，高高地挂着薄纱般的物质，在比蒙巨兽身后流速缓慢的气旋中拖拽了好几千米。有些鳍已经全然不见，庞大身影的尾部似乎缺了一大块，就像是被体型更大的东西一口咬掉了。

"看起来被嚼碎了，是吧？"沃根对974号普拉隼大喊。

她微微向他转头，逆风说道："尤约斯表示，现存的记忆中这种伤害前所未有。"

沃根下意识地点头，然后想起飞舰比蒙巨兽这个种族在宇宙中已经存活了数千万年，至少。前所未有，那可真是相当难得一遇。

他垂头望去。这只无名的比蒙巨兽拱起伤痕累累的背部迎接他们。比蒙巨兽身上热闹非凡，沃根看到了。不止一个下潜的类猿态人类和一群菲尔克发现了这只行将就木的生物。

这一幕仿佛癌症和内乱发生了可怖的重叠。整个生态系统——飞舰比蒙巨兽桑瑟门——正在撕裂自己。现在，其他生物也加入进来。

他们通过侧写弄明白了比蒙巨兽的名字。974号普拉隼绕着比蒙巨兽飞行一周，将没有因损伤而改变、消失的标志性特征一一记录，然后在巨兽背部光秃秃的包膜状皮肤隆起的小丘上降落，游隼侦察员小分队建立的主基地就位于此地。草草建成的围场中央，翻译官通过体型庞大的种子形信号舱将自己的所见所得传送出去。信号舱的红外光传至上方十几千米开外的尤约斯，然后再将尤约斯的回应传送回来。从尤约斯与其种族共享的记忆来看，这只垂死的比蒙巨兽名叫桑瑟门。

一直以来，桑瑟门都是一个局外人，它是叛徒，甚至可说是亡命之徒。几千年前它就从儒雅社会消失了，似乎一直出没于荒凉衰败的边缘地带，或许独自游荡，或许与已知现存的一小撮落落寡合的比蒙巨兽为伍。在它自我放逐的前几个世纪里，曾有生物模模糊糊地目击过它的身影，然而都未经证实，而接下来的几个世纪里，再没有生物见过它的踪迹。

如今桑瑟门再次现身，它却陷入了自己的战争，并且即将死去。

成群的菲尔克嗡鸣着围在比蒙巨兽身边，啃食着它的簇叶和裸露在外的皮肤。斯麦林和普莱瑞，大气圈中最庞大的两种有翼生物，在比蒙巨兽的鲜肉和蜂拥而上的菲尔克之间流连——菲尔克们被送到嘴边的食物冲昏了头，轻率地将自己暴露于天敌的唇舌之下。两只奥格尔巨侵魔流线感的身体——某种罕见的、优雅轻盈的巨兽，只有一百米长，却是世界上最大的捕食性生物——在空中灵巧地转身，上一刻从伤痕累累的桑瑟门身上撕下一块块肉，下一刻吞下一撮撮粗心大意的菲尔克，偶尔连斯麦林和普莱瑞也会变成盘中餐。

失去了肌腱的支撑，比蒙巨兽的皮肤一块一块坠入下方的蓝色深渊，仿佛快船深色的风帆在飓风的侵袭下被开膛破肚。生物体外的气囊悉数破裂，囊内释出的气体迸发为一团团蒸气云，稍纵即逝。菲尔克、斯麦林和普莱瑞的残肢在鲜血淋漓的气旋中翻滚着，让人胆寒的惨叫声被困在致密的空气中，几乎被疯狂进食的巨大噪声悉数淹没。

游隼侦察员、云翳攻击手、皮层守卫者以及其他游离于桑瑟门本体之外的共生生物原本轻轻松松就能牵制住这些入侵者，然而此刻它们却不见踪影。一些共生生物的残骸在坠落的地方被发现,已经被啃食干净。辨识度最高的一对遗骸中,两只生物的下巴紧紧钳住了对方的脖子。

飞舰比蒙巨兽看似稳固的背上,沃根·泽普站在信号舱一旁,俯瞰一团团菲尔克撕扯着比蒙巨兽破碎不堪、枯萎皱缩的簇叶。信号舱七米宽,十来个菲尔克的利爪制成的小钩将舱体固定在背部皮层表面,几只和974号普拉隼几乎一个模子刻出来的决策者在一旁照看。

上百只尤约斯的游隼侦察员在他们周围围成一道活的屏障,还有五六十只在上方缓慢盘旋,为他们巡逻。到目前为止,这些小生物击退了所有攻击,没有损失任何一员。就连被信号舱周围的异象吸引过来的欧格林入侵者,在面对二十只游隼侦察员组成的进攻队列时,也只能悻悻地掉头离去,在这只奄奄一息的比蒙巨兽身上寻找更容易捕获的猎物。

两百米开外,桑瑟门脊骨隆起的褶皱附近,一只斯麦林突然向下俯冲,体型较小的生物在一阵疾风骤雨般的尖利惨叫中四下散开。斯麦林飕地在比蒙巨兽表皮上划开一道巨大的伤口,沃根看到了血痕周围被刨开的皮肉。入侵者拍打着二十米长的羽翼,将长长的脑袋探进伤口中,剥开暴露在外的组织。

一只气囊与肌肉相连的部分被斩断,囊体从裂得越来越大的伤口处摇晃着滑出,飘浮入空中。气囊渐渐攀升。斯麦林抬头看了一眼,任它飘远。上方的菲尔克蜂拥而上,群起而攻之,尖啸着一通撕扯,直到气囊被戳出一个小孔,慢慢漏气,囊体在一阵尖锐而绵长的汽笛声中瘪塌,喷出的气体激怒了落在后方的菲尔克。

脚边"砰"的一声响,沃根惊得跳起来。"哦,普拉隼。"他看到翻译官正收起翅膀。它刚刚和十几只游隼侦察员一起去比蒙巨兽体内调查了一番,"有什么收获吗?"他问。

974号普拉隼注视着气囊,它最终瘪瘪地落入了簇叶森林,就在桑瑟门上表面的前鳍附近。"确实有所发现。进去看看吧。"

"进去?"沃根紧张地问。

"没错。"

"安全吗?呃,体内?"

974号普拉隼抬眼盯着他。

"呃。我是说,呃,中央鱼鳔。氢核聚变。我想不是没有可能,呃。就是说,有这么一种可能。"

"爆炸是有可能发生的。"974号普拉隼坦诚地说,"很可能是灾难性的一幕。"

沃根意识到自己倒抽了一口冷气:"灾难性?"

"是的。飞舰比蒙巨兽桑瑟门可能会在瞬间毁灭。"

"哦,好吧。那么,我们呢?"

"一样。"

"一样?"

"我们一样会完蛋。"

"啊,行,是这么回事儿。"

"每拖延一秒,这个结果发生的可能性都在变大。所以,拖延不甚明智。宜速不宜迟,"974号普拉隼坐立不安地说,"宜速不宜迟。"

"普拉隼,"沃根说,"我们一定要去冒这个险吗?"

这只生物踉跄了一下,随后眯起眼睛斜视着他。"当然。这可是尤约斯赋予我们的使命。"

"如果我说不呢?"

"你什么意思?"

"如果我拒绝进入比蒙巨兽体内,拒绝去看你们发现的东西?"

"那么调查将会耗时更久。"

沃根久久地注视着翻译官:"更久。"

"当然。"

"你们发现了什么?"

"我们也不知道。"

"那么——"

"是一只生物。"

"一只生物?"

"准确来说,很多生物。但基本上都死绝了,只有一个还活着。不明物种。"

"哪种类型的不明物种?"

"就是不明物种。"

"好吧,换个说法,它长什么样?"

"和你有点像。"

那只生物像是异星幼崽的玩偶,被随意扔在覆满倒钩的墙上,孤零零地挂在那儿。它的身体拉得很长,尾巴占据了一半长度。生物的脑袋宽大,覆着一绺一绺的毛发——他猜的,因为四下漆黑一片,他只能凭红外感知能力来推断。沃根判断不出皮毛的颜色。生物体型庞大,两只面朝前方的眼睛都紧闭着。它宽肩粗颈,两只胳膊与大块头人类的胳膊差不多粗,但手掌宽阔、厚实,更像动物的爪子。只有飞舰比蒙巨兽和它的助手才会觉得这个生物和沃根·泽普相似。

腔室内部,二十个类似的惨状在墙上一字排开,它只是其中之一。其他统统气绝身亡,腐烂发臭。

生物双臂下方似乎还长着一个更宽的肩膀,乍一看就像是毛茸茸的巨大襟翼。走近细细察看,沃根察觉这是它的另一个肢体。

深色硬质的爪垫呈8字形出现在肢体末端,又短又秃的爪子或者指头分布在爪垫边缘。躯干下方,两条壮硕有力的腿从宽大的臀部垂下。毛茸茸的小丘下很可能隐藏着生殖器之类的器官。尾巴布满条纹。与沃根在尤约斯腔室内看到的一幕何其相似,生物的后脑连着一条细线,细线的另一端没入肋条分明的腔壁中。

这里的空气比尤约斯体内还要难闻。旅程可谓骇人。比蒙巨兽体内满是裂缝、空腔、沟槽、隧洞,以便从属的生物群落能够完成各不相同的任务。有些通道宽敞到游隼侦察员可以自由出入,与比蒙巨兽背鳍区附近他们进来时的入口贯通。伴生生物群将它们对宿主的反感之情尽情宣泄在比蒙巨兽体内。隧洞的内壁被划出一道道沟壑和裂口,导致起伏不平的地面这一片被液体弄得湿滑,那一片黏得发腻。腐烂的组织颤动着从顶部垂下,充满了色情的气息。脚下的裂口可以吞下一条腿、一只翅膀,当然了,以沃根的体格来说,甚至还能吞下整个身体。

体型更小的生物还在尽情享用它们曾经侍奉过的躯体,另一些已经化为尸骸,散落在蜿蜒迂回的隧道中。974号普拉隼和沃根·泽普正沿着隧道深入比蒙巨兽体内,两只游隼侦察员在他们身边保驾护航。为了不耽误调查,游隼侦察员们一路向这些食客发起猛攻,将它们撕成碎片,任其在地面上颤抖抽搐。

最终,他们来到了信息交流的腔室,比蒙巨兽就是在这里向它的附生血亲和客人索取知识。他们刚进来,腔室内就发生了剧烈的震荡,震得腔壁直晃,腐烂到一半的尸体都被摇了出来。

两只游隼侦察员专家用爪子顺着墙壁一路攀爬,来到看似仍一息尚存的生物旁边。它们决定对生物的脑袋进行进一步检查,电线的末端就埋在后脑里。一只游隼侦察员举起了一个小巧但亮闪闪的东西。

"你知道这只生物是什么吗?"974号普拉隼问。沃根抬头盯着墙上的生物："不知道。"他说，"好吧，不确定。看起来很眼熟。我可能在屏幕里或者其他什么地方见过，但说不上来它是什么。"

"不是你的同族吗？"

"哈，当然不是。看，它体型更大，眼睛也很大，脑袋和我的完全不是一种。呃，我现在和我的同族也长得不一样了，希望你能明白我的意思。"他说着转向974号普拉隼，她正一脸错愕地抬头望着他，"好吧，最主要的区别在于，呃，中间躯干部分。这只生物似乎多长了一条腿和一只脚。或者说，像是两个独立的肢体长到了一起。你看到那些，呃，隆起的脊状物了吗？我敢打赌，这些骨头在它的祖先身上原本是两条独立的肢体，之后才进化成了一个肢体。"

"你不了解这些吗？"

"哈？啊，抱歉，并不了解。"

"你觉得如果我们能让它开口说话，你能听明白它说的内容吗？"

"什么？"

"这只生物还没死透。此刻它和桑瑟门的思维是共通的。桑瑟门业已死亡，不过，这只生物还有一口气在。如果我们能切断二者的思维连接，它大概率就能开口说话了。如果成功了，你能明白它表达的内容吗？"

"哦。呃，我表示怀疑。"

"太遗憾了。"974号普拉隼沉默了片刻，"那么我们最好尽快切断连接，速则胜，迟则败。如此甚好，因为这样我们就不太可能在桑瑟门爆炸时丧命。"

"什么？"沃根尖叫了一声。翻译官放慢语速想要重复刚才的话，而沃根双手直摇，打断她的复述，"不用在意！现在立马断开连接。我们快点出去！我是说，动作要快！"

"会搞定的。"974号普拉隼说。她和两只紧紧扒在墙上的游隼侦察员交流了一番，发出咔嗒咔嗒、难以理解的声音。两只游隼侦察员在不明生物身边转过身来，急切地回应。双方似乎没有达成共识。

又一阵摇晃撼动了整个内腔。沃根脚下的地面颤抖着。他伸出两只胳膊保持平衡，感到一阵口干舌燥。一阵穿堂风扫过，一股截然不同的温暖气体涌入，腔室内弥漫着甲烷一般的气味。虽然气流带走了腐臭的味道，但他因恐惧而直犯恶心。他的皮肤冰冷而黏腻。"拜托了，快走吧。"他低声说。

两只游隼侦察员盘踞在不明生物的左右两侧，在它脑袋后面捣鼓起来。生物向前扑倒，浑身上下如发抖一般震颤不已，随后仰起头。生物动了动下巴，接着睁开眼睛。这一双大眼睛漆黑如泼墨。

不明生物环顾四周，视线扫过左右两边的游隼侦察员，扫过腔室内各个角落，随后望向974号普拉隼，接着是沃根·泽普。它发出某种声音，或者说是一连串声音，然而这是一种沃根从未听过的语言。

"你不熟悉这种言说方式吗？"974号普拉隼问。在这面遍布倒钩、吊着诸多活物和死物的墙面上，不明生物瞪大了眼睛。

"不熟悉。"沃根说，"它说的我一个字也听不懂。听着，我们能不能，能不能离开这该死的鬼地方？"

"你，你，"墙上的生物气息微弱地开口了。虽然带着口音，但依稀听得出是玛瑞语。生物盯着沃根，沃根也盯着它，"救救我。"它虚弱地喘息着说。

"什——什——什么？"沃根听到自己发出了声音。

"拜托了，"这生物说，"'文明'。间谍。"它痛苦地咽了咽口水,哑着嗓子说,"阴谋。暗杀者。需要。据说。拜托了。求救。紧急。非常紧急。"

沃根急于开口,但什么也没说出来。风吹过内腔,夹杂着一丝烧焦的气味。

又一次剧烈震动撼动了整个腔室,地面急速隆起,974号普拉隼调整了一下站位。她将视线从沃根身上移回墙上的生物,然后又望向沃根。"你熟悉这种言说方式吗?"

沃根点头。

强风吹拂

这个身影仿佛凭空出现，从空气中忽然现身。任何人或物仅凭自然感官都无法捕捉到尘埃在方圆一千米的草地上慢慢下落的景象，只有随着时间的推移，细微的异常现象才慢慢变得显著——一阵怪风从和煦的微风中蹿出，扰过离离原上草，渐渐酝酿成一股小尘暴，在空气中静谧地旋转、收拢、紧缩、愈加灰暗、一点点加速，然后顷刻之间消失不见，一位优雅高挑的切尔格里安女性穿着命定者标志性的常服，陡然现身。

现形后，她做的第一件事便是蹲下来，将手指探入青草之下的泥土。她露出爪子，刺入大地，连草带土一同扒出，然后将这一抔混合着植物的土壤放到宽大、黝黑的鼻翼下方，缓缓轻嗅。

她在等待。眼下没有别的事可做，那么不妨好好端详脚下的这片土地，嗅一嗅大地的气息。

香气中蕴含着多种不同的香调和风味。草的清香自成一派，每一种都比土壤厚重的气息更为清新、明亮，毕竟空气和微风的气息与之交织，而不是大地。

她抬起头，任微风吹乱头发，将一切景象尽收眼底。此处的景致真是再普通不过了。脚踝高的野草向四面八方舒展，遥远的东北方飘着丝丝缕缕的浮云，那儿便是泽瑟雷山脉的所在，她下落的时候已经打过照面。上方以及天空的每一个角落，都如海蓝宝石一般澄澈。没有飞行器留下的尾迹。万物皆宜。太阳从南边刚升至半空；北方，两轮月亮毫无遮掩地散发着清光；一颗晨星在东边的地平线附近闪烁。

她意识到自己的部分思维正在用天象计算她所处的位置、时间，甚至精准地测算出了此刻面朝的罗盘方向。结果性认知能够让她感受到其存在，但并不违和，就像人们来到接待室会礼貌地叩响门扉，以示提醒。她又调出一层数据，图像覆满整片天空。一瞬间，她看到"乐园"区域叠上了一层网格，上面显示着众多卫星和几艘次级轨道运载飞船的行驶轨迹，每艘飞船的身份标识都标注得一清二楚，画面上还暗含着更详尽的等级信息。一些卫星的图标在缓慢闪烁，暗示它们受到了干扰。

随后，她看到东方地平线上出现了几个小点，于是转过身去校准自己的眼睛。在她体内，一种酷肖心脏的东西快而有力地跳动了一下，她克制住了下一次搏动。握住的泥土从她手中掉落。

一百米开外，是鸟。

她松了一口气。

两只鸟儿飞至空中，面对面疯狂地扑打翅膀。一半是炫耀，一半是竞争。一只雌鸟蹲伏在近旁的草丛中，注视着两位雄性。这些小生物的学名、常用名、活动范围、摄食习性、交配习惯以及各种相关信息，在她脑际萦绕。不多时，两只雄鸟落回草丛中。空气中传来它们微弱的啼鸣。虽然从没亲耳听过鸟类的声音，但她深谙所谓鸟啼就是此刻听到的声音。

诚然，这几只鸟儿可能并不像看上去那般纯良无害。它们或许是生物，但被改造过了，也可能根本就不具备生物属性。不管是哪种情况，它们都很可能是监控系统的爪牙。好吧，没什么可做的。她还要继续等待。

女人将注意力投回手中那块草皮，把它举到眼前，全神贯注地望着。一小抔土中生长着不同的草类，还有微小的植物，大都呈现出浅浅的黄绿色。她看到种子、根、卷须、花瓣、果壳、叶片和茎。每一个物种的相关信息都适时地在她脑际浮现，恰如其分地让她了解到信息的存在。

如今她也已经意识到，数据在自动蹦出之前已经由思维的其他模块一一评估过。如果数据异常或者有所偏差——举个例子，刚才那几只鸟的行动方式暗示出它们的体重超出了标准数值——那么她的注意力就会被吸引到异常之处。截至目前，一切运转正常，令人安心。数据就像是某种来自远方的、抚慰人心的认知，不厌其烦地在她感知的荒凉之地徘徊。

一群微小的生物在偌大的土壤和植物表面游走。它们的名字和习性她也都一清二楚。她盯着一条苍白的细线虫在腐殖质中漫无目的地蠕动。

她将粘连着泥土的草皮放了回去，先是把土塞回原先留下的小洞，随后轻轻拍平。一边掸去手上的尘土，一边再次环顾四周。仍然没有任何异常的迹象。远处的鸟儿飞至半空，又落下去。一阵温暖的空气在草地上舒展开来，从她周身流过，抚摸着没有被马甲和裤子遮住、裸露在外的毛发。她捡起斗篷，系在肩上。斗篷成了她身体的一部分，一如马甲和裤子。

风自西面吹来。清新的气流带走了鸟儿嬉戏的声音，所以它们第三次在远方飞至半空时，几乎悄无声息。

风中夹杂着一丝淡淡的咸味。这一丁点儿痕迹足以让她下定决心。时机已到。

她将斗篷的尾环绕在长长的黄褐色尾巴上，迎风而立。

她后悔自己没有选择一个名字。如果有，此刻她会喊出来，像宣誓一般冲着清新的空气发声。可是她没有名字，因为目前的模样根本不是她本来的面目；她不是切尔格里安雌性，也不是切尔格里安雄性，甚至根本不具有生物学特征。我是"文明"的长剑，她想，生来就是为了从更高维度进行威慑、警告以及指导。名字不过是谎言。

  稳妥起见，她核查了任务指令。确认无误。她一向行事谨慎。没有指令可以理解为特别指示。那么，什么都能做。她摆脱束缚。

  很好。

  她向后仰身，将重心放在后肢上，然后抬起双臂，任胳膊滑入马甲上端的领口，接着——一个弹跳，像是猛扑一般——行动起来，不慌不忙地开始大步慢跑。她一路跳跃着穿过草地，熟练而稳健地来回转弯，充满力量的背部在跃动中时而伸展、时而收紧，缀满肌肉的后肢以及宽阔的中肢几乎碰在一起，每一次有力地分开都伴随着腾空跃起。

  她感受到了奔跑的欢愉，品尝着强风拂面这一古老的真谛。狂奔、追逐、狩猎，然后击落、杀生。

  奔腾的气流中，斗篷在她背上猎猎作响。她的尾巴来回轻弹。

9. 高塔之城

"我自己都快忘记这儿了。"

卡布盯着银色皮肤的化身:"真的?"

"两百年来除了缓慢凋零之外,这儿无事发生。"化身解释道。

"整个星陆不都是如此吗?"齐勒佯装无辜地问道。化身一副受伤的样子。

古老的缆车嘎吱作响地驶过一座高塔。列车轰鸣着穿过塔架顶部圆环垂下的一系列悬点,发出尖厉刺耳的声音,然后顶风驶向另一个方向。穿过破碎的平原,另一座高塔远远地伫立在一片小山上。

"中心,你曾忘过什么事吗?"卡布问化身。

"只要我愿意。"化身用空洞的声音说。它半坐半卧,窝在一张圆鼓鼓的皮质红沙发里,将靴子搭在隔开客舱和驾驶舱的黄铜栏杆上。齐勒正凭栏伫立,凝视着五花八门的仪器,时不时调整拉杆,摆弄绳索。纷乱的绳索从缆车地板的凹槽中延伸出来,系在船首舱壁的导缆器上。

"那你愿意吗?"卡布问道。他如三叶草一般蹲在地上,华丽的客舱刚好能容纳他此刻的高度。缆车可以容纳十二位乘客和两名驾驶员。

化身皱起眉头:"我想不起来。"

卡布哈哈大笑:"所以或许是你选择忘掉某件事,然后再选择忘掉遗忘的过程?"

"哈,那我还得再次选择忘记,忘记刚才的两次忘记。"

"你可以的。"

"这组对话没完没了吗?"齐勒回头大喊。

"嗯。"化身说,"就像这趟旅程,只是无尽漂流。"

"我们不是在漂流,"齐勒说,"这叫探索。"

"或许对你来说是探索,"化身说,"对我来说不是。我能清楚地看到此刻我们处在马萨克星陆中心的什么方位。想看看吗?乐意分享细致的地图。"

"冒险和探索的精神要义显然和你的机器灵魂格格不入。"齐勒告诉它。

化身伸手掸去靴尖上的一小块污点。"我有灵魂吗?你在恭维我?"

"你当然没有灵魂。"齐勒说着用力拽紧一条缆绳。缆车一路轻晃,加速行驶在缀满着矮树丛的平原上。车厢在下方尘土飞扬的红褐色大地上投下阴影,卡布凝视着暗影因地面崎岖不平而起伏流动。当他们从一片碎石丛生的河床上空驶过时,车厢深色的轮廓溜走了,逐渐拉长。一阵风从下方的土地上卷起一团尘土,而后击中缆车,车体微微倾斜,窗玻璃在木制窗框中嗡嗡作响。

"那就好。"化身说,"因为我也觉得没有。要是真的有,一定是我选择了遗忘。"

"啊哈。"卡布说。

齐勒恼火地哼了一声。

他们搭乘一辆风力缆车穿越埃普西泽断裂带,坎索帕板区上半荒芜的广袤空间,从齐勒在泽拉维的家和卡布在奥萨诺斯低地的家过来，要顺旋向跋涉近四分之一个星陆。断裂带是一片干涸的流域系统，足有上千千米宽、三千千米长，幅员辽阔。从茫茫宇宙遥望坎索帕这片灰褐色的大地，断裂带就像是蜿蜒上百万千米的赭色琴弦。

断裂带很难存续水分。平原上偶有阵雨，但仍处于半干旱状态。每隔一百余年，一场空前绝伦的暴风会席卷整个坎索普山脉构成的山壁，山脉横亘在平原和萨尔德海之间——从山壁沿顺旋向直到板区尽头的辽阔空间被萨尔德海占据。直到那时，流域系统才会履行其名字的使命，将雨水从山脉地带搬运到埃普西泽盆地，盆地蓄满了水，一连几天都波光粼粼，还能为植物和其他生命体提供短时供给，接着，这一带将再次干涸，重新变回盐渍滩。

这种物候变化与断裂带的设计初衷完全一致。和其他所有星陆一样，马萨克星陆也建立在精细建模和细致规划的基础上，不过，人们始终将星陆设想为一个广袤而多变的世界。熟悉的重力、适宜人类生存的大气环境，马萨克星陆几乎囊括了所有地形地貌——当然了，大多数地形地貌对人类也十分友好，然而对于任何一个有自尊心的中心而言，星陆上如果连荒原都没有，何谈快乐。一段时间后，人类也会满腹怨言。

在人们眼中，用和缓的丘陵、潺潺的小溪，或是雄奇壮观的山脉、广阔无垠的海洋填满每一块板区以及板区上每一寸土地，并不是星陆的合格配方——因为环境不够均衡。世界上还应该有荒原和恶土。

埃普西泽断裂带只是马萨克星陆上数百种荒原中的一个。这儿往往干燥多风，土地贫瘠，不过和其他恶土相比还算宜人。人们总是乐于造访断裂带。他们来这里散步，在满天星辰和遥远的星光下露营，获得短暂的摆脱尘世的安宁。虽然也有少数人尝试在这里定居，但基本上没有人能住满一百天。

透过缆车的前挡风玻璃,卡布越过齐勒的脑袋望向荒原。他们即将奔赴的那座高塔,线缆顺着塔架的导缆向六个方向延伸出去,消失在远方。线缆有直有弯,一些笔直地伸出,另一些则呈慵懒的曲线。俯瞰这片破碎的大地,卡布发现高塔遍地都是——每个都有二十米到六十米高,形状如同颠倒的L。他顿时明白了埃普西泽断裂带为什么以高塔之城闻名。

"最初为什么要建造这个系统?"卡布问。他一直在向化身打听缆车系统的事,化身这才表示自己几乎忘记了这个地方的存在。

"一切都要归功于一位名叫'布雷根·拉特里'的人。"化身说着在沙发上摊开双臂,然后双手交握,垫在脑袋后面,"一千一百年前,他脑袋中灵光一闪,觉得断裂带真正需要的是一套缆车系统。"

"可是,为什么?"卡布问。

化身耸耸肩:"不知道。别忘了那时我还没有上任。时任主脑早已隐退。"

"你是说你没有继承前任主脑的记录?"齐勒不解地问。

"别犯傻了,我当然继承了一整套记录和档案。"化身望着天花板,连连摇头,"现在回想起来,仿佛亲历一般。"它耸耸肩,"只是没有记录表明为什么布雷根·拉特里决定用高塔装点断裂带。"

"他只是灵光一闪,觉得这里应该……?"

"情况就是这样。"

"奇思妙想。"齐勒说。他拉起一条绳索,缆车下方某个风帆随之绷紧,轮子和滑轮组嘎吱作响。

"于是乎,你的前任就为他建造了整个系统?"卡布问。

化身不屑一顾地哼了一声:"当然不会。断裂带本来就是照着荒原建的。前一位中心觉得在这儿建设通行用的缆车并无裨益。它没有帮忙,只告诉他要建就自己动手。"

卡布环顾着薄雾朦胧的地平线。目之所及，上百架高塔林立在荒野之中。"这么多全是他一个人建的？"

"勉强可以这么说吧。"化身依然盯着天花板，上面绘制着古时田园生活的图景，"他从当时的中心争取到了生产能力和设计时间，还寻到了一艘有知觉的飞船，飞船也觉得在整个断裂带上架满高塔十分有趣。布雷根·拉特里亲自设计了电缆塔和缆车，组织生产，然后他本人、飞船，以及被他说服投身于这个项目的众人开始安装电缆塔，并且在高塔之间拉起了缆线。"

"没人反对吗？"

"他闷声不响地干了很长一段时间。不过你问对了，人们确实反对过。"

"批评家从不缺席。"齐勒小声嘟哝了一句。他正在用放大镜研究一张巨幅纸质图。

"结果人们放任他继续下去？"

"遗憾的是，没有。"化身说，"他们开始推倒高塔。一些人就是喜欢荒原本来的面貌。"

"不过，显然是拉特里先生取得了胜利。"卡布说着再次环顾四周。他们正在向小丘上的塔架逼近。大地向低位风帆攀升，缆车投在地面上的影子和车身越来越近。

"他只顾一个劲儿地制造高塔，飞船和其他同伴不停地将塔架立起。荒原保卫者——"化身转头望向卡布，"当时他们有个专属称呼——不妙的征兆。这群人锲而不舍地将高塔一座一座推倒。两方阵营都在不断壮大，直到整片荒原被人群填满，这一秒人们架好塔架、挂起缆绳，下一秒人们就拆掉一切，然后运走。"

"他们就不能投票表决吗？"卡布知道"文明"一般都是这么解决争端的。

化身翻了个白眼："哦，他们当然投过票。"

"这么说拉特里先生赢了。"

"不,他输了。"

"那怎么还能——"

"他确实获得了很多支持。不过,投票是一场周而复始的战役,要在不同群体中轮番进行,去过断裂带的人,住在坎索帕板区的人,马萨克星陆上的所有居民,诸如此类。"

"然后拉特里先生落败了。"

"第一轮投票他失利了,投票者仅限于去过断裂带的人——你能相信吗,一种说法是人们去过断裂带的次数决定投票权重,另一种则是人们每去一天,就获得一次投票机会。"化身连连摇头,"相信我,将民主付诸行动是一幅多么不光彩的图景。就这样,拉特里输掉了第一轮投票。我的前任理应终止建造,但当时还未参与投票的人怨声载道,于是新一轮不记名投票开始了,这次参与者覆盖了板区上的所有居民,当然也包括已经去过断裂带的人。"

"这次他胜出了。"

"不,他又输了一次。荒原保卫者有很多能力超群的公关人员,远超高塔主义者。"

"高塔主义者,他们也有属于自己的称呼了?"卡布问。

"当然。"

"事情不会渐渐发酵,从一桩愚蠢的地方纠纷演化成整个'文明'的盛大投票吧?"齐勒说。他还在苦苦钻研那份地图,只匆匆抬头看了化身一眼,"我的意思是,不会真有这种事发生吧?"

"还真有。"化身开口。它的声音听起来更为空洞,"比你想象的还要频繁。不过,前一个问题的答案是,没有。就这件事情而言,争议还没有超出马萨克星陆。"化身皱起眉头,仿佛在头顶的画卷中看到了令人反感的东西,"对了,齐勒,顺便说一句,小心高塔。"

"什么?"切尔格里安人说着立马抬头张望。小丘上的高塔只在五米之外,"哦,该死。"他丢下地图和放大镜,飞快地冲去调整操控杆,从而控制缆车顶部的舵轮。

头顶传来咣咣当当的金属刮擦声,粗笨的塔架嗖地擦着右舷向后飞过,金属主梁上沾着斑驳的鸟粪和小片苔藓。嘎吱嘎吱地越过第一串滑轮时,车厢轻轻摇晃了一下,齐勒松了松手中的绳索,任风帆自由飘动。此刻,缆车正位于塔架顶端的圆环上,另一条缆线从塔顶延伸出去。塔架顶端,一排桨叶通过驱动链将动力传输到圆环上,牵引缆车移动。

齐勒注视着一对金属挂板从身旁经过,然而金属已经大面积褪色、剥落。等到第三块挂板出现时,他向前推动控制杆。车顶的齿轮重新接合,伴随着一阵尖锐的金属摩擦声,车厢颠簸了一番,随后金属挂板准确无误地钩住绳索,起初车厢只是在重力的带动下滑动着减速,随后齐勒拽紧手中的缆绳,重新调整风帆、减少摇摆,缆车这才轻轻地跃上另一条长长的弓形缆绳,向远处另一个小丘驶去。

"搞定。"齐勒说。

"最终,拉特里先生还是得偿所愿了。"卡布说,"显而易见。"

"当然。"化身赞同道,"最终,他还是争取到了足够的支持,让大家对这个无比荒谬的计划充满热情。最后一次投票在整个星陆展开。荒原保卫者为了顾全颜面,逼他答应不会把其他荒原搞得面目全非,不过,本来就没有迹象表明拉特里有这种想法。"

"于是他继续开工,尽情地搭塔架、系缆绳、造缆车。很多人倾力相助。自此,他开始组织小分队,每支小队配备两艘飞船;也有人用自己的方式提供帮助。当然,人们基本上遵循拉特里的总体规划行事。

"中间仅有两次小插曲,一次是艾迪兰战争期间,另一次是——我已接任中心——夏雷迪恩冲突期间,那时候我必须调用所有闲置产能建造飞船和军械。即使如此,他依然没有停工,追随者们自制机器建造塔架、绕起缆绳。完工的时候,已经过去了六百年,荒原上遍布高高低低的塔架。'高塔之城'因此而得名。"

"三百万平方千米。"齐勒说。他再次拿起放大镜和地图,一点一点研究起来。

"很接近了。"化身说着松开交叉的双腿,随后又交叉起来,"我数过高塔的数量,也计算过缆车系统的总里程。"

"哦?"卡布问。

化身摇了摇头:"数字都很惊人,除此之外没什么有意思的了。如果你想知道,我可以为你检索,不过……"

"请便,"卡布说,"不用为了我伤神。"

"那么,夙愿达成之后拉特里就与世长辞了?"齐勒一边问,一边挠着头从侧窗向外眺望。他举着地图向一个方向转身,接着又向另一边转去。

"没有。"化身说,"拉特里先生不崇尚死亡。接下来的几年,他一个人驾驶缆车四处旅行,最终还是厌烦了。他进行了几次深空巡航,最后在一个名为科伊勒的星陆定居,离这里有六万光年。据我所知,他已经一个多世纪没有回来,也没有打听过缆车系统的消息。据说他试图说服一群通用系统星舰加入一个大胆的计划——在他所在的星系诱导太阳黑子以特定模式爆发,拼出名字和格言。这是我最后一次听到他的传闻。"

"好吧。"齐勒说,他又开始研究地图,"常言道,人无癖不可与之交。"

"此时此刻,你的怪癖让你和我们亲爱的基兰少校之间隔着两百万千米的距离。"化身说。

齐勒抬起头:"老天,我们两个住得真有那么远吗?"

"差不多。"

"那么我们的使者近况如何?他玩得开心吗?安顿好了吗?往家里寄纪念卡了吗?"

基兰登上抵抗造就性格已经六天了。少校喜欢他在约尔城的住处——约尔板区的约尔城。约尔城和阿基米城——齐勒安家的地方——隔着两个板区,或者说两块大陆。基兰少校去阿基米城造访过两次,一次有卡布陪同,一次是孤身前往。两次他都表明了自己的意图,并请中心向齐勒代为转达。不过齐勒待在家里的时间不多,他正忙着周游星陆,要么是他从没去过的地方,要么是他去过并且念念不忘的地方——比如今天的行程。

"他适应得很好。"中心通过化身回答他的问题,"要我转告他对你的问候吗?"

"最好别了。我们都不希望害他太激动。"齐勒透过侧窗向外凝视,这时,摇晃的缆车在突如其来的一阵风中微微倾斜,嘎吱嘎吱地加快了速度,沿着单线缆绳向前驶去,"卡布,你居然没陪在他身边。"齐勒说着瞥了一眼霍姆达人,"我以为你们说好了,他在这里的每分每秒你都要握着他的手呢。"

"少校希望我能说服你答应见他。"卡布说,"显然,如果我一直待在他身边,就无法完成这项任务。"

齐勒的视线越过地图,打量着卡布。"告诉我,卡布,是他故作恭谦、想要利用你表达诚意让人放下戒备,还是你一直都这么天真?"

卡布哈哈大笑:"我猜,两者都有。"

齐勒摇了摇头。他用放大镜敲了敲地图,问道:"线路图上红色和粉色的阴影线是什么意思?"

"粉色代表不安全,"化身说,"红色表示延长线已坍塌。"

齐勒将地图举到化身眼前。他指着自己手掌一般大的一片区域问:"你是说这几个路段不能通行?"

"缆车恐怕不能。"化身表示肯定。

"你就眼睁睁地任轨道垮塌?"齐勒再次将注意力集中到地图上,声音听起来——卡布推断——怒气冲冲的。

化身无奈地耸肩:"如我所说。首先,这些轨道本来就不属于我的职责范围,除非我决定将它们纳入星陆的基础设施系统,否则它们的好坏与我无关;其次,现在已经没什么人乘坐缆车,我也不打算为此大费周章。再说了,这种逐渐熵化的衰败让我乐在其中。"

"我以为你们制造的东西会永世不衰呢。"卡布说。

"哦,"化身轻快地说,"如果换我来建立塔架,我会把它们固定在板区的基质上。底盘不稳是线路垮塌或者不安全的主要原因。塔架曾一度被洪水冲垮。它们并没有被建造在基质上,只安装在了地质层,而且没有扎得很深。一场超级飓风之后,洪水接踵而至——哈,高塔便会接二连三地倒塌。单线的优势就是太结实了,只要有一两个塔架被卷入洪流,就能把整条线路都拽倒。他们没有给缆绳配备及时断开止损的安全系统。缆车系统建成以来已经经历了四场特大风暴。只折了这么几段才更让我惊讶。"

"话虽如此,如此浩大的工程因年久失修而废弃,确实令人遗憾。"卡布说。

化身抬头看他:"真的吗?我倒觉得它在漫漫时光中剥落、坍塌是一件相当浪漫的事。这样一个具有自我指涉意味的作品在大自然的雕琢之下磨损、蚀化,在我看来再恰当不过了。"

卡布细细思索。

齐勒还在研究那张地图:"蓝色的阴影线呢?"

"啊,"化身说,"蓝色意味着安全性未知。"

齐勒露出惊恐的表情。他举起地图:"可是我们就在一条蓝线上!"

"是的。"化身说。它透过田园画卷中央的玻璃板向上望,看到缆车的牵引轮和舵轮顺着绳索滑动,"啊。"

齐勒将手中的地图揉成一团,狠狠丢掉。"中心,"他说,"我们有危险吗?"

"没有,没什么危险。有安保系统。就算安全系统出了故障,缆车脱轨,我们下落不出几米我就会弹出一个反重力平台。只要我没事,我们就都安全。"

齐勒满腹狐疑地看了看躺在沙发上、通体银白的家伙,又继续研究起地图。

"交响曲首演的地点确定了吗?"他头也不抬地问。

"我考虑安排在斯特里恩碗,盖尔诺板区。"化身说。

齐勒忽然抬起头。卡布觉得他同时流露出了惊讶和喜悦两种情绪。"真的吗?"

"我想没多少选择的余地。"化身说,"感兴趣的人太多了。我们需要一个承载量最大的场地。"

齐勒露出一个大大的笑容,看上去想说点什么,不过他只是笑了笑,又埋头研究起了地图。卡布觉得他是害羞了。

"对了,齐勒,"化身说,"基兰少校让我问你,你是否介意他搬来阿基米城?"

齐勒放下地图。"什么?"他咬牙切齿地说。

"约尔城是挺好,但是和阿基米还是不一样。"化身说,"每年的这个时候,那儿依旧温暖如春。他想体验你在高原地块上的生活。"

"送他去山壁顶点吧。"齐勒嘟哝了一句,又拿起了放大镜。

"所以你介意吗?"化身问,"反正这段时间你也不怎么在家。"

"阿基米仍然是我晚上休息的首选。"齐勒说,"所以,介意。

我会感到很困扰。"

"那么我会告诉他你不希望他搬过去。"

"很好。"

"你确定吗?他也不是要搬到你家隔壁。他只是在市中心住一住。"

"太近了,让人不舒服。"

"中心。"卡布开口。

"哈。"化身锲而不舍地说,"他很乐意让你知道他的活动范围,免得被你不小心碰到——"

"噢,该死的老天!"齐勒扔下地图,将放大镜塞回马甲口袋,"听着!我不想让那个家伙出现在阿基米,也不想让他靠近我。我根本不想见他,也不喜欢别人围在我耳边说我不管怎么想都摆脱不了那个浑蛋。"

"我亲爱的齐勒,"卡布说,然后顿住了。我听起来越来越像特索诺了,他暗忖。

化身将穿着靴子的脚从沙发上放下来,坐直身子:"没人逼你去见那个家伙,齐勒。"

"是,但也没人让我落个清净,想离他多远就多远。"

"你现在已经离他很远很远了。"卡布提醒他。

"那么从他那儿过来要多久?"齐勒问。今天上午,他们搭乘地下车过来,全程只花了一个小时出头。

"呃,实际上……"

"我就像个囚犯!"齐勒双臂摊开。

化身的脸扭曲了。"不,你不是。"它说。

"还不如囚犯呢!自那个浑蛋出现后,我一个音符也没写出来!"

化身坐直身体,一副惊慌失措的样子。"可是你已经写完了——?"

齐勒恼火地摆了摆手:"是完成了。但通常完成了宏大的篇章之后,我会谱一些简单的曲调放松一下。结果这次没成功,我便秘了!"

"好吧,"卡布说,"既然大家都逼你和基兰见面,何不干脆见一面呢?一了百了。"

化身叹了一口气,瘫倒在沙发上。它再次将脚放回去。

齐勒盯着卡布。"就这?"他问,"这就是你所谓的游说?说服我去见一坨屎?"

"从你的语气来看,"卡布声音低沉,"你并没有被说服。"

齐勒摇头。"说服,是需要讲道理的。我会在意吗?还是会担心?或者自觉受到了羞辱?我爱做什么就做什么,当然了,他也一样。"齐勒怒气冲冲地向化身指出,"你们这些人太有礼貌了,礼貌到比直接侮辱更让人不爽。所有兜圈子、拐弯抹角的屁话一个劲儿地在我周围绕来绕去、绕来绕去,追着我,一刻不停地追着我!"他气得双臂直挥,几乎是吼着说话,"我恨这该死的礼貌!恨它令人绝望的僵化!就不能动点儿真格的吗?"

卡布欲言又止。化身似乎略感吃惊,连连眨眼。"比如什么?"它提出疑问,"你希望基兰少校向你挑战,发起决斗?还是直接搬到你隔壁?"

"比如你可以把他驱逐出境!"

"我为什么要这么做?"

"因为他惹到我了!"

化身笑了:"齐勒。"它开口道。

"我整天惴惴不安!我们是天生的捕食性生物,只有被跟踪、围捕的时候才躲躲藏藏。我们不习惯被当作猎物。"

"你可以搬家。"卡布提出建议。

"他会跟着我的!"

"你可以一直搬家。"

"凭什么？我喜欢我住的地方。那里的静谧和风景都让我感到快乐，我甚至还爱上了个别邻居。阿基米有三个音乐厅，个个拥有完美的音响效果。凭什么因为切尔派了这个乳臭未干的小屁孩来干天知道什么事，我就要被迫离开这里？"

"你什么意思，天知道什么事？"化身问道。

"说不定他不是来劝我跟他回去，而是来绑架我！甚至要我的命！"

"哦，还真有可能。"卡布说。

"绑架是不可能的。"中心说，"除非他瞒天过海，带了一支舰队来。"化身摇摇头，"谋杀就更不可能了。"它皱起眉头，"有杀心倒是有可能，我想。如果你担心这一点，我保证一定在你们会面时安排战斗型嗡嗡机、刀锋飞弹之类的从旁保护。当然了，你也可以提前备份。"

"我才不——"齐勒存心说，"——需要战斗型嗡嗡机或者刀锋飞弹，也不会备份。因为我根本就不打算和他见面。"

"可是他出现在马萨克就让你大动肝火。"卡布说。

"哦，你终于看出来了吗？"齐勒咆哮着反唇相讥。

"所以说，假设他没有觉得无聊，一走了之，"卡布娓娓道来，"你还不如答应见他一面，一了百了。"

"你能不能别再扯什么'一了百了'的屁话了？"齐勒大吼。

"说到无法落得清净，"化身沉重地说，"E.H.特索诺得知了我们的下落，想顺道儿过来看看。"

"哈！"齐勒说，他又转身向挡风玻璃外望去，"我连那台可恶的机器都摆脱不掉。"

"它是好意。"卡布说。

齐勒环顾四周，装出一副疑惑不解的无辜样子。"所以呢？"

卡布叹了一口气。"特索诺到附近了吗？"他询问化身。

后者点点头："已经在路上了。从最近的隧道端口飞过来，大约十分钟就能到。"

断裂带之所以是荒原，不仅仅是地形作用。地下端口寥寥无几，还都在这片区域的边缘地带，所以要想以超越步行的速度深入荒漠腹地，要么借助缆车系统，要么飞。

"它来干什么？"齐勒查看风速计，松了松两条缆绳，又拉紧另一条，结果没有什么明显改变。

"社交访问，它说了。"化身告诉他。

齐勒敲了敲始终水平的水平仪："你确定这个罗盘能用吗？"

"你在质疑我的磁场？"中心问道。

"我在问你这玩意儿能不能用。"齐勒又敲了敲那个仪器。

"能用。"化身说着再次将双手垫在脑后，"不过，用这种方法确定航向实在低效。"

"我想在下一个转弯时顶风行驶。"齐勒说。他望着前方越来越近的小丘，以及低矮的丘顶上矮胖的塔架。

"你需要启动螺旋桨。"

"哦，"卡布说，"缆车还有螺旋桨？"

"车尾装载着类似双桨的大件设备。"化身指着后面说。两扇弧形的窗户掩住了宽敞的隔板区，"靠电池驱动。只要发电机的桨叶还在持续运转，应该就能充上电。"

"怎么能确定是否运转？"齐勒一边问，一边从马甲口袋中掏出烟斗。

"看到有闪电标志的那扇挡风玻璃右下方的大表盘了吗？"

"哈，看到了。"

"指针指向酒红色区域还是宝蓝色区域？"

齐勒凝视了一会儿。他将烟斗塞进嘴巴："没有指针。"

化身看上去若有所思。"不妙的征兆。"它坐直身子,四下张望。塔架在五十米开外,大地离他们越来越近,"我会松开后帆。"

"后——什么?"

"松一松左边第三根缆绳。"

"啊。"齐勒解开第三根绳子,又系了起来。他拉下好几根控制杆,一边刹车,一边将车顶的舵轮调整到合适的角度。他咔嗒咔嗒地拨动巨大的转向盘,满怀希望向车尾看去。

他迎上化身的目光。"老天,该死的让那个特使搬到阿基米吧,"他怒气冲冲地说,"我才不在乎。记得把我们远远隔开。"

"必须的。"化身露齿一笑。紧接着,它神色大变。"啊哦。"它直勾勾地盯着前方。

卡布感到心头掠过一丝忧虑。

"怎么了?"齐勒说,"特索诺已经到了?"伴着一声刺耳的巨响,缆车突然减速,车身摇晃着急停。齐勒脚下失去平衡。化身顺着沙发滑移。卡布被甩向前方,慌乱中他伸出一只胳膊,死死抱住客舱和驾驶舱之间的黄铜护栏,脸被拍扁在护栏上,才勉强没有摔倒。黄铜护栏被撞弯,咔嗒一声从一侧舱壁脱开,砰地掉落。齐勒最终一屁股跌在两个罗经柜中间的地板上。缆车摇摇欲坠。

齐勒从嘴里吐出一截烟斗:"该死的怎么回事?"

"我猜是我们挂树上了。"化身说着挺直身子,"大家都没事吧?"

"还好。"卡布说,"对不住这个护栏了。"

"我把烟斗咬成了两截!"齐勒说。他从地上捡起另一截烟斗。

"会修好的。"化身轻巧地说。它将沙发之间的地毯拽回来,复位,然后掀开地板上的木门。一阵风涌入车厢。化身趴在地板上,将脑袋探出缆车,"没错,一棵树。"它大吼着把身子撬回来,

"最后一次有人使用这条路线之后,树一定长了不少。"

齐勒从地上爬起来:"由你负责就不会发生这种惨案了,是吧?"

"那当然。"化身欢快地说,"是我来安排一只维修型嗡嗡机来解决,还是我们自己试着修理一下?"

"我有一个更好的主意。"齐勒笑容满面地望向窗外。卡布顺着他的视线望去,看到一个玫瑰色的物体飘浮在空中,正向他们飞来。齐勒拉开侧窗,笑盈盈地转向两位同伴,然后向正在接近的嗡嗡机挥手示意,"特索诺!很高兴见到你!你在这儿太好啦!看到下面那堆乱七八糟的东西了吗?"

10. 尤米尔的海蚀柱

"所以,特索诺能胜任这份工作吗?"

"就其物理属性,绰绰有余,中心是这么告诉我的。虽然它声称自己会被绞碎。不过我想,一切能增强其意志力的东西,都有维护其尊严的责任,所以,它会全身心投入的。"

"可是它把缆车从树上解救下来了吗?"

"是的,最后成功了。不过它花了好一阵子,一度把事情搅得一团糟。嗡嗡机撕碎了缆车的主帆,折断了桅杆,还把树拦腰砍断。"

"齐勒的烟斗呢?"

"被他自己咬成了两截。主脑帮他修好了。"

"啊,我还考虑是不是送他一个新的烟斗当见面礼。"

"我不确定他会不会用平常心接受这份好意,基尔。特别是他还要把这个礼物塞进嘴里。"

"你怀疑他会觉得我想给他下毒?"

"他很可能会这么想。"

"明白了。看来我还是任重而道远,是吧?"

"是的。"

"我们离那儿还有多远?步行。"

"再走三四千米就到了。"卡布抬头望向太阳,"应该刚好能赶上午饭。"

弗赞板区上,卡布和基兰正走在沃斯特半岛顶部的峭壁上。右侧,弗赞海在三十米之下拍打着岩石。薄雾弥漫的海平面上漂浮着零星小岛。凑近望去,几艘帆船和更大型的驳船破浪而行。

海上吹来一阵冷风。卡布的外套被风拍在腿上,基兰的长袍啪嗒啪嗒地上下纷飞。此刻,基兰正带头沿着狭窄的小径穿过高高的草丛。在他们左侧,平缓的斜坡通向一片广袤的草原,尽头生长着参天的密林。前方,地面渐渐攀升,隆起为一道朴素的海岬、一座向内陆延伸的山岭,山岭裂为两个分支,一支刚好就是他们脚下的这条。他们选了一条更为吃力而且毫无遮拦的路。

基兰扭头向下望,海浪拍打着崖底的滚滚岩石。这里,腥咸的海风没有什么不同。

~又陷入回忆了,基尔?

~嗯。

~你离悬崖太近了。小心摔倒。

~嗯。

雪轻轻地从寂静的灰色天空落下,铺在凯德莱塞特修道院的院子里。基兰走在捡拾木柴队伍的最后面,其他人都在前方艰难跋涉的时候,他更愿意一个人享受孤独和安宁。当别的修道士已经走进大厅、沐浴在壁炉的暖意中,他独自一人掩上后门,拂去庭院石头上薄薄的积雪,将拾回的木柴堆到走廊下方的柴堆旁。

他独自闲荡,沉浸在林木清新干净的清香中——他想起昔日在劳斯垂因丘陵的猎屋中生活的时光,只有他们两个。小木屋里的斧子已经钝了,他用石头磨尖,希望自己灵巧的手艺能够在她心中留下好印象,但当他抡起磨好的斧子劈向第一块木头,斧头飞走了,消失在树林中。他依旧能清晰地回忆起她开怀大笑的模样,那时自己一定很受挫,而她吻了他。

他们窝在皮毛中,在长满苔藓的地面上入睡。他想起某个天寒地冻的早上,炉火在半夜已经熄灭,小木屋里冷得刺骨,于是他们抱团取暖。他伏在她身上轻咬着她颈部的皮毛,在她体内缓慢挪动,看她吐出的热气在阳光中雾化、翻腾,穿过屋子飘到窗边,凝结成一圈圈回环的图案,一如从混沌中生出的旋涡。

他浑身颤抖,眨着眼睛挤出冰冷的泪水。

他转身走开时,看到一个身影立在庭院中央凝望着他。

一位女性。斗篷搭在军装外,没有扣严。雪花打着旋儿,无声地在两人中间飘落。他眨了眨眼。只是一瞬间……他甩甩头,搓了搓双手,然后戴上兜帽向她走去。

几步之间,他发觉自己已经半年没有见到陌生女性了。

她和乌洛塞伊长得一点儿也不像。女人更为高挑,发色更深,眼睛似乎更加狭长干瘪。他猜女人比自己年长十岁。帽子上的图徽暗示她是一名上校。

"为您效劳,女士?"他问。

"嗯,基兰少校。"女人用精准的语调不苟言笑地说,"或许你可以。"

弗朗尼普端来两杯热红酒。他的办公室差不多有基兰的两倍大,乱七八糟地塞满了文件、屏风,以及在岁月中磨出了毛边的线编架,神圣典籍整整齐齐地摆在架子上。房间内额外的空间刚好能容纳他们三个人。

盖杰琳上校用高脚杯暖了暖手。她的帽子躺在身边的桌上,斗篷搭在椅背上。三个人寒暄了几句,聊到她骑着坐骑沿着老路远道而来,聊到战时她统管太空炮兵部队的经历。

弗朗尼普在他次佳的曲形椅中缓缓落座——最佳的让给了上校，然后开口："是我邀请盖杰琳上校过来的，少校。她深谙你的背景和履历，想必有任务要指派给你。"

上校似乎不急着表露自己此番前来的目的，更乐意多铺垫几句，不过，她还是优雅地耸了耸肩，直言道："是的，少校。有一项任务需要你为我们效力。"

基兰望向弗朗尼普，后者对他微微一笑。"您提到的'我们'是指什么，上校？"他问，"军方？"

上校皱起眉头："不算精准。虽然事关军方，但严格来说并不是军事任务。换句话说，与您夫妻二人在奥姆行星执行的任务更为相似，只是这次路途颇为遥远，安全性和重要程度当然也不在同一个等级。我所说的'我们'，指的是所有切尔格里安人，特别是此时此刻正在地狱边境①徘徊的亡魂。"

基兰倚在椅背上："您希望我做些什么呢？"

"还不能确切地告诉你。我此番前来，只是想了解你的意愿。"

"但如果我不知道任务是什么……"

"基兰少校，"上校呷了一小口热腾腾的香料酒，对弗朗尼普微微点头表示赞许，然后将高脚杯放在桌子上，慢条斯理地说，"我会尽我所能讲给你听。"她稍稍在座位上挺直身子，"我们期望你承担的是一项非常重要的使命。能说的差不多也就只有这些了。诚然，我知道得更多，但目前还不能说。这个任务需要你接受超乎想象的训练。再次重申，能说的只有这么多。秘密使命由切尔格里安的高层下达。"她吸了一口气，"当下你不需要了解更多，因为从某种意义上来说，你需要为之付出极为惨痛的代价。"她凝视着他的眼睛，"基兰少校，这是一次自杀式任务。"

---

① Limbo，又名灵薄狱。

他已经忘记了和女性对视是一种何等纯粹的愉悦,尽管她不是乌洛塞伊,尽管这种愉悦生发出一种等同于哀伤、失落甚至愧疚,又与上述统统对立的情感,一如生理反应的情感内化。他悲伤地浅笑。"啊,上校,说到这一点,"他说,"我绝对愿意。"

"基尔?"

"嗯?"他转头看向这位高大的三足生物霍姆达人,后者差点撞到他身上。

"还好吗?你停得很突然,是看到了什么吗?"

"没。没什么。我很好,只是……不用在意。走吧,我饿了。"

他们继续前行。

~我刚刚想起来,上校女士说过这是一趟有去无回的任务。

~哈,没错,就是这样。

~记忆慢慢都会回来了,对吧?

~是的,不像我们只去不回。记忆被安排得明明白白,我俩也都同意了。到现在为止,一切进展得都还顺利。

~看来你也知道。

~当然。维斯科韦尔在简报中提到了。

~这就是他们将你备份在基片中的原因。

~这就是他们将我备份在基片中的目的。

~妙啊。迫不及待看下一期更新了。

他们到了小径的最高点,小镇映入眼帘。白色塔楼和尖顶围成弯刀状,坐落在树木繁茂的山谷中,高耸的白色悬崖将这片建筑群怀抱。一片沙滩隔开大海和海湾,海浪在岸边拍出白色的碎沫。霍姆达人站在他身旁,一起眺望远方,三足生物庞大的躯体几乎将风挡得干干净净。空气中出现了一丝要下雨的迹象。

第二天,她将坐骑留在了修道院的马厩里,也没有穿制服。她身着手予者①马甲和紧身裤,而他要佯装成一名手作者②,于是身穿休闲裤和围裙。两人都披上了朴实无华的灰色冬季斗篷。临行前,他只和弗朗尼道了别。

他们等所有小分队都离开后才从修道院出发。雪纷纷扬扬地下,他们沿着小径下行,穿过光秃秃的碎叶林,超过了远方捡拾木柴的队伍——人们哼唱的小曲儿穿过静默的雪花传到耳边,一如幽灵的声音。他们从一片云翳中走过,上校灰色的斗篷有一瞬间几乎消失不见;他们又在响鼓般的雨幕中行走于滴水的深叶林间,树林一直蔓延到谷底,两人在那里拐弯,沿着湍流上方暗影重重的小径步行。白茫茫的湍流在下方峡谷中奔腾。

雨渐缓,最后停了。

一群计数者③的狩猎者围捕奇奇归来,乘着一辆古老的全地形越野车从林间折返,这群人向他们抛出橄榄枝,但他们礼貌地回绝了。全地形越野车的后挂车上堆满了动物的尸体。车子载着满厢死物上下颠簸,渐渐消失在一片苍茫之中,基兰和上校便沿着一道血迹行走。

最终,他们来到灰山群山脚下收费的环形公路边,那时已近黄昏。轿车、卡车、公共汽车呼啸着驶过,扬起一片水雾。一辆宽敞的轿车在路边候着。轿车旁,一位年轻男性穿着文明社会的服装,似乎浑身不自在,他向上校鞠了一个接近九十度的躬后才想起为他们打开车门。车内温暖而干燥,三个人脱下斗篷。轿车开上公路,沿着道路向平原出发。

上校接入后座手提箱中的军情网,闭上眼睛开始精神交流,

---
① 切尔格里安较低的等级。
② 比手予者低一等。
③ 比手予者高一等。

任基兰陷入自己的思绪。他望着来来往往的车辆，看到乌布兰特城郊在暮色中亮起了万家灯火。这里修复得比他上一次看到时好了许多。

不到一小时，他们就抵达了机场。一架线条优美、通体乌黑的次级轨道飞行器①停在雾蒙蒙的跑道上。基兰刚想伸手摇醒上校告诉她该下车了，上校就睁开了眼睛，摘下脑后的磁性线圈，向飞行器的方向微微颔首，仿佛在说"我们到了"。

加速度将他死死压进座椅中。他看到沿海城市雪金灯火通明，戴伦群岛散落在洋面上，航船上闪烁着点点灯火。向上望去，星辰明亮而恒定，在近乎真空的死寂中看起来触手可及。

次级轨道飞行器在越来越强的轰鸣声中冲入大气层。灯火闪动，接着是平稳着陆和减速。他在这艘载着他们驶离私域的封闭交通载具里打起盹来。

当他们中途换乘，坐上直升机时，他嗅到了大海的气息。他们在漆黑的夜幕和雨水中短暂地飞行了一会儿，咔嗒咔嗒地降落在一个宽阔的圆形庭院中。他被接引到一个舒适的小房间，很快进入梦乡。

清晨，他从睡梦中惊醒，外面传来嘈杂无章的汽笛声，还有远方鸟儿尖厉的啼鸣，他打开百叶窗，纯净的空气扑面而来。俯视一百米之下的蓝绿色的海面，浪花飞溅，堆叠起白色的泡沫，细碎的海浪怀抱着五十米开外参差不齐的海岸线。海湾两侧，海蚀崖线消失在远方，正对面一排巨大的双碗形谷地凿在悬崖中，从盆底到海面的高差大约只有三十米。成群的海鸟在阳光下翻飞，就像躁动不安的海面上吹起一团团泡沫。

---

①在高度上抵达临近空间顶层，但速度尚不足以完成绕行星轨道运转的飞行器。

他认出了这个地方。书里和屏幕上都出现过。

尤米尔上的海蚀柱隶属主陆广袤的悬崖系统，塔尔－奎夫群岛在梅尔瑞恩以东排成一条长长的弧线，主陆便坐落在群岛之中。整片悬崖高出海平面两三百米，十七根海蚀柱像两个溺水者的手指一般向上伸出——大海的涌浪和波涛先是创造，而后毁灭，留下了巨型拱门遗迹。

关于这十七根海蚀柱，世间流传着这样的传说：它们是一对恋人的手指，两人宁愿携手跳下悬崖殉情，也不愿被迫与别人结婚。

海蚀柱像手指一样有着各自的名称。最后一根——也是最小的一根——是拇指柱，只比海浪高出四十米，其他几根高出海面一百到两百米。海水将它们的根部冲刷得粗细均匀，向玄色顶端逐渐变细。

四百年前，这片土地的统治家族在离崖顶最近的海蚀柱上建了一座石头孤堡，一座木桥将孤堡和崖顶相连。随着家族势力日益壮大，孤堡也悄然蔓延开来，从一根海蚀柱建到另一根海蚀柱。

尖锥形岩石的顶端，逐渐成群的岩石要塞由众多桥梁串了起来——起初是木桥，后来变成了石桥，再后来便是铁桥——这一片海蚀柱渐渐成为政权的中心，也成了祷告、朝圣和研习的场所。过去的千百年里，所有石柱都安然留存了下来，唯独拇指柱是个例外。它一度成为当地的防御要塞，装配重型舰炮军械长达一个世纪之久。漫长的岁月过去了，海蚀柱建筑群和壮丽的海岸线渐渐演化为一座城市，在悬崖后方的石楠地上铺开。

往回追溯一千五百年，最后的统一之战中，海蚀柱和星球上少数几个城市遭遇了相同的命运——在核弹的摧残下化为废墟。一根海蚀柱被完全炸毁，还有一根被削掉一半，石崖被挖出巨大的 8 字形深坑，而那儿曾是主要的生活区。

城市始终没有重建。自两个深坑将海岬与陆地隔绝，这里已经被遗弃了几个世纪之久，沦为人们找寻惊悚感的游览之地，只有遁世者和数以百万计的海鸟在这里栖居。宗教在切尔盛行的岁月里，两座石堡被改造为修道院，后来联勤部将所有海蚀柱征为实训基地，除了通往主陆的桥梁没有变化，一切都已改头换面。工程还未完工，这儿的切尔格里安人就从物质世界隐退，之后整片建筑群被封存起来，只留了一个看护人守着林立的石堡。

现在，这里就是他的家。

基兰倚在低矮的护墙上向下俯视，三百米之下，细碎的海浪冲刷着情郎中指峰的根部。从高处望去，浪涌是那般缓慢，仿佛波涛从大海中央跋涉而来，在漫长的旅程中已经疲惫不堪。

他在这里生活了足足两个月历月。一边接受训练，一边进行种种测试。他对任务本身依旧一无所知，只知道这是一次自杀性任务。就连去不去得成，都还是未知数。对于这份可疑的荣誉，他知道自己有很多竞争者。不过基兰已经暗下决心，如果没有被选中，他会选择清除记忆，甘心沦为凯德莱塞特又一位饱受战争创伤的修道士，被过往的经历折磨。

盖杰琳上校半数时间在场，监督他受训。训练他军事手工制造的主任导师是一位沉默寡言、体格敦实的男人，名叫霍鲁姆。男人一身伤疤，一看就是军人，或者曾经是军人，但他不承认自己有军衔。基兰的另一个导师叫谢尔弗，是一位孱弱的白发老人，不过一旦上起课来，他周身的苍老和虚弱感顿时消失无踪。

每隔几天，基兰就会看到几位专业军士——他们显然也住在这座建筑群中，还有各个卡斯特等级的侍从，以及几个在卡斯特之战中依然效忠的隐无者。

基兰看到盲眼的隐无者四处奔忙，他们鼻子以上的面部覆盖着象征等级的绿色条带。虽然目不可视，依旧凭借自身的熟悉感摸索着路线，或者利用尖爪高频摩擦发出的刮擦声导航，在混凝土和岩石之间找寻方向。被丢弃在岩石和大海中，基兰思忖，这里盲眼的隐无者相当于把信仰永远地倾注到了石墙之中，审慎沉思，直到永久。

他不能离开这座石堡。他强烈怀疑，隔着联勤部配备的这些链条紧锁的长桥，那些看不见的竞争者伙伴——或许会挤掉他去执行任务的那些人——就住在其他几座石堡中。

他抬起一只手端详着锋利的爪子，随后又抬起另一只手。自己从来没有像现在这样健硕。究竟是这个任务要求达到体能巅峰，还是军方——或者其背后的权力机关——觉得这种训练强度是理所当然的，他深感怀疑。

一座巨大的环形演武场高高地坐落在海蚀柱靠海的一侧。演武场四面开放，上方悬着老式船帆一般的白色遮阳篷。他们传授他剑术，训练他使用十字弩、投射性武器和古老的激光枪。他被灌输了种种利用小刀、牙齿以及尖爪进行近身战的方法，事无巨细。他们觉得在对付其他物种的敌人时，近身战会大有用处，不过也只是点到为止，没有详细说明。

一天，一小队医疗官涌入孤堡，将他送到一所宽敞但空置已久的医院。这所医院建造在建筑群深处被挖空的岩石中。他们为他装载了一个改良的灵魂守卫，这也是他体内安装的唯一一个植入物。贯通大脑的通信装置、探测毒物的鼻腺、制造毒液的毒囊、皮下武器系统……据他所知，间谍或执行特殊任务的军士会被植入诸如此类的设备和腺体，名单很长很长，但显然全都与他无缘。基兰很想知道个中原因。

这似乎意味着无论是谁来承担这项使命，都不会是独自一人上阵。他想知道为何。

他所接受的训练和指导并不都集中在军事领域。每天醒着的时间中，至少一半时间又回到了学生时代，坐在曲形椅上学习，或者听谢尔弗讲课。

老人向他讲授切尔格里安的历史，一部分切尔格里安人（切尔格里安－普恩）隐退之后和之前的宗教哲学，讲述茫茫星系中其他星球已知的历史，以及其他有知觉生物的故事。

灵魂守卫的原理，地狱边境和乐园的模样……所学的东西远远超出了他的想象，可能也超出了作为个体需要了解的知识范畴。他渐渐明白了旧宗教在哪些地方过于空想，哪些假说和教义全然有误，哪些洞见启迪切尔格里安－普恩将其化为现实，又有哪些信条被一一废弃。他未曾与先行者进行直接联络，但对来世的理解愈加透彻。当他无比清晰地意识到乌洛塞伊永远无法享受这一人造的荣誉殿堂，他觉得他们找他来无非是为了折磨他，所有关于"使命"的说辞都只是精心编造的、残酷的伪装，只为了找到刺进他身体里那把名为"乌洛塞伊已死"的利刃，然后毫不留情地拧捅。

多日以来，他所学种种都离不开卡斯特之战以及"文明"在这场变革中扮演的始作俑者的角色。

他听说了为战争做出杰出贡献的英雄事迹，欣赏了马莱·齐勒创作的音乐。有的曲子感人至深，让他为失去而恸哭；有的饱含怒意，让他恨不得砸东西。

随着疑虑越来越多，他渐渐在脑海中构想出诸多可能的剧本，不过终归只藏于脑海。

现在，有时他还会梦到乌洛塞伊。某个梦境里，两人在孤高的海蚀柱上举行婚礼，一阵大风从海面吹起，刮走众人的帽子，她的礼帽向护墙飞去，撞在白色的混凝土墙壁上，他伸手去抓，将身子探出矮墙，却还是够不到。下一秒他坠向大海，拼命攫取着空气却只发出惊恐的尖叫,而后,他突然记起乌洛塞伊根本就不在这里,也永远不可能出现。她死了,而他也难逃一死。他面露微笑,迎接即将吞噬自己的海浪,结果却在这时从梦中醒来,只觉命运弄人。枕头上咸湿一片,仿佛被海水浸湿一般。

一天早上,他在猎猎作响的白色遮阳篷下穿过演武场,走向谢尔弗授课的教室,去上那天的第一节课。这时,他看到正前方聚集了一小群人。人群中央,盖杰琳上校、霍鲁姆、谢尔弗在同一个穿得黑白相间的人说话。

另外五个人,三个站在中间四个人右侧,两个站在左侧。清一色的男性,全都是文职人员的打扮。最中间的男人体格稍小,一副老态龙钟的样子,微微侧身站立。当基兰意识到老者穿着的是埃斯托迪恩一族特有的黑白条纹长袍,大吃了一惊。埃斯托迪恩,是往返于物质世界和隐退世界的使者。男人似笑非笑,拄着一根长长的镜面手杖。他的毛发亮泽顺滑,像是擦了油一般。

基兰正准备上前和上校打招呼,但他甫一靠近,认识的三个人全部纷纷后撤,这位埃斯托迪恩居于首位。

"埃斯托迪恩。"基兰深鞠一躬。

"基兰少校。"男人温和平静地说,向基兰伸出一只手。基兰发现最右边那个男人长袍隆起的方式和其他人不一样,而男人开始向旁边移动,像是想转到自己身后。当男人从视线中消失,他那似有若无的影子——阳光穿过白色遮阳篷洒下微弱的光线——移动得更快了。

最终让基兰确信自己将遭暗算的是年老的埃斯托迪恩伸手的方式。老人身体虚弱,所以难免下意识地和任何可能招致伤害的事保持距离。

基兰不动声色地佯装同老人握手,伺机压低身体,将重心放在后肢上原地后转,伸出中肢和双臂,如扑猎一般摆出经典的防御姿势。

那个身材魁梧、文员打扮的男人正要进攻,结果被基兰摆了一道,急忙将重心放在后肢上体后仰,虽然袖袍纷飞的瞬间爪子只露了一半,但胳膊上紧实的肌肉暴露无遗。男人长着白髯的面庞忽然光彩照人,露出近乎凶戾的表情,基兰回身迎战的瞬间差点被他的表情刺到。不过男人随即瞥到埃斯托迪恩,立马松懈下来,向后撤回,他颔首低眉,像是在鞠躬。

基兰仍保持着刚才的状态,视线来回游走,尽可能盯住白髯男子的身影。刚才的突袭和威逼似乎不会再发生。

时间停滞了片刻,除了远处海鸟的啼鸣和惊涛拍岸的声响,无事发生。埃斯托迪恩用手杖轻敲演武场的混凝土地面,白髯男人立马起身,行云流水地回到先前的位置。

"基兰少校,"老人再次开口,"请随我来。"他又一次伸手邀请,"今天不会再有不愉快的惊吓了,我保证。"

基兰握住埃斯托迪恩的手,慢慢从蹲伏的姿态起身。

盖杰琳上校走上前来。她看起来心情不错,基兰想。"基兰少校,这位是埃斯托迪恩-维斯科韦尔。"

"先生。"老人松开手时,基兰问候道。

"这位是尤厄尔。"维斯科韦尔向他介绍左手边的白髯男人,魁梧的男人微笑颔首,"少校,希望你已经敏锐地意识到自己通过了两个小测试,而不是一个。"

"是的,先生。或者说同一个测试,通过了两次。"

维斯科韦尔笑得更灿烂了,露出了纤小的尖牙。"不必称我为'先生',少校,虽然我承认这很受用。"他转向霍鲁姆和谢尔弗,然后对盖杰琳说,"还不赖。"说罢,老人将目光重新落到基兰身上,细细打量着他,"跟我来吧,少校。我们应该聊一聊。"

"我们得到的说法是,他们犯下这种错误实属罕见,而他们对我们如此感兴趣,我们理应感到受宠若惊。他们尊重我们,我们在技术水平不对等的情境下与他们相遇,是社会演进的意外,也是星系、星团、行星以及物种进化过程中的意外。我们被告知,切尔格里安的遭遇是不幸的,但只要我们最终能从中获益,就是幸运。他们是那么正直而高尚,只想施以援手,却因一时疏漏而对我们负下了生命之债。我们还被告知,我们从他们沉重的罪恶感中获得的,会远远超过从他们单纯的馈赠中获得的。"这位埃斯托迪恩微微一笑,"这些都不重要。"

海蚀柱上层建筑群的最低处悬着一座小小的塔,埃斯托迪恩和基兰正坐在塔中谈话。此处三面环海,温暖的海风载着咸湿的气味从一扇空窗吹进来,又从另一扇窗子离去。他们蜷身坐在草席上。

"重要的是,"老人继续说,"切尔格里安-普恩做出的决定。"

一阵沉默。基兰觉得老人是在等他回应,于是接道:"那么决定是什么呢,埃斯托迪恩?"

老人的皮毛上散发着价格不菲的香氛。他直起身子,又落回草席,眺望着大海一波未平一波又起的涌浪。"两千七百年来,我们始终秉持着一个信念,"他平静地说,"离群的亡魂要在地狱边境游荡一整年,才能进入神圣的乐园。自我们——我们的先行者——将乐园化作实境以来,从未变过。至今没有其他主张对此进行深入阐释。从某种意义上来说,信念已成规则。"他转头对基兰莞尔一笑,接着又望向窗外。

"接下来我要告诉你的事情只有少数人知道,基兰少校。此事不宜公开,你明白吗?"

"明白,埃斯托迪恩。"

"盖杰琳上校不知道，你的导师们也都不知情。"

"明白。"

老人突然转向他："你为什么想死，基兰？"

他往后靠，仰头说："我——从某种意义上来说，死亡并非我所愿，埃斯托迪恩。我只是不想活下去。不想继续活着。"

"你一心赴死是因为你的爱人死了，而你渴望与她重逢，我说得没错吧？"

"不只是渴望重逢这么轻描淡写，埃斯托迪恩。但确实是她的离世让我活得了无生趣。"

"你的家人，以及眼下亟待重建的社会，这些对你而言都没有意义吗？"

"并不是毫无意义，埃斯托迪恩。但也远远不足以支撑我活下去。我希望自己能撑住，但我做不到。仿佛所有我在意并且有必要在意的人，都已生活在另一个世界里。"

"她不过是一个女人，基兰，只是某个单独的个体。是什么让她留下的记忆——显然已经永远无法挽回——胜过了为仍然在世的生命做点什么的迫切需求？"

"没什么特别的，埃斯托迪恩。只是——"

"确实没什么。特别的不是她，而是你为自己编织的记忆。你悼念的不是她有多么特殊或者多么独一无二，而是你自己，基兰。你真是一个无可救药的浪漫主义者，基兰。你将悲剧性的死亡视为浪漫，觉得为她殉情——哪怕是和她一起被忘却——何其浪漫。"老人起身仿佛要走，"我厌恶所谓的浪漫主义者，基兰。他们并不真正了解自己，更糟的是他们也并不真的想了解自己——归根结底他们谁也不在意，因为那样会夺走生活的神秘感。他们是愚人，你也蠢得无可救药，或许你的妻子也是。"他停顿片刻，"你俩很可能是一对浪漫的傻瓜。"他说，"婚后过不了几年，你们这对愚人就会发现爱情的罗曼蒂克消失殆尽，注定要品尝幻灭的苦涩和乏味，而你，不只要面对自己的不足，还要包容你的妻子。她死了，你该感到幸运。而她确实不幸，因为死的人是她而不是你。"

基兰久久地凝视着埃斯托迪恩。老人的呼吸比平时更粗、更重，仿佛是在控制强烈的恐惧。他已经彻底备份，作为一名埃斯托迪恩，可以随心所欲地重生或者转生。即便如此，面对被扔出窗外、坠入大海的潜在危机，他的动物自我①也不禁滋生恐惧。当然了，上述情况还要假定老人没有穿戴任何反重力护具。说不定他是害怕基兰在尤厄尔或其他人来不及做出反应的情况下割破他的喉咙。

"埃斯托迪恩，"基兰平静地说，"这些我全都想过，又都悉数丢弃。你提到的每一个字我都曾逼问过自己，言辞比你刚才说得更加狠戾。你想通过上述言论促使我思考的东西，我已经思考过了。"

埃斯托迪恩望着他。"聪明。"老人说，"不妨坦率一些。"

"一个与我妻子素不相识的人指控她是个傻子，我不会被这种事情激怒。我知道她是什么样的人，这就够了。我猜你只是想试探我有多易怒。"

"看来惹恼你不怎么容易，基兰。"老人说，"并不是所有测试都如我们的预期，非成即败。"

"我并不是为了通过你所谓的测试，埃斯托迪恩，我只是想开诚布公。我会假设测试是善意的。我尽己所能但是失败了，其他人通过了测试，总好过我惺惺作态以谄媚之姿取胜。当然，前提是我的假设没错。"

---

①与"理性自我"相对应。

"冷静得有点装模作样了，基兰。从你的反应来看，或许这个任务需要由一个更为狡黠，也更有侵略性的人来完成。"

"或许吧，埃斯托迪恩。"

老人的视线紧紧锁住基兰，打量了很久。末了，他再次望向窗外。"战死的人无法进入乐园，基兰。"

他顿住了，必须停下来听听大脑对这句话的反应，以此确定自己没有听错。他眨眨眼："埃斯托迪恩？"

"这是战争，少校。不是百姓骚动，也不是自然灾害。"

"卡斯特之战？"他问。是个蠢问题。

"没错，当然是卡斯特之战。"埃斯托迪恩－维斯科韦尔掷地有声地说，他镇静下来，"切尔格里安－普恩告诉我们，旧规仍然适用。"

"旧规？"他知道这意味着什么了。

"我们必须复仇。"

"一命换一命？"这触及了那个蛮荒的习俗，关于古老而残酷的神明。每一个死去的切尔格里安人都需要用敌人的生命来交换，直到实现了某种平衡，堕入地狱边境的死士才能进入乐园。

"为什么是一命换一命呢？"埃斯托迪恩脸上挂着一抹冷笑，"说不定只需要一条命来做交换。重要的生命。"他再次移开目光。

基兰久久沉默着，一动不动。确定望向远方的埃斯托迪恩－维斯科韦尔不再看向自己，这时，他开口道："一条命？"

这位埃斯托迪恩紧紧地看他的眼睛："一个重要的生命，可能带来涟漪效应。"老人望向远处，哼着一首旋律。基兰认出了这个曲调，那是马莱·齐勒的作品。

11. 有失庄严

"关键在于,乐园里有什么?"

"无尽的欢愉?"

"荒唐。答案是什么都没有。乐园里什么都不会发生,因为一旦发生——如果能够有事发生,就意味着不再永恒。生命意味着演进、突变,以及变化。变化,几乎等同于生命的定义。"

"你一直都是这么认为的吗?"

"如果你拒绝改变,如果你能有效地停止时间,如果你能避免境遇带来的潜在改变——其中必定包含变坏的可能性,那么,死后你便不再拥有生命,只有死亡。"

"有些人相信,死亡之后灵魂会以其他生命形式再现。"

"这个说法太老派了,还有一点点蠢,当然也并不能算白痴。"

"也有人认为,依托死亡,灵魂得以创造出属于自己的宇宙。"

"疯狂的无稽之谈,笑话。很容易就被证伪。"

"还有一些人笃信,灵魂——"

"这么说吧,人们的信仰各不相同。不过笃信乐园的人让我饶有兴致,毕竟人们根本看不到乐园。这个信仰真是蠢得让我感到愤懑。"

"当然,也可能是你错了。"

"别说傻话。"

"不管怎么说,就算最开始乐园并不存在,人们也已经将其建造出来,现在乐园已成既定现实。实话实说,现在世上存在各种各样的乐园。"

"哈!科技。这些所谓的乐园不会长久。乐园内部或者乐园之间难免出现纷争。"

"那么隐退者呢?"

"总算说到了,他们是超越乐园的存在。不幸的是依然于事无补。隐退只是个开始罢了,或者说结束。也可能依旧是开始,只不过是以另一种生命形式而存续,这样就进一步佐证了我的观点。"

"我不理解。"

"我们都不理解。我们没救了。"

"……你真的是一名神学教授吗?"

"当然!这不是显而易见吗?"

"作曲家齐勒!你和那位切尔格里安人见面了吗?"

"抱歉,我们见过?"

"是的,这正是我的疑问。"

"不,我是说你和我,我们见过?"

"在下特雷森·斯科弗。我们在吉柯坦那儿见过面。"

"是吗?"

"你还说,我对你作品的点评'非凡绝伦',是'独一无二的见解'。"

"哦,听起来像是我说过的话。"

"对!话说回来,你见那家伙了吗?"

"没。"

"没？但是他已经来马萨克足足二十天了！据说他就住在——"

"你真的这么无知吗，特雷森？还是说这不过是某种怪诞的表演，为了增添搞笑气氛？"

"抱歉？"

"一定是这样。如果你对当下的局势有——"

"我刚听说这里住着另一位切尔格里安人——"

"——更多关注，就会知道'另一位切尔格里安人'是旧制的拥趸，这个流氓专业户想要说服我和他一起回去，回到那个让我失望透顶的社会。对于和这个可怜虫见面，我没有一丝兴趣。"

"哦，我不知情。"

"那你就是单纯的无知，不是恶意冒犯。恭喜。"

"这么说，你决意不见他了？"

"是的。就这么把他晾着，不出几年，他要么自觉厌倦，悻悻而归，回去接受母星的礼仪性惩罚；要么渐渐醉心于马萨克星陆上独特的景观，痴迷于种种精妙绝伦之处，自愿成为'文明'的一员。到那时我或许会见他。绝妙的策略，你说是吧？"

"你是认真的？"

"我一直都很认真，除了轻浮无礼的时候。"

"会奏效吗？"

"不知道，我也不在乎。想象一下就很有趣，仅此而已。"

"他们为什么希望你回去？"

"显而易见，我才是真正的君主。我一出生就被妒意熏心的后母算计，她将我和失散多年的'孪生兄弟'费米特——现任品行恶劣的皇帝——对调。"

"什么？真的？"

"不，当然不是真的。那家伙是来送传票的，因为我违反了交通规则。"

"你在开玩笑!"

"该死,被你猜中了。他们觊觎我前列腺分泌的一种分泌物。切尔格里安家族中每一代只有一两个男性成员有能力分泌这种物质。没有这种物质,家族中的男性就无法繁衍。如果无法在每个潮汐月舔一次该腺体的特定部位,家族就会面临狂风的侵袭。很遗憾,我的表弟小可呵那哈那哈三世最近遭遇了一场荒诞的侵犯,这场意外导致他再也无法分泌这一关乎生死存亡的分泌物,所以他们需要我赶在家族所有男性成员因致命的积屎爆炸身亡之前回去。当然了,也可以通过外科手术解决,但药品专利权掌握在和我们向来不对付的家族手中,实在是家门不幸。一次新娘竞拍中,不合时宜的打嗝被误解成喊价,酿成一场大错,长达三个世纪的家族纷争因此产生。我们还是别讨论这个了。"

"你……你不是认真的吧?"

"该死,我真的什么都骗不过你,是吗?不是真的。刚才的情节出自图书馆里一本借了没还的小说。"

"你刚刚一直在戏弄我,是吧?"

"又被你看穿了。看来我没必要出现在这里了。"

"所以你根本不知道他们为什么想让你回去?"

"嗯,所以会是为什么呢?"

"别问我!"

"我只是在思考!"

"嘿,何不直接去问?"

"还有一个更好的办法——既然你这么在意,何不由你来问'另一个切尔格里安人',让他说一说为什么想让我回去?"

"不,我说的是直接问中心。"

"哦,中心无所不知。看,化身来了!"

"嘿,没错!那我们就……呃。好吧,回见……呃。嗨,你一定就是那位霍姆达人。"

"眼力过人。"

"话说回来,那个女人到底做了什么?"

"听我说话。"

"听你说话?就这样?"

"是的。我说,她听。"

"所以呢?我是说现在我也在听你说话。那个女人有什么特别的?"

"是这样的,她默默听我说话,没有像你一样问东问西。"

"你什么意思?我只是问问——"

"对,但你没发现吗?你已经开始咄咄逼人了,你固执地觉得默默地听别人说话很——"

"可是,她就只是听?"

"差不多吧。对我来说,非常受用。"

"你交过朋友吗?"

"当然。"

"那么朋友不就是用来倾诉的吗?"

"未必,不总是这样,我也不是每件事都想聊。"

"你的房子呢?"

"过去我常常和房子聊天,后来发现自己不过是在和机器对话,而其他机器甚至都懒得假装自己有意识。"

"你的家人呢?"

"某些事情我刻意避免和家人分享。有时他们恰好就是我谈论的对象。"

"真的?太糟糕了,可怜的孩子。别忘了还有中心,它是一个很好的聆听者。"

"嗯，我明白，不过有些人认为中心只是看似在意。"

"什么？它是被设定成在意。"

"并不，它是被设定成看似在意。和人类交谈时，你会觉得是自己在动物的水准上交流。"

"动物的水准？"

"没错。"

"你觉得这是好事儿？"

"嗯。类似以本能回应本能。"

"所以你觉得中心并不在意。"

"它只是个机器。"

"你也是。"

"只是从广义上而言。和人类聊天更愉快。一些同僚认为，中心对我们管得太多了。"

"是吗？我以为只要你们愿意，就可以与中心毫无瓜葛。"

"是，但大家仍然住在星陆上，对吧？"

"所以呢？"

"中心掌控着整个星陆的命运，我是这个意思。"

"啊，没错，得有人照顾星陆。"

"诚然，不过行星就不需要。行星只是……存在。"

"这么说你想住到行星上？"

"也不是。我觉得行星太小了，又太古怪。"

"而且很危险？行星会被其他物质击中吧？"

"不会，行星也有防御系统。"

"那么防御系统也需要看管。"

"是，但你没抓住重点——"

"我想说的是，你不想把性命攸关的事情交到人类手里吧？那得多吓人。就像是一朝回到了蛮荒时代，残暴而未开化。"

"倒也不必。问题的关键在于,不管住在哪儿你都可以接受有东西来照看生活设施,但那东西不能一并掌控你的生活。这就是为什么我觉得我们应该多和同类聊天,而不是和房子、中心、嗡嗡机之类的。"

"太诡异了。很多人这么觉得吗?"

"好吧,没有,不算很多。但我知道有一些人也是这么想的。"

"有固定的群体吗?你们会举行会议吗?有名字吗?"

"呃,有也没有。人们想出了很多名字,比如挑剔派、细胞派、碳基爱好者、抵制派、辐条派、边沿派、行星派、涌动派、圆环派或者环圆派,但以上我统统不接受。"

"为什么?"

"因为上述名字都是中心提议的。"

"……打扰了。"

"……是谁?"

"大使先生,霍姆达人。"

"他长相有点儿吓人,你不觉得吗?……什么?什么?"

"霍姆达人听力很好。"

"嘿!作曲家齐勒!忘了问你,曲子如何了?"

"……特雷森,是吧?"

"嗯,没错。"

"什么曲子?"

"你知道的,乐曲。"

"乐曲。哦,是的。没错,我写了不少曲子。"

"啊,别开玩笑了。所以进展如何?"

"你是泛泛而谈,还是特指某个作品?"

"当然是新的曲子!"

"哈,毫无疑问。"

"所以?"

"你是问交响曲准备到哪个阶段了?"

"是的,如何了?"

"还不错。"

"还不错?"

"嗯,进展得不错。"

"哦,太好了!恭喜。期待听到您的大作。"

"……行了,穿过人群滚蛋吧,你这个白痴。希望我没有用太多技术术语……啊,你好,卡布。你还在吗?话说回来,你过得如何?"

"挺好的。你呢?"

"被一群白痴围追堵截。好在我已经习惯了。"

"此刻的伙伴除外,我想。"

"卡布,如果说我只乐意接受一个傻瓜的折磨,那个人一定是你。"

"行吧,但愿你的意思和我希望的一样,而不是我怀疑的那样。希望比怀疑更让人精神愉悦。"

"你文雅得吓到我了,卡布。那位远方来使如何了?"

"基兰?"

"我相信他会回答你的。"

"他已经认命,开始苦等了。"

"听说你和他一起散步。"

"顺着沃斯特半岛的沿海步道。"

"好吧。崖顶小径这么长却一下都没有踩滑。真叫人费解,是吧?"

"他是个让人愉快的伙伴,看上去为人正派。或许,有一点阴郁。"

"阴郁？"

"沉默寡言，不苟言笑，他的身上带有一种沉郁的气质。"

"沉郁？"

"一如第三乐章'暴风雨之夜'中段，钢铁一般的狂风渐渐平息下来，低音转为绵长的降调。"

"哦，交响乐中的沉郁。他和我的某个作品有缘，我就该对他产生好感吗？"

"你戳破了我的全盘打算。"

"你真是个恬不知耻的皮条客，卡布。"

"我？"

"你这么不择手段地为他们办事，不觉得于心有愧吗？"

"为谁办事？"

"中心、星际事务部、整个'文明'，更不要提我那迷人的母星和辉煌的政府了。"

"我想你的政府并没有托我办什么事。"

"卡布，你根本不知道他们想要什么，也不知道他们对星际事务部提出了什么要求。"

"其实，我——"

"哦，天哪。"

"我听到有人提到了我们的名字？啊，作曲家先生齐勒，大使先生艾什莱尔。很高兴见到你们，我亲爱的朋友。"

"特索诺。你看起来亮到发光。"

"谢谢！"

"还有，你邀请了一群可爱的人，一如既往。"

"卡布，你是我最重要的风向标之一，如果你在我心目中的地位可以同时升高和降低的话。聚会真的完美又或者人们只是出于礼貌假意逢迎，全都得仰仗你来告诉我，所以，你能这么想我着实很开心。"

"看到你开心,卡布也就开心了。我正在问他我们那位切尔格里安挚友的情况。"

"哈,可怜的基兰。"

"可怜?"

"没错。你知道的吧,关于他的妻子。"

"不,我不知道。怎么了?她长得很丑吗?"

"不是!她去世了。"

"这种情况一般不会改善外貌问题。"

"齐勒!没开玩笑!这个可怜的家伙在卡斯特之战中失去了妻子。你不知道吗?"

"不知道。"

"我想齐勒勤勤恳恳地避开了一切与基兰少校有关的消息,正如我勤勤恳恳地收集。"

"而你竟然没有和齐勒分享,卡布?羞愧吧!"

"看来今晚我的羞耻心是个热点。不过确实没有,还没有。你赶到的时候我正打算转述来着。"

"哎,彻头彻尾的悲剧。那时他们结婚还没多久。"

"至少他们还能期待有朝一日再相逢,在我们那个寡廉鲜耻的、荒谬的人造'乐园'。"

"没可能了。她的植入物没能拯救她的人格。她永远离开了。"

"多么粗心啊。那么少校的植入物呢?"

"那是什么,亲爱的齐勒?"

"是什么?你们没有从他身上检查出什么奇怪的玩意儿吗?特工、间谍、杀手通常随身携带的玩意儿。等等,你们仔细检查过了吧?"

"……嗡嗡机不说话了。你觉得它坏了吗?"

"我觉得它是在和其他机器伙伴交谈。"

"乱七八糟的颜色就是这个意思吗?"

"不知道。"

"只是灰色,对吧?"

"确切来说,是铁灰色。"

"现在是紫红色吗?"

"更像是紫蓝色。不过你的视觉和我的不太一样。"

"呃哼。"

"哈,你回来了。"

"没错。刚刚那个问题的答案是,基兰特使在来程中接受了几次扫描。确认来客身上没有携带任何可疑物品之后,舰船才会许可登舰。"

"你确定吗?"

"亲爱的齐勒,辗转了三艘现役战舰他才来到马萨克。你知道这些舰船对可能会造成卫生隐患的东西会执着到什么地步吗?"

"他的灵魂守卫呢?"

"我们没有直接扫描,直接扫描意味着透视他的思维,相当失礼。"

"啊哈!"

"'啊哈'什么?"

"齐勒担心少校会绑架或者谋杀他。"

"太扯了。"

"谁知道呢。"

"齐勒,我亲爱的朋友,请听我一言。如果你在为这事儿苦恼,那么请放宽心,不必害怕。绑架……我无法告诉你绑架的概率有多大。谋杀……概率为零。基兰少校全身上下携带的最具威胁性的东西,不过是一把仪式用的骨矛。"

"哈!这么说我会被充满仪式感地杀死。确实非同一般。明天就见面吧。我们可以去露营,在一顶帐篷里入眠。他是同性恋吗?我们还可以交媾。虽然我不是,但除了中心提供的梦中情人,我也很久没有快活了。"

"卡布,别笑了。你就不该惯着他。齐勒,只是一把匕首而已,没别的用途。"

"和刀锋飞弹不一样,是吧?"

"和刀锋飞弹不一样,甚至没有任何伪装,也无关忆形体①。匕首简单朴素,由钢和银制成,实际上比拆信刀强不到哪儿去。我敢肯定,如果我们让他丢掉——"

"忘掉这个傻兮兮的匕首吧!说不定它携带了某种病毒或者疾病,诸如此类。"

"呃。"

"'呃'是什么意思?"

"这么说吧,大约七八千年前,我们的医学就已经日臻完善。这七八千年来我们一刻不停地对其他物种进行评估,以求全面了解他们的生理结构。所以,考虑到人们的自身免疫力,任何普通疾病——哪怕是新生疾病——都无法站稳脚跟,在外界医疗资源面前就更加毫无招架之力了。不过,确实有人曾经研制出基因密钥型大脑腐坏病毒,这种病毒发作迅速并且传染性极强。当杀手和谋杀对象共处一室时,杀手只要打一个喷嚏,五分钟后,他们的脑子——只有他们两个——就会化为汤汁。"

"所以?"

"所以,我们也对这类危险物品进行了搜查。基兰是清白的。"

"如此说来,登陆马萨克星陆的就只有纯洁的、由细胞构成的

---

① "文明"的一种武器,最早见于《腓尼基启示录》。

基兰了?"

"还有他的灵魂守卫。"

"好吧,说说他的灵魂守卫?"

"经我们识别,平平无奇,乏善可陈。它的大小和外表都和普通灵魂守卫无异。"

"外表无异。这就是你们识别出来的全部?"

"是的,它——"

"我的霍姆达朋友,不敢相信这些人竟在整个银河系中以'彻底'而闻名。难以置信。"

"以'彻底'而闻名?我以为是'怪癖'。不过,你说得没错。"

"齐勒,听我给你讲个故事。"

"哦,必须讲吗?"

"恐怕必须讲。曾经有人暗中谋划,企图骗过星际事务部的检查系统。"

"以序列号给自己命名,而不是荒谬可笑的飞船名?"

"不。他们自以为可以把炸弹偷偷带上通用星际飞船。"

"我遇到过一两艘。不瞒你说,我也产生过上述念头。"

"他们制造了一个有身体缺陷的仿真机器人。脑积水,你听说过这种病症吗?"

"脑子进水?"

"胎儿头部充满脑脊液,成年人大脑外包裹着一层薄膜,紧贴在颅骨内壁。当今社会已经看不到这种病症了,但他们给出了合理的解释。"

"女帽制造商的吉祥物?"

"一位先知。"

"我猜得很接近了。"

"关键是这人的颅骨中央藏着一个微型反物质炸弹。"

"啊。他摇头的时候你们听不到碰撞声吗?"

"反物质炸弹密闭壳由一根原子单芯线固定。"

"所以?"

"还不明白吗?他们觉得把炸弹藏在头颅里,有大脑包裹着,就能够安然躲过'文明'的扫描,因为众所周知我们不会窥探人们的脑袋。"

"所以他们猜对了,计谋奏效,飞船被炸成了碎片。我该感到安心吗?"

"并不。"

"我就只是说说。"

"他们错了,爆炸装置暴露无遗,飞船平稳地航行。"

"发生了什么?炸弹松动了,那人打了个喷嚏,尴尬地把炸弹喷出来了?"

"标准意义上的精神扫描是从超空间、第四维度进行观测。物理上无法透视的空间就像是一个圆环,锁上的房间也完全畅通无阻。在机器看来,你和我都不过是平的。"

"平的?哈。我遇到的个别评论家肯定去过超空间。显然我欠他们一个道歉,该死。"

"虽然飞船没有读取这个可怜虫的大脑——不需要扫描得这么细致,但是显而易见,他携带了一颗炸弹,炸弹就在他的大脑顶部。"

"我有一种感觉,你兜了这么大一圈只是为了迂回地告诉我不用担心。"

"如果兜圈子了,我道歉。我确实只是想让你放心。"

"就当我放心了吧。我再也不会想象这个浑蛋是来暗杀我的了。"

"这么说你愿意见他了?"

"该死的绝对没可能。"

"自始至终都是美好而和平的谈判。"

"嗯,喜欢。是一艘战斗飞船?"

"当然。"

"一定的。"

"嗯,轮到你了。"

"不关我事。"

"啊哼。"

"'啊哼'?就'啊哼'?"

"得了,那名字对我没效果。我不感冒,这个如何?"

"不太清晰。"

"好吧,我就喜欢这种调调。"

"用棍棒戳。"

"战斗飞船?"

"通用星际飞船。"

"我说,给你看个大宝贝。"

"什么?"

"就叫我说,给你看个大宝贝。你得小声念出来,还要用小写字体来写。一艘战斗飞船,不难想见。"

"哦,好吧。"

"这大概是我最中意的名字了。就这个最好。"

"不,比不上把枪给我再问我。"

"凑合,但不算巧妙。"

"好吧,起码不会产生歧义。"

"换个角度,谁会在乎?"

"很好。反击得妙。"

"我们素未谋面,但你是我的死忠粉。"

"哦?讲真?你说啥?"

"没什么,随便说说,有意思吧?"

"好吧。不过,很高兴你最终还是认同了。"

"什么叫'最终认同了'?"

"终于认同,名字有必要体面点。"

"你在胡说什么?这几年我一直在引用你们飞船的名字,你到现在才发现。"

"容我也引用一个回应:无济于事,我一眼识破。"

"什么?"

"你听到了。"

"哈!再来一个,最后那句完全不可信的声明将我迷惑。"

"哦,得了吧。你信誉度为零。"

"你可爱但蛮不讲理。"

"你精神错乱又固执己见。"

"你才不是这里最酷的人。"

"你一直在瞎编乱造。"

"我没有……等等,抱歉,这是飞船的名字吗?"

"不是,但我现在想到了一个:你在胡说八道。"

"难缠的家伙。"

"专横又……不靠谱。"

"慢性悲伤主义病的个案。"

"鬼话加工厂又一个好产品。"

"常识而已。"

"左耳进,右耳出。"

"你一出现就乱套了。"

"怪我父母咯。"

"不当的回应。"

"一时失误。"

"失了和平。"

"洗心革面做好人。"

"骄兵必败。"

"伤停补时。"

"看看你害我干了什么蠢事。"

"亲亲就好了。"

"听着,你俩要打架就出去打。"

"……这是一个名字吗?"

"我想不是。不过也可以是。"

"很好。"

"中心。"

"齐勒,晚上好。玩得愉快吗?"

"不。你呢?"

"当然。"

"当然?真正的快乐能够……提前预知吗?多没意思。"

"齐勒,我是中心的主脑。整个——不是自夸——如神话般美好的星陆都由我照看,更别提星陆上还有五百亿居民了。"

"确实,我也没打算提他们。"

"此刻,我凝视着银河系内一颗二十五亿光年外的超新星逐渐黯淡。离马萨克更近的地方,差不多一千光年之外,我凝望着一个濒死的行星在红巨星的大气层中公转,一边旋转,一边缓慢地坠向恒星炽热的内核。多亏了超空间技术,我还可以目睹一千年后这颗行星在撞击恒星的刹那间毁灭的壮阔景象。

"银河系中,我追踪着数以百万计的彗星和小行星,为它们规划出数以万计的运行轨道——一些天体被用作建造星陆板区地形地貌的原材料,一些只是为星陆让出通道。明年,我将引导一颗巨型彗星横穿马萨克星陆,从马萨克中心和星陆轮盘之间的虚空中掠过,场面必定蔚为壮观。此时此刻数十亿小天体正加速向我们飞驰而来,只待今晚双新星时代落幕之际,为阁下的交响曲首演带来一场出奇盛大的灯光秀。"

"这——"

"与此同时,我还在同时和数百位主脑交流——一天之内数以千计。包括每一种飞船的主脑——有的正在接近,有的刚刚远离,有的是老朋友,有的和我意趣相投、性格相似;还有的来自不同星陆,以及大学的智者。我拥有十一个浪游的人格构念,每一个都漫游于更辽阔的星系中,从一处游曳到另一处,与其他主脑一同栖居在通用系统星舰、小型飞行器、星陆、隐秘派[①]怪客的飞行器上。当这些人格构念从异乡返回,我们的思想彼此交融,这些同胞手足会给我带来怎样的变化,此刻我只能心怀憧憬,进行肤浅的想象。"

"听起来一切——"

"尽管当下我招待的来宾中没有主脑,但我满心期待。"

"——有意思。现在——"

"除此之外,生产瞭望机组等子系统一刻不停地进行着有趣的对话。举个例子,一小时之后,巴泽恩山壁下方的飞船制造洞穴中,一个新的主脑即将诞生,年底前它会被装载到一艘通用联络星舰上。"

"哦,老天。继续。"

"通过一个行星遥感系统,我看到一对气旋系统在纳拉崔安

[①] The Ulterior,"文明"中一个流行的派别,因理念和行事方式异于"文明"的主流风尚,实际上脱离"文明"而存在,不再全力支持"文明"。参见《Excession》。

相撞，极端暴虐的大气现象作用下，气旋在原本可居住的生态球上留下一串符文。在马萨克星陆，我目睹了希尔德里板区上皮尔桑古恩山脉中发生的数次雪崩，旋涡状的飓风横穿艾克鲁姆的沙班稀树草原，毗刹海中的旋涡状小岛碎裂崩解，莫本的森林燃起熊熊大火，格雷汀斯河水位下漏形成假湖，琼泽拉城上空烟花绽放；还看到弗尔的一个村庄里，木制屋架慢慢落成，爱侣们在阿卡迪的小山顶上——"

"够了，你已经证明——"

"——上演'四重奏'。嗡嗡机和其他有自主意识的智能机器无处不在，它们可以高速地进行直接交流。携带植入物的人类和其他生物体也能够即时交流。当然，我还有百万个人形化身，它们此刻大都在倾听、交流。"

"……你说完了吗？"

"说完了。上述种种光是听恐怕难以领略，不如想想那些人形化身，那些聚会、音乐会、舞会、庆典、派对和宴会，品味那许多妙语佳话、理念，以及所有火花四溅的智慧吧！"

"想想这些鬼话，这些毫无意义、不合逻辑的言论，所有这些自吹自擂和自欺欺人的言辞、冗长而愚蠢的废话，讨好逢迎的无谓之举、迟钝的思维，一切难以理解和无法理解之处，再想想紊乱的腺体导致的迂回言辞，以及令人窒息的无聊。"

"你在开无伤大雅的玩笑，齐勒。我不会在意。不管多么无聊的事情，我都可以礼貌又恰当地回应，饱含热情，并且不费吹灰之力。就像游走于行星、星球和飞船这般简洁有序的事务之间，自然而然地便将茫茫太空中一切无聊的元素抛诸脑后。不过，诚然，上述陈词并不都是无聊透顶。"

"看到你生活得这么有滋有味，你不知道我有多欣慰，中心。"

"多谢。"

"介意聊聊我的事吗,就一小会儿?"

"多久都可以。"

"就在刚刚,我的脑海中闪过一个糟得不能再糟的想法。"

"什么?"

"关于《光之将尽》的首演。"

"哈,你给自己的新作起了个名字。"

"没错。"

"我会告知所有相关人士。除了刚才提到的陨石雨,依照惯例,我们还会有激光烟火表演。舞蹈剧团和全息图像演绎当然也不会缺席。"

"是的,是的,相信我的音乐会为种种奇观提供相称的听觉壁纸。"

"齐勒,希望你明白一切都将以高雅的意趣收尾。第二颗新星爆发之时,星辰寂灭,万籁俱静。"

"我担心的不是这个。我相信那将会是无比壮丽的一幕。"

"那么,你担心什么呢?"

"你们会邀请该死的基兰,对吧?"

"哈。"

"嗯,'哈'。你们会邀请的,对吧?我就知道。我感到肿胀流脓的脑汁在头颅里晃荡。一开始我就不该答应让他搬到阿基米来。真不知道当时我是怎么想的。"

"不邀请基兰特使实在有失体统。这场音乐会大概率是今年整个星陆上最隆重的文化盛典。"

"'大概率'是什么意思?"

"好吧,是绝对。对这场演出翘首以待者不可胜数。即使在斯特里恩碗举办,大量抢不到现场席位的人还是会因一票难求而失望而归。我必须举办竞赛,确保你的死忠粉有机会到场,然后将剩下的席位随机分配给众人。星陆理事会的成员说不定都没机会现场观看演出，除非阿谀逢迎的人让出席位。届时，整个星陆同时收看实时转播的居民大概有十亿人，甚至更多。我手头上恰好有三张入场券，无奈名额紧俏，哪怕我想邀请一位化身参加，都必须消耗一张入场券。

"完美，不邀请基兰少校的理由有了。"

"齐勒，你和他是马萨克星陆上仅有的两位切尔格里安人。你是作曲者，而他是尊贵的宾客。我怎么能不邀请他呢？"

"因为有他没我。这就是理由。"

"你是说首演现场创作者本人不露面？"

"完全正确。"

"也不指挥？"

"就是这样。"

"但每次首演你都会亲自指挥！"

"这次是个例外。如果他出现在演奏会现场，我就罢工。"

"但你必须露面！"

"不，我不会出现的。"

"那谁来指挥？"

"谁都不用。指挥并非必需。作曲家亲自指挥只不过是为了自我感动，为了切身感受自己是演奏的一部分，而不只是幕后人员。"

"你之前可不是这么说的。你说，声音和情感的细微差别永远也无法写入程序，指挥家会在演奏过程中对听众流露出的情绪做出即时回应，这需要由独立的个体来甄别、分析、做出反应，类似在分散中提供一个焦点——"

"我是在糊弄你。"

"当时你看起来和现在一样真诚。"

"真诚是我的天赋。听着，如果那位唯利是图的小白脸在场，我就拒绝指挥。我会躲得远远的。可能待在家里，或者其他地方。"

"大家都会感到膈应。"

"所以，如果你希望我出现，就请把他赶走。"

"我怎么能把他赶走？"

"你是马萨克中心的主脑，想想你刚才事无巨细的阐释。你能动用的资源无穷无尽。"

"到时候把你们两个隔开还不行吗？"

"想得美。总会有理由让我们两个搞到一起。一场人为制造的偶遇。"

"如果我向你保证，你和基兰永远不会碰面呢？他会出席，但我保证你们会被安排在不同的区域。"

"通过人形化身？……你在我们周围设置声场了吗？"

"嗯，只在我们脑袋周围。人形化身的嘴唇不会动，声音也会微微改变。别紧张。"

"我会尽力控制内心的恐惧。继续。"

"如果有必要，我会在演奏会现场多安排几个化身。你知道，它们不必总是一身银白。届时，嗡嗡机也会在场。"

"庞大笨重的嗡嗡机？"

"你会看到更优质的嗡嗡机；更小巧，更出色。"

"没什么好处。我不干。"

"还有刀锋飞弹。"

"还是不干。"

"为什么？但愿你可别说你不信任我。我一向言出必行，从不食言。"

"我信任你。我之所以说不干，是因为对这场偶遇心怀期待的人会从中作梗。"

"继续说。"

"特索诺。星际事务部。老天,还有该死的特情局,我能想到的就这么多。"

"嗯哼。"

"如果他们一心想让我们偶遇——我是说毅然决然的那种想——你确定能成功阻止吗,中心?"

"你的这个疑虑自基兰抵达马萨克的那一刻就诞生了。"

"确实。不过到目前为止,任何看似偶然的相遇都难免显得人为色彩过浓,一看就是早有预谋。他们能想到我会勃然大怒,当然,这个猜测也绝对正确。我们的相遇必须浑然命定、势不可当,就像我的音乐、我的才情、我的品格,甚至我的存在本身都是天选。"

"你总归是要去的,而且如果你们被迫碰面,你还是会勃然大怒。"

"不。我找不出冒这个险的理由。我不想见他,就这么简单。"

"我以机格担保,我会尽我所能不让你们见面。"

"回答我,如果特情局决意促成会面,你会出手阻止吗?"

"不会。"

"我想也是。"

"我给出了错误的答案,是吧?"

"是的。不过,还有一件事可以让我回心转意。"

"哈,说说看?"

"读取那个浑蛋的思想。"

"我不能这么做,齐勒。"

"为什么?"

"这是一条'文明'为数不多的不容违抗的规则,近乎律令。如果我们制定法律,'禁止偷窥他人思想'必定是最早成文的法条之一。"

"只是'不容违抗'?"

"触犯禁忌者十分罕见,少之又少,下场往往是被流放。曾经,一艘名为灰色地带①的通用星际飞船犯了规。它行为不端不是一次两次了。最终,人们戏谑地称其为绞肉机②。你去查阅名录就会发现,在它原先选择的名字下面多了一条小注脚。齐勒,在'文明'中,自己选择的名字得不到承认无疑是一种莫大的羞辱。前些日子,这艘飞船消失了。很可能是它终日沉浸在自己的恶行带来的羞愧和他人的轻蔑中,郁郁寡欢,最终选择了自我了结。"

"它只不过往某个生物的大脑里看了一眼。"

"说得轻巧。偷窥他人的思想确实轻而易举,也不会带来什么实质性伤害。所以,视其为禁忌恰恰是我们向生物祖先致以的最诚挚的敬意。这条禁令是我们致敬的标杆。所以,我不能这么做。"

"你是说,你不会这么做。"

"一回事儿。"

"你有这个能力。"

"当然。"

"那就利用起来。"

"为什么?"

"因为如若不然,我不会出席音乐会。"

"这一点我了解了。我的意思是,读取他的思想是为了什么?"

"为了找出他不远千里来到这儿的真实目的。"

"你真的觉得,他会伤害你?"

"有这个可能。"

---

① 参见《Excession》。
② 参见《Excession》。

"要是我假意答应，然后只是做做样子呢？我大可以说读取了他的思想，但一无所获。"

"我会逼你做出承诺。"

"你难道没有听说，胁迫之下做出的承诺并不算数？"

"是的。而你知道你什么都不会承诺。"

"我不想欺骗你，齐勒。欺骗是可耻的行径。"

"如此听来，我就不必出席音乐会了。"

"我依旧盼着你改变主意，也会为之努力。"

"随你便。你可以再举办一场大赛，谁赢了谁指挥。"

"值得考虑。我会解除力场。一起去围观沙丘骑手吧。"

人形化身和切尔格里安人原本面对面站着，现在双双转身，融入倚在旋转宴会厅观景台护栏旁的人群。是夜，多云。预测到了今夜的天气，人们来到横跨艾弗泽维兹－莱戈尼安特两大板区的沙丘上观看夜荧滑沙。

此地的沙丘不同寻常。飓风将来自巨流河广袤沙洲的沙子吹向板区顺自转方向一侧的边缘，沙砾滑入下沉大陆的沙漠地带。无垠的流沙从一个板区蔓延到另一个板区，形成了落差足有三千米的陡坡。

人们在沙丘上不知疲倦地奔跑、翻滚、攀爬，乘沙艇或小船滑下。然而到了漆黑的夜晚，另一幅景象悄然浮现。这些栖居在沙子中的小生命，一如海洋中闪着幽幽荧光的浮游生物的近亲。夜意浓重之时，你能看到倾斜的沙面上留有一道道痕迹，那是人们在坡地上翻滚、扭动、攀爬留下的印记。

在这样的夜晚，享乐已成传统。人们出于个人私欲肆意地制造出绚丽的混沌，偶有过客驻足观瞻，场面变得愈加有条不紊。等到夜意正浓，履带式观景台、酒吧、餐馆里聚集了足够多的观众,成群结队的滑沙者和攀登者便依精心设计的路线从沙丘顶端滑下,扬起一道道宽阔的流沙瀑布,流光溢彩的V形光线如鬼魅的碎浪缓缓落下,在呼啸的沙幕上划过蓝色、绿色和猩红色的柔线,沙粒受到蛊惑般连缀成千万条璀璨的项链,一如星汉灿烂的银河。

齐勒久久地望着眼前的奇景。然后,他长叹了一口气:"他在这里,对吧?"

"一千米之外。"人形化身回应道,"跑道另一侧的高处。眼下的局势尽在我的掌握之中。我的另一个化身待在他身旁。你很安全。"

"这是我能够接受和他相隔的最近距离,除非你有所行动。"

"我明白。"

12. 不存在的回声

~所以，没有疆界。

~等你拥有了如此广阔的领土之后，再来操心也不迟。

~你觉得我很老土吗？

~没，我觉得这是自然。

~他们拥有的一切都太过量了。

~唯一欠缺的大概就是疑心。

~我们还不能肯定。

~明白。不过到目前为止，一切顺利。

掩上无锁的房门，基兰转身俯视三十米之下的地面。人们三五成群，在植物和池塘之间信步，在一个个货摊和酒吧中流连忘返，穿梭于餐馆和展摊（商店？很难找到合适的名称）之间。

他的住所挨着阿基米城一座中央楼廊的顶层。房间的一侧远眺城市的内海。另一侧是明镜一般的玻璃，可以望见下方的走廊。

阿基米的海拔高度以及由之而来的酷寒气候，意味着这座城市中大部分日常活动都是在室内进行，而不是外界。所以，和气候温和的城市不同，这里没有露天的街道，有的只是参差的楼廊，从仿古玻璃到先进的力场技术，各种建材撑起穹顶，笼罩下方的街道。即使像现在这样的暴风雪天气，人们也可以穿着夏季的衣服从城市的一头走到另一头。

暴风雪将能见范围降到了几米之内，廊内无风无雪，景致美得摄人心魄。整座城市被有意建造成古色古香的风格，石质建筑居多。建筑物色彩斑驳，红、金、灰、蓝四色混杂，石瓦覆在陡峭的屋檐上，呈现出深浅不一的蓝绿色。森林如细长的手指一般渗透整座城市，直抵心脏地带，融入更多蓝绿色，和楼廊一起将城市切出一块块不规则的街区及形状。

几千米之外，码头和运河在拂晓的曙光中泛着金光。东方，一道山脊平缓地向城市边缘隆起，天朗气清之时，基兰能看到那幢雕饰华丽的楼阁高高耸起的飞拱和尖塔，马莱·齐勒就住在里面。

~我们就不能直接过去，大摇大摆地走进他的房子吗？

~不行。听说我要来之后，他立马找人装了门锁。真丢脸。

~没关系，我们也可以上锁。

~我想最好别。

~我以为你想呢。

~我们可不希望引人猜疑，显得遮遮掩掩的。

~绝对不要。

基兰旋开一扇窗，任廊道里的声音飘入屋内。他听到水流叮当，人们交谈笑闹，还有婉转的鸟鸣以及旋律。

他注视着嗡嗡机和穿戴着悬浮装置的人飘在半空，位于自己下方，但在其他人之上；有人从楼廊另一翼的房间内向他挥手，他也不假思索地挥手回应；轻嗅着空气中弥漫的香氛和烹饪的香气。

基兰仰头望向屋顶。穹顶并非玻璃，而是某种稳固性更好的透明材质——他猜自己可以从笔形终端机那里打听到确切的用材，不过他无意为之。他徒然倾听着外界狂风卷积、呼啸的声音。

~他们当真痴迷于这种与世隔绝的生活,是吧?

~嗯,没错。

他记得切尔的肖奈斯塔城有一个和这里差不多的廊道。时间要回溯到他和乌洛塞伊相识的后一年,那时还没有结婚。他们挽着手走在街上,停在一家珠宝店的橱窗前。他漫不经心地打量着华丽的服饰,思忖是不是可以送她什么。接着,他听到她发出了细碎的声音,满溢着欢喜之情,但几乎微不可察——"呜嗯——嗯——嗯。"

起初他以为她是在逗弄自己。过了好一阵子他才恍然大悟,这根本不是戏弄,她甚至没有意识到自己发出了声音。

那一刻,他突然觉得一颗心要因欢愉和爱恋而爆裂。他转过身,用胳膊环住她,拥她入怀,看到她脸上流露出惊讶、困惑的神色,又洋溢着明媚的幸福感,他笑了。

~基尔?

"呃,抱歉。是的,他们乐在其中。"

下方有人在哈哈大笑:高亢、沙哑的女性笑声,奔放而纯粹。他侧耳倾听,回声在封闭街道坚硬的墙壁间回荡,他忆起了一个根本没有回声的地方。

临行前一晚,他们喝得酩酊大醉——基兰、埃斯托迪恩-维斯科韦尔和他的随行者,包括白髯的尤厄尔。第二天早上,他在尤厄尔的笑声中成功将自己从床上拖下来。冲了一个冷水澡,他才勉强清醒。随后,他被直接塞进垂直起降飞行器,进入次级轨道,又抵达了赤道发射城,在那里,商务航班将他们送往上方的小型轨道飞行器,一艘业已退役的前海军战舰已经在等待。宿醉感还未完全消失,他们就已经离开了切尔系统,向深空驶去。他这才猛然想起自己已经被选中,去执行不知道是什么的任务,前一晚的记忆悉数涌入脑海。

那是一个复古的餐厅。三面墙上装饰着猎物的头颅,第四面墙通体玻璃,门通向一个面朝大海的狭小露台。暖风吹开所有门扉,海洋的气息涌入酒吧。两名身穿白色衣裤的盲眼的隐无者仆从走进人群,为宾客端来发酵和蒸馏程度不一的烈酒,这便是开怀畅饮的传统。

宴会上的食物又少又咸,这是另一个传统。席间,人们觥筹交错,把酒作乐。尤厄尔和一位体型相当的宾客顺着露台的墙壁从一端冲到另一端,其间有两百米高差。那位男宾客率先到达终点,但尤厄尔更胜一筹——他半途停下,喝了一杯烈酒。

基兰喝了一杯低度酒,思索这场狂欢意图何在,莫非眼前的狂欢也是测试的一部分?他尽量不让大家扫兴,强迫自己兴致勃勃地加入好几场祝酒游戏,不过这种虚假的热忱应该很容易被识破。

夜深沉。人们逐渐窝在各自的曲形垫里,悄然安眠。过了一会儿,只剩下基兰、维斯科韦尔和尤厄尔还在作乐。此时,侍奉他们的是两个盲眼的隐无者中更为高大的一个,块头甚至比尤厄尔更庞大。隐无者身手敏捷地游走于桌椅之间,灵敏而不露声色,他绑着绿带的脑袋一路轻轻摇摆,再加上纯白的一身,简直像幽灵在晦暗不明的灯光中踽踽独行。

尤厄尔把这位盲眼的隐无者绊倒了好几次,第二次害他打碎了一托盘的玻璃杯。白髯男人笑得前仰后合,乐不可支。维斯科韦尔望着他,一如溺爱孩子的家长注视着被宠坏的孩子。高个子侍从连声道歉,摸索着走到吧台,取回簸箕和扫帚。

尤厄尔一口喝干一杯烈酒,注视着侍从用一只手把挡路的桌子挪开。他提出比试腕力,隐无者拒绝了,尤厄尔咄咄逼人地命令他接受挑战,最后,隐无者确实接受了挑战,然后赢了。

尤厄尔喘着粗气。高个子隐无者重新穿上白色外套，恭谦地垂下系着绿带的脑袋，继续投入工作。

基兰瘫在曲形椅里，半闭着眼睛旁观了整场比赛。尤厄尔似乎对隐无者取胜心怀不满，又开始喝酒。埃斯托迪恩-维斯科韦尔似乎毫无醉意，问了基兰一些关于他的妻子、军旅生涯、家人和信仰的问题，基兰记得自己当时尽量不显得躲躲闪闪的。尤厄尔盯着高个子隐无者忙忙碌碌，覆满白毛的身体绷得紧紧的。

"他们会找到那艘飞船，基尔。"埃斯托迪恩告诉他，"可能留有残骸。'文明'——感谢他们的良知——正帮我们打捞失落的飞船。飞船终究会现身的。当然，她不会。她已经灰飞烟灭了。我们的先行者说，没有任何迹象表明她的灵魂守卫启动了。不过，等我们打捞到飞船的残骸，还是能从中获悉更多情况。"

"无所谓。"他说，"她已经与世长辞。我只在乎这个，其他的都与我无关。我什么都不在意。"

"你也不在意自己丧命之后会不会继续存活吗，基兰？"埃斯托迪恩问。

"那就更不重要了。我不想继续存活，只愿死得其所。我只想和她一样，别无他求。仅此而已。"

埃斯托迪恩耷拉着眼睛，默默点头，笑意从他脸上一闪而过。他瞥了一眼尤厄尔，基兰也跟着瞥去。

这位白髯男人悄无声息地换座位。他伺机而动，等高个子隐无者接近时，突然站起身来挡住他的去路。侍从和他撞了个满怀，三杯烈酒全泼在了他的马甲上。

"笨手笨脚的蠢货！你不知道看路吗？"

"抱歉，先生。我不知道您换了座位。"说着他从腰间取下一块手帕，递给尤厄尔。

尤厄尔一把将手帕推开。"我才不要你的破布！"他尖叫道，

"我说,你不知道看路吗?"他勾起覆盖在隐无者眼睛上的条带下沿。高个子隐无者本能地瑟缩了一下,频频后退。尤厄尔早已将腿挡在他身后——隐无者绊了一跤,向后摔去,结果尤厄尔也跟着倒下,玻璃杯摔了一地,还拽翻了椅子。

尤厄尔跟跟跄跄地起身,一把拽过身后的男人。"向我出手,听到了吗?动手!"尤厄尔大声嚷嚷。白色上衣被尤厄尔扯得滑下了肩膀,牢在双臂上,高个子仆从一时间有点手足无措。然而,无论怎么激将,他似乎都无动于衷,丝毫没有动手的意思。尤厄尔对他大喊大叫,他只漠然站立。

基兰感到不适。他望向维斯科韦尔,后者面色宽容。基兰从桌子旁起身。维斯科韦尔伸手按住他的胳膊,但基兰推开他的手。

"叛徒!"尤厄尔对隐无者吼道,"间谍!"他把隐无者推来搡去,左右摇晃。高个子男人撞上桌椅板凳,跟跟跄跄险些摔倒,他双手被绑,无法保护自己,只能用中肢支撑,避开看不见的障碍物。

基兰绕过桌子上前。他被椅子绊了一下,只好扶住桌子以免摔倒。尤厄尔拽着隐无者不停打转,试图扰乱他的神智或者让他晕头转向,迫使他摔倒。"你等着!"他冲着侍从的耳朵大吼,"我要把你打入牢房!"基兰推开桌子。

尤厄尔将隐无者扯在身前,大步流星地向外走去——不是离开酒吧的双开门,而是通往露台的玻璃门。侍从起初毫无怨言,后来似乎是找回了方向感,或者闻到了大海的腥咸气味,听到浪花拍岸的声音,感受到流动的空气吹过毛发,因为他突然往后缩,小声抗议起来。

基兰想尽快赶到尤厄尔和隐无者身前,拦住他们。此刻他正在桌椅的海洋中摸索前行,只差几米了。

尤厄尔腾出一只手,扯掉隐无者眼睛上绿色的覆带——刹那间,基兰看到两个空洞的眼窝——然后将布条塞进男人的嘴巴。尤厄尔一个扫堂腿向对方踢去,男人努力稳住身体,跌跌撞撞地被逼到了露台的矮墙边,最终从墙上跌了出去,坠入茫茫黑夜。

尤厄尔站在原地,重重地喘着粗气,基兰跟跟跄跄地走到他身边。两人俯身向下望去。海蚀柱附近溅起一圈朦胧的白色碎浪。片刻之后,基兰看到黝黑的海面上映出一个小小的白色身影。又过了一会儿,一声微弱的惨叫飘向上空。白点被海浪吞噬,再也没有浪花溅起,几分钟后,叫声消失了。

"愚蠢。"尤厄尔一边说,一边抹去嘴角的吐沫。他对基兰笑了笑,随后像是意识到了什么,略显不安地连连摇头。"悲剧啊。"他说,"精神可嘉。"他一只手搭上基兰的肩膀,"找乐子去,嗯?"他伸手揽住基兰,紧紧地将对方压在怀里。基兰一度想推开他,但男人太强壮了。两人在露台矮墙旁晃悠,就站在刚才事故的发生地。男人将嘴唇压在基兰的耳朵上。"你觉得他想死吗,基尔?你说呢,基兰?嗯?你觉得他是找死吗?"

"我不知道。"基兰嘀咕了一句,终于成功用中肢将男人推开。他站直身子,抬头看着白髯男人。现在他冷静多了,半是惊恐,半是淡漠地说:"我知道是你杀了他。"瞬间,他想到自己可能也会丧命。防御的念头在他脑海中一闪而过,但他没有动。

尤厄尔微微一笑,回头望向维斯科韦尔。老人一动不动,安然地坐在原地。"惨烈的事故。"尤厄尔说。这位埃斯托迪恩摊开双手。尤厄尔扶着墙才能控制住颤抖,然后向基兰挥了挥手:"惨烈的事故。"

基兰忽然一阵头晕目眩,瘫坐在地。从眼角开始失去视觉。"也要离开我们吗?"他听到尤厄尔在发问。接着,就到了第二天早晨。

"所以，你们选择了我？"

"是你自己选择了自己，少校。"

他和维斯科韦尔坐在私掠巡航舰的休息区。算上尤厄尔，舰船上一共只有三个人。舰船有自己的人工智能，不过总是沉默寡言。维斯科韦尔声称自己对舰船的指令并不知情，也不知道目的地在何方。

基兰缓缓地啜饮着含有抗宿醉化学物质的恢复药剂。药剂不能说没有用，但效果来得再快些就好了。

"尤厄尔对盲眼的隐无者做了什么？"

维斯科韦尔耸耸肩："实属不幸。人们肆意豪饮的时候总会发生类似的惨剧。"

"这是谋杀，埃斯托迪恩。"

"很难证明，少校。就我个人而言，当时我就像这位不幸的遇难者一样什么都没有看见。"他微微一笑，但笑容很快就消失了，"此外，基兰少校，我想你会明白应征入伍的尤厄尔在这方面享有一定的自由度。"他拍了拍基兰的手，"不必再让这个惨剧困扰你了。"

基兰将大多数时间都消耗在舰船的健身区。尤厄尔也一样。不过，他们鲜少交谈。基兰没什么话想对另一个男人说，而尤厄尔似乎也毫不在乎。他们推、拉、跑、跳，在健身区挥汗如雨，累到气喘吁吁；两人用沙土洗澡，毫不避讳地淋浴，几乎将对方视若空气。尤厄尔戴着耳塞和护目镜锻炼，时而放声大笑，时而发出响亮的赞叹。

基兰完全不理睬。

一天，基兰用沙子擦拭身体，一颗汗珠从脸上滑落，如染上灰尘的水银珠一般滚入脚边的坑中。蜜月期，他们在用沙土洗澡的时候发生过一次关系。她香甜的汗珠就这样落在细小的沙粒中，沿着身体留下的柔软凹痕，如流动的丝绸一般优雅地滚动。

突然，他意识到自己发出了悲恸的呻吟。基兰望向主区尤厄尔所在的方向，但愿那个男人没有听到，然而男人此刻已经摘下耳塞和护目镜，对他咧嘴一笑。

私掠巡航舰行驶五天之后，出现了意外状况。舰船寂静无声，移动路线有些古怪，像是行驶在坚实的地板上，止不住地左右打滑。先是砰砰声，随后是咝咝的漏气声，接着，舰船上几乎一切噪声都在一瞬间消失。基兰坐在小小的座舱中，试图切入外部视图，然而什么都没有。他想要调取航行信息，但这个功能被关闭了。他第一次为这艘舰船没有舷窗或舱口而感到叹惋。

他在考究的备用舰桥上找到了维斯科韦尔，老人从舰船的手动控制系统提取了一段数据截片，正将东西悄悄藏进罩袍。舰桥上几块数据屏突然熄灭。

"埃斯托迪恩？"基兰问道。

"少校，"维斯科韦尔说。他轻拍基兰的手肘，"我们要搭一趟顺风船。"基兰正要开口询问目的地，老人抬起手制止，"最好别问搭谁的船，也不要问去哪儿，因为我没法告诉你。"他微微一笑。"假装我们还在利用自己的动力航行就好。这并不难。不必担心，我们在这里安全得很。万无一失。"他用中肢碰了碰基兰，"晚餐见。"

二十天过去了。基兰愈加健壮，也深度研学了入世种族的古代史。某天他醒来后发现，舰船突然变得异常聒噪。他打开座舱内的屏幕，注视着眼前的茫茫深空。导航视图仍然无法切入。借助不同感应器的各个观察视角，他没发现有什么特别的，直到一个模糊的Y形暗影映入眼帘，出现在银河边缘克劳德星云附近。

短短二十天就来到了这里，他们搭乘的"顺风船"想必比切尔的快得多。他好奇交通工具到底是什么。

广袤的蓝绿色空间中，私掠巡航舰被包裹在一个真空泡泡里。一股直径足有三米的气柱颤颤巍巍地与私掠巡航舰的外部气密舱相连。气柱远端悬浮着一个疑似小型飞行器的东西。

空气在他们穿过时陡然变冷，等他们走近飞行器时又逐渐回暖。大气浓稠。脚下的气体通道坚固中带着一抹柔顺的触感，如木头一般。基兰提着自己为数不多的行李；尤厄尔拎着两个巨大的装备袋，仿佛随手拿着两个钱包；一只"文明"的嗡嗡机跟在维斯科韦尔身后，为他搬运行李。

飞行器大约四十米长。这是一个深紫色的巨大椭球形单体，光滑流畅的外壳上生长着纤长的条箍状黄色褶边，在温暖的空气中，褶子像鱼皮一般缓缓泛起波纹。顺着气体通道，三位切尔格里安人走进悬吊在飞行器下方小小的吊舱。

吊舱不像是机器造物，更像是挖空了果肉的巨型水果留下的外壳。吊舱似乎没有窗户，当他们登上因吃重而微微倾斜的吊舱，便看到阳光穿透薄纱一般的仪表盘，平滑的内壁泛着崧蓝绿色的光泽。吊舱平稳地载着他们。炫彩的舱门关闭时，气体通道从他们身后撤走。

尤厄尔塞上耳塞，戴起护目镜，忘情地向后靠去。维斯科韦尔端坐着，银质手杖立在双脚之间，下巴抵在手柄上，透过薄纱般的舷窗出神地望向外面。

关于他们身在何处，基兰只有一点儿模糊的印象。会合前几个小时，他就已经看到这个伸长的8字形庞然大物横亘在前方，缓慢旋转。飞行器以缓慢的速度逼近，似乎只启动了应急推力，眼前的物体——世界（粗略了解它的尺寸之后，他觉得这么称呼才恰如其分）——不断变大、变大，渐渐填满视野，始终没有泄露任何表面细节。

最终，8字的一个环遮住了另一个，他们正在接近的似乎是一个充斥着蓝绿色液体、泛着莹莹幽光的巨大星球。

依稀可见五个小太阳一般的物体随巨大的8字形世界一同旋转，不过，它们小得不像是星体。小光球分布的位置暗示着还有两颗小球藏在这个世界的背面。当飞行器开始以与这个世界的自转速度相匹配的速度绕行，挨得够近，他们终于看到前方目的地出现了一个缺口，缺口后侧有一个紫色的小斑点。基兰看到球体里似乎隐约藏着层层云翳。

"这是什么地方？"基兰问道，尽力掩饰语气中流露出的惊奇和敬畏。

"人们称之为'大气圈'，"维斯科韦尔说。老人谨慎地流露出一丝欣喜，并没有很明显，"一种典型的双叶系统，名字是奥斯肯达里大气圈。"

飞行器向下俯冲，在浓稠的空气中越潜越深。他们穿过一层宛如海上浮岛一般的薄云。飞行器在穿过这层屏障时轻微摇晃。薄薄的云翳被下方遥远的红日照得透亮，基兰伸长脖子望向耀眼的云霞，一时间有些晃神。

下方，雾霭中显现出的轮廓引起了他的注意。那是一片巨大的荫翳，比周围的蓝色更深邃一些。飞行器接近时，他看清了那个庞然大物投下的巨大阴影，阴影向上一直延伸到雾霭中。他再次感到目眩神迷。

他也有护目镜。基兰戴上护目镜，将眼前的景象放大。深蓝的身形消失在蒸腾的热气中。他摘下护目镜，试着用肉眼观察。

"一只飞舰比蒙巨兽。"维斯科韦尔说。尤厄尔突然从自己的世界抽离出来,他摘下护目镜,移到基兰这一侧向外望去,飞行器随之摇晃。下方的阴影像是他们所乘飞行器的翻版,只不过更加平坦,看上去也更繁复。稍小一些的身影——有的酷肖其他款式的飞行器,有的长着翅膀——懒洋洋地绕着比蒙巨兽翱翔。

随着飞行器向这只比蒙巨兽降落,基兰细细打量着生物表面微小的体征。比蒙巨兽包膜状的皮肤呈蓝紫色,长长的浅黄绿色褶边顺着身体纵向伸展,像是在提供前行的推力,巨大的鳍从侧面和背部隆起,顶部生长着球状突触,酷肖老式飞行器翼尖加挂的油箱。比蒙巨兽的脊线两侧分布着壮观的扇形暗红色山脊,宛如三个嵌入体内的巨型尖刺。突起物、鳞茎、小丘覆满背部和侧面,形成一种大致对称的视觉效果,只在细节上有所出入。

他们仍然在渐渐下降,基兰只有贴着小小飞行器舷窗的窗框,才能将下方比蒙巨兽的头尾尽收眼底。这只生物至少五千米长,可能还不止。

"这里是他们栖居地之一。"埃斯托迪恩继续说道,"还有七八个栖居地散布在银河系边缘。没有人知道到底有多少个。比蒙巨兽雄如山脉,亘古存在。它们是智慧生物,据说是某个百万年前隐退的物种或社会的遗存。不过只是传闻。这一只叫作桑瑟门,它受我们的盟友控制。"

基兰疑惑地望着老人。后者只是耸了耸肩,仍然俯身将下颌抵在华丽的手杖上。

"你会见到他们,或者他们派来的代表,少校。但你不必知道他们是谁。"

基兰点点头,继续眺望窗外的风景。他想问为什么要来这个地方,但转念一想,打消了这个念头。

"还有多久能到,埃斯托迪恩?"他换了一个问题。

"再等一阵子。"维斯科韦尔笑吟吟地说。他久久地凝视着基兰的脸,开口道,"或许两三个月,少校。我们并不孤独。我们的同胞已经先行到达——阿波米勒修道院的二十多位修道士组成了一支队伍。他们居住在神殿飞船灵魂避风港上,位于比蒙巨兽体内。呃,不完全是在体内。据我所知,只有机身和生命维持系统停在此地,飞船的驱动系统在外面,暴露在太空中。"他摆了摆手,"据已知信息,比蒙巨兽对力场技术很敏感。"

神殿飞船的舰长高大英俊,一身朴素的长袍优雅地诠释了修道院精神。比蒙巨兽皮肤上生长着疙疙瘩瘩、如中空的水果一般的巨大突起,舰长便在尾部的登陆平台上接应。他们三人走下飞行器。

"埃斯托迪恩-维斯科韦尔。"

"埃斯托迪恩-奎特。"维斯科韦尔将舰长介绍给他们。

奎特向基兰和尤厄尔微微欠身。"这边走。"他将他们引向比蒙巨兽皮肤上的一处裂口。

沿着一条微微倾斜、触感如软木的隧道行进八十多米,四人来到一个肋条横生的宽敞腔室,腔室内空气潮湿得令人难以喘息,弥漫着若有似无的尸臭。神殿飞船灵魂避风港是一艘黑色圆筒状飞行器,约有九十米长,三十米宽,占据了这个温暖潮湿的腔室一半的空间。它似乎被藤蔓系在了腔壁上,外壳上覆盖着蔓生植物一般的东西。

在漫长的军旅生涯里,基兰已经习惯了临时营地、战地指挥所、就近征用的司令部等艰苦卓绝的居住环境。他的一部分理智已经接受了这个地方——即兴拼凑的小团体,混乱和秩序的结合体——并且暗自揣测,灵魂避风港一定到了月余了。

伴随着微弱的嗡鸣声,一对笨重的嗡嗡机——每一只都像是由两个圆鼓鼓的路锥底对底拼接而成——悬浮在昏暗的光线中,向他们飘来。

维斯科韦尔和奎特双双鞠躬。悬浮在半空的智能机器向两人微微倾斜。

"你是基兰。"其中一个智能机器说,他分不清谁是谁。

"正是在下。"他说。

两台智能机器浮到他面前。他感到脸上的毛发竖了起来,闻到某种难以分辨的气味。一阵微风在他脚边轻绕。

基兰,重要任务的执行者,在此接受测试。怕死吗?

他察觉到自己瑟缩了一下,差点后退了一步。刚刚并没有声音,这些字眼只是在他脑袋里鸣响。他是在同先行者对话吗?

怕吗?

脑袋里的声音重复了一遍。

"不,"他说,"不怕。不怕死。"

很好。死亡算不上什么。

两只机器退回原先盘旋的地方。

欢迎你们的到来。请即刻准备。

基兰发现维斯科韦尔和尤厄尔双双后仰,仿佛被突如其来的一阵强风吹到,而另一位埃斯托迪恩则纹丝不动。两只智能机器再次微微倾斜。看来他们可以就地解散了。顺着隧道原路返回,他们得以重见天日。

万幸,他们住在比蒙巨兽体外,临时住所就是先前着陆时看到的巨大空心果实。空气依然潮湿、浓稠,甜到发腻,如果说闻上去像什么,基兰觉得大概是植物的气味,至少比灵魂避风港藏身的那个腔室清新得多。

行李已经完全卸下。他们安顿下来后便乘坐来时的飞行器绕着比蒙巨兽遨游了一圈。安诺——一位身材颀长、长相笨拙的年轻男人——是灵魂避风港上资历最浅的修道士,他陪他们一起出行,讲述了大气圈传奇般的历史以及人们关于其生态的种种猜想。

"我们认为银河系中存在着上千只比蒙巨兽，"他说，飞行器正行驶在这只生物圆鼓鼓的腹部下方，从悬吊着的簇叶下掠过，"以及上百个巨岩球状生命体和庞岩球状生命体。它们的体型更庞大，最大的能和小型大陆相媲美。人们还不确定它们是否属于智慧生物。迄今为止，我们无缘一睹它们以及其他比蒙巨兽的真容，因为我们在双瓣系统中所处的位置太低了，它们永远也下潜不了这么深。浮力作祟。"

"桑瑟门怎么能停留在这儿呢？"基兰问道。

年轻的修道士看了看维斯科韦尔，之后才作答。"它被改造过了。"男人指的是上方十几个足以容纳两名切尔格里安人的吊舱，"从这里你能看到一些附生动物群正在生长。当它们发育、孵化，就会演化为游隼侦察员。"

基兰和两位埃斯托迪恩垂着脑袋坐在灵魂避风港休息区的最深处，这是一个近乎球形的舱体，直径只有几米，舱壁由承载着数百万切尔格里安已故灵魂的基片制成，厚达两米。三位男性面朝内呈三角围坐，全身赤裸。

根据灵魂避风港的计时方式，现在是他们到达当天的晚上。基兰觉得已经接近午夜。外面，依旧是十五亿年以来恒常如一却又不断变化的一天。

两位埃斯托迪恩同切尔格里安－普恩以及舰上他们的幽魂交流了片刻。基兰没有参与，不过他们对话的时候，他还是经历了一系列断断续续的反冲。仿佛身处巨大的岩洞中，听到人们在远方谈话。

接着，轮到他了。巨大的声响在他脑袋里横冲直撞。

基兰，我们是切尔格里安－普恩。

他们告诉他在脑海中思索答案，默念。他开始冥想。

~很荣幸和你们交谈。

你来这儿的原因是什么？

~不清楚。我正在接受训练。相信关于这个任务，你们比我知道得更多。

正确。就当下有限的认知而言，你愿意吗？

~我会听命行事。

对你来说，死亡是归宿。

~我知道。

不过对很多人来说，归宿是乐园。

~我愿意做这场交易。

很多人不包括乌洛塞伊·基兰。

~我明白。

你有疑问吗？

~什么都能问吗？

可以。

~太好了。我为什么要来这儿？

为了接受训练。

~可是为什么是这儿？

事关安全、预防措施、置身事外、危险，以及盟友在这个问题上的坚持。

~我们的盟友是谁？

还有其他问题吗？

~训练结束后我要做什么？

杀戮。

~杀谁？

很多很多。还有其他问题吗？

~我会被送去哪里？

远方。不属于切尔格里安的领土。

~我的任务和作曲家马莱·齐勒有关系吗?

是的。

~我要夺走他的生命吗?

如果答案是"是",你会拒绝吗?

~我没这么说。

你的顾虑是什么?

~如果答案是"是",我想知道原因。

如果不透露原因,你会拒绝吗?

~不知道。不到最后一刻,人们不知道自己会如何抉择。你不打算告诉我这个任务是否包括夺走马莱·齐勒的性命?

正确。早晚会告诉你的。任务开始之前,请先接受训练,预先筹谋。

~我要在这里待多久?

还有其他问题吗?

~刚刚你提到"危险",请解释?

接受训练,预先筹谋。还有其他问题吗?

~没有了,谢谢。

我们会读取你。

~什么意思?

我们会读取你的思想。

~你们要读取我的思想?

正是。

~现在?

是的。

~可以。需要我怎么配合?

他感到一阵头晕,身体在坐垫上颤抖。

结束了。你还好吗?

~我想是的。

纯粹无垢。

~你是说……我的思想纯粹无垢?

正确。明天,接受训练,预先筹谋。

两位埃斯托迪恩望着他,面露笑意。

他睡得断断续续,从一个溺水的梦中醒来,却只能在浓重诡谲的黑暗中眨眼。基兰摸索着戴上护目镜,座舱曲线型的墙壁在眼前映出灰蓝的微光,他从曲形垫上起身,走向唯一一扇舷窗。一股暖风缓缓地涌入,稍纵即逝,仿佛为长途跋涉而体力不支。透过护目镜,舷窗不甚精致的窗框看起来朦朦胧胧的,窗外隐约有云霞浮现。

基兰摘下护目镜。四周完全被黑暗浸透。他独自站立,任黑暗渗入身体,直到从遥远天际的蓝色暗影中看到了一抹闪光。不知道是不是闪电。安诺说过,当云层和气团相遇,紊乱的大气环流之间生成热梯度,两股势力沿着温差面攀升或下沉,这时,闪电就会出现。

又有几道闪电划破天际,其中一道虽然远在天边,但长长的拖尾仿佛朝飞行器劈了下来。他将护目镜滑回眼前,然后抬起一只手,五指张开比向闪电,利爪几乎合拢——只不过几毫米。然而浩瀚苍穹之上,闪电那么长。

又一道闪电。亮光耀眼而刺目,护目镜上的光学镜片将闪电中央炫目的小光点过滤成了黑色,以保护他在夜间的视觉。除了那道微弱的光芒,他看到漫天的云翳被照亮,远方的蒸汽翻滚着卷积而来,堆砌成巨浪和高塔,在冷蓝色的遥远苍穹中惊鸿一现,他还没回过神来,眼前的景象就已瞬间消失。

他再次摘下护目镜，侧耳倾听闪电现象背后的噪声，却只有一丝微弱的闷响，仿佛是强风在远方喧嚣，马上就要杀将过来，将他包裹，刺穿他浑身的骨骼而去。空气以极低的频率震动，仿佛在酝酿远方隆隆雷鸣，然而嗡鸣声在同一个频率上持续不断、毫无起伏，即使他屏息凝神，也无法从悠长缓慢、似有若无的音调中分辨出一丝变化和起伏。

没有回音，他想。这儿没有坚硬的地面或山崖来反射声音。比蒙巨兽如一片悬浮在半空的浩瀚森林，将一切声响收入囊中，比蒙巨兽体内的活体组织继而将声音全盘吸收。

声死亡。这个词涌入他的脑海。乌洛塞伊在大学的音乐系里做过一些研究，她曾向他展示过一个充斥着泡沫四棱锥的诡异房间。声死亡，她说。听上去就是字面意思，感觉起来也是如此。每个字眼脱离唇齿的那一刻，声音就死亡了，每一个声响孤独无依地暴露在外，没有谐振。

"你的灵魂守卫很特殊，基兰。"维斯科韦尔告诉他。第二天，他们两人单独待在灵魂避风港休息区的最深处，"它能记录你的思维状态，起到植入物的常规作用；然而，它还能容纳另一个完整的思维。从某种意义上来说，你执行任务期间，始终有一个人和你共享同一个躯体。要解释的还有很多，但就这一点而言，你有什么想说或想问的吗？"

"那个人是谁，埃斯托迪恩？"

"尚未确定。理想状态下，根据情报部门的情报侧写员，更确切地说，根据他们的智能机器，已故海军上将肖伦·哈戴什·哈伊勒是不二人选，他是你奉命从奥姆的军事机构中抢救回来的诸多灵魂中的一员，我们留有他的人格复本。然而，鉴于凛冬风暴至今仍下落不明，姑且推测它已遭摧毁，而载有哈伊勒上将的原始基片正储存在该舰船上,所以我们很有可能要退而求其次。后备人选仍在讨论中。"

"有这个必要吗,埃斯托迪恩?"

"就当有个副驾陪同吧,少校。执行任务时,你总归需要和别人交谈、商量对策,也需要有人为你建言献策。或许现在还看不出必要性,但我们有理由认定这是明智之举。"

"我是否可以理解为,这是一个长期任务?"

"没错,可能会持续数月。最短也要三十多天。目前我们无法给出更精确的数字,因为一定程度上取决于你此行的交通工具。你或许会乘坐我们自己的飞船抵达目的地,也可能有古老的入世种族提供更为快捷的运输工具,比如'文明'的飞船。"

"任务与'文明'有关吗,埃斯托迪恩?"

"是的。你将被送往'文明'的马萨克,一个环状星陆。"

"那里是马莱·齐勒的居住地。"

"正确。"

"我要杀了他吗?"

"那不是你的任务。名义上你的使命是去马萨克星陆,说服他返回切尔。"

"实际上呢?"

"时机成熟再说。到那时就实例可考了。"

"实例,埃斯托迪恩?"

"旅程之初你并不了解实际任务是什么。你只知道名义上的版本,同时笃信任务一定不像表面上这么简单,不过,你并不知情。"

"所以,我会得到某种封缄的密令?"

"可以这么理解。不过,密令锁在你的思维深处。这段记忆——从战争结束之后到你来此处接受训练——在任务接近尾声之时才会慢慢重现。一旦你回忆起今天你我之间发生的这场对话——一会儿我会告诉你终极任务，但不会告诉你如何去做——就离大功告成不远了，当然，也可能会有一定的偏差。"

"记忆能精确到一点一滴吗，埃斯托迪恩？"

"能，不过经历可能会稍微跑偏，这也正是你需要一位副驾驶的主要原因。我们这么大费周章，就是因为这项任务与'文明'有关。盟友告诉我们，'文明'从不读取他人的思维，大脑是他们认定的神圣不可侵犯的领域。你有所耳闻吗？"

"嗯。"

"我们觉得情况属实。不过事关重大，我们必须未雨绸缪，以防万一。万一情报有误，我们推测你极有可能在初次登上'文明'的舰船时被读取思维，要是接应的是一艘战舰，可能性就更大了。所以，我们煞费苦心就是想要确保，哪怕你乘坐'文明'战舰抵达马萨克星陆，他们确实往你的大脑里窥探，不管窥探得多深，都只能找到全然无害的版本。

"我们确信思维扫描可以在当事人毫无察觉的情况下进行，实践也已证明。倘若他们更深一步发掘出了连你自己也不知晓的记忆，秘密任务就将暴露无遗。如果真的到了那一步，你会有所察觉，起码事发之后你会恍然大悟。届时，少校，你的任务就提前终结了。你会死。"

基兰若有所思地点头。"埃斯托迪恩，你们已经在我身上实验了吗？我的意思是，不管我有没有答应，一些记忆已经离我而去？"

"没有。刚才提到的实验只在别人身上进行过。我们无疑对要做的事情是知情的，少校。"

"所以，随着任务一步步向前推进，我知道的内情会越来越多？"

"正确。"

"另一个人格，所谓的副驾驶，它从最开始就知晓一切吗？"

"没错。"

"'文明'无法读取它？"

"理论上可以，不过需要进行更深入、更精细的读取，远超生物大脑需要承受的限度。灵魂守卫就是你的堡垒，基兰，你的大脑就是坚实的幕墙。倘若堡垒倒坍，那么幕墙早已不复存在，或者说无关紧要。

"听着，如我先前所说，你的灵魂守卫还有很多特别之处。它承载着——或即将承载——一个微型装载物，也就是人们所说的物质传送器。显然它无法真正传送物质，但能起到类似的效果。坦率地说，我无法分辨出二者的区别。"

"和灵魂守卫差不多大？"

"没错。"

"是我们自己的技术吗，埃斯托迪恩？"

"这你就不必多问了，少校。重要的是有没有效果。"维斯科韦尔犹豫片刻，然后开口，"一直以来，我们的科学家和科技工作者源源不断地带来令人惊叹的新突破，并致力于运用新技术，相信你也看到了。"

"当然，埃斯托迪恩。你提到的微型装载物是什么？"

"你可能永远也不知道，少校。现在我也知之甚少，不过在你开始执行任务之前，时机一旦成熟我便会全盘知悉。当下，我只知道它的用途。"

"有什么用途呢，埃斯托迪恩？"

"不妨想象一场破坏，毁灭性的破坏。"

基兰沉默良久。数百万个已故先人的人格将他围在中间。"届时，微型装载物将被传送到我的灵魂守卫中，这么理解对吗？"

"并不。它已经随灵魂守卫一起安置妥当了。"

"这么说它会从设备中传送出去?"

"是的。传送过程由你控制。"

"我?"

"这正是你需要接受的训练,少校。我们会指导你使用设备,以便时机来临时你能将微型装载物传送到指定位置。"

基兰眨了几次眼:"我确实有点跟不上前沿技术,但——"

"不必介怀,少校。现有科技对于此次任务影响甚微,这是一项全新的技术。据我们所知,定向传送至今尚无先例,也没有参考书可供查证。你倒是能帮忙撰写教程。"

"明白了。"

"我来和你详细说说马萨克星陆的事情吧。"埃斯托迪恩拢了拢斗篷,窝进窄小的曲形垫,"马萨克是'文明'的一个环状星陆,形如纤细的手镯,由宇宙中诸多物质塑造而成,绕着一颗恒星旋转——也就是雷斯莱尔恒星。人们认为那片星域理应出现一颗宜居的行星。

"环状星陆的规模和我们的太空居住地全然不同。与所有'文明'星陆类似,马萨克直径约三百万千米,周长近一千万千米。星陆界墙的底部大约六千千米宽,墙面高达一千千米,向太空敞开;这一庞大的世界旋转而形成的表观重力将大气固定在星陆周围。

"星陆建造的尺寸并非任意而为,这些数字刚好确保其公转速度在带来一个标准重力的同时,也能产生一次昼夜循环——即他们的标准日。当星陆内表面一部分栖居地正好背对恒星,那些地方就进入了黑夜。整个星陆都是由散碎在宇宙空间中的外部物质构成,主要依靠力场维系在一起。

"悬浮在环状星陆中央的便是星陆的中心,从那里到星陆边缘任何地方的距离都是相等的。被'文明'称作'主脑'的高级人工智能就栖居在此处。'主脑'事无巨细地照看着整个星陆的运行。上千个次级系统监管着除核心环节之外的所有事务，中心可以在同一时间直接控制某个或所有次级系统。

"中心拥有数百万个与人类相似的实体——人形化身，借由化身，中心可以和星陆上所有居民进行一对一接触。理论上而言，中心有能力直接管理星陆上每一个化身和各个系统，同时还能与所有人类、嗡嗡机，乃至海量的飞船、主脑单独交流。

"每个星陆都不尽相同，星陆的中心也各具特点。有的星陆上陆地不多。星陆通常由块状地片和海洋拼凑而成，这些块状的地形地貌被称为板区。对于马萨克这般幅员辽阔的星陆而言，板区通常与'大陆'无异。环状星陆建成之前，也就是马萨克的巨镯尚未闭合之时，整个星陆只有两块板区那么小，中间隔着三百万千米的距离，只通过力场相连。这种星陆可以容纳的最大人口数量约为一千万。马萨克星陆则是另一个极端，承载着超过五百亿居民。

"马萨克星陆以高备份率闻名遐迩。人们时常调侃说，高备份率的原因在于大多数居民热衷于投身危险运动，不过，真正的缘由要追溯到这个世界的创始之初，当时恒星雷斯莱尔并不稳定，恒星释放的耀斑足以将星陆上所有人类暴露在超强辐射下，让一切生命消失殆尽。

"最近七年，马莱·齐勒一直居住在马萨克星陆上。那个世界似乎很合他的意。如我所说，表面上你将亲自奔赴马萨克星陆，劝说他结束流放生涯，重返切尔世界。"

"明白。"

"然而，你真正的任务是促成马萨克星陆中心的灭亡，随之而来的就是生灵涂炭，相当多居民会因此丧命。"

化身正要带他参观一个位于山壁正下方的制造基地。他们身处一辆地下车中，这辆装配舒适的地下车划破茫茫真空，飞速行驶在马萨克下表面。两人绕着星陆已经行驶了五十万千米，亿万星辰穿透脚下的仪表盘大放光芒。

地下车的行驶路线包括一座两千千米长的单线吊索桥，吊索桥横跨山壁下方宽阔的A形缺口。此刻，车子在快到中点处急停，垂直驶入数百千米之上的工厂区域。

~你还好吗，少校？

~还好，你呢？

~一样。安全瞒过任务目标？

~嗯。我表现得如何？

~完美。没有明显的物理信号。你确定自己没事？

~当然，再好不过了。

~任务正常进行？

~是的，正常进行。

银色皮肤的化身转过来望着他："少校，你确定参观工厂不会无趣？"

"制造飞船的工厂从来都不会无趣，一点儿也不。我猜你一定找不到其他地方来分散我的注意力了。"他说。

"哦，星陆幅员辽阔。"

"有一个地方我倒是很想去看看。"

"哪儿？"

"你的栖居地，中心。"

化身笑了："嗨，乐意之至。"

无尽航程

"我们快到了吗?"

"不清楚。那只生物说了什么,它什么意思?"

"先别管了!我们到了吗?"

"现在还很难断言。让我们聊回那只生物说的内容。你听得懂它的语言吗?"

"能!好吧,听得懂部分!拜托了,我们能再快点吗?"

"实际上,不能。当前的情境下我们已经达到了最大速度,所以,不妨利用这段时间聊聊你从那只生物的话中获取了什么信息。它到底是什么意思?"

"不重要!好吧,确实重要,但现在有更要命的事儿!老天,赶紧的!加速!加速冲啊!"

沃根·泽普、974号普拉隼、三只游隼侦察员此刻仍处于比蒙巨兽桑瑟门体内。他们在蜿蜒曲折、上下起伏的隧道中艰难地前进,每隔几秒,黏腻油滑的腔壁就会骇人地搏动。前方吹来的空气从他们身边流过,散发着腐臭的气息。沃根抑制住呕吐的冲动。他们无法顺着来时的路从比蒙巨兽体内撤出,因为原先的通道在某处爆裂,现已封锁,两只在前方探路的游隼侦察员不幸当场受困,陷入短暂的窒息。

奄奄一息的生物向沃根交代了临终遗言，三只游隼侦察员和974号普拉隼又在原地进行了一番漫长而荒谬的闲谈，最终，他们才决定从另一条路离开"讯问室"。起初，这条路引他们越来越深入这只垂死巨兽颤抖的身体。

三只游隼侦察员中有两只执意在前方开路，以防不测，但此刻他们挤在错综复杂、曲折逶迤的通道中，走得无比艰难，而沃根坚信自己一个人可以走得更快。

脚下是凹凸错落的肋骨，此刻没有湿滑、颤抖的墙壁支撑，他们举步维艰。沃根后悔没戴手套。局域性的红外感知力难以分辨这里的细节，因为所有东西似乎都是同样的温度，目之所及，一切事物都被叠加了一层又一层噩梦般的灰度阴影。简直比失明还要命，沃根由衷地感慨。

探路的游隼侦察员在通道的岔口停了下来，显然陷入了思考。

突然，四周涌来一阵强烈的冲击波，一股恶臭的气流从他们身后盘旋而过，瞬间摧垮了前方的空气，两股气流混合出更难闻的恶臭气息，沃根差点呕吐出来。

他听到自己在大喊："发生了什么？"

"情况不明。"974号普拉隼回应道。顶头风又开始喧嚣。探路的游隼侦察员选择了左边偏低的通道，耸肩夹着双翼钻进狭窄的缝隙。"那边。"974号普拉隼好意提醒。

我要死了，沃根确信无疑地想，几乎可以说是平心静气。我会死在这个腐坏、肿胀、还将兀自燃烧一千万年的外星飞行器中，和其他人类隔着一千光年的距离；我会带着这条或将拯救无数性命、让我成为英雄的信息死去。

生活可太不公平了！

"讯问室"里，挂在墙上的生物只来得及吐露一件事儿就咽气了——这可能会要了沃根的命。当然了，如果它说得没错，那么即使沃根活着逃了出去，也会因此送命。从它的遗言来看，沃根此刻携带的信息足以让他成为一些人不假思索就要杀害的对象。

"你是'文明'人吗？"他对挂在腔壁上、长长的五肢生物说。

"是。"生物在说话时努力抬起头，"特工。SC[①]。"

沃根感到自己又倒抽了一口气。他听说过 SC。小时候，他做梦都想成为一名特情局探员。该死，没想到自己有朝一日真的会遇到一位货真价实的。"啊，"他听起来像极了傻瓜，"你好！"

"你？"那只生物说。

"什么？哦！呃，学者。沃根·泽普。一名学者。很高兴在这里见到你——呃——也不是。好吧，类似的意思。"他又开始摆弄那条项链，那噪声一定像是他在咻咻地笑，"别在意。我们可以把你放下来吗？这里，呃——"

"哈。不要。我想不了。"生物竟然试图挤出一个笑容。它头向后倾，像是在暗示脑后的东西，结果因痛苦而面容扭曲，"真是难以启齿。只是我被连起来了，都怪这个电缆。"它甩了甩头，"听着，沃根。你必须离开。"

"什么？"起码这是个好消息。地面在脚下震颤，又一阵隆隆的爆炸让腔壁上牵线木偶一般的死者和垂死的生命随之摇摆。一只游隼侦察员倏地展开翅膀，想要保持平稳，不料却将 974 号普拉隼撞翻在地。她嘴里发出咔嗒咔嗒的声音，怒视着这只让人讨厌的猛禽。

"你有通信器吗？"生物问他，"能向大气圈外传送信号吗？"

"没，没有。"

生物的面庞又扭曲了："该死。那你必须……离开奥斯肯达

[①] Special Circumstances，即特情局，简称 SC。

里。飞船,栖息地,任何地方都行。去能与'文明'取得联系的地方,懂吗?"

"听得懂。为什么?我要和他们说什么吗?"

"阴谋。沃根,我不是开玩笑,也不是在演习。阴谋。危险得要死的阴谋。对星陆来说……打击是毁灭性的。"

"什么?"

"星陆,整个星陆将毁于一旦。你听说过马萨克星陆吗?"

"当然!闻名遐迩!"

"有人想摧毁它。切尔格里安的派别之争。一名切尔格里安人被送往马萨克星陆,名字不详。别担心,他还在路上,不过可能很快就要抵达了。时间不详。会出现攻击行为。你,出去。赶快离开。告诉'文明'。"生物突然绷紧身体,闭上眼睛向前倾倒。一阵剧烈的颤动将挂在墙上的两具死尸撕扯下来,任它们软塌无力地掉在摇晃不止的地面上。沃根和两只游隼侦察员被仰面撂翻在地,沃根挣扎着重新站起来。

墙上的生物此刻正瞪着他:"沃根。通知特情局或者星际联络部。我的名字是吉登·苏米塞尔。苏米塞尔,记住了吗?"

"记住了。吉登·苏米塞尔。呜,没别的了?"

"足矣。现在请速速离开。马萨克星陆。切尔格里安人。吉登·苏米塞尔。就是这些。快离开。我努力维持……"生物的脑袋慢慢垂到胸前。骇人的震颤又一次撼动了整个腔室。

"这家伙刚刚说了什么?"974号普拉隼迷惑不解地说。

沃根弯下腰,拎着普拉隼干爽、结实的翅膀将她扶起来。"离开!"他劈头盖脸地吼道,"立即!"

他们撞到隧道中稍宽的一段,结果面前的路陡然下降,迎面呼啸而来的风突然势头变大,演变成了一场小型飓风。沃根前面的两只游隼侦察员收起翅膀，就像航船在怒号的气流中收起风帆。它们拼命将自己楔入如涟漪般起伏不平的墙壁，却频频被吹退，向沃根靠拢，而沃根也正努力将身子卡在湿滑的组织管道上。

"噢。"974号普拉隼在沃根后方说了一句大实话，"眼下的发展态势不是个好兆头。"

"救命！"沃根惊声尖叫，眼睁睁地看着那两只游隼侦察员死死地抓着墙壁，却向他滑过来。他想把身体拗成"X"，但两侧的腔壁隔得太远了。

"趴下。"974号普拉隼说。沃根低头看向两脚之间。974号普拉隼死死地扒住地上突起的肋条，紧紧贴在上面。

他抬头看到一只游隼侦察员已经滑到了即将撞击的范围。"好主意！"他倒抽一口气，俯身下潜，额头被两只游隼侦察员的足跟骨刺踢中。当两位从他身旁滑走时，沃根抓紧了地面上突起的肋条。狂风咆哮着撕扯他的衣服，随后渐渐平息。他从974号普拉隼身上缓缓起身，扭头向后望去。两只游隼侦察员的喙、翅膀和肢体混乱不堪地纠缠在一起。惨痛的画面。它们已经被吹出了通道，跌落到刚刚艰难穿过的窄道里，和后面的一只团聚。其中一只咔嗒咔嗒地说着什么。

974号普拉隼以咔嗒声回敬，随后猛地起身，沿着通道快步前行。"鉴于眼下的情境，尤约斯的游隼侦察员将留在此地阻挡烈火狂风，我们继续前行，直至从桑瑟门体内撤出。这边走，沃根·泽普，学者先生。"

他盯着她慢慢退回，接着不发一言地跟上。胃里有种奇怪的感觉。他努力压下，随后放松下来。此刻，他们如同待在有惯性的升降梯和飞行器内。"我们会沉没吗？"他悲戚地说。

"桑瑟门似乎在快速下沉。"974号普拉隼一边说，一边踩着前方突起的肋条向前跳跃。

"哦，该死。"沃根回头望去。这时他们已经转过一个拐角，再也看不到那三只游隼侦察员的身影。通道进一步下降，他们像是沿着陡峭的楼梯下行。

"啊哈。"普拉隼发出叹息。此时，狂风又开始新一轮的喧嚣。

沃根瞪大了眼睛。他紧盯着前方。"光！"他惊喜地大叫，"有光！普拉隼，我看到……"他的声音渐渐弱了下去。

"是火焰。"普拉隼说，"趴下，沃根·泽普学者。"

沃根瞬时俯身扑向地上的肋条，堪堪躲过火球的袭击。他飞快地深吸了一口气，然后将脸埋进双臂。他察觉到974号普拉隼伏在他身上，张开双臂将他护在身下。骇人的高温和火光持续了好几秒，"起来。"普拉隼说，"你先走。"

"你着火了！"他大吼。普拉隼用翅膀催促他，他只能跌跌撞撞地扒着肋骨向下行进。

"情况就是这样。"普拉隼说。她推搡着沃根向下走，浓烟和火舌舔舐着她的翅膀，羽翼已经被烧得卷曲。风势愈演愈烈，他只能与之斗争一番才能继续向前，强行沿着肋条构成的竖井往下走，有那么一瞬间他们仿佛回到水平状态。

向前张望，沃根似乎又看到了亮光。他抱怨了一声，随后发现那光似乎是苍蓝色，而不是黄色。

"我们接近出口了。"974号普拉隼说。

他们两个从垂死的比蒙巨兽体内掉出来，下降的速度与之旗鼓相当——这只比蒙巨兽一边燃烧一边四分五裂，在毁灭中飞速下沉。沃根拉住974号普拉隼，拍熄舔舐着翅膀的火焰，用脚踝处的引擎和背后的斗篷减速。在诸多受伤了、烧着了的小生物中，他们经历了漫长的下落，而后才被引擎和斗篷从陨落的比蒙巨兽庞大的V形残躯下拯救出来，送入更开阔的宇宙空间，一只凶猛的奥格尔巨侵魔眼看就要乘虚而入，把他们全都吞吃入腹，这时，尤约斯其他远征的游隼侦察员及时赶到,将他们救了下来。

沉默了多时的普拉隼茫然地在他的臂弯里瑟瑟发抖,普拉隼的肉体被灼烧的味道冲进他的鼻腔。他们和游隼侦察队一起,缓缓向飞舰比蒙巨兽尤约斯升去。

"离开?"

"是的,离开。走,启程,出发。"

"你希望离开、走、启程、出发,现在?"

"越快越好。下一艘飞船什么时候能到?随便谁的都行。呃,不对,切尔格里安的不行。对,只要别是切尔格里安的就行。"

沃根从未想到有朝一日自己会对尤约斯的讯问腔产生归属感,不过,现在是了。这里让他产生一种怪异的安全感。很遗憾,他必须告别了。

尤约斯借助一根连接线缆、一个名为"46号尊隼"的翻译官同沃根对话。这只体型比普通雄性略魁梧的46号尊隼傲立在974号普拉隼旁一块突出的岩石上。974号普拉隼挂在墙壁上,浑身烧焦,奄奄一息,仿佛已经了无生气,但显然她已经开始重建和恢复。46号尊隼闭上了眼睛。只有沃根一个人站在柔软而温暖的地面上。他闻到自己的衣服上散发出烧焦的气味,不禁为之一颤。

46号尊隼再次睁开眼睛:"下一个离开的物体将于五天后从彼叶耶德叶瓣的第二热带倾斜脱离站点启航。"翻译官说。

"我就搭这艘飞船。等等,是切尔格里安人的吗?"

"不是。是一只楚维奥尼恩商船。"

"就是它了。"

"从现在开始计时,没有充足的时间供你赶到第二热带倾斜脱离传送站点。"

"什么?"

"没有充足的时间供你——"

"天啊,我赶过去要多久?"

翻译官又闭目不语。过了一会儿,它睁开眼说:"从这里到第二热带倾斜脱离站点,对于你这样的生物而言,至少要二十三天。"

沃根感到肠道一阵绞痛,这种感觉自他长大起就再没有过了。他佯作镇定道:"下一艘飞船呢?"

"尚不清楚。"翻译官立即答道。

沃根强压住哀号的冲动。"我能从奥斯肯达里传送信息吗?"他问。

"当然。"

"超越光速?"

"不行。"

"你能发信号召唤一艘飞船过来吗?还有没有其他办法能让我不日离开?"

"请定义'不日'。这是什么意思?"

沃根压下一声哀号。"在未来一百天内?"

"这段时间内,没有其他物体离开。"

沃根将手指插进头发里,一通拉扯。他沮丧地低吼了一声,然后停下种种暴躁的举动,眨着眼睛。他以前从未这样烦躁,从未,不管是拉扯头发,还是沮丧地低吼。他抬头盯着974号普拉隼被烧得焦黑、失去战斗力的躯体,然后丧气地垂下头,盯着脚下的地面。脚踝上的微型引擎讥讽般地向他闪了一下。

他抬起脑袋。刚刚在想什么来着?

他在脑袋里搜寻一切关于楚维奥尼恩商船的知识。半接触。爱好和平,值得信赖,技术水平尚处在稀缺时代。飞船上装配着上百盏灯。速度达不到"文明"的标准,但也足矣。"尤约斯,"

他平静地开口,"你能向第二热带倾斜脱离站点——管它叫什么——发送信号吗?"

"能。"

"多久可以送达?"

生物闭上眼睛,随后睁开。"向外界发送信号需要一又四分之一天,收到回复也是同样。"

"很好。最近的传送站点离我们有多远?我要多久才能赶到那儿?"

又是一阵沉默。"离我们最近的传送站点第九热带倾斜脱离站点,位于此叶普莱森叶瓣。游隼侦察员过去只需二又五分之三天。"

沃根深深地吸了一口气。我是"文明"的一员,他在心中默念。眼下的情境你必须行动,你也应该行动。

"请向楚维奥尼恩商船发送信号,"他说,"就说他们会得到一笔与商船价值不相上下的佣金,条件是他们能在四天时间内来到位于此叶普莱森叶瓣的第九热带倾斜脱离站点,接我上船,然后将我送到目的地。至于目的地具体的方位,见面就知道了。请务必提及,他们的严谨作风让人不胜感激。"

话说到这里就够了,但眼下这艘商船似乎是他唯一的救命稻草,要是船长把他当作怪胎就不妙了。如果他们真的会如期离开,那么也没有再次游说的时间。他深吸一口气,补充了一句:"你可以向他们透露,我是'文明'的居民。"

他再也没有机会和974号普拉隼好好告别。第二天沃根即将动身之时,这位簇叶拾荒第十一番队的五阶决策者仍旧挂在讯问腔的腔壁上,昏迷不醒。

沃根收拾好行囊,确保将研究笔记、显影文件以及最后这几天发生之事的事件记录都准备了一份复本，交由尤约斯妥善保管，最后不忘郑重其事地准备了一杯柴果茶，一饮而尽。味道大不如前。

一队游隼侦察员护送他去第九热带倾斜脱离传送站点。临行之时，他回头望了一眼尤约斯，目送这只飞舰比蒙巨兽渐渐消失在遥远的蓝绿色光晕中，融入云翳，仍忠诚地跟在理想伴侣穆特安纳夫下后方。不知道它们是否能如愿以偿地冲向此刻正在前方某处卷集成型的上升流，搭乘这趟顺风车，如愿飞向壮观的庞岩荚状生命体巴瑟隆。

此时，他心中涌上一股甜蜜的惆怅。他再也不能体验这趟旅途，也无法与两只比蒙巨兽一同抵达。脑海中甚至闪过一丝让自己内疚不已的冲动——他希望楚维奥尼恩商船无视他的请求，没有现身，这样他就别无选择，只能再度返回尤约斯。

云翳上方，两只比蒙巨兽消失在海绵般轻盈、疏松的阴影中。沃根转身，重新直视前方。脚踝处引擎嗡嗡作响，斗篷不停地随着方向的变换自我微调，绷得紧紧的，维持成翅膀的形状。游隼侦察员在他周围扇动翅膀，震颤的空气以近乎切分音的节奏强弱有致地嗡响，营造出一种奇特的宁静感。他看向46号尊隼，这位翻译官紧紧搂着游隼侦察队队长的脖子，趴在它的后背上，似乎睡着了。

第九热带倾斜脱离站点着实寒酸。所谓的站点不过是大气圈一侧直径约十米的补丁，一层层密闭物质在这里相遇、融合，产生一个面向宇宙空间的透明舷窗。这片圆形区域周围聚集着一小撮貌似巨型果壳的东西——无疑是从比蒙巨兽身上长出的，直到前一天他还住在其中一个果壳里，那便是他的家。这些中空的球体为游隼侦察员提供了栖息之所，供它们恢复体力，沃根则在里面端坐、等待。球体中有食物和水，但也仅此而已。

他眺望星辰，以此打发时间。大气圈表面，传送站点是唯一可以歇脚赏景的地方，相较之下其他地方都呈半透明状。他还写了一首显影诗，抒发前一天深陷濒死的比蒙巨兽桑瑟门体内时恐惧的心情。

等待的过程着实煎熬。他不停地将笔拿起又放下。正是这支笔，害他此刻孤独地等待着一艘可能永远也不会出现的外星飞船，还要费心研究桑瑟门身上发生了什么、为什么"文明"探员——假设他或她没有谎报身份——会出现在桑瑟门体内，以及是不是真的如那人所说有一个巨大的阴谋。倘若他发现整件事都是玩笑，是一个疯子、一个受尽折磨的生物在恍惚之中产生的幻觉或者虚构出来的谎言，他该怎么办。

他小憩了两次，显影诗擦除了六次（他初步得出结论，自己疯了的可能性比前几天发生的事情为真的可能性大得多），此刻正权衡着下列选项的利弊：自我了结，自我存储，混入某个群居生命体中谋生，或者申请重返尤约斯继续先前的研究——调整外貌，顺便延长寿命（如他早前一直考虑的）。就在他冥想之时，楚维奥尼恩商船，一艘管道和桅杆以诡异的姿态组合起来的飞船，在传送站点的远端停靠。

楚维奥尼恩商人和他想象中的没有半点相似之处。他没来由地将楚维奥尼恩商人想象为矮胖多毛、外表粗糙的类人生物体，身上长有皮肤和毛发，但实际上它们更像是一团巨大的红色羽毛。一个红色羽毛团飘浮着穿过站点，它包裹在几乎透明的气泡中，缓缓穿行于浸满了空气的指状隧道内，空气隧道一端连着站点，另一端通向大气圈外一个管状飞行器。

"你就是那个'文明'人吗？"气泡中的生物问道，此刻它飘浮到了和沃根平齐的高度。它的声音毫无起伏，玛瑞语发音差强人意。

"正是。你们好啊？"

"你愿意支付和我们的飞船等价的路费？"

"是的。"

"这是一艘制作精良的飞船。"

"看得出来。"

"我们会得到一艘一模一样的飞船。"

"没错。"

外星生物转身同沃根身旁的翻译官交谈，发出一连串咔嗒声。46号尊隼咔嗒咔嗒地回应。

"你的目的地是哪儿？"外星生物说。

"我需要给'文明'发一个信号。所以，先赶到信号覆盖区就好。然后，送我与'文明'的飞船会合。"

沃根突然灵光一闪，或许这艘飞船在这儿就能发送信号，根本不用先去其他什么地方，他怀疑自己可真是太幸运了。接下来的几分钟，他在希望和紧张中激动得近乎战栗，直到那只生物说："我们可以去贝岩生命体克里特利，那里可以满足你交流和会合的双重诉求。"

"过去要多久？"

"七十七个'文明'标准日。"

"没有更近的选择了吗？"

"没有。"

"我们能在前往这个生命体途中发送信号吗？"

"可以。"

"多久能进入信号范围？"

"五十个标准日。"

"漂亮。请即刻启程。"

"乐意之至。报酬？"

"安全会合后'文明'会支付的。天哪,我该早点提到。"

"什么?"外星生物发出质疑。这团红色的丝状物在气泡中飘动。

"除了我们约定的报酬之外,还会有额外的小费。"

生物的羽毛团重新恢复平静。"乐意至极。"它回应道。

这个气泡向上飘浮,达到矮墙附近。第二个泡泡在越飘越近的外星生物旁渐渐成形。沃根觉得自己就像是在用肉眼观察细胞分裂的过程。"大气和温度调到了'文明'标准,"外星生物告诉他,"飞船上的重力要小一些。你能适应吗?"

"行。"

"你能自己提供生存物资吗?"

"我尽力。"他说,又思考片刻,"你们有水吗?"

"有。"

"那我就能活下来。"

"登船吧,这边请。"

两个泡泡撞上了矮墙。沃根弯腰拎起行李,望向46号尊隼:"那么,就此别过了,感谢你的帮助。祝愿尤约斯诸事顺利。"

"尤约斯托我祝您旅途平安,余生愉快。"

沃根笑了:"多谢了,请代我转达。希望有缘再见。"

"一定。"

13. 寻死的方式

　　升船机位于瀑布下方。需要时，它的重锤式支架会从湍流根部蓄满旋流的水池中缓缓升起，带出一片薄纱般的雾气拖尾。跌落的水幕后方，巨大的平衡锤缓缓向下穿过地下水池，和甲板同等大小的支架则一点一点向上运行，直至嵌入瀑布边缘宽阔的凹槽中。一旦卡合到位，闸门便会克服湍流的阻力缓缓打开，支架如同蓄满水的露台，在宽达一千米的跌水口向前突出。

　　两艘子弹形飞行器一左一右，如同巨鱼一般，为水流上行提供动力。吊杆长长地延伸出去，敞开成宽大的V形，如漏斗般接纳向支架驶来的驳船。一旦闸门再次关闭，驳船就安全地与外界隔绝，吊杆也随之收回。为应对湍流猛烈的冲击，支架侧边的铁浮门悉数张开，当外部水的重量慢慢超过了配重的平衡锤，重锤便沉入池底。

　　支架和驳船外倾着缓缓下降，伴随着轰鸣声和缕缕水雾沉向下方波涛汹涌的水域。

　　齐勒的马甲和紧身裤已经完全浸湿，他和中心的化身并肩站在乌卡勒冈舰桥下方面朝前方的起居甲板上，此刻，驳船行驶在图洛夫板区的尤瑞河上。支架下游的闸门打开时，切尔格里安人没有站稳，溅了一身水，彼时驳船在升船机支架的内侧充气层上撞来撞去,最后一头扎进汹涌的巨浪和涌起的水丘中。

他指着二百米之上云雾蒸腾的瀑布跌水口,凑向化身:"如果驳船错过了上面的支架怎么办?"他大声嘶吼,盖过瀑布的声音。

化身也淋了个透湿,薄薄的黑色衣物紧贴在银色皮肤上,但它不以为意地耸了耸肩。"那么,"它大声说,"就大祸临头了。"

"要是支架还在瀑布顶上,下游的闸门就开了呢?"

这只生物点点头:"同样,大祸临头。"

"如果支架的支撑臂松脱了呢?"

"大祸临头。"

"如果支架下降早了呢?"

"同上。"

"再比如,支架还没降入水池,一扇铁浮门就塌了?"

"你猜。"

"所以这玩意儿确实安装了反重力龙骨之类的吧?"齐勒大吼道,"就像备份,双保险?"

化身摇摇头:"没有。"水滴顺着它的鼻子和耳朵落下。

齐勒叹了一口气,也跟着摇摇头:"嗯,我也觉得没有。"

化身微微一笑,倾身凑到他身边:"渡过了生死关头之后你才想起来问这问那,我愿将其视为一个激动人心的好兆头。"

"所以我和你的居民一样对危险和死亡漠不关心咯?"

化身热情地点头:"正是。多么激动人心,对吧?"

"并不,令人沮丧。"

化身哈哈大笑。它仰视着河道两侧的高山峡谷,河流一路向前,在流经奥苏里埃拉城时汇入马萨克星陆的巨流河。"我们最好打道回府。"银色生物说,"伊伦·道林斯很快就会逝去,届时,尼松·崔索即将回归。"

"哦,当然。我们可不想错过任何荒诞的小小庆典,对吧?"

他们转身绕过拐角。驳船乘风破浪而行,一头扎进青白相间的汹涌波涛,掀起高高的水幕,水珠如暴风雨般砸在甲板上。驳船在这一拨冲击下颠簸摇晃。驳船后方,支架再次缓慢而平稳地沉入汹涌的水流中。

一大坨水涌进他们身后的甲板,顷刻间将步道变为半米深的小河。两人在水中跋涉,前往最近的舱门,一路上齐勒三支腿都没能站稳,只得一只手抓着护栏保持稳定。化身气定神闲地蹚过齐膝的水流。它撑着门,让齐勒先进去。

前厅里,齐勒抖了抖身子,明亮的木制墙壁和刺绣帷幔溅上了一层水。化身只是站着,任水从身上流下来,当最后一滴水顺着脚流到甲板上,它银色的肌肤和雾面亚光的衣服已经完全干了。

齐勒抬手捋了一把脸上湿漉漉的毛发,拍了拍耳朵。对面的人形生物整洁无瑕地笑着,而他却在滴水。他一边用视线仔细审视化身的肌肤或衣服上是否有残存的水渍,一边从马甲中又拧出了一些水。化身看上去浑身干爽。"讨人厌的特质。"他说。

"我曾好意提出启动防护罩,让我们不会被水打湿。"化身提醒他。切尔格里安人翻出马甲一侧的口袋,盯着一摊水砸到甲板上,"但你表示希望动用一切感官——包括触觉——来彻头彻尾地享受这个过程。"化身继续说道,"不得不说,当时我就觉得这个想法略显草率。"

齐勒沮丧地望着湿透的烟斗,又望了一眼银色的家伙。"看来,"他说,"又一只烟斗报废了。"

一台小型嗡嗡机捧着一摞整整洁洁、蓬松柔软的白色大浴巾拐过一个拐角,沿着走廊加速驶来,在他们身旁一个急停。化身取了一块浴巾,向嗡嗡机点点头,嗡嗡机微微下沉,跑开了。

"给你。"化身将浴巾递给这位切尔格里安人。

"多谢。"

他们转身向廊道走去。一路上经过了几家小酒馆，人们三三两两地聚在一起欣赏外面汹涌的浪花和蒸腾的雾气。

"今天我们的基兰少校身在何方呢？"齐勒一边问，一边用浴巾擦脸。

"在尼尔米提欣赏旋涡岛。卡布正陪着他。今天是当地诱发季的第一天。"

六七十年前，齐勒曾在另一个板区上观赏这幅奇景。所谓"诱发季"，指的是成熟群岛释放存储了多时的藻华，在浅海区火山堆积而成的海岸上绘出令人神魂颠倒的旋涡状图案。据说，这幅奇景在去年引诱一只栖居在海楼底的幼崽浮出水面，绽放出新的生物形态。

"尼尔米提？"他问，"在哪儿？"

"五十万千米之外呢。你现在很安全。"

"真是让人安心。你是不是已经找不到能分散我们信使男孩注意力的地方了？听闻上次你带他参观了一座工厂。"齐勒嗤笑着说出最后一个字。

化身看起来很受伤："拜托，是一座星舰制造工厂。"它说，"不过你说得对，归根到底还是工厂。我必须补充一句，只是满足他的要求。我才不愁没地方带他参观呢，齐勒。马萨克星陆上不乏你听都没听说过的胜地，但凡你有所耳闻，一定乐于拜访。"

"有吗？"齐勒停下脚步，盯着化身。

化身也突然停下，咧嘴一笑。"当然。"它张开双臂，"我可不想让你一下子看穿所有秘密，是吧？"

齐勒继续迈开脚步，一边走一边擦拭滴水的毛发，用眼角余光瞥着轻轻走在他身旁的这只银色生物。"你知道吗，你更像一位女性？"他说。

化身挑了挑眉毛："你真这么认为？"

"绝对。"

化身仿佛被逗乐了。"接下来,他提议去参观星陆的中心。"它告诉齐勒。

齐勒皱起眉头:"这么一说我意识到,我还从没去过那里。中心有什么好看的?"

"那儿有一个观景廊,可以将环状星陆整个曲面的美景尽收眼底。不过说老实话,和大多数人登陆时看到的景色大差不差,除非人们一来到马萨克就匆匆忙忙地径直飞到了地表之下。"它耸耸肩,"除此之外,没什么好看的。"

"看出来了,你们这些惊人的机器和我想象中的一样无聊。"

"彼此彼此。"

"好吧,看来观景廊能吸走他好几分钟的注意力了。"齐勒用浴巾擦了擦腋下,然后弓起身子抬起中肢,一边擦水一边依靠两条后肢行走,"你有没有向这个浑蛋透露作曲家可能不会出席自己的首演?"

"还没。我想卡布今天会提起这事儿。"

"你觉得他会发扬高风亮节的精神,滚得远远的吗?"

"不知道。如果我们猜得没错,E.H.特索诺会尽可能说服他。"化身对齐勒咧嘴大笑,"我想它不会听从你堪称幼稚的要挟之词,而是另找其他说辞。"

"行,就是这么肤浅。"

"《光之将尽》怎么样了?"化身说,"小样定稿了吗?距离正式首演还剩五天时间,这已经是人们耐心的上限了。"

"嗯,准备就绪。我只想枕着它们再睡上一晚,明天就公开。"切尔格里安人瞥了一眼化身,"你确定要这么做吗?"

"什么?你是说小样?"

"对。人们不会对首演失去新鲜感吗?先不管是不是由我指挥。"

"完全不会。大家只会听到大致的旋律，主题的掠影，仅此而已。然后人们会意识到，虽然曲调是全新的，但思想内核似曾相识。这样能方便大家更好地欣赏作品的全貌。"化身在齐勒的肩膀上拍了一巴掌，后者的马甲呲出一片细碎的水珠。齐勒惊得瑟缩了一下，看来这个外表纤瘦的生物体内蕴藏着大大的力量，"齐勒，相信我们，这很管用。啊，对了，我听了你传送来的乐曲小样，太壮观了。祝贺！"

"谢了。"齐勒继续用浴巾擦拭身上的水珠，然后望向化身。

"嗯？"化身说。

"我在想。"

"什么？"

"自从来到这里我就在苦苦思索，但一直没问出口。起初是因为担心答案会是什么，后来是怀疑我已经知道答案了。"

"如果你或者某个主脑大胆尝试，你们能模仿我的风格吗？"切尔格里安人问，"你们是否能模仿我的风格写一首曲子——比如交响乐，以假乱真到让评鉴人认为这是出自我的手笔，而我自己听了会倍感骄傲？"

化身皱着眉头踱步。它双手背在身后，又走了几步。"嗯。我想是有可能的。"

"很容易？"

"不。不比其他复杂任务容易。"

"但你可以比我创作得更快？"

"我想是的。"

"哈。"齐勒停下来。化身向他转过身来。齐勒身后，悬崖峭壁上嶙峋的怪石和郁郁葱葱的树木飞快地向后驶去。驳船在他们脚下轻轻摇晃。"那么，"切尔格里安人说，"我或者其他活人谱写乐曲——或者做任何事情——还有什么意义呢？"

化身讶异地挑了挑眉:"只说一点,你会因此获得成就感。"

"请忽略主语。对听众来说有什么意义呢?"

"他们会知道创作者是自己的同类,而不是主脑。"

"也请忽视这一点,假设人们不知道——或者不在意——乐曲出自人工智能之手。"

"如果他们不知道,那么上述比较便没有意义,信息被隐藏了。如果他们不在意,那么他们就不同于我所了解的任何生物。"

"但如果你能——"

"齐勒,你是在担心主脑或者人工智能——随你喜欢——会创造艺术作品吗?哪怕只是表面上看起来有可能。"

"坦白说,我只在意它们能否创造出我擅长的这种艺术形式,不过答案是肯定的。"

"齐勒,不必担心。你不妨像登山者一样思考。"

"哦,怎么说?"

"嗯。一群人经年累月、汗流浃背,努力克服痛苦、严寒,一路受尽艰难险阻,冒着受伤乃至送命的风险,最终登上顶峰,却发现一群同类刚刚搭乘飞行器到达山顶,正在闲适地野餐。"

"如果我是登山队的一员,我会气到发抖。"

"怎么说呢,在人们不知疲倦地拼命攀登时,搭乘飞行器登顶险峰是十分失礼的行为,但客观上来看有发生的可能性,并且真的时有发生。优良的品德意味着野餐人人有份,乘飞行器登顶的人理应对登山者致以敬意。"

"当然了,重点在于倘若汗流浃背、花了好多天才登顶的登山者只是想饱览巅峰的美景,那他们也可以选择乘坐飞行器。但这些人渴望的恰恰就是险象迭生的过程。成就感源自向巅峰攀爬以及离开的过程,而不是巅峰本身。说到底,巅峰不过就是书页之间的折痕。"化身犹豫了片刻。它微微歪头,眯起眼睛,"这个类比我扯得太远了吗，作曲家齐勒？"

"我明白你的意思。可是这位登山者考虑转变兴趣，比如享受飞行的乐趣，然后降落在他人苦苦攀登的险峰。"

"我想还是由你亲自创作吧。来吧，我迫不及待想要体验一番了。"

伊伦·道林斯半死不活地躺在床上，床边围了一圈亲友。驳船上层甲板的遮阳棚已经降下，幕帘悉数拉开，床暴露在众人视线下。伊伦·道林斯坐起身，半个身子陷入软泡泡的枕头中，齐勒觉得他躺在积云一般的气垫床上。

六十多名人类在床边围成一个新月形，切尔格里安人默默地站在最后。化身走到床边握住老人的手，俯身对他说话。它点点头，然后招手唤齐勒过来，后者假装没有看见，佯装被一只在乳白色水面上低飞的花里胡哨的鸟儿分散了注意力。

"齐勒，"化身的声音从切尔格里安人的笔状终端机中传来，"过来。伊伦·道林斯想见见你。"

"是吗？哦，当然没问题。"他深深地感觉到了尴尬。

"作曲家齐勒，很荣幸见到你。"老人同切尔格里安人握手。他的样貌并不老，但声音虚弱不堪。头发虽然已经失去光泽，有了变白的迹象，但依然浓密，皮肤上的皱纹和斑点也比齐勒见过的很多人类都少。齐勒轻轻一握，没有用力，不过他发觉对方更加软弱无力。

"哈，谢谢！生命的最后时刻，你希望——呃——见一个外星音乐玩家，让我深感荣幸。"

卧床的白发老人露出了歉疚的表情，甚至可以称之为痛苦。"哦，作曲家齐勒，"他说，"我很抱歉。我让你感到不自在了，对吧？自私的人是我。我没想到死亡可能会让你——"

"不，不，我……好吧，有点儿。"齐勒感到鼻子发酸。他环视了一圈床边的其他人。他们充满同情，一副十分理解的样子。他恨他们，"只是有些奇怪。没别的。"

"作曲家，我可以吗？"男人说着伸出一只手，这次，齐勒握得更轻了，"你一定觉得我们迎接死亡的方式很古怪。"

"比不上我们的古怪，我相信。"

"我已经准备好了面对死亡，作曲家齐勒。"伊伦·道林斯笑了，"我已经活了四百一十五岁，先生。我目睹过艾斯克行星的卡布莱斯人壮观的空夜迁徙，在高纽卓上看过力场线雕太阳耀斑；我曾紧紧抱着自己的婴儿，飞过萨特的岩洞，潜入里约塞尔的管形穹顶。我目睹了这么多，活了这么久，即使神经蕾丝试着将我散落在别处的记忆同脑海里的记忆严丝合缝地连接起来，我依然可以判定，这里失去了很多。"他敲了一下太阳穴，"失去的不是记忆，而是人格。所以，是时候做出改变了，或者前行，或者停下脚步。我已经将自己的某个版本植入一个群体意识，人们可以任何时候询问我任何事情，但我已经对生命感到厌倦。不过，我还没有去过奥苏里埃拉城，我要将它留到某个特殊时刻。"他对化身莞尔一笑，"或许宇宙终结之时，我会回来。"

"你还说要是纽措城赢了'星陆杯'，就要复活成性感热辣的啦啦队队长。"化身严肃地说。它点点头，接着从齿缝间倒抽了一口冷气，"如果我是你，我选宇宙终结。"

"看到了吧，先生？"伊伦·道林斯说，双眼炯炯有神，"我的生命即将终结。"一只骨瘦如柴的手在齐勒手上拍了一下，"唯一让我感到遗憾的就是无法现场聆听你的新作，音乐大师。我很想再留一段时间，但是……好吧，若非去意已决，总有东西能挽留我们，对吧？"

"恐怕是的。"

"希望不会冒犯到你，先生。再没有什么事情让我想等候。你不会生气吧，会吗？"

"如果我说是，会有什么不同吗，道林斯先生？"齐勒问道。

"会的，先生。如果你被深深的伤到了，我还是愿意等候的，就怕我会耗尽这些老朋友的耐心。"道林斯说着环视了一圈围在他床边的人。友好的抗议之词低低地在人群中蔓延。"看到了吗，作曲家齐勒？我已经获得了内心平静。我想我从未得到过如此一致的赞誉。"

"很荣幸我可以归入此列。"齐勒拍了拍这位老人的手。

"是一部恢弘的作品吗，作曲家齐勒？希望如此。"

"说不准，道林斯先生。"齐勒告诉他，"我对新作很满意，"他叹了一口气，"不过经验表明，我的满意与否对初期反响和最终声誉都没有很强的指导性意义。"

床上的男人笑得很开心："祝愿一切顺利，作曲家齐勒。"

"你也是，先生。"

伊伦·道林斯闭上双眼，过了一会儿，又过了一会儿。当那双眼睛再度忽闪着睁开，他渐渐松开手。"我的荣幸，作曲家齐勒。"他轻声低语。

齐勒任那只手滑落，感激地走开了。周围的人纷纷涌过来。

奥苏里埃拉城从峡谷一隅的背阴处显现出来。这座城市部分由淡黄褐色断层处的峭壁剥蚀而成，部分依托于马萨克星陆其他地方滚来的碎石。尤瑞河在这儿温顺、驯服，笔直、深邃又平静地在宽阔的河道中流淌，更小一些的运河、码头从主河道分岔出去，泡沫金属和木头制成的精致拱桥横跨水面。

大河两岸，铺满金色砂石的码头向朦胧的蓝色远方延伸，平台上星星点点地散布着人类、动物、绿茵植物、亭台楼阁、灵动的喷泉，金属格栅铸成的圆柱上点缀着璀璨的矿物质，宏伟而歪扭地傲立在码头。

高大庄严的驳船停泊在台阶旁，成群的笨爬兽坐在阶边，神情严肃地互相梳理羽毛。微风时断时续，小型飞行器的一对船帆在后方平静的水面上投下一片阴影，两岸熙熙攘攘的码头反射出璀璨的倒影。

宽阔而繁忙的石块之上，露台一层一层向上堆叠，不断往里缩进，整座阶梯状的城市就这样拔地而起。遮阳棚和伞冠树散布在观景廊和广场上；运河消失在拱形隧道中，一同没入斧凿一般的峭壁；香气怡人的焰火幻化出一缕缕紫色和橙色的烟雾，打着旋儿飘向苍蓝色天空；一群纯白色的犁尾鸟展翅盘旋，在空中无声地画出一圈圈旋涡；半空中，一座座纤细的桥梁向上拱出弧形，一座高过一座，一座长过一座，仿佛彩虹悬在雾气中，拱桥表面是繁复而华丽的雕饰，精巧的鲜花、枝叶、藤蔓和纱幔让人眼花缭乱。

乐音在这座城市的峡谷、甲板和桥梁间萦绕回荡，不绝如缕。驳船突然显现，惊得一群憨憨的笨爬兽在水边的阶梯上发出一阵激昂的叫声。

甲板栏杆旁，齐勒从眼前这片喧嚣中抽离出来，回头望向伊伦·道林斯躺着的那张床。几个人似乎在哭泣。化身一只手覆在男人的额头上，它银色的手指向下轻抚，合上男人的双眼。

切尔格里安人默默地任这座城市的胜景从眼前掠过。当他再次回头望去，一只灰色的置换用嗡嗡机在床榻上方盘旋。方才聚拢在一起的众人稍稍后退了些许，围成一圈。男人身体上方泛着银色的力场光晕，而后，光晕缩成一个小点，随即消失了。床单轻轻地落下，覆在方才男人躺着的地方。

"告别的时候，人们总是抬头望日。"他记得卡布曾经说过。

此刻，他亲身体验着马萨克星陆乃至整个"文明"迎接死亡的传统习俗。尸体已经被转移到了恒星熊熊燃烧的内核中。而且，正如卡布所说，现场的众人总是抬头望日，然而通常需要再等一百万年，甚至更久，遗体所形成的光子才能照到他们此刻站立的地方。

一百万年。这个由机器精心呵护的人造世界还会存在吗？他很怀疑。那时"文明"可能已经不复存在。切尔肯定也一样。人们此刻仰望，或许是因为他们知道一百万年之后将不再有人在此抬头凝望。

离开奥苏里埃拉城之前，驳船上还要举行另一场仪式。一位名叫尼松·崔索的女人即将复生。她生前是一名在艾迪兰战争期间服役的战士，到现在，思维已经储存了八百余年。女人希望自己能够被及时唤醒，目睹双子新星中第二颗新星的光照亮马萨克星陆。克隆体已经生长完毕，她的人格将在一小时内被激活，这样，在第二颗新星绚烂的光芒抵达之前，她将有五天时间来适应复生之后的新生活。

重生和死亡如此紧密相连，这本应减轻伊伦·道林斯的辞世带来的悲伤气氛，但齐勒发现这种对仗工整的呼应俗套又做作。他对太过刻意的复生仪式没什么兴致，船一靠岸他就跳了下去，四周漫步了一阵子，然后乘坐地下车返回阿基米城。

"没错。我是双生子，曾经是。我想这个故事已经众所周知了，而且民间流传着不同的版本。关于我的身世，人们演绎出了诸多生动的话本和解读，甚至一度涌现出了许多以此为蓝本的虚构故事和音乐曲目，精细程度无可比拟。我推荐——"

"好的，好的，这些我都知道，但我想听你亲自讲述这段经历。"

"你确定?"

"确定、一定,以及肯定。"

"那么,行吧。"

化身和切尔格里安人站在狭小的八人座舱内,正处于星陆朝向外太空的表面之下。这是一艘全介质通用的飞行器,可以在水下行驶,可以驶入大气层,也可以像现在这样以接近光速的状态航行。两人面向前方伫立,显示屏从脚下延伸出去,又跨过头顶。这种感觉就像是站在一艘飞船的前舱,船艏是玻璃制成的,只是没有哪一种玻璃能够如此忠实地展现前方和周围的景象。

伊伦·道林斯去世两天后,正是斯特里恩碗音乐会开场三天前。齐勒的交响乐已经完成,就在彩排之际,他突然被一阵熟悉的不安感吞没。思索着马萨克星陆上自己还有哪些景观没有看过,他回忆起自己曾想一睹从星陆下方飞驰而过的美景,于是便和化身一同从地下通道降落到了阿基米城地下的小小空港。

阿基米城坐落在一个几乎中空的高原上,高原内部被旧船仓库和几乎废弃的通用生产工厂占据。马萨克星陆的大多数地方,地下通道的长度都有差不多一百米,垂直向下,而从阿基米到开阔的外太空则要垂直下行一千米。

以他们上方的世界来参照,这个八人座舱速度慢了下来。飞行器正顺旋向行驶,所以头顶五十米开外的环状星陆仿佛从上空掠过,起初很缓慢,随后便越来越快,原本脚下的星辰和两侧的景象就在缓慢运转,现在像是减速直至慢慢停下。

马萨克星陆的外表面是一片沐浴在暗灰色光芒之中的广袤空间,如金属般泛着冷光,被星光或者附近行星反射过来的日光微微照亮。此刻悬于他们上方的星陆外表面是那么平滑而完满,让人敬畏,齐勒暗忖,尽管那儿布满了高塔和接入点,数不清的地下车轨道密密麻麻。

地下车轨道在一些地方缓缓攀升，从其他轨道上跨过，后者行至半路沉入外表面的轨道系统，而后再重新回到一望无际的平原之上。另一些地方，轨道以数十或者数百千米的直径绕着大圈，将繁复的凹槽状花边、勾线深深地刻进地底世界，宛如手镯上错综复杂的铭文。齐勒注视着一串串列车飞速穿过星陆下表面，一辆、两辆，甚至更多。

这些轨道为测算此刻的相对速度提供了绝佳的标尺。起初，轨道在他们上方懒洋洋地移动，像是渐渐滑走或者蛇形而来。现在，随着座舱开始刹车，速度渐慢，星陆看上去越转越快，轨道也仿佛流动了起来，从他们上方飞驰而过。

他们从山壁下方驶过，星陆似乎仍然在加速。暗灰色的天幕迅速从头顶掠过，被数百千米的黑暗吞噬，黑暗上方悬着星星点点的微光。山壁下方，轨道挂在纤细到不可思议的单线桥上，列车"嗖"地飞过，轨道幻化为一条条由微光汇成的细线，以座舱此刻的相对速度而言，支撑列车的单线细不可察。

山壁远端的斜坡突然向下俯冲，向船艏闪去。齐勒想要控制住身体不去闪躲，但是他失败了。化身什么都没说，不过座舱往外撤了些许，他们离星陆的下表面隔了五百米的距离。这一连串动作似乎让星陆的转速变慢。

化身开始向齐勒讲述自己的故事。

那时，接管了马萨克星陆中心的主脑——取代了原先的在职者，那只智能机器在艾迪兰—"文明"之战结束后不久选择隐退——曾服务于一艘名为持久损伤号的飞船。那是一艘"文明"的通用系统星舰，在和平接近尾声时建成。经历了长达三十年的动荡不安，人们逐渐意识到艾迪兰人和"文明"之间终有一战。

如果战争没有爆发，那么它就是一艘普普通通的民用星舰；一旦战争降临，它也完全能承担起军用舰船的角色，已经做好了不间断地制造小型战舰、运送人员和物资的准备，同时它也满载军械，甚至可以直接参战。

战争初期，艾迪兰在每一条战线上步步威逼，"文明"除了节节败退之外基本没有招架之力，只能在争取撤退时间时进行几次牵制行动，真正能够参战的战舰也少之又少。这个烂摊子基本上丢给了联络型通用星际飞船，少数战备中的通用系统星舰也担起了一部分责任。

根据军事上的审慎原则，多数情况下理应派小型军用飞行器参战，一些——几乎所有——飞行器一去不回，令人扼腕，但至少还算不上灾难，但"文明"尚未完成全面作战的部署，只能派战备状态的通用系统星舰参战。

一艘装备齐全的通用系统星舰是极为强大的战争机器，击垮艾迪兰一方任何级别的战舰都易如反掌。不过，通用系统星舰不如小型军用飞行器那般灵活，其二进制的求生本能也过于特立独行。当一群小型军用飞行器遭到围困，某几只飞行器通常可以逃出生天，改日再战，然而同样的处境下，通用系统星舰要么凯旋，要么彻底毁灭——如果不是敌人的行动所致，那么就是它自己的意愿。

仅仅是想到如此惨痛的代价，进行战略部署的主脑就已经口腔溃疡、夜不能寐、惊恐到痉挛了。

在一场更为绝望的交锋中，"文明"的一个星陆正在慢慢加速，准备逃到确保整个星陆能够免遭战争波及的外太空，持久损伤号原本在争取时间，结果却义无反顾地将自己抛入险境，一头扎入艾迪兰所支配界域的核心地带。

它在踏上最后的征程之前——大多数人都这么以为这将是它执行的最后一项任务，包括它自己——理所当然地将自己的思维状态——可以理解为机器灵魂——传送到了另一艘通用系统星舰上，后者又将备份上传到银河远端另一个"文明"的主脑，在那里，持久损伤号的主脑将得以储存、休眠，安然无恙地度过战争。之后，在几艘辅助飞船——勉强配得上"战舰"这个称呼，更像是半吊子的军械库——的陪伴下，它开始突袭，像爪子一般钩住一个个膨胀的星体，蜿蜒迂回地向银河系上方攀升。

持久损伤号闯入艾迪兰供给、后勤支援和增援路线的密网，像一只狂怒的游隼被抛进一窝冬眠的小猫崽儿间，它发动了一系列粉碎性的残忍攻击，恨不得将一切都摧毁殆尽，在艾迪兰人本以为"文明"的飞船已经被清扫干净的数百光年范围内，这艘星舰带来了尤为凶残的灾难性攻击。

当时人们一致认为，这艘通用系统星舰绝无通信的可能，除非它奇迹般地退回"文明"的撤退区域。唯一让星舰的辅助飞船觉得它没有当场被敌方侦察到并摧毁的迹象是，后方与艾迪兰人作战舰队交火的军用飞行器作战压力明显减轻，由此看来，敌方舰队要么在赶到前线之前就被拦截，要么被抽调去解决紧急威胁了。

一群中立者从交战空间中逃出，逃难的飞行器中传出流言：艾迪兰舰队包围了银河系外围最近的一个袭击点，接下来便是一场恶战，将演变为空前惨烈的爆炸；经过重重搜查和分析，最终判定是一艘遭到围困的"文明"军事化通用系统星舰精心密谋了这场毁灭性的攻击。

不到一天时间，这场战役、这艘通用系统星舰取得的军事性胜利以及其最终牺牲的消息就成了重磅新闻。战争如艾迪兰人的作战舰队一般迅速扩散，充斥着诡计、破坏、恐慌、浩劫，还有波澜壮阔的奇景。

"文明"渐渐进入全面战争的生产模式。艾迪兰人需要对新征服的疆域进行统治，因而被拖慢了脚步，现在他们每迈出一步都摇摇欲坠。起初是因为他们没有能力负担必需的战斗装备，后来随着"文明"反击的力量慢慢壮大，战斗的压力日益激增。没有被战争波及的星陆上，"文明"的生产工厂制造、组装了一整队战舰。

通用系统星舰持久损伤号遭到摧毁——卷入战事的多艘艾迪兰战舰与它遭遇了相同的宿命——的新证据来自某个入世种族的中立飞船，这艘飞船恰好路过了战斗现场。持久损伤号储存在另一个主脑中的机械之魂终于死而复生，被植入另一艘同等级别的星舰。自此，它投身于——再次投身于——围困作战，带着前一世的所有记忆（记忆到一年前主脑脱离自己的作战区域、将目的地瞄准艾迪兰势力范围的那一刻戛然而止）一次又一次奔赴战场，永远不知道什么时候是尽头。

并发症只有一个。

持久损伤号原初的主脑并没有被摧毁。作为一艘通用系统星舰，它恪尽职守，战斗到最后一刻，毅然决然地将自己的安危置之度外；然而，作为一只有自主意识的主脑，它乘着自己的一只军械舱逃之夭夭。

挺过了不知道来自多少艘艾迪兰战舰的"关照"之后，这艘本就不是战舰的战舰比残骸好不了多少；本就不是战舰，现在也称不上是战舰了。

主脑被通用系统星舰自毁时迸发的爆炸波抛出，飞出星系时几乎没有充足的能量来维持自体结构，它擦着星系向上飞去，更像是一块飞溅出去的巨大弹片，而不是任何意义上的飞行器。它已经失去武装，又盲又哑，由于害怕被对方探测到，它不敢轻易启动自己粗制滥造、尚未准备妥当的引擎，除非迫不得已。即使真到了走投无路的境地，它也只在必要的时候短暂地启动引擎，阻止自己撞上宇宙之间的能量网。

如果时间允许，艾迪兰人势必会对这艘星舰残存的部件赶尽杀绝，那么很可能会找到这个流浪的弃儿。不过当时他们还有更紧迫的事情要处理。等到有人提议对这艘星舰进行二次打捞，确保其残骸和最初出现时一样完整，这艘半毁的星舰早已逃得远远的，远到足以逃脱探测。

它开始一点一点自我修复。数百天过去了。最后，它冒险启动费了很大力气改进的引擎，将自己向那片星域扯去——它希望"文明"仍然在那儿。由于不确定在那片宇宙中的是敌是友，它没有发送任何信号，直到最终回到那片星域，有确凿的证据表明那里不属于艾迪兰人的控制范围。

起初它的信号引起了一些混乱，不过后来一艘通用系统星舰与它会合，带它登舰。它方得知自己有一个孪生兄弟。

战争期间，这类事情前所未有，但并非绝无仅有，虽然"文明"为了确认其主脑已死用尽了种种手段。原初的主脑被重新安置在一艘崭新的通用系统星舰中，得名持久损伤一世。接任的星舰将自己更名为持久损伤二世。

应双方请求，它们被编入了同一舰队，并肩作战四十余年。战争接近尾声，也就是双新星之战打响的时候，它们双双出现在16号悬臂附近的星域中。

一个幸存，另一个陨落。

战争开始前它们共通了彼此的思维状态。依照约定，幸存者将战死者的灵魂植入自己的人格中。而它也在战斗中几乎毁坏殆尽，最终不得不再次被安置到一艘小型飞行器上，保住自己，也保住孪生兄弟被抢救回来的灵魂。

"哪一个陨落了？"齐勒问，"一世还是二世？"

化身漫不经心地浅笑："事情发生的时候我们两个离得很近，所以极具迷惑性。关于谁死谁活，我隐瞒了很多年，直到某人扮演起了侦探的角色。丧命的是二世,活下来的是一世。"这只生物耸了耸肩,"无所谓了。一艘只有储存基片的构造损毁,另一艘星舰幸存了,但是舰体遭到了损毁。结果殊途同归,因为反过来也成立。两个主脑合而为一,就是我。"化身似乎犹豫了片刻,然后优雅地鞠了一躬。

齐勒注视着上方巨大的环状星陆飞驰而过。连成一串的地下车呼啸着向后退去,快到视线无法跟上。只要不是和座舱同向运行,那么即使是长列的地下车,也只能看到模糊的影子。有一阵子,它们似乎速度变慢,然后拉开了一段距离,要么远远向前驶去,要么落在了后面,或者向两侧蜿蜒驶去。

"如果你能隐瞒死的到底是谁,我想当时的场面一定很混乱。"

"战况惨烈。"化身淡淡地赞同。它注视着星陆下表面呼啸而过,露出一个暧昧不明的笑容,"战争往往就是这样。"

"是什么促使你想要成为中心的主脑?"

"你是说在银河系打打杀杀数十载之后,想要稳定下来做点有建设性的事情之外的理由?"

"是的。"

化身转过来面朝他说:"我想你已经调查过了,作曲家齐勒。"

"确实略有耳闻。不过,就当作我是个做派传统、行事方式原始的老古董,就喜欢听当事人口述吧。"

"我不得不亲手摧毁星陆,齐勒。事实上,短短一天内我闪电般地干掉了三个星陆。"

"老天,战争就是地狱。"

化身细细打量他,仿佛是想要搞明白这个切尔格里安人是不是在故作淡定。"如我所说,这种事情都是公开裁决的。"

"姑且容我理解成,你没得选。"

"确实。我必须依决断行事。"

"你自己的决断?"

"部分。我只是决策过程中的一环,哪怕我不同意,也还是会照做。这正是战略规划的意义所在。"

"真是沉甸甸的担子,甚至没有机会推脱说自己只是在服从命令。"

"没办法,人们总是需要谎言,或者说你总能发现自己在为无意义之事卖命,也可以说,实现文明还有很长一段路要走。"

"三个星陆,代价惨重。大责任。"

化身耸耸肩:"星陆只是没有自我意识的物质,哪怕它倾注了众人的努力、耗费大量能量。这些星陆的主脑都安然无恙,早已寿终正寝。让我痛惜的是人类的死亡。"

"很多人丧命?"

"三千四百九十二。"

"总人口是?"

"三亿一千万。"

"比例相当小。"

"对于受害者而言,比例就是百分之百。"

"还是那句话。"

"不,不一样。"化身摇着头说。光线从它银色的皮肤上掠过。

"剩下的三亿人是怎么活下来的呢?"

"大多数人被转移了。大约20%的人类乘坐地下车疏散,它们承担起了救生艇的角色。幸存的方式有很多:如果时间充足,可以将整个星陆搬走;也可以用星舰将居民接走;短时间内也可以通过地下车之类的交通系统暂时将人们送出去;或者只是接受。极少数情况下,星陆会被整体备份或者传送,思维状态被转移之后,人类的肉体会变得迟钝而失去行动力。不过这种方式不能做到百分百成功,如果存储人格的基片在完成上传之前就被融成了渣滓，一切就付之东流了。"

"那没有离开的人呢？"

"所有人都知道自己的选择。有的人失去了挚爱，有的人——我猜——发了疯，但没有人会否定自己的选择。有的人已经行将就木，有的人活腻了；有的人看完热闹后发现来不及求生了，要么肉体或者备份都为时已晚，要么备份记录或者传送过程出了问题。还有的人出于信仰而留下。"化身望着齐勒。

"除了设备失灵的那些人，我记载了每一个死亡，齐勒。我不愿他们从此消失，也不希望遗忘。"

"过度痴迷于死亡了，是吧？"

"随你怎么说。一种使命感驱使着我。战争会扭转你的看法，改造你的价值观。对于我所做的事，我不希望产生除了严重、恐怖，甚至——第一感觉来看——残暴之外的感觉。我将嗡嗡机、微型飞弹、摄像机、窃听器派往那三个星陆，亲眼看着那些人一个个死去。有些人在眨眼间就魂归黄泉，被我的能量武器夺走了生命，或者被我传送过去的弹片消灭。有些人走得慢一些，要么被强辐射烧成灰烬，要么被爆炸的锋面撕成碎片。还有一些人死得极其缓慢，比如被抛入太空后翻滚着咯血，咳出的血在结满冰霜的眼睛前结为粉色的冰；或者在脚下的大地陡然消失的那一刻失去重力，周围的大气瞬时变为真空，人类仿佛被狂风揉捻的小小帐篷，在窒息中走向终结。

"我本可以救出大多数人。用来引爆星陆的置换器会将他们吸走——这是终极手段，那么即使肉体已经燃烧或者冻结，效应器也能将他们的思维状态从脑袋中提取出来。有的是时间。"

"但你抛下了他们。"

"是的。"

"看着他们赴死。"

"是的。"

"所以，留下是他们的选择。"

"没错。"

"你记录了他们的死状，提前征得当事人的同意了吗？"

"没有。如果他们甘愿把生杀大权交给我，那么肯定会容许我进行记录。事先我确实将利害关系向大家一一说明，而这些信息挽救了一些生命。不过，这种做法还是招致了不少非议。人们认为这叫麻木不仁。"

"你有什么感觉呢？"

"震惊，同情，绝望，超然，得意，如神一般。然后是罪恶、愧疚、惊恐。还有痛苦，欣慰，强大、责任、玷污、悲伤。"

"得意？欣慰？"

"这些是最接近的词汇。不可否认，制造混乱、引发如此浩大的灾难难免让人感到得意。至于欣慰，让我感到欣慰的是一些人因为蠢到相信根本不存在的神明或来世才选择赴死；不过我还是会伤感，为他们到死都那么无知，但也要感谢他们的无知。我欣慰的是我的武器和感知系统仍然能照常工作。我欣慰的是自己能抛弃一切顾虑，履行职责，笃定地做了一个负责任的监管者在此种情境下应当做的事情。"

"所以你便能承担起监管五十亿人的重任了？"

"没错。"化身平静地说，"我品尝过死亡的滋味，齐勒。当我的孪生兄弟和我合二为一，我们和濒死的舰船离得很近，近到在舰船的主脑被线性切割枪引发的潮汐力撕碎的时候与装载着主脑的基片保持实时联结。时间不到一微秒，我们却能感到主脑在一点一点地死去，一寸一寸扭曲，记忆一滴一滴消失殆尽，一切开始灰飞烟灭，直到主脑的智慧之光全然熄灭，机器外壳跌落、下降、切断一切联系、停止再生、重组、压缩、放弃、抽离、终结，它用尽一切办法想要保留完整的思维和灵魂，直到再没有什么好舍弃的，再没有别的地方可去，也不再有任何求生策略。

"它最终被撕成碎片，滑向虚无，直到溶解为一团微不可察的亚原子粒子，沦为混沌中的一抹能量。它致死都在守护两个东西，一个是它的名字，另一个则是保持联络，向我们报告自己遭遇了什么。我们经历了它所经历的一切，所有迷惘和恐惧，每一丝细微的愤怒和桀骜，每一缕淡淡的悲伤和痛苦。我们和它一同死去。它和我们异体同生。

"所以你看，我已经死过一次，只要我想，随时可以滴水不漏地回忆并重现这段经历。"化身轻柔地说，它俯身靠向他，仿佛在传递一种信任感，"不要忘记，我并不属于这个银色的躯体，马莱。我不是一颗生物的大脑，也不是在电脑系统里某个试运行的AI程序。我是'文明'的主脑。我们接近神明，却是更高的存在。"

"我们以倍速生存。拥有这么多你们没有的感官，我们的记忆容量广阔无边并且具有无可比拟的精准度，我们生活的节奏是你们的倍速，也更为完整。我们死得更慢，也更加彻底。不要忘记，我曾有机会对比死亡的不同方式。"

它移开目光。星陆从他们上空流过，眨眼之间，万物不再。地下车的轨迹模糊不清。宇宙运行的速度让人自视渺小。齐勒向下望去。星辰仿佛静止不动。

进入座舱之前，齐勒已经在脑袋里计算过。以星陆为参照物，他们的相对速度大约每秒一百一十千米。长途特快列车仍然会慢慢超越他们。座舱载他们环游一周大约要耗费一整天的时间，然而从一个端口到另一个端口，中心的漫游时间绝不会超过两小时，从一个地下接入口到另一个接入口也只过三小时。

"我详尽地目睹了人们死去的过程，细致入微。"化身继续说道，"我同情他们。你知道生命对时间的感知是由两个单独的念头间隔的最小跨度来衡量的吗?每一秒,一个人类——或者一个切尔格里安人——头脑中可能会闪过二三十个念头,哪怕是在极度痛苦的状态下,甚至是在弥留之际。"化身眼中仿佛闪着微光。它向他走来,离他的脸只有一掌的距离。

"对我来说,"它低声说,"则是数十亿。"化身面露微笑,但它的表情让齐勒不由自主地咬紧牙关,"我注视着那些可怜虫以极为缓慢的慢动作死去,虽然我是旁观者,但我知道自己才是罪魁祸首,在那一瞬间,我参与了杀死他们的全过程。对于像我这样的生物而言,杀死一个人或者切尔格里安人,简直易如反掌,而我也发现,杀戮着实令人作呕。我永远不需要思考杀戮是什么感觉,正如我永远不需要思考什么是死亡,齐勒。因为我已经下了杀手,而这件事情本身极度浪费、毫无优雅可言,不仅没有半点意义,而且令人厌恶,可是我却不得不做。

"所以,可以想见,我觉得是时候卸任了。我只想在马萨克星陆中心度过余生,只要此刻我还被需要,或者说,直到我不再被需要;我会永远守望风向,以防有暴风来袭,只是例行公事般守护这个由脆弱的小物件组成的怪异圆环,以及生活在圆环上的脆弱的小脑袋,保护它们不被这个庞大而无声的力学世界伤害,也不被任何可能或者蓄意威胁它们的邪恶力量侵害,因为我知道它们是多么容易被摧毁。万一真的有那么一天,我愿意倾尽自己的生命去拯救它们。我会欣然献出生命,因为我知道,这个交易完全能够偿还八百年前在16号悬臂上欠下的生命之债。"

化身悄然退回原位,它歪着头,笑得很灿烂。齐勒想,这个生物突然之间轻松得像是在讨论晚宴的菜单,或是地下通道的新址。"还有什么要问的吗,作曲家齐勒?"

齐勒盯着它看了一会儿,又看了一会儿。"有。"他举起烟斗,"我可以在这里抽烟吗?"

化身走上前，一只胳膊搂住他的肩膀，另一只手打了一个响指。一股蓝莹莹的火苗从它的食指蹿出。"别客气。"

几秒钟后，他们上方的星陆仿佛慢慢减速停下，而脚下的行星又开始旋转。

14. 为了启程而返回，回想着，遗忘着

"多少人会死？"

"百分之十吧。只是估算。"

"所以是……五十亿人？"

"嗯，是的。和我们失去的同胞差不多。数字上接近因'文明'带给我们的灾难而被彼岸世界拒之门外的切尔格里安亡灵。"

"真可谓责任重大，埃斯托迪恩。"

"真可谓一场惨绝人寰的杀戮，"维斯科韦尔说，他脸上的笑意不像是在开玩笑，"你是这么想的吗？"

"这是一场复仇，为了谋求平衡。"

"同样也是一场大屠杀，少校。不必拐弯抹角，也不必费心斟酌委婉的用词。这是对非战人员的大规模屠杀，就我们签署的银河系协约来说，不合情也不合法。尽管如此，我们还是认为有必要这么做。我们绝非狂徒，也没有失去理智。如果不是无路可走、只能通过这种方式将我们的同胞从地狱边境拯救出来——拜这些外星人所赐，我们绝无可能去做这种可怕之事，哪怕是对外星人。'文明'无疑对我们欠下了这些生命之债。不过，略加思索就会明白，这仍然是一桩彻头彻尾的恶行。"埃斯托迪恩向前倾身，紧紧攥住基兰的一只手，"基兰少校，如果你改变主意，如果你打算重

新考虑，请立马说出来。现在你还有兴趣吗？"

基兰凝视着老人的双眼："杀死一个人就足以称之为恶行了，埃斯托迪恩。"

"当然。五十亿就只是一个不切实际的数字了，不是吗？"

"是的，不切实际。"

"别忘了，先行者读取过你的思想，基兰。他们窥探过你的脑袋，比你还了解你适合从事什么。他们宣布你的意志纯净无瑕。哪怕你对自己仍有所怀疑，他们一定笃定你会滴水不漏地执行这项任务。"

基兰垂下视线。"令人欣慰，埃斯托迪恩。"

"令人不安，我是这么理解的。"

"或许各有一点。对于一个普通人来说，这种笃定会让人感到困惑不安，而不是欣慰。但我仍然是一名战士，埃斯托迪恩。得知自己还能为同胞尽责不算是一件坏事。"

"很好。"维斯科韦尔说着松开基兰的手，坐直身子，"那么，现在我们重新开始。"他站起身，"跟我来。"

他们到达大气圈时已经过去了四天。在这期间，基兰大部分时间和维斯科韦尔一起待在神殿飞船灵魂避风港的舱室中。他在最深处的球形舱内坐卧，而这位埃斯托迪恩正试着教会他如何使用灵魂守卫的传送功能。

"传送的有效范围只有十四米。"维斯科韦尔在行程的第一天告诉他。他们坐在黑暗中，被承载着数百万死灵的基片包围，"传送距离越短、传送的物体越小，所需能量自然就越少，被探测到的可能性也就越小。十四米应该刚刚好。"

"我需要传送的是什么？"

"灵魂守卫植入你体内之前，二十枚试验弹头中有一枚已经被装载进去。当时机成熟之时你怒不可遏地进行传送，你传送的将是微型虫洞的一端，即便那时虫洞还没有真正接通。"

"听起来——"

"怪异，至少可以这么说。"

"所以，我要传送的并不是炸弹？"

"不是。不过最终效果确实类似。"

"哈，"基兰说，"如此说来，传送完成后我拍拍屁股走开就好了？"

"初步看，是的。"基兰察觉到这位埃斯托迪恩在细细打量自己，"为什么这么问，少校，莫非你希望在那一刻就撒手人寰？"

"是的，正有此意。"

"那就太明显了，少校。"

"据我所知，这是一项自杀性任务，埃斯托迪恩。要是最后我能幸免，我会怀恨在心的，觉得自己被耍了。"

"太黑了，看不到你说这话时的表情真是让人烦忧，少校。"

"我是认真的，埃斯托迪恩。"

"嗯，太黑了或许也没什么不好。来吧，我来让你把心吞回肚子里，少校。一旦虫洞接通，你必定难逃一死。转瞬之间。希望这不会和你的愿望相冲突，比如你或许渴望逡巡着慢慢走向生命的终结。"

"能死就够了，埃斯托迪恩。我不怎么关心实现方式，不过要说有什么偏好，我更倾向于瞬间毙命。"

"会的，少校。我向你保证。"

"那么，我该在哪儿进行传送呢？"

"马萨克星陆中心。处于马萨克正中央的那个空间站。"

"平时人们可以自由进出吗？"

"当然。基兰，学校会组织学生去那儿郊游，这样孩子们就能看到机器就是蹲在那儿为他们提供养尊处优的生活。"基兰听到窸窸窣窣的声音,老人拢了拢长袍,"你只需要提议智能机器带你四处逛逛,没有半点可疑。传送完成后,气定神闲地回到星陆地表。虫洞的一端将在约定的时间连通。中心将毁于一旦。

"届时,星陆会依靠居于外围的自动系统继续运行,但由于一些关键性程序会失去控制——交通系统大规模瘫痪,难免会造成一些生命损失。任意一个瞬间'文明'的人格存储数量都会超过四十亿,而这个数字能够让切尔格里安-普恩接纳大多数同胞进入乐园。"

基兰,你在想什么。

这句话突然在他脑海中鸣响,他瑟缩了一下。身边的维斯科韦尔安静了下来。

~先行者。他垂下头,陷入冥想。

~其实我只有一个想法。我的想法很浅显,为什么不让我们已故的同胞直接进入彼岸世界,何必如此大费周章?

乐园属于英雄。荣耀被敌人抹杀,我们却没能一雪前耻(奇耻大辱)。如果世人将战争归咎于我们,那么切尔格里安便会蒙羞,我们将背负起甘愿受辱或者甘愿蒙冤的千古骂名。现在我们已经明白,战争的罪魁祸首另有他人。错在他们,感到蒙羞的是他们,骂名也该由他们来承担;生命之债便该由他们来偿还。可喜可贺!现在,蒙羞者摇身一变,成了英雄。失去的和获得的也需要得到平衡。

~知道自己的双手将会沾满鲜血,我很难高兴得起来。

你会随之湮灭,基兰。如你所愿。血不是你的罪孽,而是一种铭记。如果能圆满完成任务,那么伤亡数量会降到最小。行动服务于任务,而不是结果,你应当这样想。你不必在意结果。还

有其他问题吗?

~没有,没别的问题了。多谢。

"用你的意念锁定杯子,思考杯子的内部,想象杯子内部空气的形状,接着继续思索杯子,然后思索桌子、桌子周围的空间,以及你到桌子的路线,想象你沿着这条路线走到桌子旁坐下,拿起杯子。集中注意力想象这一串连贯的动作,以及所需的时间。想象自己从此刻的位置走到刚才你看到杯子所在的地方……你在冥想吗,基兰?"

"……嗯。"

"传送。"

片刻的停顿。

"传送了吗?"

"没有,埃斯托迪恩。我觉得没成功。什么都没有发生。"

"慢慢来。安诺就坐在桌边盯着杯子。你可能会在不自知的情况下移动物体。"他们静静地坐了一会儿。

然后,维斯科韦尔叹了一口气,说:"用你的意念锁定杯子,思考杯子的内部,想象杯子内部空气的形状……"

"我永远也做不到,埃斯托迪恩。这个该死的东西我哪儿也传送不了。或许灵魂守卫已经崩溃了。"

"我看不然。用你的意念锁定杯子……"

"别灰心,少校。来吧,吃点东西。我的种族发源于西撒,有一句古谚如是说:'生活的汤羹已够咸涩,不必再用眼泪来调味'。"

他们坐在灵魂避风港小小的餐厅内,与几位修道士共用一张桌子——时间表显示现在是他们的午餐时间。水、面包、肉汤。

基兰用一只朴素的白色陶瓷杯喝水,整个上午,他都在拿这只杯子当道具练习传送。此刻他正闷闷不乐地盯着它。

"我确实很抱歉,埃斯托迪恩。或许哪里出了错,或许是我想象的画面不对,总之毫无头绪。"

"基兰,我们正在尝试一项切尔格里安人从未做到过的壮举。你可以设法将自己脑补成一台传送器。别指望第一次就能收到成效,今天只是开始训练的第一个早上。"维斯科韦尔抬头看着安诺,这位瘦高的修道士曾在他们到达的第一天带他们巡游了比蒙巨兽的体外空间,他正端着托盘走到桌子旁。他笨拙地微微欠身,差点把托盘里的食物打翻,万幸最后勉强保持住了平衡。男人不知所措地笑了,维斯科韦尔轻轻颔首。整个上午,安诺都坐在桌边盯着这只杯子,等待一个微小的黑色颗粒——或许比微小的白色圆球要好得多——出现在白色汤勺中。

维斯科韦尔一定读懂了基兰的表情。"是我嘱咐安诺不要和我们坐在一桌。我不希望你脑袋里想的是他守在桌边盯着杯子的画面,你需要将注意力集中在杯子上。"

基兰笑了:"你担心我不小心把测试道具传送到安诺体内吗?"

"确实有这个可能,谁知道呢。不管怎么说,既然你已经看到安诺坐在这儿了,我们可以用另一个修道士来替代他。"

"如果我把这玩意儿传送到了某个人体内,会发生什么?"

"据我所知,可能无事发生。测试物太过微小,不会酿成大错。如果它在某人的眼睛里物质化,那么他会看到一个小污渍;如果靠近痛觉感受器,那么可能会产生针刺般的痛感。如果是身体的其他部位,则没什么明显的感觉。不过,如果你能将这只杯子传送到某人的脑袋中,"埃斯托迪恩说着端起自己的陶瓷杯,和基兰那只一模一样,"我敢说他的脑袋会因体积激增招致的巨大压力瞬间爆炸。不过你现在使用的试验弹头太小了,不会造成任何改变。"

"说不定它会阻塞某根细小的血管。"

"毛细血管,或许吧。不会造成组织性损伤。"

基兰端起陶瓷杯啜饮,然后将杯子放在眼前,目不转睛地盯着它。"我和这该死的东西会在梦里相遇的。"

维斯科韦尔笑了:"听起来也不失为一桩美事。"

基兰呷了一口汤:"尤厄尔怎么了吗?到这儿之后就再没见过他。"

"啊,他就在附近。"维斯科韦尔说,"在进行其他准备。"

"和我的训练相关?"

"不,和我们启程的时间有关。"

"我们什么时候启程?"

维斯科韦尔笑了:"只待良机,少校。"

"那两只嗡嗡机呢,我们的盟友?"

"我说了,少校,只待良机。"

"以及传送。"

"啊,对!"

"啊,对?"

"没,没什么。我本希望……好吧,别在意。我们再试试吧。"

"用你的意念锁定杯子……"

"想象一个你熟悉的地方。小地方。比如一个房间、一所小公寓,也可以是座舱、汽车或者飞行器的内部空间。你必须对它非常熟悉,熟悉到在伸手不见五指的夜里也能摸得清方向,这样你才能在黑暗中自如行动,不会撞到或者打破东西。想象自己置身于这样一个空间。想象你走到某个角落,然后将一粒面包屑、一颗小珠或者一颗种子丢进杯子之类的容器中。"

那天晚上他又辗转反侧，难以入眠。他蜷缩在宽大的睡榻上，躺在一片漆黑之中。他呼吸着巨型果实一般的球状物中香甜、辛辣的空气，基兰、维斯科韦尔和其他大多数人都在这里下榻。他又试着去思索那只该死的杯子，最后放弃了。让人厌倦。后来，他转而开始思考他们来这儿究竟要干什么。

显而易见，他想，对灵魂守卫进行改造的技术并非属于切尔格里安人。某个入世种族也入了伙，还是一个技术上可以与"文明"媲美的种族。

他们的两名代表很可能就内嵌在先前见到的那对锥形嗡嗡机中，它们早先行者一步在他脑袋里说话。它们再也没有出现过。

他推测嗡嗡机或许可以远程操控，比如大气圈之外的某个地方，考虑到奥斯肯达里大气圈对这类技术的排斥众人皆知，那么嗡嗡机很可能装载着某种外星生物的物理实体。不过，这个想法非但解释不通，还会让人更加费解——选择在大气圈内练习某种需要通过灵魂守卫来实现的先进技术，除非人们秉持的论点是"如果使用这一技术能够在这儿瞒天过海，那就也能躲过'文明'的探测"。

基兰的脑中闪过几个自己知道的入世种族，技术水平能与"文明"相媲美的为数不多。从同等技术水平来看，符合预设的种族有七到十二个，具体数量取决于你用了什么标准。可惜这些种族中没有任何一个对"文明"怀恨在心，有几个还是"文明"的盟友。

他想不出哪个入世种族存有对他进行这番训练的动机，只知道入世者允许他对他们之间的渊源了解更多，当然，所谓的了解也并不包括事情的来龙去脉，特别是考虑到某些入世者对时间尺度的感知与切尔格里安人有着天壤之别。

基兰明白,奥斯肯达里大气圈古老得惊人,即使是对于以"长者文明"自居的种族而言,也是如此;整个科学年代中,数百个生物种族从诞生到消亡,从入世到隐退,大气圈始终保有不可言说的神秘感。有流言称,大气圈的创始者、最终放弃了物质形态的物种,以及仍然居住在宇宙中的巨型生物和超巨型生物之间,存在某种羁绊。

据传,巨兽与大气圈创始者的先行者之间之所以仍保有联系,是因为所有霸权性和侵略性物种——更别提好管闲事的无耻之徒,比如"文明"——在偶遇大气圈之后,都觉得自己有必要接管大气圈(或者对其进行密切的研究和观察)。

长者文明暧昧不明的记录中能找到流言的蛛丝马迹。很久之前,一些物种妄图侵吞这片浩瀚无垠的流动的世界,或者自作主张将调查设备传送至大气圈内,不惜忽视比蒙巨兽、巨岩球状生命体、庞岩球状生命体的殷切希冀。那些物种很快便渐渐地从此后的记载中消失了,有确凿的统计数据证明,比起没有与栖息者为敌的物种,他们消失得快,而且更为彻底。

基兰好奇,大气圈的先行者和切尔的先行者之间有没有交情。这两个(或者更多)隐退的物种之间是否有着某种联系。

谁知道隐退的物种有什么想法,他们是怎么交流的?谁知道外星生物的脑袋里有什么?而且,谁会为知道同胞的思维是如何运转而心满意足呢?

隐退者是所有问题的答案。他想。不过怎么解释似乎都是片面的。

他需要创造一个奇迹。他需要奉命进行大屠杀。基兰试着审视自己的内心——他想知道会不会有一瞬间,切尔格里安-普恩会聆听他内心的想法,翻看他脑袋中闪过的画面,然后重新评估他履行诺言的可靠性,衡量他灵魂的价值。他惊讶地发现——只有一点点惊讶,虽然他自始至终都在怀疑自己是否有能力创造奇迹,但至少,他顺从地接受了大屠杀这项使命。

那个晚上,他没有急着睡觉,回忆起了她大学时的宿舍。两人在那儿互相探索,他是那么熟悉她的身体,甚至胜过自己,也胜过他所知道的任何东西(自然也胜过了他应该学习的一切)。他清晰地记得在那些明暗交织的夜里,一遍又一遍地将种子播撒到某个容器中。

身体不能被用作容器。但他记得那个房间,深夜里乌洛塞伊起身关掉什么东西、熄灭盘香,或者在雨夜关上窗户的时候,他能从夜色中捕捉到她的身影。(一次,她拿出某个古老的线绳,绳结仿佛讲述着情色的传说,她让他绑住自己,而后她又束缚住他。在此之前,他一直觉得自己是再普通不过的年轻男性,并且为自己的"正常"引以为傲,但现在他意识到情趣并不是软弱和堕落之人的专利。)

借着房间内明明灭灭的光线和灯影,他用目光勾勒出她的身影。现在,身居这个古怪的世界,时隔多年,跨越上千光年的距离,他想象自己从曲形垫起身来到房间的另一端。那里的架子上摆着——曾经摆着——一只小小的银杯。当她想要纯粹地赤裸相见,就需要摘下母亲赠予的指环。他的使命——也是任务——就是从她手上摘下指环,然后将金色的指环放进小小的银杯中。

"那么。我们到那儿了吗?"

"嗯,到了。"

"那么,传送。"

"好……不行。"

"嗯。没关系,从头再来。用意念锁定——"
"知道了,杯子。"

"我们确定这个装置没出问题吧,埃斯托迪恩?"
"确定。"
"好吧,是我的问题。我没办法……它根本就没在我体内。"他撕下几块面包丢进汤里,苦涩地笑了,"或者它在我体内,但我没法使用。"
"耐心,少校。耐心点。"

"好吧。我们到那儿了吗?"
"是的,是的,我们到了。"
"那么,传送。"
"我——等等。我想我觉得——"
"成了!埃斯托迪恩!基兰少校!成功了!"安诺从餐厅冲了过来。

"埃斯托迪恩,你觉得我们的盟友能得到什么好处?"
"我不知道,少校。知道这一点对我俩都无益,所以不必为之操心。"

他们坐在轻便飞船中。这是一艘附属于灵魂避风港的双座小型飞行器,外形流畅优美,航行在大气圈之外的太空中。

来时,他们乘坐小巧的飞行器从港口进入大气圈,此刻又乘坐着同样小巧的飞行器踏上归程。他们再次穿过管状的气体通道,只不过这次是走向轻便快船。小型飞行器从港口驶出后立马加速,仿佛朝着照亮大气圈的类日卫星飞去。类日卫星越来越近。日光从宽阔到近乎平坦的坑口倾泻而下,类日卫星的一半被深坑覆盖,恍若炼狱神明炽烈的眼球。

"重要的是,少校,"维斯科韦尔说,"这个技术似乎生效了。"

他已经将灵魂守卫中的试验弹头成功传送了十次。初次成功后的一个多小时里,他又失败了几次,随后连续两次成功进行了传送。

后来,杯子被放到灵魂避风港不同的地方供他练习。只失败了两次,基兰便能自如地将小粒子传送到指定的任何地方。第三天,他只进行了两次尝试,分别将测试对象移动到了飞船的两端。今天是第四天,基兰第一次在灵魂避风港外面进行传送。

"我们要去类日卫星吗,埃斯托迪恩?"他问。此刻,巨大的人造卫星渐渐填满了前方的视野。

"附近。"维斯科韦尔说着伸手示意,"看到了吗?"一个灰色的斑点飘到类日卫星的另一侧,只有迎上火山口倾泻而出的亮光才能看到,"我们要去那儿。"

维斯科韦尔指向的是一个介于飞行器和空间站之间的空间。看上去那个灰色的小斑点很可能曾经是飞行器或者空间站,大概是由数千个早期入世种族中的一个建造的。一群灰黑色的卵形物体、球体和圆柱体由厚重坚实的支柱连在一起,绕着类日星缓慢飞行,根据设置,它们永远不必与朝大气圈倾泻出的强光交汇。

"是谁建造了这里,我们一无所知。"维斯科韦尔说,"数万年以来这个地方一直存在。不断有物种对其进行改造,希望利用这个站点来研究大气圈以及周围的类日卫星。部分区域经过改造已经可以为我们提供适宜的生存环境。"

小巧的轻便飞船滑进最大号球形舱侧面的机库内。飞船平稳着陆,基兰和维斯科韦尔在原地等待,直到外侧的门旋转着锁死,空气涌入。

舱盖被小巧玲珑的机身顶了出去,两人迈出轻便飞船,步入弥漫着刺鼻气味的冷空气中。

那两只体型庞大的双锥状嗡嗡机从另一个气闸舱嗡鸣着飞来，在他们两侧盘旋。

这次没有声音在他脑袋里回荡，一只嗡嗡机低沉地哼着，以调频的声音说："埃斯托迪恩、少校。请跟我来。"

他们跟在后面，沿着通道穿过几扇厚厚的镜面门，踏上开阔的观景廊，面前是一扇长窗，向后弯向他们进来时的地方。这儿或许曾经是远洋巨轮或者星际巡航舰的观景塔。他们继续向前走，基兰觉得窗户——或者说屏幕——比最初看到时更高大，也更深邃。

当他意识到眼前这条浩瀚的缎带其实是一个广袤的世界缓缓旋转的表面时，玻璃感和屏幕感顿时消失了。星辰在环状世界的上下两端闪烁着微弱的光芒；几个更加明亮、比小光斑大不了多少的星体一定就是这个系统里的行星。为整个系统提供日光的恒星此刻恰好位于他的正后方。

世界看上去是平的，像是将某种巨型水果的果皮在浩瀚星空中摊开。巨型墙壁的上沿和下沿沐浴在灰蓝色、半透明的光晕之中，广袤的灰棕色、白色和灰黑色（位于正中）色块有规律地将表面纵向分割成长条状区域。绵延起伏的巨型山脉从一座山壁延伸到另一座山壁，遍布整片大地，将环状星陆划分为很多个相互隔绝的板区。

每个隔绝的地貌上分布着规模大致相当的陆地和海洋。陆地往往表现为岛屿、大陆，以及由小岛组成的群岛——坐落在蓝绿相间的海洋中，山壁之间，成片的绿色、浅黄褐色、棕色、红色都是陆地，有的地方点缀着海洋，有的只是陆地，但总有一个深色线条或者一串几乎看不到的细丝将它们连缀起来，仿佛一条蓝绿色的藤蔓横穿赭色的大地。

点点碎云打着旋儿散落在天际，于朦胧之中绘出无序的图形，肆意地在下方的地形和水面上挥洒、涂抹。

"那便是你即将看到的景象。"一只嗡嗡机低语。

埃斯托迪恩-维斯科韦尔拍了拍基兰的肩膀。"欢迎来到马萨克星陆。"他说。

~哈伊勒，五十亿人。男性、女性，还有人类幼崽。我们要执行的任务太残忍了。

~没错。但如果不是他们作恶在先，我们也不必脏了自己的手。

~哈伊勒，这些人？是马萨克星陆上的这些人干的吗？

~是的，正是这些人，基尔。你见过他们，也同他们聊过天。当他们得知你从哪儿来，便会有意识地压低声音，生怕冒犯到你，不过他们显然为星陆上民主的深度和广度引以为傲。该死的，他们自命不凡到全然沉浸其中，为拥有话语权而沾沾自喜，为坚决反对某项行动时有权选择退出或离开而自豪。

所以，是的，正是这些人。他们共同为主脑的行为负责，包括星际事务部和特情局的主脑。他们的社会就建立在这样的秩序之上，这也是他们渴望的生活方式。基尔，没有无知，没有剥削，没有隐无者，也没有被他人踩在脚下、永远只能听命于主人的下等阶级。在这里，人人都是掌控者，每个个体都不例外。他们对一切事务都享有发言权。所以，在他们宝贵的规则之下，是的，每个个体都是给切尔带来灭顶之灾的罪魁祸首，即使实际上鲜少有人知道当时的细节。

~所以，只有我觉得这么理解未免过于……严苛了？

~基尔，你可曾听过哪怕一个人提议解散星际联络部？或者解散特情局？或者只是提出动议，提议共同商议？所以，我们可曾听过？

~没有。

~是的,没有。他们口头上向我们致以歉意,基兰,他们用那该死的曼妙的语言、高贵的辞藻和华丽的表达方式向我们致歉,对他们来说,道歉不过是一场游戏。他们就像是在竞赛,比试谁的悔罪之词最具信服力!然而除了反复表示自己有多抱歉之外,他们真的打算为我们做点什么吗?

~人无完人,何况机器。我们在谈论的只是机器。

~一台你即将摧毁的机器。

~连带五十亿条生命。

~他们罪有应得,少校。只要这些居民不再赞同该死的干预政策,他们今天就可以投票解散星际事务部,明天——任何人或者组织——就可以动身离开,投奔他们的"隐士"一族,或者去其他地方生活。

~就算你这么说,我们所行之事还是十恶不赦,哈伊勒。

~你说得对,但我们还是必须要做。好吧,我一直在竭力避免使用这些生硬的辞藻,因为听起来过于装腔作势了,而且想必你一定也暗自默念了很多遍,但我还是要提醒你。四十五亿切尔格里安亡灵就指望你了,少校。你是他们唯一的希望。

~我知道。要是"文明"来复仇呢?

~要是他们自己的机器陷入癫狂状态,开始自毁,又凭什么向我们寻仇呢?

~因为他们并不蠢。虽然有的时候确实蠢到让我们心满意足,但那不过是他们一时粗心大意而已。

~哪怕他们真的有所怀疑,也没法肯定是我们干的。只要一切依计划进行,表面上看起来必定是中心自己的责任。我们的谋划者认为即使他们认定是我们动了手脚,他们也会将这件事当作我们一次正当的报复,坦然接受。

~俗话说得好，哈伊勒，不要和"文明"瞎搞。我们却明知山有虎，偏向虎山行。

~我不相信这是其他入世者在和"文明"打了上千年交道之后得出的箴言。无非是"文明"自己宣扬的信条罢了。某种政治宣传，基尔。

~不过，很多入世种族对此深信不疑。滴水之恩，"文明"将涌泉相报；反之——

~——亦然。惺惺作态。你必须恶到骨子里，才能撕掉他们过于文明的嘴脸。

~屠杀五十亿条生命——至少——还不足以构成他们所谓的"恶"？

~以牙还牙，以眼还眼。他们会理解成一雪前耻，像是某种买卖，和其他物种一样。一命换一命，他们不会来复仇的。"文明"会如何看待这场灾难，比我们更加深思熟虑的盟友早已考虑周全。他们会通过拒绝复仇彰显自己的道德优越感。他们会平静地接受我们的所作所为，当作一种补偿。他们会为一切画上句点。马萨克星陆的灾难将被视为一场彻头彻尾的悲剧；自打他们介入我们的社会进程时，"文明"的崩解就开始了。这将是一场悲剧，而非暴行。

~他们可能会拿我们杀一儆百。

~我们在入世种族中的社会等级太低了，还不足以构成威胁，基兰。进一步惩罚我们会让他们尊严丢尽。毕竟，我们已经无辜受累了。你我要做的只是补救先前受到的创伤。

~我担心我们对他们的心理活动知之甚少，就像他们也误解了我们一样。从"文明"的经历来看，他们误读了我们切尔格里安社会，而在预测外星物种的反应上，我们也没怎么接受过相关训练。换句话说，"文明"在这一点上失败得很彻底，而我们又凭什么肯定自己不会重蹈他们的覆辙呢?

～事关我们的生死存亡，这就是原因。关于欲行之事，切尔格里安上层已经仔细考虑了良久。归根到底，这个决定正要归因于"文明"略过了思考的过程。他们是多么神经大条才会寄希望于投入如此少量的飞船和资源进行干预，只为了寻求数字上的得体。换句话说，他们将所有文明社会的命运降格为一场游戏，看谁能够用最少的时间和精力谋求最大限度的变革。

然而当战争在他们面前爆发，生灵涂炭的却是我们。四十五亿切尔格里安亡灵得不到乐园的庇护，就因为毫无人性的主脑觉得自己能够体面、优雅地撼动一个经六千余年进化而趋于稳定的社会。

从一开始他们就没有介入的权利。就算他们决意如此，至少也该礼貌地确认此举是否妥当，动脑想一想这么做会牵连多少无辜的生命。

～我们可能会在前一个错误上酿成新的错误。"文明"可能没我们想象得那么隐忍。

～只要不出意外，基兰。即使"文明"有意报复——这个可能性是多么微乎其微——那也无关紧要！只要我们成功了，四十五亿切尔格里安人就会获救，他们会进入乐园。不管之后会发生什么，他们都会安然无恙，因为切尔格里安－普恩会向他们提供庇护。

～现在切尔格里安－普恩就能允许亡魂进入乐园，哈伊勒。他们可以改变规则，接纳所有人。

～我知道你是怎么想的，基兰。但你要考虑到尊严和荣誉，还有未来。自从人们揭示了这个规则，每一个切尔格里安人的死亡都应与敌人的相平衡——

～不是揭示，哈伊勒。规则是被建构的。这是我们编给自己听的故事，而非神明的启迪。

～随你怎么想。我们已经认定这个说法能让大家过上有尊严的生活，你觉得人们没有意识到这会招致不必要的死亡，潜台词是以命换命？人们当然明白。

没有必要，但是值得。因为从长远来看，坚持这个规则对我们有益无害。我们的敌人会明白只要大仇未报，我们就不会善罢甘休。现在仍然适用，少校。我们此刻讨论的不是载入史册或摆在修道院图书馆线编架上枯燥无味的教条，而是需要不断强化的信条。事成之后，生活仍会继续，切尔也将重获优势，不过规则和信条必须在切尔格里安社会世世相传，为我们遇到的一切新物种所知悉。

等到一切落幕，我们都已死去，故事终成历史，这道界限依旧会延续下去，到那时我们就成了严守界限的人。不管发生什么，只要你我还能履行使命，未来的智慧生物就会知道切尔有仇必报，锱铢必较。这是为他们着想——我是真心的，基尔，也是为切尔着想，不管我们当下必须要做的事是多么十恶不赦，都是值得的。

～很开心看到你如此笃定，哈伊勒。你的人格复本不得不承载着我们将行之事存活下去。我起码还可以安然死去，没有复本。或者说就我所知，没有复本。

～我怀疑他们未经你许可，已经复刻了一份。

～我对一切都持怀疑态度，哈伊勒。

～基尔？

～嗯？

～我还可以把你当自己人吧，你还会继续执行任务吧？

～会的。

～好兄弟。我要说我敬佩你，基兰少校。能和你共用一个大脑，与有荣焉。只是遗憾旅途很快就要结束了。

～任务还没完成。我还没有进行传送。

～成功在望。他们丝毫没有起疑。野兽正在将你拥入怀抱，领你去巢穴的中央。别担心，不会有事的。

～我会死，哈伊勒。湮没无闻。我只在意这一点。

～抱歉，基兰，我也无能为力。但你此刻……没有更好的结局了。

～希望我能这么想。不过很快就无所谓了。一切都无所谓了。

特索诺清了清嗓子："壮观的景象，是吧，大使？撼人心弦。有人醉心于眼前的景象，一站或者一坐就是好几个小时。卡布，你已经站了半天了吧？"

"我想一定有了。"霍姆达人说，低沉的声音在观景廊中回荡，"冒昧了解一下，以你这样一台机器的思考速度来看，半天是多长，特索诺。请原谅我的无知。"

"哈，没什么好抱歉的。人类思考或者进行有意义的行动时，我们嗡嗡机总是耐心十足。为了打发这些时光，我们会执行一整套特别程序，也就一千多个步骤吧。如果让我来造一个新词描述，同普通人类相比我们实际上相当'有聊'。"

"令人宽慰，"卡布说，"谢谢你。我一向觉得细节值得人们细细品味。"

"你还好吧，基兰？"化身说。

他转向银色皮肤的生物，说："没什么。"他注释着星陆的光带缓缓向身后移动，炫目而耀眼，虽然实际上远在一百五十万千米之外，但此刻星陆显然离得更近了。不同于没有隔着玻璃的面对面观赏，观景廊展现的景象通常是放大了的。放大的作用在于将星陆的内表面拉近，以便人们可以观察到更多细节。

星陆向后移动的速度也给人造成虚假的错觉；中心的观景廊沿着与星陆相反的方向缓慢旋转，所以观赏者在中心目睹整个星陆旋转一周要花一天的时间,而在外部这种体验通常只需不到一个小时。

~基兰。
~哈伊勒。
~准备好了吗?
~我找出他们让你住进我脑袋的真正原因了,哈伊勒。
~是吗?
~我想是的。
~那么原因是什么呢,基尔?
~你根本就不是我的后备力量,对吧?你是他们的。
~他们?
~维斯科韦尔、我们的盟友——管他们是谁,以及批准这项行动的军方高层和政界要员。
~请你解释一下,少校。
~对于一位喜欢倚老卖老的老将而言,我表达得太迂回了吗?
~什么?
~你不是来听我抱怨的,对吧,哈伊勒?也不是来给我做伴的,当然更不是为了给出所谓关于"文明"的专业见解。
~我哪儿说得不对吗?
~哈,不,没有。他们一定把关于"文明"的数据库完完整整地下载到了你的脑中,不过,任何人都能通过公共存储器获悉这些信息。你的洞见是二手货,哈伊勒。我查过了。
~我很震惊,基兰。你觉得这个指控算是污蔑还是诽谤?
~你是我的副手,对吧?
~这是他们向你解释的说辞。我就是我。
~在一艘只能手动驾驶的老式飞行器上,副手存在的价值是在飞行员无法履行职责时接替他完成任务，没错吧？

～解读精准。

～所以，如果我现在改变主意，如果我执意不进行传送，如果我不想杀死这些人并且心意已决……然后？告诉我，会发生什么。坦率点，让我们坦诚相待。

～你确定你想知道答案吗？

～绝对确定。

～你说得没错。如果你不进行传送，我会替你完成。我清晰地知道你的大脑是如何让传送生效的，我了解精细的过程。从某种程度上而言，比你还清楚。

～所以传送无论如何都会发生？

～所以传送无论如何都会发生。

～那我会落得什么下场？

～取决于你要做什么。如果你想向"文明"发出警告，那么你就会倒地不起一命呜呼，或者全身麻痹，或者突发痉挛，或者胡言乱语，或者变得紧张兮兮。选择权在我，只要你做出一丁点儿引起猜疑的举动。

～老天。上述症状都在你的掌控范围内？

～恐怕是的，孩子。上面提到的只是指令集的冰山一角。你开口之前我就知道你要说什么了，基尔，字面上的意思。只会提前一点点，但已足够；在你体内，我以倍速思考。不过基尔，我不乐意看到任何一种上述情况发生，也不觉得有必要采取行动。你不会是想告诉我每一种你都想体验吧？

～不，不是。很久之前我就在琢磨了。拖到现在才问出口，只是不想破坏我们之间的亲密关系，哈伊勒。

～所以你还是会继续执行任务？我不需要接管你的身体吧？

～所以，每天开始和结束的那几个小时，我一刻也没有真正独享过咯？你一直在暗中监视，确保我没有向他们透露任何信号，以防我已经改变主意。

~如果我说那段时间里你是绝对自由的，你会相信吗？

~不信。

~好吧，反正也没什么所谓。不过从现在起我会一直监视下去，直到最后，和你预想的差不多。基兰，我再问一遍，你会坚持下去的，对吧？我不需要接管你的身体吧？

~是的，我会继续执行。你不需要接手。

~很好，孩子。有些事情可恨归可恨，做还是要做的。很快一切就会结束，对我们俩而言都是如此。

~也适用于很多很多人。那么，继续吧。

星陆中心的模型建造在大气圈类日卫星的空间站中，他已经在这儿一口气进行了六次传送。试了六次，成功六次。他能做到。一定能做到。

他们站在观景廊的实景模型中，面庞被眼前的屏幕照亮。维斯科韦尔向他解释任务背后的逻辑。

"我们了解到，马萨克星陆的中心主脑将在几个月后见证两颗恒星的爆炸——双新星，得名于艾迪兰战争中的双新星之战。"

维斯科韦尔站得离基兰很近。宽阔的光带——模拟站在马萨克星陆中心的观景廊时看到的太空景象——似乎从维斯科韦尔一只耳朵进，另一只耳朵出。基兰强忍着笑意，尽力全神贯注地听老人讲解。

"如今在马萨克星陆中心供职的主脑曾经服务于一艘在艾迪兰战争期间功勋卓越的舰船。那艘舰船在一场战役中摧毁了三个'文明'星陆，以防它们落入敌手。主脑即将为双新星之战举办一场悼念会，特别悼念两颗恒星的爆炸，届时，第一颗恒星爆炸产生的光芒会穿过马萨克星陆所在的星系,第二颗恒星的光芒也会紧随其后。

"你必须成功进入中心,在第二颗恒星的亮光照亮马萨克星陆之前完成传送。明白吗,基兰少校?"

"明白,埃斯托迪恩。"

"第二颗恒星死亡的光芒点亮马萨克星陆的那一刻,中心会准时毁灭。如此一来便可以这么解释,出于对自己一手造成的毁灭性伤亡的悔恨,主脑选择以自我毁灭来悔罪。主脑和人类的死亡将被视为一场悲剧,而非暴行。所有被荣耀而虔诚的信条困在地狱边境的切尔格里安亡灵也将进入乐园。'文明'遭受的创伤将久久地震撼所有中心、主脑,以及每一个人类居民。我们会将自己遭受的伤害悉数奉还,也会好心地确保不会有更多生命卷入其中。只有敌人会被杀个措手不及,实际上,也正是那群人对我们进行了无端的突袭。你明白吗,基兰?

"明白,埃斯托迪恩。"

"看,基兰少校。"

"看着呢,埃斯托迪恩。"

他们已经离开了轨道空间站。基兰和维斯科韦尔坐在原先那艘两人座轻便飞船内,两只外星嗡嗡机乘着另一艘通体乌黑、稍微宽敞些的锥形飞行器,在轻便飞船外伴飞。

古老空间站的一个高压密闭舱遭遇了一次精心安排的爆裂,看上去就像是年久失修导致的意外事故。密闭舱改换了运行轨道,飞速朝类日卫星面向大气圈的一面喷出的巨大能量奔去。

他们凝望了一会儿。空间站沿着曲线接近看不见的光柱边缘。两人面前,轻便飞行器的平视显示屏上出现一条线,暗示边缘所在的位置。就在空间站与光柱边缘相遇之前,维斯科韦尔说:"最后一枚弹头并非实验品,少校。那是一枚真实的武器。虫洞的另一端或许恰好在类日卫星内部,也或许位于远方一颗与之相似的天体中。这次爆炸是马萨克星陆中心即将发生的'意外'的预演,规模上十分接近。这便是我们为什么要在这里,不去其他地方的原因。"

空间站从未撞上光束的边缘。就在二者接触的前一刻,空间站缓慢旋转、不稳定的外形被炫目的强光取代,骇人的光刃使得舱盖一半被刺眼的强光淹没。基兰本能地闭上眼睛。强光带来的残像在眼底燃烧,黄色和橙色模糊一片。他听见维斯科韦尔咕哝了一声。这艘轻便飞船在四周嗡嗡作响,发出咔嗒咔嗒的呜呜。

当他睁开眼睛,爆炸的残影仍未散去。橙色的火光在深空无尽的黑暗中蔓延开来,不管他将目光移向何方,火光都紧紧追随,在眼底跃动。他想看看灾难之后这个摇摇欲坠的空间站是什么面貌,但只是徒劳。

~好了。
~挺好,我想你已经顺利完成了。干得漂亮,基尔。

"你们看。"特索诺说着将红色光圈移动到屏幕上,标出一块大陆上的一群湖泊,"斯特里恩碗就在那儿。明天音乐会的主场。"嗡嗡机面对化身说,"中心,音乐会准备就绪了吗?"

化身耸耸肩:"万事俱备,只差指挥。"

"哦!我敢肯定他只是在戏弄我们。"特索诺飞快地说。它周身散发着红宝石般的光芒,"作曲家齐勒一定会到场。他怎么能不露面呢?他会去的,我敢肯定。"

"恐怕我不敢苟同。"卡布小声说了一句。

"不，他会的！我持积极观点。"

卡布转向这位切尔格里安人："你会应邀出席的对吗，基兰少校？……少校？"

"什么？哦。是的，是的。我很期待，毫无疑问。"

"那么，"卡布大幅度地点头，"他们会找别人来指挥的，我敢打包票。"

少校有些心不在焉，卡布想。不过，他似乎很快便重新振作了起来。"呃，倒也未必。"他挨个打量着每一个生物，"如果我的出现真的会迫使马莱·齐勒缺席他新作的首演，我当然会离开。"

"不！"特索诺急切地说，机体周围瞬间涌上一抹蓝色，"倒也不必这么做。不，完全没必要。我确信作曲家齐勒打心底里渴望到场。他或许会在最后一刻动身，但总之必定会出现。我相当肯定。所以请务必莅临音乐会现场，基兰少校。暌违十一年后齐勒重出江湖，带来新创交响曲的首演，而且是他头一回在切尔之外进行首演，你远道而来，方圆上千光年只有你们两个切尔格里安人——你必须到场。这将会是一场终生难忘的奇遇！"

基兰怔怔地盯着嗡嗡机，半晌，他开口道："我想马莱·齐勒本人的到场比我更重要。一想到是我让他躲得远远的，我只会觉得自己自私自利、粗俗无礼，甚至有失体面，你不觉得吗？拜托了，我们别再在这个问题上纠缠了。"

第二天，他离开了大气圈。维斯科韦尔站在巨型中空吊舱后方的栈桥上为他送行。那儿正是基兰这段时间的住所。

基兰觉得老人似乎有些心不在焉。"还好吗，埃斯托迪恩？"他问道。

维斯科韦尔望着他："不。"他思索片刻之后才开口，"不太好。今早收到一条新情报，我们的反间谍专家传来两则令人担忧的信息,并不是普通的意外状况那么简单——看来我们中间不止藏着一名间谍,另有一名'文明'公民潜藏在大气圈中。"埃斯托迪恩摩挲着银色手杖的顶部,对自己扭曲的倒影皱起眉毛,"一位反间谍专家后悔没有早点告知我们,不过我倒觉得晚点也无妨,好过始终被蒙在鼓里。"维斯科韦尔笑了,"别担心,少校。我可以肯定一切尽在掌握,或者即将恢复掌控。"

飞行器着陆后,尤厄尔走了出来。通体白毛的男人看到基兰后灿烂地笑了,还向他微微欠身。当然,面对埃斯托迪恩时他深深地鞠了一躬,老人在他肩膀上轻轻拍了拍。"看到了吗,基兰?尤厄尔来解决问题了。回去吧,少校。为你的使命做准备。不久之后你便会见到自己的副手。祝你好运。"

"万分感谢,埃斯托迪恩。"基兰的目光扫过笑吟吟的尤厄尔,随后向老人曲身鞠躬,"希望您也一切顺利。"

维斯科韦尔一只手搭在尤厄尔肩上:"一定会的。再见了,少校。很荣幸与你共事。再次向你祝好,也祝愿你顺利完成任务。我相信你会让我们所有人感到骄傲。"

基兰登上了小型飞行器。驶离舰桥时,他透过薄纱般的窗户向外望去,维斯科韦尔和尤厄尔已经陷入了一段深度交谈。

剩下的旅途就像来时的镜像版本。不同的是,抵达切尔之后他便由一艘封闭穿梭机直接从赤道发射城载到了乌布兰特城,然后连夜被车子送到凯德莱塞特大门口。

他站在古老的小径上。夜晚的空气中荡漾着树脂的清香,浓汤般黏稠的大气过滤后,松香稀薄得如水一般。

他回来只是为了再度离开。根据官方记载,他从未离开,几个月前也从未有一个藏在黑色斗篷中的怪女人将他带走,他不曾跟随她沿着林间小径回归尘世,也不曾在路途中溅上鲜血。

明天一早他将应邀赶往切里斯城，接受一项任务——只身前往名为"马萨克星陆"的"文明"世界，劝说变节的异见者马莱·齐勒回到故乡，成为切尔复兴和切尔格里安重振统治的象征性人物。

今晚，在他酣然入睡之际，如果一切依计划进行，如果导入他脑内的微观结构、化学药剂、纳米腺体产生了预期效果，那么一觉醒来，他便会将一百多天前盖杰琳上校在一个雪天出现在庭院中央以来的所有事情悉数遗忘。

他只记得自己应当记得的事情，不多不少正正好。核心记忆已经完好地被封存起来，除非遭遇明显的破坏性入侵，否则不会被打扰、解读。当记忆开始渐渐消退，他觉得自己有所察觉，一如后来他回忆起"失忆"的这段过往。

夏日的雨在他周围轻轻落下。引擎的轰鸣声和车灯发出的光束渐渐消失在低处的云雾之中。将他载到此处的车已经离去。他冲着大门上的小型装置抬起手。

门悄无声息地迅速开启，他被唤入修道院。

"搞定。干得漂亮。"

他曾想过，既然他已经完成使命，既然一切已成定局，他或许会——试着——将实情告诉嗡嗡机特索诺，或者中心的化身，或者霍姆达人卡布，或者这三个人，这样哈伊勒被逼无奈只能废了他或杀了他（真好），但他没有这么做。

毕竟哈伊勒可能不会直接杀了他，只是废了他，而他这么做可能会威胁到任务的正常进展。让一切自然而然地发生对切尔更有利，也更有助于完成任务，然后——第二颗新星的光芒倾泻在这片星域和马萨克星陆上。

"好了，旅途到这里就结束了。"化身说。

"没错。朋友们，我们该离开了？"嗡嗡机E.H.特索诺咔嗒咔嗒地说。它的陶瓷外壳笼罩在一片健康的粉色光晕之中。

"嗯。"基兰听到自己回应道，"走吧。"

15. 彻头彻尾的失控

他缓缓醒来，头昏脑涨。周围黑漆漆的。他伸了个懒腰，察觉乌洛塞伊就在身旁。她睡眼蒙眬地靠过来，舒服地窝进自己的怀里。他伸出一只胳膊搂住她，乌洛塞伊依偎得更近了。

当他完全清醒过来，想要和她温存一番，她转过头来，面带笑意地轻启柔唇。

她滑到他身上，性在这神圣的时刻是如此强大、平衡而又高尚，凌驾于任何一种性别之上。男性还是女性无关紧要，哪个器官属于谁也并不重要，当身体快速分分合合，性别便是流动的，器官属于任何一方，又与两人都毫无瓜葛。当她伏在他身上，他的性征仿佛化为神妙的独立物，一视同仁地刺穿两个人；她的性征幻化为一个令人迷醉的斗篷，散开覆盖两个躯体，缓缓流动，将每一寸肌肤都化为感知欲望的个体。

当他们在爱欲中沉沦，天色逐渐破晓。后来两人都从欲望中得到释放，毛发上沾满津液和汗水，气喘吁吁地并肩躺在床上，凝视着对方的眼睛。

他灿烂地笑了。快乐根本无处遁形。他环顾四周，仍旧不确定自己到底身在何方。房间看起来平平无奇、毫不起眼，但是天花板很高，四周十分明亮。一种奇怪的感觉告诉他眼睛会被亮光刺痛，但实际上并没有。

他再次将目光投注到她身上。女人一只手挂着脑袋望向他。当他看到女人的脸，看到她的表情，突然一阵惊慌，随之而来的是一阵强烈的、无法克制的恐惧感。乌洛塞伊从来不会这样看他，她的目光会在他身上萦绕，会望进他心里，而不只是落在他身上。

那双漆黑的瞳仁中透着某种极端的冷漠和残忍，以及无穷的智慧。某种毫无怜悯之心，也没有想象力的生物直勾勾地看穿了他的灵魂，比起有意识的冷酷，更像是一种情感缺失。

乌洛塞伊的毛发顷刻间变为纯粹的银白，光滑地融入肌肤之下。她只是一面光秃秃的银镜，透过她纤长柔韧的躯体，他照见了自己的模样。镜子里她的躯体倔强地扭曲着，仿佛正在融化或者被撕扯开一般。他张开嘴巴想要开口说话，但舌头堵住了喉咙发不出声音，嗓子也已干涸。

开口的是她，而不是他。

"别想糊弄我，基兰。"

那不是乌洛塞伊的声音。

胳膊肘向下一撑，她优雅地从床上起身，动作有力而唯美。他痴痴地看着她从眼前消失，随后意识到身后有人。曲形垫的另一端坐着一位年长的男性，男人浑身赤裸地望着他，眨了眨眼睛。

角落里的男人不发一语。他看起来十分困惑。有那么一瞬间，这个男人给他的感觉仿佛无比熟悉，却又全然陌生。

基兰气喘吁吁地醒来，发疯般地四处打量。

他正躺在阿基米城公寓中宽敞的曲形垫上。天已破晓，圆形穹顶上积了一团碎雪。

基兰深吸了一口气："开灯。"灯光亮起之后，他环顾着偌大的房间。

所有物件都乖巧地待在原处。房间里只有他一个人。

今天晚上，音乐会将在斯特里恩碗举办，马莱·齐勒全新交响曲《光之将尽》的首演将会掀起庆典的高潮，当八百余年前包括琼斯在内的双新星的光芒最终来到雷斯莱尔星系的马萨克星陆，交响曲将在那一刻落下最后一个音符。

卑鄙、撕裂，在一阵让人作呕的情绪中，他想起自己已经尽到了职责，现在，这项任务已经不在他的掌控之中——脑控之中。该发生的终将发生。他和这里的任何人一样无能为力。事实上可能更加无能为力，毕竟其他人脑袋里没有寄宿着另一个灵魂，偷听每一个念头。

没错。从昨晚或者更早开始，他连一天中最开始和最后几个小时的尊严也失去了。

~哈伊勒？

~我在。你之前梦到过这个场景吗？

~你也梦到过？

~我时刻观察、聆听，留意你有没有将今晚的安排透露给"文明"，但我没有入侵你的梦境。鉴于我确实在监控你的身体，所以知道一场春梦似乎突然变成了惊悚的噩梦。你想和我聊聊吗？

基兰犹豫了。他挥手关上灯，在黑暗中躺了回去。"不。"他说。

他忽然意识到自己想都没想就说了"不"，与此同时，他也发现自己想说的下一个词却怎么也说不出口。他还想再说一次"不"，可是偏偏吐不出这个字眼。

基兰完全不能动弹。又一个噩梦时刻，他瘫痪了，还要受别人摆布。

~不好意思，我发现你刚刚在说话，而不是思想交流，请小心。现在你可以，哈，重新掌权了。

基兰将身体挪到曲形垫上，清了清嗓子，测试自己确实重新恢复了对身体的控制。

~我想说的就是——算了，没有必要。没什么好聊的。

~你确定？你头一回这么沮丧，起码从我们认识时起是头一回。

~我说了我没事，听得明白吗？

~好吧好吧，明白。

~即使有事也没关系，对吧？今晚之后一切就都无所谓了。现在我想抓紧时间多睡一会儿。晚点儿再谈。

~随你便。睡个好觉。

~深表怀疑。

他重新躺下，看干枯的雪花在无声的怒吼中呼啸着冲上穹顶，介于滑稽和威吓之间。他想知道，另一个智慧透过他的眼睛看到的雪花，是否也是相同的模样。

他觉得今夜注定无眠了，然而，事与愿违。

稀缺时代里，数十个互相隔绝的社会不惜花重金发展虚拟现实技术，使之尽可能真实得伸手可触，又尽可能虚伪得一戳就破，最终，这些社会组成了"文明"。后来，"文明"作为一个社会实体基本成型，流通货币渐渐被视为沉疴旧疾，沦为发展的障碍，而不再是推动社会演进的调节器。人们在生物改造上投入了大量能源和时间——生物的和机器的，以多种手段骗过人类的感官，使它们对并未经历的事确信不疑。

多亏了这些超前的努力，技术提供的虚拟环境理所当然地可以满足任何"文明"成员的需求，技术的精准性和可信度日臻完美，以至于长久以来人们有必要在虚拟体验中加入合成线索，以提醒当事人看似真实的东西并非真实——人们对人造环境的操纵可谓是得心应手。

即使是不怎么精细的幻象渗透，标准级别的虚拟冒险都是那么实时而生动，足以让每一个意志不够坚定、对肉身不够执着的人类忘却自己处在一个非真的世界。这一共识是对几个世纪以来为之奋斗的所有个体和组织坚韧、智慧、想象力和决心的致敬，人们始终在为这样一个事实而奋斗——"文明"中，每个人随时随地都能随心所欲地体验一切，不必担心周围的世界到底是不是假象。

自然而然地，对于几乎所有人来说偶尔——对于某些人而言永远——真正看到、听到、闻到、尝到、感受到或者经历到，而不是借助可耻的虚拟技术，能够让人成就感爆棚。

化身轻蔑地哼了一声："他们真的会这么做。"它笑得格外开心，卡布想。你所理解的机器可不会有这种反应，哪怕是机器的人形化身。太逼真了。

"做什么？"卡布问道。

"重新启用货币。"化身咧嘴一笑，轻轻摇头。

卡布皱起眉头："有机会成功吗？"

"没有，但是可能性是存在的。"化身扫了卡布一眼，"这是一句古谚。"

"嗯，我知道。'他们重新启用货币'，"卡布援引道，"之类的。"

"类似吧。"化身点点头，"怎么说呢，为了抢购齐勒的音乐会门票，他们事实上已经开始在意金钱了。社恐的人类开始邀请别人共进晚餐，一起预定深空游轮的船票，老天，他们甚至愿意一起露营。露营！"化身轻笑一声，"人们开始用性癖进行交易，他们同意怀孕，愿意为了迎合对象的需求改变外貌，为了取悦爱人转换性别……一切的一切都是为了门票。"它摊开双臂，"人类是多么奇妙而古怪，野蛮又浪漫！你不觉得吗？"

"精辟。"卡布说，"你确定这叫'浪漫'？"

"不过他们确实达成了共识,"化身继续说道,"决定将以物易物的'物品'升级为某种流通性更好的东西——考虑到将来的对价,听起来与货币无差。至少我是这么理解的。"

"多么令人惊叹。"

"没错,是吧?"银色皮肤的生物说道,"就像每隔一段时间,混沌之中就会跳出某种奇怪的时尚。一时之间,人人都成了交响乐现场演奏会的忠实粉丝。"它似乎颇感困惑,"我已经说得很清楚了,没有跳舞的空间。"它耸耸肩,然后挥动手臂,示意大家看向周围,"那么,你们意下如何呢?"

"十分壮观。"

斯特里恩碗中几乎空无一人。当晚音乐会的准备工作正在按计划进行。化身和霍姆达人站在圆形剧场的边缘,旁边是一排排灯光、激光和发射器,卡布在这些器械面前顿觉自己是那么娇小,而这些器械更像武器。

几个小时前,头顶便已是澄澈的蓝天,太阳在身后缓缓升起。卡布依稀看到他和化身在四百米外的座位上投下小小的阴影。

斯特里恩碗宽逾一千米。这是一座由捻丝碳纤维和透明钻石薄片建成的阶梯式大剧场,座位和平台集中在宽敞的圆形场地周围,中间的圆形场地可以适应各种活动赛事和不同调性的音乐会,也可适配其他娱乐。场地上方配置着一个紧急穹顶,但从未使用过。

斯特里恩碗最具特色的地方在于整个场地是露天的,如果演出需要搭配某种特定的天气,那么中心就会破天荒地进行干预,利用其惊人的能量放射和力场管理能力来操纵气象元素,直到达到预期的效果。这种干预杂乱无章、毫无优雅可言,而且是彻头彻尾的强制,但人们可以接受,因为这样做可以愉悦大众——这便是中心存在的终极意义。

从技术上来说，斯特里恩碗是一艘专用的巨型舰船，它在众多宽阔的运河、缓缓流淌的河流、浩大的湖泊还有小型海洋编织成的水路网中漂流，水路网遍布马萨克星陆上迷人多样的大陆型板区，尽管流速缓慢，但川流不息、肆意流淌，于是，透过舰船的骨骼和露天场馆的边缘，人们可以瞭望外部的景象，包括锯齿状的雪峰、绵延不绝的悬崖绝壁、广袤的沙漠、如地毯般贴地的丛林、高耸入云的玻璃城市、巨型瀑布，还有轻柔摇摆的飞艇树森林。

空前盛大的活动前会有一场激流盛宴。斯特里恩碗会像一个巨型汽艇一般从飞速奔涌的大河上冲下来，剧烈旋转、倾斜、晃动，直到跌入悬崖峭壁怀抱的涡流池底，能够抽干整个海洋的巨型水泵将水灌入涡流水池，旋涡将斯特里恩碗推至顶端，直到中心的超级升降机吊起船身，斯特里恩碗便重新回到了上方的水面。

为了今晚的演出，斯特里恩碗将停靠在班德尔湖畔一个小小的半岛边。班德尔湖位于盖尔诺板区，从泽拉维板区顺旋向数第十二块大陆。半岛的尖岬建有一系列地下通道入口，还有许多精心伪装的站点；宽阔的广场上，酒吧、咖啡馆、餐馆以及其他娱乐场所鳞次栉比，斯特里恩碗将会停在一个庞大的支架形码头上，接受必要的补给和维修。

斯特里恩碗内置的触感、声音和灯光系统已经尽善尽美，即使没有配备个性化的加强效果。其他外部条件由中心全权负责。

包括斯特里恩碗在内，"文明"一共有六大"碗"，全都是为了室外活动而建。它们分布在星陆各地，这样不管遇到什么活动，总有一个场馆会在合适的地点、合适的时间现身。

"不过，"卡布觉得自己的思维有些跳跃，"也可以只建一个，然后通过减缓或者提高整个星陆的运行速度，以达到同步。"

"说得轻巧。"化身轻哼了一声。

"我只是提出猜想。"

化身抬头看他。"啊哈。"透过黎明的雾霭，他们头顶正上方依稀出现了一个小小的近似长方体的物体，反射着日光。

"这是什么？"

"一艘赤道级通用系统星舰有失庄严号。"化身说。卡布看到它微微睁大眼睛，嘴角和眼睛中流露出一丝笑意，"它更改了行程计划，也来参加音乐会了。"化身注视着星舰越来越大的轮廓，然后皱起眉头，"它还是得挪挪屁股，我的空炸陨石要从这儿通行。"

"空炸？"卡布说。他凝望着这个光芒四射的矩形轮廓慢慢变大，"听起来，哈，有点灾难。"或许用"危险"更为合适，他想。

化身无言地摇摇头。它和卡布一同注视着这个庞然大物缓缓下降，沉入他们上方的大气中，"哈，不算危险。"它仿佛读取了他的思想，不过根据后面的话推断，读取思想这回事儿并不存在，"'花洒'已经准备妥当。或许有些软物还需要向外放气，并且重新设定弹道，不过好在它们各自的防护引擎很完备。"化身对他莞尔一笑，"我用到了一批老式刀锋飞弹。重新启用战备物资，听起来很合理。这些老家伙需要锻炼。"

他们重新望向苍穹。通用系统星舰此刻和一臂之外的手掌大小相当。铂金色的表面开始显现出细节。"所有石块均已就位，它们自被引爆之后便被世人遗忘，"化身继续说道，"只待像太阳系仪中的环一般机械地画着圆。不会带来危险。"它向星舰的方向示意，此时星舰已经离得很近，亮到向周围的景致洒下光芒，宛如一轮古怪的矩形月亮飘浮在马萨克上空。

"中心主脑忍不住担心，"化身说着挑起银色的眉毛，"万亿吨的舰船像离弦的箭一般加速驶来，若非它已经关闭力场，我甚至已经感受到该死的重力井弯出了弧度。"它摇摇头，"通用系统星舰啊。"它像是在对一个调皮但可爱的孩子啧啧称赞。

"你觉得他们从你身上钻空子是因为你也曾是其中一员吗?"卡布问。巨型星舰似乎终于停稳,填满了四分之一的天空。星舰下表面聚集起一层层缥缈的云雾。一条条几乎不可察的细线浮现在星舰周围,勾勒出与力场同心的壳体,仿佛一个又一个层层嵌套的气泡在空中飘浮。

"该死,你说对了。"化身说,"土生土长的中心主脑一想到这种体型的庞然大物要越过边界闯进来,必定警铃大作。任何想要闯入的物体都会像太空中的飞船一样,一旦犯错,便会直接坠落。"化身突然哈哈大笑,"我让它从高空急流中滚出去。不过,当然了,那家伙很无礼。"

聚集在星舰下方的云层渐渐分为两股,一股流入斯特里恩碗,一股向上飘去。有失庄严号开始拉开距离。云雾顷刻间在船体周围蒸腾萦绕,仿佛一瞬间出现了百万条蒸汽尾迹,水汽聚集成一簇簇盛放的高塔,雷电在水汽塔间毕毕剥剥地闪烁。

"看吧,整个早上就被它毁了。"化身摇了摇头,"彻头彻尾的通用系统星舰作风。这个小插曲最好不要影响晚上珠母云的出场,不然麻烦就大了。"它看着卡布说,"走吧,忽略这一场傲慢的炫技,到下面看看吧。我想带你一览斯特里恩碗的引擎。"

"可是,作曲家齐勒,想想你的乐迷们!"

"等我回到切尔他们很可能豪掷千金,只为了看我被绳绞、拖拽,然后被烧死。"

"亲爱的齐勒,这正是我要说的,我敢肯定你大大地言过其实了。不过就算在遥远的切尔上如你所说,在这里显然全然相反。马萨克星陆上成千上万的民众愿意献出生命来护你周全。我说的乐迷指的就是他们,相信你很清楚。很多人今晚会来到音乐会现场,而其他人则会同时观看,全身心沉浸其中。

"他们已经耐心等待了多年,只盼望有朝一日你灵感迸发,再次创作出不朽的长篇作品。现在乐曲已经完成,他们迫不及待地想听完全曲,然后向你致以你应得的敬意。他们渴望在斯特里恩碗聆听你的大作,渴望亲眼看到你本人出现。他们渴望看到你指挥《光之将尽》!"

"他们爱怎么渴望就怎么渴望,不过今晚要失望了。只要那块腐坏流脓的抹布决定出现,我就无意赴会。"

"可是你们不会遇到!我会把你们两个远远隔开!"

齐勒将黝黑的鼻子探到特索诺粉红色的陶瓷外壳前,嗡嗡机嗖地从他面前缩了回去。"我不相信你。"他说。

"什么?就因为我是星际联络部来的?太荒谬了!"

"我相信卡布和你说了。"

"别管我是怎么发现的。我无意勉强你和基兰少校见面。"

"但你很乐意看到我们相遇,对吧?"

"呃……"嗡嗡机的光晕突然因困惑而闪烁着七彩的光辉。

"是,还是不是?"

"好吧,我当然喜闻乐见!"这只机器在空气中摇晃着身体,看上去既愤怒,又困惑。它的光晕看起来有些混乱。

"哈!"齐勒发出感叹,"你承认了!"

"我自然希望你们能见面。你们两个不相见才比较荒谬,可是我只希望你们顺其自然地见面,根本不想违背你们的意愿!"

"嘘。来了一只。"

"可是——"

"嘘!"

普桑安森林,坐落在乌斯垂安板区——不离开马萨克星陆的前提下离斯特里恩碗最远的地方,以狩猎而闻名。

音乐会的前一天晚上,齐勒从阿基米千里迢迢来到这里,住进了一间惬意的猎屋。他睡到很晚才起床,随便找了一位当地的向导,便去"骑乘"库塞尔的杰曼德莱塞斯。

一只杰曼德莱塞斯从茂密的灌木丛中冲出一条路来,正巧从齐勒藏身的那棵树下的小径路过。齐勒觉得自己听到了这生物的动静。

他看了一眼向导——一个穿着复古迷彩服的小个子男人正蹲伏在五米开外的另一根主枝后。男人朝他点点头,指向声音传来的方向。齐勒挂在树枝上向下望,想要看清动物的位置。

"齐勒,拜托了。"嗡嗡机的声音从他耳朵里传出,显得格外古怪。

切尔格里安人猛地九十度转身,瞪着面前的嗡嗡机。他将一根手指放在嘴唇上,晃了晃手指。嗡嗡机尴尬地闪着浑浊的奶油色。"我是通过直接震动你的鼓膜和你交谈的。其他生物不可能——"

"但我需要集中注意力。"齐勒倾身凑近特索诺,从牙缝中挤出这句话,"该死的你能闭嘴了吗?"

嗡嗡机周身的光晕因愤怒而短暂地变得苍白,随后稳定在沮丧的灰色中,混杂着代表悔恨的紫色光斑。它很快又漾起了黄绿色的光晕,传递出温和而友好的情绪,红色的光带点缀其中,意味着它把这段对话当作玩笑。

"我说你该死的能不能别再吞吐着彩虹色的屁了吗?"齐勒吼道,"你让我分心了!那只动物很可能看到你了!"

一只斑驳的蓝色大块头从树枝下经过,齐勒躲到树枝后。生物的头和齐勒整个身体一样长,背部结实宽阔,足以容纳好几个切尔格里安人。"老天,"齐勒向下望去,倒抽了一口冷气,"这家伙太大了。"他望着向导,对方正冲着下方的动物点头。

齐勒吞咽了一下,纵身跳下。高差只有两米,他五体投地落在猛兽的脖子上，腿在脖子两侧扇形耳朵旁甩动，趁猛兽还没反应过来，他一把抓住身下深褐色的鬃毛。特索诺慢悠悠地飘下来，悬浮在他身旁。库塞尔的杰曼德莱塞斯意识到后颈粘上了什么东西，爆发出一声震耳欲聋的吼叫。它猛烈地摇晃脑袋，甩动身体，沿着丛林中的小径冲了出去。

"哈——哈哈哈哈！"齐勒大声叫喊，猛兽在他身下疯狂扭动，他只好紧紧抓住皮毛。风呼啸而过，树叶、蕨叶、爬山虎、树枝尖啸着向后飞驰而去，他不停地躲闪，气喘吁吁，差点没断气。齐勒眼睛周围的毛发在风中向后倒去，小径两侧的树影化为一片模糊的蓝绿色块。猛兽再次拼命甩头，想把他抛出去。

"齐勒！"嗡嗡机 E.H. 特索诺冲他大喊，驾着空气紧跟在他身后，"我注意到你没有穿戴任何防护设备！太危险了！"

"特索诺！"齐勒大喝了一声。此刻，他身下的猛兽沿着弯弯曲曲的小径咯噔咯噔地一通乱冲，颠得他牙齿咔咔作响。

"什么？"

"你能不能滚开？"

前方遮天蔽日的树冠时有缺口，猛兽加快速度冲下山坡。齐勒被惯性甩向前方，只好拼命向后靠，将后背贴在猛兽硬邦邦的肩膀上，以防自己向前飞出，被巨兽踩在脚下。突然之间，一束阳光劈开蔓生的苔藓和垂下的枝叶，投在森林间的大地上。一条宽阔的河流出现在眼前。库塞尔的杰曼德莱塞斯以迅雷不及掩耳之势冲下小径，穿过浅滩，激起一层宽阔的水幕，将自己摔在河流中央的深水区，弯曲前膝俯下身子，将齐勒一头扔进河里。

他在浅滩哗啦啦的水花中醒来，正背朝下被人拖向河岸。他抬头向身后望去，特索诺正拉着他移动，它的光晕因沮丧而变为灰色。

他咳出一口水,这才得以自由呼吸。"我在这儿躺了多久?"他向机器问道。

"几秒钟,作曲家。"特索诺将他搬到一片沙地上,扶他坐直,这一连串动作似乎轻而易举,"让你待在水下说不定是件好事,"它说道,"库塞尔的杰曼德莱塞斯一直在寻找你的身影,它可能想把你按在水底,或者拖上岸狠狠踩踏一番。好在它已经游远了。"特索诺绕到齐勒身后敲打他的后背,结果害他咳得更严重了。

"谢了。"齐勒弓腰吐出一摊河水。嗡嗡机还在捶打。"不过不要误会,"切尔格里安人继续说,"别以为我会回去指挥,以表达感激之情。"

"说得好像我会期待这样的好意,作曲家。"嗡嗡机用挫败的声音说。

齐勒惊异地望过去,他挥手让嗡嗡机别再捶打。齐勒擤擤鼻子,捋了一把脸上的毛发,"你真的很沮丧,是吗?"他说。

嗡嗡机再次闪烁着灰色的光晕。"我当然感到沮丧,作曲家齐勒!你差点弄死自己!你总是轻视这种危险的消遣活动,甚至嗤之以鼻。你这人到底有什么毛病?"

齐勒垂眸盯着沙地。马甲已经毁了,他注意到。该死,烟斗忘在了家里。他抬头环顾四周。河水汨汨地奔流,巨大的昆虫和鸟类轻快地掠过水面,时而俯冲,时而下潜,时而急速飞升。河流对岸,不知什么东西惊得深处的碎叶摇晃颤动。某种耳大腿长、浑身毛茸茸的生物正从树冠的一根树枝后好奇地向外窥探。齐勒甩甩脑袋。"我在这儿干吗?"他站起身来,龇牙咧嘴地抽了一口气。嗡嗡机洒下一片厚厚的操纵力场,供他靠在上面,但并没有扶他站起来的打算。

"现在又怎么了,作曲家?"

"啊,我要打道回府。"

"真的？"

"嗯，真的。"齐勒从皮毛中挤出一摊水。他摸了摸耳朵，那里应该嵌入了一个耳环状终端机。他眺望对岸，叹了一口气，然后望向特索诺，"最近的地下通道在哪儿？"

"哈，一艘飞行器正在待命，如果你不想费劲——"

"飞行器？那不是要耗费很长时间吗？"

"怎么说呢，你可以想象成一艘小型星际飞船，嗯。"

齐勒深吸一口气，皱着眉头勉强起身。嗡嗡机向后飘了一点。而后，切尔格里安人放松下来。"好吧。"他喘息着说。

片刻之后，一个闪着光的卵形物从悬在河边的树丛中俯冲而来，冲向沙地，在离他们一米远的地方急停。飞行器隐去伪装力场，露出乌黑的光滑外壳。侧门嘎吱一声打开了。

齐勒眯着眼睛望着嗡嗡机。"不要耍花招。"他低吼一声。

"好像我乐意似的。"

他登上飞行器。

雪花打着旋儿撞上窗户，有时还能分辨出形状。他看向窗外，眺望城市远端的群山，每当遇到这种天气，纷飞的雪花就害他只能看清半米之内的东西，稍纵即逝的飘雪分散着他的注意力，将他的思绪从远方唤回。

~所以，你会去吗？

~不知道。礼貌的做法是我不去，这样齐勒就会如期到场了。

~确实。

~可是既然这些人都将在此夜将尽之时死去，我也注定会丧命，那么礼貌又有什么意义呢？

~只有直面死亡之时才会露出真实面目，基尔。你不妨去看看他们是不是真的彬彬有礼、勇敢，以及——

~我不想听你长篇大论，哈伊勒。

~抱歉。

~我可以窝在公寓里观看音乐会，或者做点别的，也可以和二十五万人类一起在现场听交响乐。我可以独自死去，也可以和几十万人一起赴死。

~你不会独自死去的，基尔。

~谁知道呢。但你会回归，哈伊勒。

~这种说法不太恰当，回归的是对一切一无所知的我。

~无所谓。如果我说这段经历对我比对你更意义深远，希望你不会误以为是我太过自怜。

~当然不会。

~起码齐勒的乐曲能够让我暂时忘掉一切。在一场举世无双的音乐会进行到高潮之时死去，清醒地明白是自己制造了灯光秀最壮观的终篇，恐怕不失为告别人世的一种至高境界。总好过在咖啡桌旁一睡不醒或者倒地不起，隔天才被人发现。

~无法反驳。

~还有一件事。大气层内的一切演出效果都由中心主脑控制，对吧？

~是的。据说会出现极光和陨石雨之类的奇观。

~这么说如果中心被摧毁，斯特里恩碗很可能会严重受创。如果齐勒不在现场，他很有可能会活下来。

~你希望他活下来？

~是的。我希望他活着。

~他就是个叛徒，基尔。你为切尔献出生命，而他只是朝我们所有人吐口水。你做出了一个战士所能做出的最大牺牲，而他只是发发牢骚、逃跑、沉浸于众人崇拜的目光之中自我愉悦。你真的认为你告别人世而他活下来是对的？

~是的。

~那个渣滓活该……好吧,算了。不好意思,基尔。我仍然认为你的判断有问题,但你关于今晚的推测没错。这件事对你的意义更为重大。我想我能做的就是控制自己,不让即将赴死的男人放弃自己最后的愿望。去参加音乐会吧,基尔。你会把那个卑鄙小人逼得跳脚,而我能从中得到满足。

"卡布?"霍姆达人的终端机中传出一个标志性的声音。

"我在,特索诺。"

"我已经成功劝说齐勒返回公寓。我想还有一丝机会让他回头。另外,我刚刚得知基兰确定要出席音乐会。你愿不愿意帮我——帮我们所有人——一个无法估量的大忙,来齐勒的公寓,劝服他出席音乐会呢?"

"你确定我能帮上什么忙?"

"当然不确定。"

"呃。稍等一下。"

卡布和化身站在主舞台的正前方。一些技术型嗡嗡机飘来飘去,管弦乐队刚刚完成最后一次彩排,正在离场。卡布目睹了彩排的全过程,但他不想听。三只耳塞用瀑布的喧嚣声填满了他的耳朵。

音乐家们——只有一些是人类,但看起来很不寻常——回到了休息区,又开始制造嗡嗡的乐器声。中心的一个化身来指挥演奏让他们感到不安。这位化身与齐勒如出一辙——虽然它并没有暴跳如雷、恶语相加,吐出五彩斑斓的咒骂。卡布认为,化身或许觉得音乐家们更欣赏脾气温和的指挥家,但他们真正介怀的似乎是作曲家本人并不亲自指挥自己的作品。

"中心。"卡布说。

银色皮肤的生物转身面向他。它穿着正经八百的灰色西装："怎么了，卡布？"

"我现在回一趟阿基米，还能赶上音乐会开场吗？"

"小菜一碟。"机器说道，"特索诺在寻求前线支援吗？"

"猜对了。它似乎笃信我能帮助它完成说服大计。"

"说不定它是对的。我也和你同去。我们是走地下通道还是飞行器？"

"飞行器会更快吗？"

"会。不过传送是最快的。"

"我还从没尝试过传送。来一次吧。"

"我必须事先提醒你，传送有六千一百万分之一的概率失败，一旦失败就会没命。"化身居心叵测地笑了，"还想试吗？"

"当然。"

啪的一声，他们身边的银色力场倏地消失了，刚刚和他交谈的化身旁边出现了另一个化身，它们穿着相似，但不尽相同。

卡布轻叩了一下鼻环终端机："特索诺？"

"怎么了？"嗡嗡机的声音传来。

银色皮肤的双胞胎互相欠了欠身。

"我们出发了。"

之后，卡布的体验很难向别人描述清楚，仿佛某个人眨了眨眼，你就来到了另一个空间。化身鞠躬后抬头的一瞬间，他们出现在了阿基米城齐勒公寓的客厅内，嗡嗡机特索诺正在那儿等待。

16. 光之将尽

午后的阳光从山脉和云层之间一千米的裂隙中斜射下来。齐勒走出浴室,用风力强劲的小型手持吹风机将毛发吹干。卡布和化身的现身显然让他感到讶异,他皱眉看着特索诺。

"大家好。我不会去的。还有事吗?"

他倒在一张巨大的沙发上,伸了个懒腰,揉着肚子上蓬松的毛发。

"我冒昧地邀请大使艾什莱尔和化身前来,想要最后同你讲讲道理。"特索诺说,"时间充足,我们还能以体面的方式及时赶到斯特里恩碗,而且——"

"嗡嗡机,我不知道你还有什么不明白的,"齐勒笑着说,"事情该死的简单,有他没我,有我没他。屏幕开启,谢谢,请接斯特里恩碗。"

房间另一端,覆盖整面墙的屏幕突然焕发生机,在家具前投出画面。投影以二十四个视角展示了斯特里恩碗的全貌,包括周围的风光以及人头攒动的场景,人们在交头接耳地讨论着什么。没有声音。彩排已经结束,一些音乐爱好者开始涌进这个巨大的露天剧场。

嗡嗡机快速转动身体,猛地一动,先看向化身,然后又看了看卡布。发现两人不发一语，它忍不住开口了："齐勒，拜托了。"

"特索诺，你挡住屏幕了。"

"卡布，和他谈谈？"

"啊，当然，"卡布重重地点了点头，"齐勒。你还好吗？"

"我很好，卡布。谢谢关心。"

"我觉得你的动作有点不利索。"

"我承认行动稍有僵硬。早些时候，我跳到一只库塞尔的杰曼德莱塞斯的脖子上，它把我甩了下来。"

"没受伤吧？"

"有些瘀伤。"

"我以为你不赞成这类冒险。"

"现在更加如此。"

"这么说你不推荐这项运动了？"

"绝对不会向你推荐，卡布。你跳到一只杰曼德莱塞斯的脖子上，可能会压垮它的背。"

"犀利。"卡布轻笑了一声，他一只手托着下巴，"哈，让我想想。库塞尔的杰曼德莱塞斯，只出现在——"

"能不再聊这个话题了吗？"嗡嗡机尖叫，它的光晕因愤怒而变成炽热的白色。

卡布转头望向嗡嗡机，眨着眼睛。他张开双臂，害得一盏吊灯嘎吱直响。"你说和他好好谈谈。"他嘟哝了一句。

"不是让他谈论那些丢人现眼的糗事！我指的是谈谈去斯特里恩碗的事情！去指挥他自己的音乐会！"

"我才没有丢人现眼。我完美地骑着那头猛兽走了一百多米呢。"

"最多只有六十米，而且是绝无胜算的一跃。"嗡嗡机说，它绝妙地模仿出了人类咬牙切齿的声音，"你甚至没有跳到脖子上，只是掉到了背上，然后毫不体面地爬。比赛中发生这种事，风格分会是负的!"

"我还是想不通——"

"你丢人丢大了!"机器冲他大喊大叫,"河对岸那个猿类是马雷尔·波米黑克,新闻供给者,小道消息记者,也是媒介游隼和全域数据猎犬。你看!"嗡嗡机从屏幕上扫过,指着二十四个矩形影像中闪着灰色的一块。矩形投影上显示齐勒蹲伏在树枝后,藏在丛林的一棵大树上。

"该死。"齐勒目瞪口呆地说。画面切换,一头巨硕的紫色生物从林间小径冲过来,"屏幕关闭。"齐勒说,全息投影应声消失。他看向在场其他三个生物,皱起眉头,语带讽刺地对特索诺说,"哈,现在我肯定不能在公众面前露面了,对吧?"

"齐勒,你当然可以!"嗡嗡机在控诉,"没人在意你有没有被一头愚蠢的动物甩下来!"

齐勒看看化身,又看看霍姆达人,快速翻了个白眼。

"特索诺想让我说服你出席音乐会,"卡布告诉齐勒,"不过我很怀疑,我的话能不能改变你的观点。"

齐勒点点头。"有他,没我。"窗户旁边的台面上摆着一个古老的马赛基琴,他瞥了一眼上方的计时器,"还有一个多小时。"他舒服地伸展了一下,双手垫在脑后。瞬间,作曲家露出吃痛的表情,将双手放下来,揉捏起一只肩膀,"实话说,我真的怀疑自己能不能指挥。肌肉拉伤,我猜。"他重新躺回去,"容我大胆猜测,我们的基兰少校正整装待发,对吧?"

"早已经穿戴整齐了,"化身说,"事实上他已经离开了。"

"离开了?"齐勒问道。

"动身去斯特里恩碗了。"化身说,"此刻他正坐在车里。一如往常喝着茶饮。"

齐勒消沉了片刻,随后明媚地说了一句:"哈。"

地下车很宽敞，一半是空荡荡的，不过按照当地的标准来看已经算是拥挤了。车厢远端，隔着刺绣吊饰和绿植屏风，他听到一群年轻人大笑大闹。一个成年人的声音冷静地让他们规矩点坐着，听起来是车主。

一个孩子从瀑布般的植物后探出头，一边走一边回望着来时的路，差点被绊倒。孩子的目光扫过车子这一头的成年人。就在他要闪身缩回植物里的那一刻，他看到了基兰。孩子睁大了眼睛，走到他身边坐了下来。孩子苍白的面庞染上了一抹红晕，看上去呼吸不畅。黑色的直发被汗水粘在脑门上。

"你好，"他说，"你是齐勒吗？"

"不是。"基兰说，"我的名字是基兰。"

"盖德瑞·楚思。"孩子说着伸出一只手，"幸会。"

"幸会。"

"你也去参加庆典吗？"

"不，我去的是音乐会。"

"好吧，斯特里恩碗那场吗？"

"嗯。你呢？你会去听音乐会吗？"

孩子不以为然地嗤笑了一声，"我才不去。那里挤满了大人。我们打算乘地下车环游星陆，直到玩腻了为止。科恩想三圈起步，因为西迪和他的兄弟已经环游了两圈。不过我觉得两圈就够了。"

"为什么想环游星陆呢？"盖德瑞·楚思对基兰露出古怪的表情，"只是为了找乐子。"他说，仿佛这个理由傻子都能看出来。车厢另一端传出一阵大笑，"可真是太热闹了。"基兰说。

"我们在摔跤，"孩子解释道，"刚才我们进行了一局放屁比赛。"

"啊，我一点儿也不惋惜错过了盛况。"

另一端又爆发出一阵尖厉的大笑。"我得回去了，"盖德瑞·楚思拍了拍基兰的肩膀，"很高兴认识你。祝你在音乐会上玩得愉快。"

"谢谢，再见。"

孩子一溜小跑冲向植物屏风，扒开两丛植株跳了回去。叫嚷声和大笑声更喧闹了。

~我懂。

~你懂什么？

~我能猜到你在想什么。

~你能？

~中心被摧毁的时候，他们可能还在地下轨道系统中。

~我是这样想的吗？

~我是这样想的。于心不忍。

~好吧，谢谢体谅。

~我很遗憾。

~我们都很遗憾。

旅途比平时更漫长。车水马龙，熙来攘往，在斯特里恩碗下方站点下车的人比往常多得多。升降机中，几个看过新闻的人认出了基兰，他频频向人们点头示意。一两个人对他皱起眉头，大概是觉得基兰的现身让齐勒无法到场。基兰在座椅上调整姿势，盯着附近墙面上的一张抽象画作。

升降机到达地面，人们鱼贯而出，涌入开阔空旷的广场，上方高大挺拔的树木耸入云霄。柔和的灯光照亮了夜晚深蓝色的苍穹。空气中弥漫着食物的味道，广场两侧的咖啡馆、酒吧和餐厅里挤满了人。大道尽头，斯特里恩碗点缀着点点灯光，充斥着整片天空。

"基兰少校！"一个穿着鲜艳大衣、高大英俊的男人喊了他一声。男人伸出手，基兰握了上去，"琼甘·里瑟。里瑟新闻，日常消息，订阅率高达40%，还在持续上升。"

"你好？"基兰没有停下脚步，高个子男人领先他半步，一边走一边朝基兰扭头，以保持眼神交流。

"我很好，少校，希望你也安好。少校，住在马萨克星陆盖尔诺板区的马莱·齐勒——今晚斯特里恩碗音乐会首演交响曲的作曲家——有没有告诉你，如果你出席音乐会，他就不来？"

"没有。"

"真的没有？"

"他什么都没有和我说。"

"但你一定听说过有你没他，对吧？"

"没错。"

"然而你仍然决定出席。"

"是的。"

"基兰少校，你和马莱·齐勒的本质矛盾是什么？"

"这你得问他。我和他没有矛盾。"

"他将你推上招人烦的处境，你不愤怒吗？"

"我不觉得这是个招人烦的处境。"

"你觉得马莱·齐勒是心胸狭窄还是报复心太重？"

"都不。"

"所以你觉得他的行为完全合理？"

"我不是研究马莱·齐勒的专家，没有资格评头论足。"

"有人说你今晚出席音乐会实属自私，因为这就意味着马莱·齐勒无法到场指挥，导致大家伙儿兴致阑珊，你知道吗？"

"嗯，我知道。"

这时，他们已经快走到广场尽头，步道上仿佛横亘着一堵璀璨的玻璃墙，高大而宽广，缓慢地明暗交替。穿过这儿，人群明显稀疏起来,这是一面由力场构建的屏障,只允许抽中入场券的人进入。

"那么你不觉得——"

基兰随身携带门票,尽管嗡嗡机告诉他这只是一个纪念品,无须出示就可以入场。显然,琼甘·里瑟没有入场券,他撞到了这堵泛着光芒的墙壁上。基兰绕过他穿过力场墙,还不忘对他点头微笑。"晚安。"他说。

场内新闻从业者更多,他始终礼貌地作答,发言非常精简,他跟着终端机的指示不停地在一排排座椅间穿梭,最终来到座位旁。

看到关于基兰的新闻,齐勒目瞪口呆。"该死的浑蛋!他还真敢去!他竟然不是虚张声势!他真的找了个位子坐下,把我晾在家里!这是我自己的演唱会!这该死的、臭不要脸的浑蛋!"

齐勒、卡布以及化身的目光跟随着远程投影,看着基兰坦然入座,那是一个为切尔格里安人准备的曲形座椅。旁边是霍姆达人的专座,甚至还给特索诺留了位置,周围还有一排排座椅和沙发。投影显示基兰就这样静静地坐在座位上,看着斯特里恩碗一点一点被观众填满,他用终端机下达了一个指令,面前出现一块平直的屏幕,上面是音乐会的节目单。

"我想我看到自己的座位了。"卡布若有所思地说。

"还有我的。"特索诺说。它的光晕看上去颇为激动。它转向齐勒,似乎想要说点什么,但欲言又止。化身一动不动。不过,卡布凭感觉认为中心主脑和星际联络部的嗡嗡机在默默交流。

化身双手抱胸穿过屋子,眺望整座城市。冰冷澄澈的钴蓝色苍穹拱卫在参差不齐的群山之中。机器能够看到阿基米气泡一般的圆形广场。那里立着一面巨大的屏幕,正在向不断涌来的人群实时播送斯特里恩碗的画面。

"坦白说,我没想到他会去。"化身开口道。

"得了吧,该死的他去了!"齐勒啐了一口唾沫,"胆小如鼠的浑蛋!"

"我也一度确信他不会去,"卡布说着在齐勒身边蹲下,"齐勒,如果我不小心在某个方面误导了你,我感到非常抱歉,实属无心之失。我确定基兰曾强烈暗示他不会出席。我想唯一的可能就是什么事情改变了他的想法。"

特索诺又一次欲言又止,它的光晕看似要变,在半空中微微上升,但最后关头似乎又平息下来了。灰色的光晕饱含挫败感。

化身从窗边转过身,仍然保持着双手抱胸的姿势。"好了,既然你不需要我,齐勒,我这就返回斯特里恩碗。引座员和帮手永远也不嫌多。总是有个别白痴会忘记怎么操作饮料自动售卖机。卡布,特索诺,我带你们一起传送回去?"

"传送?"特索诺说,"绝对不要!我还是坐地下车回去吧。"

"好吧,"化身说,"你应该能及时赶到。不过我就不四处闲逛了。"

"呃,"特索诺犹疑地开口,光晕忽明忽暗,"当然了,除非作曲家齐勒想让我留下。"

他们望向齐勒,当事人仍然注视着墙上的屏幕。"不必了。"他淡淡地说,一只手挥别,"走吧,走吧,随便怎么走。"

"不,我想我应该留下。"嗡嗡机说着飘到切尔格里安人身旁。

"不过我想你应该离开。"齐勒尖锐地说。

嗡嗡机突然顿住,仿佛撞上了一堵墙。它因惊讶和尴尬而闪着潮红的光晕,随后在空中微微欠身:"那就这么着吧。嗯,到地方再见。啊……没错。再见。"说着,它发出"噔噔"的声音,笨拙地飘向门前,迅速地打开门,又急促地关上,留下一片静默。

化身好奇地看着霍姆达人。

"卡布?"

"瞬时旅行似乎和我很相配。我欣然接受。"他停顿了一下,看向齐勒,"你知道,我也非常乐意留下来,齐勒。我们不一定要看音乐会,可以干点别——"

齐勒一跃而起。"该死的!"他咬牙切齿地说,"我去!那种蠕动的呕吐物绝不会阻止我去听我自己的交响乐。我会去。不仅要去,还要现场指挥,甚至还会走走停停、四下闲聊,以及在事后成为别人的谈资,但要是那个小浑蛋特索诺或者其他人想要向我引荐那个该死的自私自利的渣滓基兰,我发誓会咬碎那个狗屎的喉咙。"

化身克制住了咧嘴大笑的冲动。它的眼睛中闪着光,望向卡布。"说得好,听起来绝对合情合理,你觉得呢,卡布?"

"绝对。"

"我去换衣服。"齐勒说着冲向里屋,"要不了多少时间。"

"不着急,我们可以一起传送过去。"化身在他身后大喊。

"随你!"齐勒喊着回话。

"六千一百万分之一的概率——"

"行,行,我知道!就冒点风险吧,行吗?"

卡布看了看开怀大笑的化身,点了点头。化身伸出手臂,微微鞠了一躬,卡布捧场地鼓起了掌。

~你猜错了。

~什么?

~你以为齐勒会缺席。最终,他还是来了。

~是吗?

就在基兰开始琢磨的时候,人群中传来微弱的嘀咕声,时不时有一声"齐勒"飘进他的耳朵里。斯特里恩碗已经差不多坐满了，俨然一个嗡嗡作响的容器，将声、光、人、机器囊括其中。剧场中心灯火通明，空荡荡的舞台上各种乐器闪闪发亮，似乎正在静静地等待，就像台风眼一般。

基兰努力集中注意力，不去想杂七杂八的东西。他摆弄了一会儿座位里预设的放大镜，调整角度，舞台区域瞬间在他面前膨胀。当他愉快地发现自己拥有一个球幕座位——和其他所有人一样，除了那些拒绝放大镜的纯粹主义者——他舒服地窝了进去。

~他一定还在路上？

~他来了。他们通过传送技术赶来的。

~这样啊，我尽力了。

~你太杞人忧天了。我相信对在座每个人来说，都不会有真正的危险出现。

基兰抬头望着斯特里恩碗上方的苍穹。天幕呈现出近似深紫或者深蓝的色泽，然而边缘灯光模糊的地带，天空仍然漆黑一片。

~几十万块岩石和冰砖将聚在上空，直面袭来。我不太确定这称得上安全。

~得了吧，你知道他们是什么德性。人人都有备份，备份还有备份，八倍冗余，人类对安全痴迷到了近乎偏执的地步。

~走着看吧。我又想起一件事。

~什么？

~假设我们的盟友——不管他们是谁——对今晚的事情另有安排。

~继续。

~据我所知，你可以从虫洞的另一端塞进去任何东西，没有限制。要是我们的盟友塞进去的物质不仅能摧毁中心，甚至足以湮灭中心呢？假如他们把与中心同等质量的反物质投进虫洞？中心的质量有多大?

~大约一百万吨。

~两百万吨的物质／反物质爆炸会灭绝星陆上的所有人，对吧?

~我猜会吧。但为什么我们的盟友——如你所说，不管他们是谁——想要杀死所有人?

~不知道。但问题是这么做是有可能的。你我都不知道我们的上级达成了什么合意，就我们得知的消息而言，他们很可能也被蒙骗了。我们完全被外星盟友摆布。

~想太多了，基尔。

基兰看到台上管弦乐手开始登场。掌声雷动。管弦乐手没有全部登台，齐勒也还没现身——第一支曲子并不是他的作品。即便如此，人们的反应还是很热烈。

~或许吧。我想也没什么要紧的，无所谓了。什么都不再重要。

光线变暗，他看到霍姆达人卡布·艾什莱尔和嗡嗡机 E.H. 特索诺从最近的通道现身。卡布招手示意，基兰也挥手回应。

特索诺！我们要炸毁中心了！

上述词汇在他头脑中成形。他想就这样站起来向他们大声呼喊。

但他没有。

~根本不用我出手。你从来都不是真的想这么做。

~真的吗?

~真的。

~有意思。所有哲学家都应该听听这一番对话，你不觉得吗，哈伊勒?

~别紧张，孩子，放轻松。

卡布和特索诺在切尔格里安人身边落座。他们注意到基兰在默默落泪，但都礼貌地不发一语。

音乐在剧场中响起，场馆内，倒挂的钟里有一个无声摇摆的巨大节拍器。灯火熄灭，周遭暗了下来，灯光秀在人们头顶闪耀、流动。

基兰错过了珠母云。他看到漫天极光、激光、诱导层、云层，起初只是几颗陨石闪过，后来越来越多陨石飞来，天幕中出现了一缕缕条纹。斯特里恩碗边缘的天空中，闪电水平地切下来，无声地照亮湖边的平原，云层之间跳跃着条纹、带状和一片片蓝白色的亮光。

音乐渐渐攀爬。每一个音符，他意识到，都在缓慢地向整个交响乐献身。他不知道这是中心的点子，还是齐勒的创意，不过整个晚上、整场音乐会都围绕着最后的交响乐而设计。前面几个短小的乐章一半出自齐勒之手，一半来自其他音乐家，这些曲目交替演奏，风格明显不同，两种互相辩驳的曲调背后蕴含着全然不同的音乐理念，甚至到了相互厌恶的程度。

每首乐曲之间都有短暂的停顿，台上乐队的规模会根据每个作品的要求或增或减，让人们有充足的时间来体会今晚这场音乐会的框架结构。众人是那么捧场，你甚至能听到硬币掉落的声音。

今晚上演了一场战役。

两种音乐象征着今晚的主角："文明"和艾迪兰人。每一支独立的乐曲都代表着战争爆发前几十年里双方产生的摩擦，虽然规模不大，但日益激烈、凶残。乐曲的篇幅越来越长，昭示着彼此之间的敌意越来越强烈。

基兰意识到自己正在脑海中检索着艾迪兰战争那段历史，以求证自己听到的是否暗示着战争打响前最后的前奏。

一曲终了。几乎听不见观众的掌声,在座众人仿佛只是在等待。终于,一整支乐队全部登台。舞蹈演员们大多穿戴着悬浮装置,散落在剧场四周,围成了一个半球形。齐勒在环形剧场的正中央站定,闪烁的灯带围了一圈。场馆内突然爆发出剧烈的掌声,又迅速安静下来。管弦乐队和齐勒沐浴在一片沉默而静止的时空中。

苍穹之上,一片空寂的夜空摇曳了一下——接近斯特里恩碗的边缘,仿佛第一颗新星波提西亚从云翳后一闪而过。

交响乐《光之将尽》从一系列低音开始,不断攀升,迸发出高亢到不和谐的爆破音。和弦混合着噪声在空中回荡,一块巨大的陨石在圆形剧场的正上方坠入大气层,剧烈爆炸。乐曲进入一段昏昏欲睡的舒缓曲调,而后,毛骨悚然、刻骨铭心的爆破音如惊雷般突然炸裂,在场所有人——当然是基兰知道的所有人,包括他自己——差点跳了起来。

湖以及湖中心的剧场周围,天空这个更大的圆形剧场上涌起雷鸣。闪电击中大地,刺向远处的地平线。漫天的陨石雨在空中划出痕迹。音乐在耳朵中轰鸣,极光的褶皱光带以及不知其源的胜景震慑着人们的眼睛,也充斥着人们的头脑。

战争图景以及更为抽象的画面在剧场上空绽放,舞者旋转、翻滚、交错的身体与之交相呼应。

音乐渐渐向热烈的中点演进。当雷声鸣响沉重的低音,音符在雷鸣之上滚动、在整个剧场中翻腾,仿佛笼中的野兽拼命想要挣脱铁笼。天幕中,八道尾迹并没有直接在空中爆裂,也没有消失不见,而是一头扎进剧场四周的湖泊,八条高大的亮白色水柱从平静的黑色水域中伸出,仿佛八根手指突然擎住了苍穹。

基兰似乎听到了人们在尖叫。当湖水掀起惊涛骇浪,拍向这艘巨轮,整个斯特里恩碗方圆一千米的大地都在剧烈震动,摇晃不已。音乐似乎感受到了这一瞬的恐惧、惊慌与狂暴,尖叫着四处逃窜,将观众困在原地,仿佛骑手被马镫困在惊慌失措的坐骑上。

一种可怕的平静笼罩着基兰。他蜷缩在座位里,默默承受着音乐带来的巨大冲击,饱受强光和巨浪的蹂躏。他的双眼化为双洞隧道直通头颅,灵魂则从这扇通往宇宙的窗户下坠,仰面顺着深不见底的黑暗走廊无尽地下落,上方的阴影之中,整个世界仿佛浓缩为一个明暗交织的小小圆环。宛如掉进了一个黑色的洞口,他暗忖,或者是哈伊勒暗忖。

他似乎真的在下坠。无法停止。整个宇宙、星陆、斯特里恩碗看上去都是那么遥不可及。他隐约觉得有些沮丧,为自己错过了音乐会的其他段落,错过了交响曲的终章。声音如此清晰、表演如此近在眼前又能怎样?放大器用或者不用又有什么关系?此刻,他的视线因双眼噙满了泪水而模糊扭曲,耳朵里只有愧疚和悔恨在叫嚣——关于他已经做过的事,关于他推波助澜促成的罪行,以及注定会发生的灾难。

当他坠入吞噬一切的黑暗,世界塌缩为不是特别明亮的小黑点——不比新星从近一千光年外传来的光芒更亮,他怀疑自己是否服用了某种药物。印象中,"文明"可以通过刺激腺体形成分泌物从而增强某种官能,让人在明知不真实的情况下增强体验的真实感。恰如其分地平衡真与非真。

砰的一声落地。他坐起来,环顾四周。

远处有一抹微弱的亮光。同样,不是很亮。他站了起来。地面温暖宜人,带有一点点柔韧感。没有气味,没有声音,他只能听到自己的呼吸和心跳。基兰抬头望天,却什么都没看到。

~哈伊勒?

他等待了一会儿,又等了一会儿。

~哈伊勒？

~哈伊勒？

没有回应。

他沉浸在静默之中，久久伫立，然后迈步走向远方的光亮。

光源来自马萨克星陆。他走进星陆中心的观景廊。这儿似乎已经荒废。星陆在他周围不疾不徐地旋转。他继续向前走，路过几排沙发和座椅，走到一个坐着人的座椅旁。

化身沐浴在星陆表面反射过来的亮光中。基兰慢慢靠近，拍了拍化身旁边的曲形椅，它抬头望过来。这个生物穿着深灰色的西装。

"基兰。"它说，"欢迎你的到来。请坐。"基兰的倒影如流动的光一般从它完美无瑕的银色皮肤上滑落。

他闻言坐下。曲形椅非常舒适。

"我在这儿干吗？"他问，声音听起来怪怪的。没有回音，他想。

"我想我们应该好好聊聊。"化身说。

"聊什么？"

"聊一聊我们将去向何方。"

"我不懂。"

化身举起一个宝石一般的小物件，银色的手指小心翼翼地夹着它。它像钻石一般璀璨生辉。小物件的中心有一个黑色的小瑕疵。

"看看我找到了什么，基兰。"

他不知道该说什么。漫长的时间过去了。

~哈伊勒？

依旧没有反应。时间似乎静止了。化身坐着一动不动，抱持着完美、极致、非人的静止。

"一共三个。"他说。

化身淡淡地笑了，将手伸进上衣口袋，拿出另外两颗宝石。"嗯，我知道。谢谢你。"

"我有一个伙伴。"

"你脑袋里的家伙？我猜也是。"

"那么，我失败了，是吧？"

"是的。但是有一个安慰奖。"

"什么？"

"晚点再告诉你。"

"所以，发生了什么？"

"让我们听完交响曲的尾声。"它伸出纤细的手，"抓住我。"

他握住这只手，回到了斯特里恩碗，但这一次，他仿佛无处不在。他从上方直接俯视圆形剧场，从上千个角度注视着万物，他就是剧场本身，他就是灯光、声音以及每一个结构。每一个角落都在同一时刻落入他眼中，包括斯特里恩碗周围的一切，天空、地平线，以及万事万物。他久久地沉浸在目眩神迷之中，这种眩晕没有让他下坠，而是同时将他向四面八方拉扯。下一秒他将形神俱散，他将在万物之中溶解。

~坚持住。化身空洞的声音说。

~我在努力。

耳畔的交响乐和包罗万象的景象将他淹没、压垮，光束将他贯穿。乐音不断地推向高潮，逼近一连串解决段落和装饰乐段。这些段落篇幅不长，但极其关键，反映了一整部作品以及先前的音乐会曲目，也隐喻了战争本身。

~我传送的东西，它们——

~我知道。它们已经被妥善处理。

~我很抱歉。

~我明白。

此时音乐突然攀高，仿佛海底深处酝酿着一场爆炸，水流翻滚着向上膨胀，音符在平滑而饱胀的水泡和白色水花涌出水面的那一瞬间炸裂。

舞者起起落落，旋转、散开又聚拢。舞台上空，战争的景象频频闪现。天幕上光影交织，或明或暗，短暂的昏暗瞬间被下一波爆炸带来的火花所吞噬。

随后，一切消失无踪。基兰感到时间本身慢了下来。旋律不再，徒留一条饱含痛苦的孤零零的吊线，舞者宛如落叶一般散落在舞台上，上空的全息投影渐渐隐去，光亮仿佛从天幕上凭空蒸发，只留下一片黑暗牵动着感官，仿佛真空在呼唤他的灵魂。

时间越发缓慢，天空中残存着一个微小的亮斑——那里原本是新星波提西亚，现在只剩下闪烁的一丝微痕。然后，这一星半点的微光也趋于凝固、静止。

现在这一瞬间，他的整个人生，从一个点变成一条线，变成了长长的音符，变成了呼啸而过的黑暗。这条线延伸出一个平面，折叠再折叠，直到观景廊再次有了空间，而他仍然坐在座位上，握着化身的手。

他自我审视，然后发现自己并不恐惧，也不绝望，甚至没有一丝悔恨。

化身说话了，一开口仿佛是他的声音。

~你一定爱过她，基兰。

~拜托，如果你能——如果你愿意，窥探我的灵魂吧。

化身平视着他。

~你确定？

~我确定。

视线久久没有移开。随后，这个生物慢慢露出一个微笑。

~很好。

过了一会儿，它点点头。

~她是个不可思议的女人。我看到了你对她一往情深。

化身发出近乎叹息的声音。

~我们确实对你们犯下了很残忍的罪行，对吧？

~终究是同族相杀。不过，是的，你们是推波助澜的罪魁祸首。

~你在进行一桩罪孽深重的复仇，基兰。

~我们别无选择。我们死去的同胞……算了，我相信你已经明白了。

它点点头。

~我明白。

~结束了，对吧？

~可以这么说。

~今天早上我的梦……

~哈，没错。

化身再次露出微笑。

~或许是我在扰乱你的思维，又或者只是你良心难安，你觉得呢？

他猜自己永远也想不出答案。

~你知道多久了？

~你到达马萨克星陆的前一天。特情局那边，我就不知道了。

~你放任我进行传送。不会很危险吗？

~有一点儿危险。那时我已经有了备份。几艘通用系统星舰已经在附近停留多时，当然也包括那艘有失庄严号。既然我们得知了你真正的企图，星舰便能够护我周全。但最终，我们决定听之任之，任由一切发生，因为我们想搞明白虫洞的另一端在哪儿。或许顺藤摸瓜就会发现你们神秘的盟友究竟是何方神圣。

~我是想自己找出答案的。

他思索了片刻。

~好吧,我本来是这么想的。

化身皱起眉头。

~关于这个问题,我和几个同僚展开过几番讨论。你想听听一个丑陋不堪的想法吗?

~这世上丑陋的东西还不够多吗?

~毫无疑问。不过,有时候丑陋的想法被揭露出来,便不会继续演变为丑陋的恶行。

~言之有理。

~人们总是在意谁是最大受益者。恕我直言,在这件事情上,切尔还算不上。

~很多入世种族想看你们吃败仗。

~如果他们想,那么大可以直接杀过来。过去八百余年里,"文明"一直运转良好。八百年对于长者社会而言只是弹指一挥间,但对于像人类这样的入世种族已是沧海桑田。不过,我们的技术或许已经发展到了一个瓶颈期,我们或许会逐渐故步自封,甚至堕落颓废。

~看上去你会在这里停顿片刻,供我接话。那么容我插一句,第二颗新星照亮马萨克星陆之前,我们还有多少时间?

~现实中,大约半秒。化身面带微笑。

~在这个时空里,便是永永远远。它说着移开目光,望向面前无垠太空中缓慢旋转的星陆。

~说不定幕后的操盘手是一群由"文明"的主脑组成的流氓组织。

他盯着化身。

~"文明"的主脑?

~现在想来倒也不算太惨？我们自己想要颠覆我们？

~可是原因呢？

~因为我们会日趋软弱。因为当下的故步自封，以及堕落颓废。个别"主脑"或许只是觉得需要适时制造一些血光之灾来提醒我们，宇宙是多么冰冷无情，我们从来都没有资格沉沦于一时的优越，因为所有贪图享乐的社会最终都会轰然倒塌，然后被彻底遗忘。

化身耸了耸肩。

~别这么惊讶，基兰。我们确实会犯错。

它移开目光，然后开口道：

~只要事关虫洞，向来都没有什么运气可言。它的语调很悲伤。

~事已至此，我们或许永远无法知晓了。它转过来望着基兰，脸上流露出悲戚的神色。

~自你得知她已离你而去、自己的伤口开始愈合，你就一直在寻死，对吧，基兰？

~嗯。

它点点头。

~我也是。

主脑孪生兄弟的故事他略有耳闻，也听说过它毁灭世界的种种行径。他思忖着，如果化身说的是实情，那么以主脑的速度以及精确度来思考、体验和回忆，八百多年来它要品尝多少悔恨和悲伤。

~切尔会怎样？

~个别人——确实没有几个人——会献出生命。除此之外，没有损失。它慢慢摇了摇头。

~我们不能任你们予取予求，去谋取生死的平衡，基兰。我们会尽力和切尔格里安－普恩讲道理。隐退者对于我们来说很棘手,但我们始终保持着联系。

化身笑了。基兰看到自己毛茸茸的大脸映在这只生物精致的五官上。

~"文明"依然于你们有愧。我们会竭尽所能来弥补。希望去弥补的想法并不能让我们脱罪,因为没有事情能实现对等。它捏了捏他的手,他差点忘了他们现在还手牵着手。

~我很抱歉。

~悲伤似乎成了廉价的日常消耗品,是吧?

~我相信生命的本真,但也庆幸世上有人造物的存在。

~你不会想要自杀吧?

~这句话对我们俩都适用,基兰。

~你真的——?

~我累了,基兰。数十年、数百年过去了,我一直在等待时间抚平记忆的伤痛,但并没有等到那么一天。茫茫寰宇,有很多逃避之处,但不管逃去哪儿,我都不再是自己。于是我坚守自我,让记忆继续伴我生长。然而在等待记忆自然消散的岁月里,我化作了记忆,记忆也融入我。我们相融共生。我想,没有回头路可走。

它遗憾地笑了,又捏了捏他的手。

~我离开之后,一切会井然有序,下一任主脑很靠谱。主脑的更迭就像是某种无缝衔接,没有一个生命会罹难。

~人们会想念你?

~过不了多久,人们会迎来另一个中心。我相信他们很快就会喜欢上它。但我希望他们会有一点点想念我。我希望他们会觉得我还不错。

~这么做你开心吗?

~无喜无悲。我不会有情绪的波动,你也不会。

它面对基兰,握住他的另一只手。

~准备好了吗,基兰?你愿意和我共赴黄泉吗?

基兰回握了一下。

化身闭上眼睛。

时间似乎顷刻间膨胀,在他们周围爆炸。

他最后一个念头是,忘了问问哈伊勒的下落。

星光将斯特里恩碗上空的苍穹照得亮如白昼。

沉浸在寂静和黑暗中,卡布注视着来自那颗名为琼斯的新星迸发出的炽烈光芒,这颗星辰和先前消逝的新星波提西亚离得很近,但此刻已经将其湮没。

基兰坐在他身边,这位切尔格里安人已经沉寂了好一阵子,一动不动,此刻突然从曲形椅中向前倾倒,卡布没来得及扶住他,男人倒在地上。

"什么?"特索诺发出尖叫。

掌声雷动。

切尔格里安人吐出一丝气息,然后一动不动了。

震惊和惶恐的声音在卡布身边渐渐响起,当他伏身想要唤醒死去的外星生物时,另一道炫目而耀眼的光芒划破苍穹,精准无误地从头顶掠过。

他呼叫中心寻求帮助,然而没有应答。

时间，空间

伴随着恐惧和突如其来的撕裂痛，满面白毛的大脸突然填满了他的视野。当他醒来想要举起双手，早已无济于事——太晚了，晚到不能再晚了。绝望、恐惧，混合着被出卖的痛楚在他心口蔓延。那只怪物巨大的下巴撞上了他的脖子，发出惨烈的撞击声，他感到喉咙突然一紧，仿佛被钢铁钳住一般疼痛难忍，空气被一点一点挤出体外，他浑身颤抖、脖子断裂，大脑一片轰鸣，彻底失去了感知……

什么东西在他的脖子上刮蹭，是希尔德姨妈送的项链。摇晃还在继续。某种纤细但粗糙的链状物刮着他的脖子，血液喷溅出来，呼吸愈加困难。该死，他一边想一边闪躲，避开凶残的抽打。

疼痛仍然存在。但当他被拽着——被掐着脖子——拖出外星生物的飞行器，几乎已经感觉不到疼痛。他的四肢瘫软无力地下垂，已经无法与大脑取得联系。他就是一块抹布，一个破碎的玩偶。走廊里仍然弥漫着腐烂的水果味儿。鲜血粘住了眼睛，遮住视线。什么都做不了，也毫无希望可言。

机械发出嗡嗡的噪声。他感觉自己被扔下了。身下是一个平面。脖子上没了束缚，他感觉脑袋仿佛与身体完全脱开，兀自滚到了一边。

呻吟、哀号以及伤口撕裂的声音，他觉得这些动静应该指向伤痛，或者至少会让人有所知觉，然而他什么都感觉不到。一片死寂、黑暗，他无法动弹，只能一分一秒地感受生命在一点点流逝。后颈传来一阵细微的痛感，最终只剩下微弱的刺痛，仿佛是后期硬加上去的，可真是滑稽可笑。

失败了。没能及时赶回去。没能成功发出警告。英雄二字终究与自己无缘。事情不该以这种方式终结——孤身一人痛苦地死去，满心充斥着恐惧、遭到背叛的痛苦，以及绝望。

嘶嘶声。生命在消逝。寒冷。一阵突如其来的寒风裹挟着他，他的身子动了。

然后便是极致的寂静、彻骨的寒冷，以及失重的感觉。

沃根·泽普，一名学者，暴露在真空之中，一双浸满血水的眼睛再也看不清遥远的星辰。他感觉受到了欺骗。

——伟大的尤约斯安纳夫，海因兰克白的侍从六千三百次出航之后在外太空发现了这具遗骸，它们将其带回这个世界[①]，供海因兰克白检测，海因兰克白怀着由衷的尊敬和赞美向您呈上残骸。想必您的才智会让一切赞美的辞藻都黯然失色。

——您传递消息的对象或许对残骸的形态有所了解。它的出现让我回忆起一些古老的记忆片段。不过，这些记忆已经十分陈旧。现在，我们会在长期记忆的归档档案中进行深度检索。需要花费一些时间。上述检索进行的过程中，我们不妨再深入聊聊这具遗骸。

——甚好。有趣的是，对这个生物的细胞指令集进行分析后，结果表示它此刻的生命形态与原初完全不同。依照其原始细胞指

[①] 即奥斯肯达里大气圈。

令集进行再现,这只生物的生命表现形式如下:

——我们十分熟悉你所展示的生物形态,正如我们也曾十分熟悉这具遗骸。你们再现的画面恰恰与人类——或者曾经的人类——这种生命形态一致。此刻您所展示的画面会被添加到上述深度检索中。到目前为止,检索还没有发现任何值得关注的内容。由于附加了人类的视觉形象,检索将会花费更长时间。

——人类。勾起了我们的兴致,不过这种兴致来源于对历史本身的兴趣。

——这只生物似乎伤痕累累,这些伤痕与暴露在外太空常见的环境中没有太大关联,所谓的外太空环境主要是指缺乏介质,专业术语通常将其表述为"真空",温度条件趋近于绝对零度。

——没错,这只生物的脖子不应是现在看到的模样,无论是刚才看到的物理形态,还是原始细胞指令再现出来的形态,都与现在的模样截然不同。除此之外,它的躯体也被强力割伤,伤口表面似乎一度被撕裂。

——这只生物生前曾被撕咬、挖凿、切割。

——上述形容同样适用于这只生物的内心。

——关于上述伤害有哪些了解?特别是根据你们对该遗骸的理解,这些伤口是在什么时间出现的。

——我们认为毁灭性的创伤是在这只生物被丢出其居住的宜居容器不久前造成的。层出不穷的伤痕表示,这只生物在被放逐到外太空之前,已经无法维持生命——缺乏高质量的紧急救治,而在外太空它自然也无法存活。它体内循环的液体喷溅到这里、那里,还有这里,刚与外太空的低温环境相遇,就迅速凝结成冰。

——我们此刻看到的冰冻形态,正是最初打捞到遗体时的模样。

——没错。将遗骸带回这个世界之前,我们已经将其妥善封存在隔绝介质的密封囊中。我们只从遗体上提取了微小的粒子，将其置入外部环境进行研究分析。

——微小但分布广泛的组织损伤表明，该生物在被放逐到外太空的时候，体温趋近可生存的正常值，也就是说当时它很可能还活着。海因兰克白是这么推断的吗？

——情况正是如此。

——从诸多细碎伤口的情况来看，这只生物的遗体在外太空暴露了相当长的时间，甚至接近一个大周期①，不过还没长到数个大周期的程度。

——海因兰克白也是这样认为的。

——发现这只生物的遗体时是否记录下了它的方向和速度？

——有。根据大气圈中现行的三号定义，生物遗体在外太空中处于静止状态，与标准气温和气压下缓慢呼吸的速度相近。其航线与我们的相似，偏离范围逐渐缩小到1/4以内。

——深度检索正在进行中，尚未发现有价值的信息。关于被置入外部环境进行研究的粒子，是否有其他结果可以添加到知识库中？

——从该生物后颈处伤口边缘提取的已凝固液体提供了一些关于生物性指令集结构的信息，这些信息表明，致伤者很可能是名为"轻责者"的物种。

——有意思。他们早前的名字是"切尔格里安人"或者"切尔人"，直到桑瑟门遇难。目前对该生物隐含的人类形态进行还原，进行到了何种程度？

——足以还原出我们此刻看到的画面。

——我们将会获取该生物更为完整的画像，甚至可以根据其

---

①即银河系公转一周的时间，奥斯肯达里大气圈中巨型生物群的纪年方式。

遗体进行重构，然后对检索结果进行进一步筛选提炼，在更为广阔的生命图谱中描摹出这一物种的信息。

——仰仗尊贵的海因兰克白或者同样神通广大的尤约斯安纳夫来揭秘。

——我们很荣幸担此重任。据说该生物仍然穿着衣服，脖子上挂着项链——项链或者饰品的残片。现有分析是否将这些附属物品纳入研究？

——没有，尊贵的尤约斯安纳夫。

——上述深度检索，我们永恒储存的脱机记忆库已经给出了答案。这个生物名为沃根·泽普，一名来对你所对话的实体进行研究的学者，他来自你刚才提到的另一个社会，"文明"。

——我们没有听说过这些名词。

——没关系。该生物的遗体一定在外太空漂流了漫长的岁月，在这期间，银河系几乎完成了一个公转周期，遗体以刚才提到的几乎微不可察的方向和速度漂流，在此地等待，直到这个世界渡过了另一场银河系浩劫，重新驶入这片太空。令人欣慰。信息碎片错综交织，最终呈现出完整的面貌。这一结论将极大地补充现有的知识，我们会将其写入报告，呈给尊贵的海因兰克白。您是否愿意亲自参与上述报告，以便将结果更快告知海因兰克白？

——可以。

——很好。展开进一步调查尤为值得，尤约斯安纳夫欣然应允。希望与海因兰克白分享尤约斯安纳夫亲身体验并参与的殊荣。现在，很多未解之谜或许可以落下定论。我们自己也由衷地感到高兴。

他勉强地睁开眼睛，直直地望向前方。原先面前那张覆满白毛、张着血盆大口的面庞消失不见，摔倒的瞬间看到冰冷的星星缓慢旋转的景象也已经不复存在，此刻，他看到的是另一张熟悉的面孔——生物头朝下悬挂在一根树枝上，置身于一个灯火通明的巨大圆形空间。

他正坐在一个介于床和鸟巢之间的物件上。他使劲儿眨眼，想要甩掉眼睛上的黏着物。却发现并不是黏稠的血液将眼皮粘在一起。

他眯起眼睛，望着几米开外倒吊着的生物。小东西眨眨眼睛，微微偏了偏头。

"普拉隼？"他说，接着被自己呛了一口。喉咙仿佛灼烧一般刺痛，但这至少证明脑袋和身体又重新连在了一起。

小小的黑色生物拍打着翅膀。

"沃根·泽普，"黑色生物说，"我的任务是来迎接你。我是8827号普拉隼，女性。我和尤约斯比蒙巨兽簇叶拾荒第十一番队的五阶决策者共享了记忆，也就是你熟悉的974号普拉隼，据悉，与你有关的所有记忆都在里面。"

沃根一阵猛咳，液体从腹部上涌。他点点头，然后环顾四周。看上去像是尤约斯体内的来宾区，还有各个分区延伸出去。

"我回到尤约斯体内了吗？"他问。

"你正身处飞舰比蒙巨兽尤约斯安纳夫。"

沃根怔怔地盯着面前倒挂的生物，花了好一阵子才明白刚刚听到了什么。他感到一阵口干舌燥，吞咽了一下。"尤约斯已经……进化了？"他抱怨了一句。

"是的。"

他将手探向喉咙，感受到柔软而完整的肉体。他缓缓抬头，再次向四周张望。"我是怎么……"他刚一开口就哽住了，吞咽了一下之后才继续说道，"我是怎么被带回来的？我得救了？"

"我们在外太空找到了你。当时你戴着储存人格的装置。尤约斯安纳夫已经修复并重建了你的身体，同时调快了你思考的速度。"

"可是我并没有戴什么装置……"沃根反驳道，随后声音渐渐弱了下来，因为他低头看到正在脖子附近摩挲的手，那儿本来——曾经——应该有一条项链。

"储存人格的装置就在你手指抚摸的地方附近。"8827号普拉隼证实了他的猜想，她的喙清脆地响了一声。

希尔德姨妈的项链。他想起了后颈微弱的刺痛感。沃根感到眼泪涌了出来。"时间过去了多久？"他低声说。

普拉隼再次歪了歪头，忽闪着眼睛。

沃根清了清嗓子，然后说道："我离开尤约斯之后，时间过去了多久？"

"接近一个大周期。"

沃根久久无法开口。

最终，他说："一个……一个，哈，银河系的大周期？"

8827号普拉隼又咂了咂嘴。她晃动身子，像整理斗篷一样调整了一下黑色的翅膀。"大周期指的就是这个。"她像是在和刚刚出世的生命解释显而易见的公理，"银河系的大周期。"

沃根咽了一口唾沫，他的喉咙很干，干涩无比。此刻，他感觉自己仍然像是被扯了出去，暴露在一片真空之中。"明白。"他说。

解　脱

她跳跃着穿过草丛奔向悬崖，鼻孔翕张，贪婪地嗅着微风和清新的空气，脸上的毛发被清风抚平。她来到宽广的8字形谷地旁，这儿的土壤早已被烤焦、吹散。青青小草在她脚边垂下了身子。再往外便是一望无际的大海。面前，海蚀柱仿佛石化了的巨大树干一般高高耸立，底部泛着乳白色的泡沫。她纵身一跃。

一只小型嗡嗡机被派来调查这个奔跑的身影。它已经装备好武器，随时可以射击。正当它准备截住这个女人，向她喊话示意时，她冲到了坑口的草丛边缘，跳了下去。接下来发生的事情可谓是出乎意料。嗡嗡机的摄像头显示，那个纵身一跃的身影在空中分解，幻化为一群鸟。它们从嗡嗡机身边飞过，如水流一般抚过机器外壳。智能机器颤了一下，紧接着掉头跟上。

指令变为攻击鸟群。嗡嗡机开启了"猎物丰盈"的瞄准模式，但紧接着一个新的指令推翻了前述指令，让它率先攻击最近的海蚀柱旁升起的三只防御型嗡嗡机。它划出一道弧线，急速向上飞去。

激光从两座海蚀柱上高耸入云的圆顶中射出，然而鸟群已经幻化为一群昆虫；耀眼的激光束只击中了寥寥几只，却被轻轻松松地反射了出去。接着，两座激光炮塔开始互相开火，又一同在球形火焰中爆裂。

第一只嗡嗡机在另外三只嗡嗡机散开追捕那群昆虫的时候展开了突袭。在自己坠毁之前，它击落了其中一只。另外两只嗡嗡机则开始互相攻击，它们突然高速俯冲，撞向对方，随之而来便是刺耳的爆炸和耀眼的火光。结果，智能机器的残骸几乎碎成粉末，随风消逝。

一次又一次小型和中型爆炸撼动了每一根海蚀柱，硝烟漫过蔚蓝的苍穹。

那群昆虫落在一个宽阔的露台上，重新凝聚为一位切尔格里安女性的模样。她踢开露台大门，大步走进屋内。警报器旋即响起。她眉头一皱，屋子立马安静下来。命令系统中唯一不完全由她感官控制的便是房间角落里的一个微型被动式摄像头。她希望不去人为地干扰整片建筑群的安防监控系统，这样摄像头便可以看到并记录一切。她侧耳倾听。

她大步流星地走进浴室，发现男人正位于被伪装成淋浴房的应急单人电梯中。电梯卡在了井道里。她搅动洞口的空气，制造出部分真空，然后将电梯吸了上来。她一把拉开电梯门，伸手探向这个浑身赤裸、畏畏缩缩的男人。

埃斯托迪恩－维斯科韦尔张大嘴巴大呼求饶。她变成了昆虫——昆虫是所有埃斯托迪恩的恐惧之源——流入男人的喉咙，让他窒息，又强行冲破通往肺部和胃的管道。昆虫将男人肺叶的每一个气囊都填得紧紧的，还有一些昆虫涌入了他的胃部，撑到快要爆裂。接着，昆虫侵入体腔，另一些则涌入消化系统的其他器官，堵在肛门里的粪便喷溅出来。

这位埃斯托迪恩撞坏了淋浴间一般的升降梯，打碎了陶瓷部件，破坏了塑料外壳。更多昆虫蜂拥而至，钻进他的耳朵，钻进他瞪大了的眼睛，在他的颅骨中开疆拓土。他的皮肤因昆虫在下方爬行而鼓起，而小虫子们仍然在他的肌肤之下蠕动。

昆虫最终侵占了他整个身体，这位埃斯托迪恩躺在地板上，在一片血泊之中挣扎，昆虫继续入侵他的每个身体部位，三分钟后，维斯科韦尔渐渐不再动弹。

昆虫、鸟类以及切尔格里安女性都是"万物之尘"①构成的。万物之尘由体型不同、能力不一的微型机器组成。除了一个例外，每个微型机器在任何方向上的长度都不超过 0.1 毫米。有意思的是，万物之尘最初是作为终极建筑材料而被制造出来的。

0.1 毫米尺寸的例外便是 AM 纳米飞弹，这种飞弹直径只有 0.1 毫米，但长度却足有一毫米。一颗 AM 纳米飞弹此刻正卡在这位埃斯托迪恩的大脑中央，堪堪停在他的灵魂守卫旁边。这会儿其他昆虫已经悉数撤走，重新化为切尔格里安女性的形象。

女人轻盈地从躺在血泊之中干瘪的尸体旁走过。纳米飞弹泄露了她的制造者的身份，她想，这也是她需要传递的一个信息。她离开浴室，走出公寓，下了几级台阶，穿过一个露台。有人用老式猎枪向她射击。这大概是方圆几千米内唯一还能使用的投射性武器。她任子弹射入胸口处的小洞，又从另一端射出，一只眼睛里的组件闪出一道激光，射击的男人顷刻失明。

女人身后的建筑中，嵌在维斯科韦尔脑内的纳米飞弹感应到男人的灵魂守卫打算读取并保存他的思想。弹头顷刻间爆炸，毁掉了整栋建筑。碎片如雨般在她身边落下，女人冷静地扬长而去。

她发现第二个目标被卡在了一架小巧的双座飞行器中，任务目标正拼命用氧气瓶砸开座舱盖，想从里面钻出来。

她拉开座舱盖，满脸白毛的男人飞快地刺出一刀，复古的匕首扎进她的胸膛，她无动于衷地掐着他的喉咙将他拎出座舱，男

---

① EDust，即 Everything Dust。

人又踢又踹，喉咙中发出呜噜呜噜的声音。女人走到露台边缘，插进胸膛的匕首已经被她的身体消化。男人轻巧地挂在她手中，仿佛没有重量一般。他的拳打脚踢似乎对她都没有任何影响。

她将手探出露台，他的整个身子悬在高空，距海面大约两百米。那把他想要用来行凶的匕首凭空出现在她的手中，如魔法一般。她用这把匕首划开男人的皮肤，动作快到让人发指，不到一分钟便全部完工。尖叫声从他漏气的喉管中挤出。

如同丢弃一块重重的、浸透了的毯子，她任由染血的白色毛皮跌落海中。女人随后扔掉匕首，用爪子从他的中肢划到腹股沟，然后探进去一通拉扯，同时松开了男人的脖子。

男人跌落在地，放声号叫，声音尖锐而凄厉。她仍然用手托着他的腹部。随着他摔在地上，这位埃斯托迪恩的肠子散落出来，如同一条长长的、抖动的线绳。

褪去一身皮毛，又经开膛破肚，他浑身轻飘飘的，内脏紧致而有弹性，甚至能够在肠道末端颠簸一会儿，他浑身抽搐，颤抖着尖叫，之后，她才任他落入咸咸的波涛之中。

女人用切尔格里安人的眼睛注视着海面飞溅的浪花，然后化作一团灰尘，其中最大的单一组成部件便是纳米飞弹。

几分钟后，当弹头在尤厄尔大脑中爆炸，她早已变身为一根灰色的细瘦圆柱，耸入云端。

尾　声

重新拥有一具身体真是感觉良好。我惬意地坐在古朴的小山村中一家小小的咖啡馆里，抽着烟斗，品尝着葡萄酒，眺望远方的切里斯城，怡然自得。此处空气清新，风光秀丽，秋天已悄然降临。活着绝对是一件幸事。

我是肖伦·哈戴什·哈伊勒，切尔格里安联合部队的一名上将，现已退役。我的命运和马萨克星陆的中心主脑以及提比洛·基兰少校——有去无回的同事兼掌控者——不同。中心将我从基兰的灵魂守卫中拽了出来，拯救了我，并且将我传送到一艘守卫型通用系统星舰中。后来，很久很久很久之后，我和早前的自我融合了。基兰两次拯救了那个"我"，第一次是他和他的妻子乌洛塞伊一起，将我从位于奥姆行星的克莱文城军事技术研究所中救出；第二次是他和海军嗡嗡机一起，把我从凛冬风暴的残骸中彻底拯救。

现在，我又成了切尔的自由公民，领取了金额公道的养老金（实际上是两份），享受着上级的尊重（实际上有两拨上级，只有一拨人知道另一拨的存在，而这些人拒绝被我称作上级）。衷心希望我可以永久退役，不过，如果还有复工的一天，我将不再受我的旧主支配，而是效忠于地位平等的新伙伴。因为，以几年前我自己常用的标准来定义,我是个叛徒。

切尔格里安最高指挥部认为,在飞船的残骸被找到之前,我很可能被抓住——甚至策反——了,不过他们似乎对我进行了彻底检查,而我的回答全然无误。

他们说对了,但也错了。我确实被"文明"策反了,但那要追溯到身在奥姆行星的军事技术研究所的时光,当时我还储存在基片中。这帮切尔格里安人没有追溯那么远,远到卡斯特之战还没打响。

策反某个个体——人或者一只智能机器——最好的办法,并不是侵入他们的大脑,也不是在其大脑中植入类似病毒之类的东西,这些都是屁话,最好的办法在于让他们自己改变观念。他们就是这么对我的,换句话说,他们就是这样说服我的。

他们向我开诚布公地描摹了双方的社会样貌,最后,我更喜欢他们的社会。从本质上来说,我成了"文明"的一员,同时也是特情局的一名特工,"特情局"是他们针对情报组织、间谍和反间谍组织而起的称谓,这名字真可谓一反常态的腼腆忸怩。

我一直在暗中配合,维护马萨克星陆以及大家的安全,根本不是为了摧毁一切。我是特情局的保单,他们的脱身条款,他们的降落伞(我还听过更多五花八门的比喻)。就算我接受了隐藏任务,那也是阻止基兰进行传送,而不是在他不知情的情况下控制他的身体,替他完成传送。不过"文明"直到最后也没有做出这种决策。大家已经做了万全的准备迎接注定发生的传送,目标是沿着虫洞反向追踪,找到藏在另一端的幕后黑手,并将其一网打尽(失败了。据我所知,神秘"盟友"仍然没有露出真面目,不过我相信特情局一直有怀疑对象)。

近来,我大多数时候都待在马萨克星陆上,常常和卡布·艾什莱尔做伴——我们的角色是类似的。偶尔我会回到切尔,不过还是新家更胜一筹。最近,卡布说他在"文明"生活了近十年才意识到"文明"将生活在星陆上的外星居民称作"大使",意思是这些外星生物在与原先的社会接洽时代表"文明"一方,其中暗含的一个假设是,上述外星生物从心底里觉得"文明"比故园更好,值得广而告之。

多么狂妄啊!

不过,管他呢。

我已经见过马莱·齐勒了。起初他心怀戒备,不过最后对我完全敞开了心胸。最近我们谈妥了由他陪我一起回到切尔,进行一次非正式访问,或许就是明年上半年吧。如此一来,我或许能够完成基兰明面上的任务。

他们告诉我,中心和基兰一起湮灭了。没有备份,没有复本,不再存在思维状态,也没有留下任何灵魂。

我想,他们两个都如愿以偿了。就少校而言,我笃信自己完全理解他,时至今日,我仍然为他感到深深的遗憾,也为他背负着致命的创伤却无力承受、无从哀悼——和很多人一样——而感到悲痛。不过,我很难理解像主脑这样精密复杂又能感性地知觉一切的智能机器为何会选择自我毁灭。

生活总是充满惊喜。

LOOK TO WINDWARD
BY IAIN M. BANKS (IAIN BANKS)
Copyright @ 2000 BY IAIN M. BANKS
This edition arranged with Curtis Brown Group Limited of Haymarket House through
BIG APPLE AGENCY,LABUAN,MALAYSIA.
Simplified Chinese edition copyright:
2023 NEW STAR PRESS Co., Ltd.
All rights reserved.

图书在版编目（CIP）数据

向风守望 /（英）伊恩·M. 班克斯著；施然译 . —— 北京：新星出版社，2023.9
（伊恩·M. 班克斯"文明"系列）
ISBN 978-7-5133-5126-3

Ⅰ . ①向… Ⅱ . ①伊… ②施… Ⅲ . ①幻想小说 – 英国 – 现代 Ⅳ . ① I561.45

中国国家版本馆 CIP 数据核字 (2023) 第 109091 号

伊恩·M. 班克斯"文明"系列

向风守望

[英] 伊恩·M. 班克斯 著；施然 译

责任编辑	吴燕慧	项目编辑	公子政
监　　制	黄　艳	责任校对	刘　义
责任印制	李珊珊	封面设计	冷暖儿

出 版 人　马汝军
出版发行　新星出版社
　　　　　（北京市西城区车公庄大街丙 3 号楼 8001　100044）
网　　址　www.newstarpress.com
法律顾问　北京市岳成律师事务所
印　　刷　北京汇瑞嘉合文化发展有限公司
开　　本　910mm×1230mm　1/32
印　　张　13
字　　数　314 千字
版　　次　2023 年 9 月第 1 版　2023 年 9 月第 1 次印刷
书　　号　ISBN 978-7-5133-5126-3
定　　价　59.00 元

版权专有，侵权必究。如有印装错误，请与出版社联系。
总机：010-88310888　传真：010-65270449　销售中心：010-88310811